La COFRADÍA de las VIUDAS

MÓNICA HERNÁNDEZ

La COFRADÍA de las VIUDAS

mr

© 2022, Mónica Hernández

Diseño e ilustración de portada: Eduardo Ramón Trejo
Fotografía de Mónica Hernández: cortesía de la autora

Derechos reservados

© 2022, Editorial Planeta Mexicana, S.A. de C.V.
Bajo el sello editorial PLANETA M.R.
Avenida Presidente Masarik núm. 111,
Piso 2, Polanco V Sección, Miguel Hidalgo
C.P. 11560, Ciudad de México
www.planetadelibros.com.mx

Primera edición en formato epub: abril de 2022
ISBN: 978-607-07-8537-5

Primera edición impresa en México: abril de 2022
ISBN: 978-607-07-8497-2

No se permite la reproducción total o parcial de este libro ni su incorporación a un sistema informático, ni su transmisión en cualquier forma o por cualquier medio, sea este electrónico, mecánico, por fotocopia, por grabación u otros métodos, sin el permiso previo y por escrito de los titulares del *copyright*.

La infracción de los derechos mencionados puede ser constitutiva de delito contra la propiedad intelectual (Arts. 229 y siguientes de la Ley Federal de Derechos de Autor y Arts. 424 y siguientes del Código Penal).

Si necesita fotocopiar o escanear algún fragmento de esta obra diríjase al CeMPro (Centro Mexicano de Protección y Fomento de los Derechos de Autor, http://www.cempro.org.mx).

Impreso en los talleres de Litográfica Ingramex, S.A. de C.V.
Centeno núm. 162-1, colonia Granjas Esmeralda, Ciudad de México
Impreso y hecho en México – *Printed and made in Mexico*

*A las mujeres de mi vida,
mi cofradía;
cada sonrisa suya un beso
germinado en poesía.*

*A las Hijas de la pandemia, mi querido rancho.
Llegaron de sorpresa y sin aviso
para colarse en mi vida y en mis letras.*

PRIMERA PARTE

—¿Jura usted por Dios y delante de esta cruz que dirá la verdad en cuanto le sea preguntado, aunque resulte en perjuicio propio?

—¿Cómo? ¿Qué quiere decir…?

—¿Jura usted por Dios y por esta cruz que dirá la verdad?

—Sí.

—¡Jure!

—Lo juro.

—Diga su nombre.

—Paula de Benavides, viuda de Bernardo Calderón.

—¿Dónde y cuándo nació?

—Aquí… Quiero decir, en la Muy Noble y Muy Leal Ciudad de México, el 15 de agosto del año del Señor de 1610.

—Lugar de residencia.

—Vivo en la calle de San Agustín, número 6. Al lado del convento y…

—¿A qué se dedica?

—Yo… Bueno, me dedico a la compra y venta de libros, y a la impresión. Mantengo una tienda y un taller en la misma dirección. Imprimo cartillas, mediante cédula y privilegio…

—¿Es suyo el taller, doña Paula de Benavides, viuda de Bernardo Calderón?

—Bueno... No. Pertenecía a mi difunto marido, que en paz descanse y yo lo trabajo.

—¿Lo recibió en herencia?

—¡No! Las mujeres no podemos heredar, padre, pero sí puedo trabajarlo mientras mi hijo Antonio cumple la mayoría de edad.

—¿Cuántos hijos tiene?

—Dos. Antonio y María.

—Edades.

—Dieciocho, casi diecinueve, y dieciséis. Recién me convertí en abuela hace...

—¿Ha escuchado hablar de la pobreza de Jesucristo?

—¿Cómo?

—Conteste la pregunta.

—Perdone usted, Su Paternidad. Me parece que no he entendido.

—¿Ha escuchado hablar de la pobreza de Jesucristo?

—Sí.

—¿Ha escuchado hablar de la visión beatífica?

—No... no estoy segura de comprender la pregunta, padre.

—¿Acepta usted haber hablado con Dios? ¿O con Jesucristo?

—¿Yoooo? No, desde luego que no. Nunca he hablado con Dios. —La mujer se persignó de manera instintiva. Tres pares de ojos la observaban, taladrándola.

—¿Por qué motivo se persigna usted?

—El Señor me libre de hablar yo con Él, Señoría. Quise decir, Su Paternidad.

Fray Valdespina carraspeó. Paula pensó que con tanta saliva gastada en hacer preguntas extravagantes debería tener sed. No había ni jarra ni vaso a la vista.

Francisco de Estrada se rascó la barbilla, alargando los pelillos hacia afuera de su cara. Paula no podía leer nada en las rendijas frías en que los ojos del fraile se habían convertido. Al principio había creído que se trataba de preguntas relacionadas con los cajones de libros; en especial los que había mirado. Aquello sería muy sencillo de explicar: no tenían claro ni el sello ni la cera y los había confundido con los de su inventario cuando el cochero los dejó todos revueltos. No tenía la intención de verlos pero no pudo evitarlo porque no los reconoció. El *Index* era tan misterioso como anhelado, porque nadie sabía de la existencia de esa lista de libros. Se rumoraba que ciertos oficiales de la Santa Inquisición leían todos los libros y decidían cuáles podían perder el alma de los cristianos, por lo que los inscribían en la lista y prohibían su venta y distribución, y, desde luego, su posesión y lectura. Haber roto la caja de madera no podía ser un delito tan grave, iba tratando de convencerse mientras recorría el trayecto desde su casa al edificio de Santo Domingo. Tenía que haberlo pensado, se recriminó, porque el carruaje negro en que la llevaban definitivamente era especial: no solo tenía las cortinas negras echadas, sino que también tenía barrotes por dentro. Era un carruaje para prisioneros. Cuando este se detuvo, los hombres que venían con ella dentro del habitáculo salieron y esperaron a que ella descendiera. No parecía una cortesía, sino más bien un intento de evitar que saliera corriendo o intentara cualquier otro truco. No tenía las manos ni los pies atados, pensaba mientras colocaba el primer pie en el pescante. No hubo una mano que la ayudara a bajar, por lo que saltó directamente al suelo. La calzada estaba empedrada y no le habían asignado la entrada principal, sino una lateral, sobre la calle de las casas de los Medinas. Suspiró: iba a ir directo a los calabozos de la Santa Inquisición. Cruzó el que llamaban «Patio de los Naranjos», el cual no hubiera deseado ver nunca en su vida con sus propios ojos. Escuchó el cercano chirrido de una puerta al abrirse y, con uno de aquellos oficiales por delante y otro por detrás, recorrió un pasillo oscuro, apenas iluminado por antorchas colgadas en la pared cada diez pasos. Bajaron algunos escalones empinados y recorrieron otro pasillo, hasta topar con una puerta que se abrió desde adentro. Paula no veía casi nada, porque las velas la iluminaban a ella, ocultando a quien o quienes estuvieran ahí.

El que debía ser juez, carraspeó y la obligó a concentrarse en el interrogatorio.

—Conteste la pregunta, señora viuda de Calderón.

—Perdóneme, Su Paternidad. Yo... no, no he hablado con nadie.

—Entonces ¿por qué se persigna usted?

—No lo sé. Será porque estoy delante de la Santa Cruz —dijo Paula, mirando fijamente los dos maderos cruzados que estaban delante de ella, en una esquina de la mesa sobre la que se apoyaba el inquisidor mayor.

—¿Cree usted que Jesucristo nació de la Virgen María Santísima?

—Sí. Sí creo.

—¿Cree usted, doña Paula de Benavides viuda de Calderón, en la resurrección de la carne?

—¿Por qué me hace usted estas preguntas, Su Paternidad? —Paula se removió en su asiento, y vio que los hombres cruzaban una mirada entre ellos. ¿Qué esperaban? ¿Acaso que fuera judía? ¿De qué se trataba todo aquello?

—Conteste la pregunta.

—Sí, sí creo en la resurrección de la carne, Su Paternidad.

—¿Cree usted que Jesucristo tomó carne de la Virgen?

—¿Cómo?

—Conteste la pregunta.

—No... no estoy segura de comprender, Su Paternidad. Verá, cuando Jesucristo creció dentro del vientre de la Virgen, como cualquier hijo que se desarrolla dentro de una madre... pero de ahí a que tomara la carne... Disculpe usted, Su Paternidad. No soy teólogo. Soy una humilde viuda...

—¿Cree usted que Jesucristo estaba vivo en la Santa Cruz cuando fue traspasado en su costado con una lanza?

—Yo... no lo sé, Su Paternidad.

La nebulosa en la mente de Paula se fue aclarando, aunque su pulso seguía acelerado. No se trataba de que supiera o no las respuestas, ni de que las contestara siquiera. El juez pretendía que se cansara, que se desesperara y comenzara a contestar cualquier tontería para que, cuando llegaran las preguntas verdaderamente importantes, ella ya no supiera lo que decía. El juego era confundirla a través del agotamiento. ¿Qué pasaba si no contestaba? ¿La someterían a tortura allí mismo?

—¿Tiene animales en casa, doña Paula?

—¿Cómo?

—Perros, gatos...

—Sí, gatos para los ratones, gallinas.

—¿Los ha bautizado?

—No.

Paula conocía los rumores, ella misma había impreso una especie de manual para los interrogatorios del Santo Oficio. ¿Le aplicarían garrucha, potro o toca para que confesara lo que nunca hubiera imaginado siquiera? Quizá debía fingir demencia, desmayo, ignorancia, pobreza o virtud entre otras muchas reacciones, pues viéndolas desde donde estaba sentada ahora, tenían mucho sentido. La cabeza le daba vueltas. Quizá si decía que estaba en sus sagrados días de sangrado femenino la dejaran, al menos, levantarse de la silla. Aunque no recordaba que le hubieran prohibido ponerse de pie. Se removió en la silla, gesto que no pasó inadvertido a sus jueces.

Habiéndose acostumbrado a la penumbra, detrás de la mesa identificó un altar, o algo parecido, debajo de un dosel, y tres sillones, aunque solo uno estaba ocupado por don Francisco de Estrada. El dosel mostraba las armas reales de España con todo y corona, y debajo un crucifijo, dos palos de madera sin talla ni ornamento alguno. A cada lado de la cruz se elevaba un ángel, como si flotara. El que quedaba a su izquierda llevaba una rama de olivo y la inscripción *Nolo mortem impii, sed ut convertatur et vivat* en letras grandes y legibles desde donde estaba sentada. El ángel de la derecha portaba una espada y la leyenda *Ad fasciendam vindicta in nationibus increpationes in populis*. Por si tenía alguna duda de dónde se hallaba, pensaba Paula. Lo que no terminaba de entender era por qué la habían llevado allí.

—¿No la atendemos con suficiente comodidad, doña Paula?

—Yo… este sí. Solo que me canso. Disculpen ustedes.

—¿Cree usted que sea pecado la usura?

La viuda se enderezó contra el respaldo de la silla, al tiempo que entrelazó los dedos de ambas manos.

—Sí, Su Paternidad. Creo que la usura es pecado. Nos lo han enseñado desde el catecismo. Yo misma, usted lo sabrá, tuve el privilegio de imprimir las primeras letras de este y sé que la usura es pecado.

¿A dónde querían ir a parar? Las preguntas teológicas continuaron durante un rato que a Paula le pareció eterno. Tal vez no tardaría en amanecer, pero no podía saberlo. Ahí dentro, donde quiera que estuviera, y seguro que era bajo tierra, ninguna campanada podría traspasar los gruesos muros de piedra rojiza. La viuda sentía que los párpados le pesaban, haciendo que inclinara la cabeza poco a poco hacia el pecho.

—¿Sabe usted qué se resguarda en la calle del Puente de la Leña y hasta la calle de la Alegría?

—Si no me equivoco, se trata de los portones de la Alhóndiga, Su Paternidad. Así que serán los granos que se venden luego en el Volador.

—¿Conoce usted a los dueños de comercios, bienhechores de conventos y casas de beneficencia, lo mismo que a los dependientes bien educados que atienden la plaza para la compra y venta de género de todo tipo? ¿Sabe usted que la gente de rumbo y trueno, como se dice vulgarmente, puede comprar y vender cualquier tipo de mercancía en los cajones que se apilan allí?

—Sí, Su Paternidad.

—Sí, ¿qué?

—Que sí y sí. Conozco la plaza y lo que allí se compra y vende. Yo misma...

—¿Ha comprado o vendido usted, o alguna de las personas que trabajan para usted, algún libro en la plaza mencionada?

—No, Su Paternidad.

—¿Está segura?

—Sí. Yo tengo mi tienda y taller en la calle de San Agustín, a un costado del convento, en la casa marcada con el número 6.

—Su taller y su tienda.

—Bueno, no; de mi difunto marido, que en paz descanse. Yo solo continúo con los trabajos mientras mi hijo Antonio termina sus estudios en el seminario y puede hacerse cargo de él...

—Está segura. —No había sido una pregunta—. ¿Y sabía usted que el género, incluyendo los libros, comprados a Sevilla, Medina del Campo, Salamanca, Madrid y Valladolid se mantienen a resguardo en la calle de la Alhóndiga?

—No... no sabía. Yo supuse que, al ser tantos, los míos y los de los demás comerciantes debían de estar en algún lugar cercano, porque ya teníamos meses esperando que los oficiales de la aduana...

—¿Tiene usted una idea de cuántos libros se mantenían a resguardo?

—No, la cifra no la conozco, Su Paternidad. Pero míos eran treinta cajones y yo he recibido...

—¿Cuántos impresores hay en la ciudad, doña Paula?

—Pues verá... están Robledo y Ruiz, Salvago, Francisco Rodríguez y el De Ribera. Y después estamos las impresoras, quiero decir, las viudas de impresores.

—Muy bien. ¿Sabe usted cuántas viudas de impresores hay en la ciudad, doña Paula?

Francisco de Estrada se enderezó, apoyó los brazos en los laterales de la silla alta y juntó los dedos de ambas manos. La miraba sin pestañear y Paula sintió frío. Parecía que finalmente habían llegado a la parte importante del interrogatorio.

—Pues no sé, unas ocho tal vez.

—¿Tal vez? ¿Podría hacer favor de nombrarlas?

Paula resopló.

—No las he contado, Su Paternidad. Pero tuve ocasión de asistir, junto con mi difunto esposo, a los velorios de algunos de los maridos. ¿Sabe? Desde luego, debe usted saberlo. Perdone. Los impresores aportan a la capilla de la Tercera Orden de San Francisco, frente a la capilla de los servitas y a un costado de la de la Virgen de Aránzazu... Ahí están enterrados todos, con hábito franciscano, por supuesto.

—Por supuesto.

—Entonces... déjeme ver. Está doña Gerónima Gutiérrez, viuda de Juan de Pablos; María de Sansoric, viuda de Pedro de Ocharte; Catalina del Valle, viuda de Pedro Balli.

—¿Son todas?

—Me parece que sí.

—¿Conoce usted a doña Ana de Herrera, viuda de Diego Garrido?

—Sí. La conozco.

—¿Conoce a María de Espinosa, viuda de Diego López Ávalos?

—Sí, la conozco.

—Entonces, ¿puede usted asegurar que las conoce a todas?

—Sí. Bueno, conocerlas... a algunas sí. A la mayoría solo de nombre, Su Paternidad.

—¿Y puede usted asegurar que las viudas de impresores se conocen entre todas?

—Bueno, no sabría yo decirlo, Su Paternidad. Supongo...

Fray Valdespina se hizo a un lado, un breve paso, pero suficiente para darle a entender a Paula que sería el inquisidor mayor, que se había mantenido en silencio y observando con atención, quien continuaría con el interrogatorio a pesar de la hora que debía ser. El fraile asintió y se inclinó de nuevo sobre la mesa que mediaba entre él y la viuda. A Paula se le encogieron las tripas al ver el rostro enjuto y lleno de agujeros de viruela de Francisco de Estrada.

—¿Pertenece usted a una cofradía de viudas de impresores, doña Paula?

Paula pensó muy bien antes de contestar.

UNO

1640

El mensajero había llegado después de la hora de la comida, con un recado que no esperaba recibir; al menos no tan pronto. La mujer resopló mientras se cubría las pecas con el polvo de cerusa. Aquellas salpicaduras en la cara le habían dado tantos problemas en su vida que ponerse el ungüento dos veces al día se había convertido en un ritual.

El potingue olía agrio, por el vinagre, pero era el precio que debía pagar por cubrir aquellas infames pecas. Pecados, insinuaba el confesor; que por algo el vocablo *pecas* era el mismo de *pecar* y *pecado*, y no cabía la duda, le insistía. Las manchas en la piel eran debilidades, faltas y culpas que se llevaban en la cara, incluso aquellas que se cometieran con el pensamiento, sobre el que Ana sabía que no tenía ningún control. Era una pecadora, sí, pero no podía ir anunciándolo por la calle y, por fuerza de la costumbre, ya ni a solas, dentro de su casa.

Se miró en el espejo de frente, de un lado y después del otro. La pomada había quedado bien difuminada y sin manchas blancuzcas cerca de la raíz del cabello que, para terminar de enviarla directo al infierno, tenía una tonalidad rojiza, aunque, alabado fuera Dios, se había ido convirtiendo en castaño con el paso de los años.

Se retiró la bata que se ponía para acicalarse y no ensuciar el corpiño ni la falda. Se había empolvado y ahora se perfumaría de nuevo para salir al recado. Las palabras del mensajero volvieron a resonar dentro de su cabeza. *Velorio*.

La mujer se levantó, se dirigió hacia una cómoda de madera con incrustaciones de palo de rosa que se recargaba contra la pared y abrió el cajón superior. Dentro estaban sus cuellos blancos, bien acomodados. Algunos eran de encaje, otros de punta, otros de bolillo y uno más, de suave piel de conejo blanco para los meses fríos. También había puños, bien acomodados unos al lado de los otros, en el cajón que se abría al lado del primero. Su siguiente ajuar sería de puntas de randa, a ocho maravedís la vara, por si acaso la invitaban a algún sarao en el Palacio Virreinal, para cuando llegara la nueva virreina a la ciudad.

Miró los cuellos sin decidirse. ¿Cuál sería el más adecuado para un velorio? Hacía años que vestía de negro y, como viuda, solo se le permitía la coquetería alrededor del cuello y de las muñecas, toda vez que había concluido su año de luto.

«Así que entre blanco y blanco… creo que elegiré el blanco», se dijo, sonriendo. El color sin color era aceptado en los velorios y en las viudas, siempre que fuera discreto y sin más abalorios que un collar de perlas. Ana era afortunada porque tenía dos: uno, regalo del difunto marido, y otro, heredado de su madre. Nada mal.

Había días en los que fantaseaba con usar color en sus sayas, basquiñas, jubones y mangas. Pero era el mismo negro el que usaba para cinturas, barbones y puntas. Tenía un corpiño de terciopelo guarnecido con ribetes de raso y otro de tafetán, que no sabía si habrían cogido polilla en el fondo del arcón, aliados silenciosos de tres fajas y dos faldellines. También escondía un corpiño de terciopelo verde, del que se había negado a desprenderse. Había llegado a blasfemar porque quería que la enterraran con esa pieza, ya que le traía los recuerdos más amables de su vida.

Color cueva de lobo, noche sin luna, pozo sin fondo, ave de mal agüero, boca llena de odio y conciencia de confesor... Ana encontraba nombres para llamar al color negro, ese que la definía ante los demás, pero que ella se negaba a que la definiera. Ana era más, mucho más, que una viuda del montón. Por si el agravio fuera poco, la obligación de usar ese odiado color se la debía a un antiguo decreto dictado por un distante, ajeno y ya difunto rey de España. El muy cabrón había tenido a bien decretar que el color del duelo, si a eso se le podía llamar *color*, debía ser el negro. Sabía que cuando muriera la vestirían con un sayo de monja, así que al menos debía disfrutar de las escasas opciones que le quedaban para no deprimirse por su vestimenta mientras viviera. Se consolaba pensando que nadie la escuchaba cuando arremetía contra el color de su destino. También con el hecho —comprobado— de que su conciencia no hablaba en voz alta. Y con la certeza de que nadie podía saber si encargaba más vestidos o más telas, porque todas eran del mismo aburrido color. Ella sabía que tenía más vestidos de los que necesitaba. Y los usaría, porque si no lo hacía, sentía que perdía un brazo. Se aferraba a lo poco que le quedaba de juventud, porque tenía treinta años y comenzaba a convertirse en una vieja. Había días que creía que no lo soportaría y que terminaría con su vida cuando se enfrentara con una arruga en su cara o un cabello blanco sobre su cabeza.

De momento, y mirándose de nuevo en el vidrio con fondo de plata, agradeció mentalmente que aquel día tampoco estuviera destinado a ser el designado para conocer el más allá. Se mantenía a flote con lo que ella llamaba *coquetería*. Y gracias a que todo era negro, ni el confesor podría acusarla de pecar de vanidad. «Pero», se dijo mientras amarraba las cintas del collar de algodón bordado frente al espejo, «si no tengo vanidad, ¿qué me queda?».

*

Después de perfumarse con el agua de flores de naranjo que destilaban las monjas del vecino convento de Santa Catalina, Ana pidió a su criada que la acompañara a dar el pésame. A punto de salir, volvió sobre sus pasos y abrió la puerta del taller, que ocupaba el lado derecho de la casa, cruzando un patio lleno de macetas con flores. Los tres oficiales que trabajaban para ella la saludaron, esperando alguna indicación. Estaban acostumbrados a la patrona y a su manera de hacer, a pesar de haber tenido un comienzo difícil.

La mujer pasó la vista sobre las dos mesas y la única prensa que tenía. No era mucho, pero sí lo suficiente para vivir como le gustaba. Y Ana de Herrera vivía bien. Nada le sobraba, pero tampoco nada le faltaba. Cuando quería, se sentaba frente a la única ventana del taller y se pasaba el día calcando sobre placas de cobre, con un punzón, los dibujos que previamente había trazado en un papel con carboncillo, para luego, con mucha paciencia y pericia, presionarlas contra una plancha de madera y plomo que después serviría para imprimir las imágenes de santos y Vírgenes en cuanto misal, catecismo y calendario se requiriera.

Había aprendido a dibujar siendo muy joven, cuando sus manos eran aún pequeñas y las labores de la cocina y las agujas la habían aburrido. Su padre, como castigo por alguna tontería que hizo y que ya había olvidado, la mandó al taller a trabajar con los punzones, y al hacerlo descubrió, con placer, que aquello la calmaba y al mismo tiempo le quitaba el sueño. Se sentía poderosa haciendo surcos en el cobre, modificando a su gusto las hieráticas caras de los dolientes santos que iba copiando. Sentir la superficie lisa moldearse bajo la presión de sus dedos le había dado una sensación de control que no sabía que podía disfrutar al grado de convertirse en pecado. Su padre se había horrorizado al enterarse de la afición de su hija, pues para casarla debía encontrar un hombre que la convirtiera en una mujer decente y al mismo tiempo aceptara a una vulgar artesana como prometida, además de una buena dote. Ana sonrió al recordar el asunto de la decencia y los gritos de su padre, mientras acariciaba los punzones y martillos con la mirada. Diego, el intrépido pretendiente, nunca le había ocultado que el interés tras su matrimonio era la herencia que ella pudiera recibir de su padre. Tampoco la mantuvo ignorante sobre lo que pensaba de ella y de su extraña afición. Ana suspiró, girándose hacia la salida. Había días, como aquel, que le dedicaba cinco minutos a pensar en todo aquello y solo podía estar agradecida con Dios y con la vida. De alguna manera, Diego se lo había puesto fácil. Con él siempre había sabido qué esperar y su vida de casada transcurrió sin sorpresas. No hubo amor, pero tampoco desprecio. No tuvo ilusiones, pero tampoco decepciones importantes. Excepto el hecho de que no la convirtiera en madre. Dios no la bendijo con un hijo que le hiciera compañía mientras envejecía, o eso pensaba ella. Suerte para Ana que el esposo fuera tan solo un opaco recuerdo que rara vez evocaba.

Se detuvo en el arco de la puerta y miró a los trabajadores. El cajista acomodaba tipos en la caja y rellenaba los huecos con cuadros lisos donde después se colocarían las ilustraciones impresas a mano, una a una, alrededor de las cuales se prensaban palabras escritas al revés. Era para volverse bizco.

—Quizá por la tarde pueda venir un rato al taller. Continúen con la impresión de los calendarios. Queden con Dios.

—Como mande la señora. —El oficial y los dos aprendices asintieron.

Ana sabía que estaban acostumbrados, a regañadientes, era verdad, al horario desordenado en que ella trabajaba y a que les comentara las cosas como si fuera la señora de la casa, no la patrona, la dueña de todo lo que les rodeaba. Los había sorprendido una vez hablando de ella a sus espaldas: decían que les parecía más un familiar dándoles órdenes, una tía limpiando el taller, una madre enviándoles a comer, que una impresora. Había semanas que no entraba ni un día al taller ni se sentaba delante de la mesa llena de punzones y placas, y otros en que los sorprendía con que había trabajado toda la noche, terminando la cara de una Virgen, de un santo o de un arco triunfal. Con ella nunca se sabía, y a Ana le gustaba que fuera así. Les pagaba bien y a tiempo, y por si fuera poco, los dejaba dormir en la habitación de la entrada, donde guardaban el papel y los enseres. Les daba ropa y zapatos una vez al año y comida caliente todos los días. Y podían aprender y dominar el oficio, algo que los aprendices debían agradecer. Le gustaba provocar a los demás con el caos en los horarios y con sus ocurrencias, porque al hacerlo su cuerpo experimentaba la misma sensación de poder que cuando trazaba grabados en las placas. Le pasaba lo mismo cuando planchaba ropa, porque al hacer desaparecer las arrugas en las telas almidonadas con una plancha llena de carbones al rojo, sentía que el pecho se le ensanchaba. Lo hacía ella sola con sus manos.

*

Ya en el portón que daba a la calle y con mucha paciencia, la viuda se colocó el velo de encaje negro sobre la cabeza. No pudo evitar sonreír. Vestirse así equivalía a usar un hábito, por decirlo de alguna manera. No se había decidido a llevar uno porque creía firmemente que después del hábito seguiría la clausura. Y Ana de Herrera no tenía entre sus planes enterrarse en vida dentro de las paredes de un convento, a rezar y preparar dulces. A fin de cuentas, se pusiera lo que se pusiera, parecía un retrato, de esos que colgaban en el salón oscuro de su casa. Sabía que la consideraban extraña y un poco excéntrica, idea que ella alimentaba. Le daba un ardite la decoración de su casa: los muebles eran viejos, heredados de su padre, lo mismo que la casa. Ni siquiera los había cambiado nunca de lugar. Tampoco había cambiado las cortinas, pero sí los visillos, que terminaron por deshilacharse alguna vez. O dos. Apenas entraba luz en aquella habitación, pero ella no pasaba su tiempo sentada en ese lugar, ni cosiendo ni bordando, y casi no recibía visitas, excepto a sus «compañeras de viaje», como las llamaba, a las que pronto y con toda seguridad, vería. Las campanadas del convento vecino marcaron los cuartos. Otra vez llegaría tarde, como siempre. Nunca sabía cómo se las ingeniaba para retrasarse. Quizá era solo que le gustaba hacer las cosas con calma, sin presiones de ningún tipo. Sonrió pensando que tal vez también llegaría tarde a su propio velorio.

*

La casa marcada con el número 6 de la calle de San Agustín quedaba a escasas cinco calles de la suya y se alzaba como la única construcción de dos plantas, si se exceptuaba el templo cercano. A un costado del lugar se alcanzaba a ver un solar que debía formar parte del huerto o quizá del corral del convento. Del otro lado de la calle se encontraba una construcción antigua y ladeada, seguramente por el efecto de algún movimiento de tierra, y que, a juzgar por las macetas con geranios rojos y amarillos en las ventanas, debía ser una casa familiar propiedad de algún conquistador al menos desde hacía cincuenta años. Se veía vieja y descuidada.

La calle estaba desierta. Al acercarse a tocar la aldaba del portón, percibió el olor de los cirios y las flores amarillas, fácilmente reconocibles una vez que uno ha asistido a un velorio. O a muchos, como era su caso. Ana enfiló hacia el pasillo después de que un mozo le abriera la puerta, hacia donde se escuchaba el murmullo de voces. Al menos, pensó divertida, la viuda había tenido el buen tino de celebrar el funeral en los bajos del edificio y no en el piso de arriba. Ana detestaba subir escaleras.

*

En un rincón del patio, bajo una arcada, estaban Gerónima, Isabel, María de Espinosa y algunas otras viudas que Ana conocía bien. Miró a su alrededor, con discreción y bajo el velo de encaje para ubicarse en la casa. Habían colocado el ataúd en el centro del patio, donde se agrupaban los dolientes. Las macetas de buganvilias salpicaban de color la masa de personas vestidas de negro que susurraban en pequeños corrillos. La nueva viuda estaba delante del cajón de madera, con la mirada fija en la cara de desinterés del difunto. A su lado, un joven alto y guapo se asomaba al féretro y una muchacha, que le pareció hermosa, se secaba las lágrimas con un pañuelo bordado. Aquellos debían de ser los hijos del muerto, pensó Ana, dudando entre ir e interrumpir a los familiares para dar el pésame o esperar un mejor momento. Se decidió por lo primero. Si al rato comenzaban una misa, un rosario o las plañideras con sus desmanes, lo tendría complicado. Tomó aire y se dirigió hacia el cajón. Resopló con cautela; todos los ataúdes y todos los muertos eran iguales. Tanto que parecían el mismo.

*

—Lo siento mucho, doña Paula. Reciba usted mis condolencias y que Dios, Nuestro Señor, le mande pronta resignación a su pena. —Ana habló en voz baja, detrás de la nueva viuda.

Paula se giró, pero no pareció reconocer a quien le hablaba. Asintió sin abrir la boca. Jugueteaba con sus manos sin guantes. Ana fijó la vista en las manos de aquella mujer. Eran blancas y sin pecas.

—Ana de Herrera, viuda de Diego Garrido, que Dios guarde —dijo con suavidad y una pequeña sonrisa.

Ana de Herrera. Sí, Paula la recordaba de otro velorio. Había sido el primero al que había asistido con Bernardo, creía recordar, hacía unos tres o cuatro años, tal vez más. La mujer inclinó la cabeza y se alejó. Paula volvió a concentrarse en el envoltorio de lo que había sido su marido durante muchos años. La piel de su cara parecía delgada y su expresión era suave, a pesar de que ella sabía que no lo había sido. Lo mismo le sucedía respecto al pelo y la barba, tan peinados. Las manos, entrelazadas, sujetaban un rosario sobre el pecho que, por momentos, parecía subir y bajar. Paula no podía apartar la mirada de aquella visión que parecía jugar con su mente. Cerraba los ojos e intentaba buscar un punto que no se moviera para poder asirse de algo, porque estaba convencida de que en cualquier momento Bernardo abriría los ojos y se levantaría. Parecía tan vivo… como si estuviera dormido. Paula nunca había visto un muerto que pareciera burlarse de ella. Cuando fijaba la vista en su cara, juraría que Bernardo le sonreía, con sorna, desde donde parecía descansar. Pensó que estaba volviéndose loca. Pero no quería quitarle la vista de encima, si acaso el difunto se decidía por fin a abrir los ojos o a tomarla de la mano.

*

—¡Figúrese usted! Al parecer, ni tiempo tuvo de recibir la absolución, ni la extremaunción ni el viático de la comunión…
—La mujer se persignó, bajando la voz.

—¡Dios santísimo se apiade de su alma! —repuso otra, persignándose también.

—Pues no es tan raro. Mi esposo, que en paz descanse, también murió de sopetón. No le dio tiempo de nada. Tosió y se quedó quieto —añadió una mujer mayor, mientras se alisaba los cabellos con todo y velo. Por debajo, unos ojos azules parecían sonreír.

—¿De verdad, doña Gerónima?

—Como se lo cuento, doña Isabel. Pero ya ve que dicen que los hombres que mueren así pasan poco tiempo en el purgatorio, si acaso dejaron asuntos pendientes. Por eso es que rezaremos durante tantos meses, para ayudarlos a llegar al cielo. Tengo entendido que don Bernardo cumplía con sus obligaciones; quiero decir, se confesaba con regularidad, según dicen, iba a misa, porque allí le veíamos y no debió dejar asuntos atrasados, hemos de confiar. No crea, si me ponen a elegir, yo me quisiera morir así. Hay quienes padecen durante meses y lo peor, lo que le hacen pasar a quienes los cuidan, aunque claro, una ofrece sus sufrimientos al Señor. ¿No cree?

Isabel asintió. Claro que estaba de acuerdo. Su difunto marido, que descansara en el infierno, se había quedado mudo, tieso y babeando durante varios meses. Y ella tuvo que cuidarlo, como si de verdad le importara lo que ocurriera con él, como si lo quisiera o como si lo hubiera querido alguna vez. Lo que la ocupaba en aquel entonces era que todo el mundo viera lo buena mujer que ella era. No podría confesarlo, ni a quien conocía sus secretos pecaminosos, pero aquellos días pedía a Dios que se llevara a su marido, o lo que quedaba de él, lo más pronto posible, ya que no tenía probabilidad de recuperarse. Se lo dijo el médico el día que lo encontró en el suelo, inmóvil, excepto por los ojos, que bailaban asustados. Ella tuvo que esperar casi un año para confirmar lo de la muerte «inminente». De lástima pasó a tenerle desprecio, porque la había obligado a hacerse cargo no solo de la casa, sino también del taller de impresión. Cosa que después había tenido que agradecerle a su retrato, cada vez que lo veía ahí, quieto, colgado en la pared y cuando le daban ganas de hablar con alguien que sí supiera la verdad que guardaba dentro.

Imaginaba que él le contestaba cuando ella le hacía preguntas... Isabel perdió el hilo de lo que las demás decían, hasta que una frase captó su atención.

—... yo, pues la veo tranquila. Quiero decir, parece tener mucha entereza...

—Pues ya le digo, doña Ana, que cuando a una la muerte la coge por sorpresa, pues no reacciona, ¿o no? Ya tendrá tiempo doña Paula de asimilar lo que está ocurriendo. Además, ha debido de estar muy ocupada. Usted bien sabe, como lo sabemos aquí todas, lo que significa organizar un velorio. Recuerdo cuando murió mi Pablos: hay que ver lo de la limpieza del cadáver, mandar recado a cuanta gente se pueda, organizar el entierro, el papeleo, la misa de cuerpo presente, el responso...

—Y ahora peor. Sin oficiales, ya se sabe... Porque no termina de llegar Su Excelencia. Antes que porque sin nombramiento no se podía, ahora que porque arribó ya, desde hace un mes, el señor virrey a la Villa Rica de la Vera Cruz, junto con toda la comitiva; por lo menos eso dijeron los que se supone que saben. A saber si sea verdad y, si es así, quién sabe cuánto falta para que entre en la ciudad. Nos tendremos que enterar, dar cuenta, digo yo, porque levantarán arcos y templetes, ¿no creen? No se comprende que tarde tanto en llegar a la ciudad, ¡el puerto está a un par de semanas! Y, mientras tanto, aquí todo detenido.

—¡Y que lo diga usted, doña Isabel! A ver ahora cómo nos reparte el asunto de los atrasos en las liberaciones de las aduanas. Estuve de visita la semana pasada con el licenciado Pérez, el de los albalaes, pero se negó a estampar los sellos. Dice que espera instrucciones porque con toda seguridad el virrey hará nombramientos pasadas las ceremonias del recibimiento...

—Paciencia, señoras, paciencia. Todo se andará. —Gerónima siempre parecía poner orden. Era la mayor de aquel extraño grupo y las demás la respetaban, lo mismo que a su criterio—. ¿Se sabe ya dónde serán las exequias? He de suponer que en el convento de la Tercera Orden de San Francisco. Ahí están los restos de Juan, que en paz descanse.

—Y los de mi Juan, que Dios también guarde.

—También los de mi difunto Diego, que esté sentado a la mesa del Padre. Es la cripta de los impresores y no imagino que lo depositen en otro lugar, ¿no creen ustedes? Me queda de consuelo que descansarán juntos para toda la eternidad, tan unidos que fueron en vida. —Ana sonreía de manera disimulada, pero no tanto como para que las demás dejaran de percibir el sarcasmo en su comentario.

—Pues a mí, que el convento lo hayan montado encima de un parque de animales sigue sin parecerme adecuado. —Isabel alisaba los puños de lana negra, limpiándolos uno contra otro. Había mirado con envidia que Ana, tan solo un poco más joven que ella, llevaba un cuello y unos puños de algodón blanco bordado y almidonado, con puntas de bolillo. Había sentido el pinchazo de la envidia nada más verla llegar, tarde como siempre. Estaba convencida de que lo hacía para llamar la atención.

—Estoy segura de que los frailes habrán rociado suficiente agua bendita sobre el solar... el convento tiene ya más de cien años, doña Isabel. —Gerónima dio un golpe de abanico. Era negro, de madera y hueso, y pintado a mano con algo que seguramente sería pan de oro. Parecía nuevo, porque nunca se lo habían visto.

—No me diga, doña Gerónima, que esta belleza pertenece al embarque que llegó de Sevilla, con la comitiva del virrey. —Ana había bajado la voz y se acercó a admirar el abanico.

María de Espinosa se había quedado callada, sin intervenir. Parecía distraída y nadie quiso interrumpirla. Isabel iba a contestar algo que pareciera adecuado, cuando un murmullo enmudeció el ambiente. Unos oficiales de la Santa Inquisición se presentaron en el patio y se detuvieron delante del cajón del muerto, un par de pasos detrás de la viuda, que ni pareció darse cuenta. La gente se preguntaba si estaban allí para dar el pésame o para arrestar a alguien. Con los del Santo Oficio nadie estaba seguro de nada.

*

El rezo del rosario avanzaba despacio y la gente contestaba de manera automática, sin pensar en lo que repetía. A pesar de tener a más de cincuenta personas a su alrededor, solo se escuchaban los responsorios de unas veinte. Paula nunca habría imaginado que llegaría a envidiarlas. Las conocía a todas, porque, claro, eran las esposas de los impresores de la ciudad, que poco a poco se fueron convirtiendo en viudas, una detrás de otra. Había asistido a los velorios, como debía ser, pero hasta hacía poco no había pensado en ellas, ese grupo de cuervos que cuchicheaban, simulando responder a los misterios dolorosos. No lo había notado antes, pero permanecían aisladas, guareciéndose unas a otras y, de alguna manera, así las veía cuando pensaba en ellas. Contó a siete viudas de impresores, tres de ellas hablando por encima del resto, empezando a imaginar lo que sería su vida a partir de ese día, como una de *ellas*, vestida de negro hasta el fin de sus días. ¿Cuánto tiempo era para siempre? No había reparado, hasta ese momento, en que tendría que donar sus vestidos a su hija para que los modificaran, pasado el año de luto. ¡Faltaba tanto tiempo! Desde ese momento estaba condenada a comprar varas de tela negra, al igual que ellas, y tal vez, cuellos y puños de encaje blanco, lo mismo que algunas de ellas. Porque eso era lo que ahora le pertenecía, igual que a todas las viudas de la ciudad y del mundo. Ahora formaba parte de ellas, aunque no quisiera. Esperaba que nadie notara que no lloraba. Se frotó las manos una contra otra, como si se las estuviera lavando.

Algo se removió a su lado. Había recibido las condolencias del alguacil, del regidor, del alcalde, del alférez real, del ejecutor, del procurador, del escribano, del depositario… y, al parecer, de la ciudad entera. Hacía rato que había dejado de poner atención. Los rosarios y las plañideras la habían adormilado, pero no lo suficiente como para que dejara de pensar, puesto que su cabeza insistía en dar vueltas. Su hija le tocó el hombro y fue entonces que notó el silencio que la envolvía. Dos pasos detrás de ella, una figura vestida de negro la miraba con insistencia. Lo más notable de su aspecto era una cadena de oro que traía al cuello, tan gruesa como un dedo, de la que colgaba, al centro del pecho, una medalla de Santo Domingo. De golpe le cayeron encima el cansancio, la falta de sueño, de alimento y el olor de las flores y los cirios. Sintió que le faltaba el aire. La figura, alta y severa, se acercó despacio. Paula notó a otros cuatro hombres vestidos de igual manera, pero estaban a más de diez pasos del que parecía el de mayor rango.

—Francisco de Estrada, doña Paula. Permítame darle el pésame por la pérdida de su señor marido, don Bernardo Calderón. —El hombre, alto y calvo, sacó una mano que se ocultaba debajo de la casulla, ofreciendo unos dedos largos y huesudos para que la viuda le besara el anillo.

Sin pensar, Paula dobló las rodillas en una reverencia más pronunciada de lo que dictaba la cortesía. No solo porque le debía mucho respeto, cómo no, sino porque las piernas le temblaban. Por un instante creyó que no podría levantarse sin ayuda. ¿Qué hacía el inquisidor mayor de la Nueva España en su casa?

El fraile pareció darse cuenta de la debilidad que la envolvía y le ofreció su mano para ayudarla a levantarse, sonriendo de lado y haciendo que los agujeros de su cara, marcas de viruela seguramente, se movieran hacia arriba. Vio que el hombre miraba a su alrededor con calma, satisfecho con el efecto que causaba su presencia en aquel lugar. El silencio parecía más de camposanto que de velorio. Se veía complacido y, sin embargo, parecía buscar algo con la mirada. Con una inclinación de cabeza se acercó a ella y Paula entendió que quería hablar de algo que, supuso, debía ser privado y urgente. ¿Cómo hacerlo rodeados de gente? Había al menos treinta o cuarenta pares de ojos clavados en ellos, y el mismo número de orejas intentando atrapar algo que pudieran comentar después.

—Don Bernardo Calderón, que en paz descanse, y nos, teníamos un asunto pendiente, doña Paula. Además de venir a darle mis bendiciones y a orar por el alma del difunto, he venido, disculpe usted el momento, a hablar con usted —añadió, bajando la voz.

Paula asintió, al tiempo que una alarma se encendía en su pecho, como si la hubiera picado un bicho. No, no era habitual ver al inquisidor mayor de la Nueva España en un velorio. Debía ser algo importante para el fraile, o peor, para la institución que representaba. ¿Cómo conseguir privacidad en medio de tanta gente muda? La viuda miró a su alrededor, jugueteando con las manos.

—Comprendo, Su Paternidad. Por favor, dígame: ¿cómo puedo serle de utilidad? Sabe usted que estamos para servirle.

El fraile entrecerró los ojos, pero en ellos Paula creyó leer fastidio. La miraba fijamente; sus ojos eran dos pozos negros que le provocaron escalofríos. Paula se frotó los brazos, como si de repente alguien hubiera abierto una puerta dentro del patio.

—Puedo asumir, sin temor a equivocarme, que continuará usted, al menos por un tiempo, con los asuntos pendientes que deja el difunto, doña Paula. Tengo uno en particular que me gustaría mantener en especial reserva, como siempre se hizo en vida de don Bernardo, que Dios Nuestro Señor acoja en su santísimo seno. Comprendo que serán días complicados para usted, pero le aseguro que escuchará de mí muy pronto. Queden ustedes con Dios.

El fraile hizo una leve inclinación de cabeza y se acercó al cajón de madera para mirar al difunto, que lo ignoró. Con la mano que había sacado de entre las anchas mangas y mucha paciencia, trazó la señal de la cruz sobre el pecho del cadáver, rozando ligeramente el rosario que apretaban las manos acartonadas color azulado. Paula suspiró con alivio cuando vio que el fraile le echó un último vistazo antes de darle la espalda y salió por donde había llegado, seguido de su escolta.

*

La nueva viuda creyó ver un reproche en la mirada que el oficial de la Inquisición le dedicó al cuerpo de su marido. Agradecía que se retirara porque, pasado el susto inicial, no terminaba de creer que el fraile se hubiera tomado la molestia de ir a darle el pésame. Sabía que su esposo compraba libros a España y a otros países, y que los vendía por toda la ciudad e incluso enviaba algunos cajones a los virreinatos del Perú y de la Plata. Debía vender también al Santo Oficio porque, que ella supiera, no estaban imprimiendo nada para la Santa Inquisición. Conocía todo lo que se prensaba dentro del taller y los encargos que se recibían y entregaban. Paula se frotó los brazos y sintió que alguien se paraba a su lado. ¿Dónde se había metido Jacinta? Necesitaba con prisa un chal para cubrirse. Reparó en que no llevaba guantes. Ni sabía dónde los había dejado. Llevaba todo el día anterior y lo que iba de aquel recibiendo pésames, pero por lo visto le faltaban algunos más.

—Doña Paula —el hombre, al que reconoció como un impresor rival de su difunto marido, le hizo una leve inclinación de cabeza—, ¿todo bien con el señor inquisidor? Disculpe usted, no hemos podido dejar de notarlo. No todos los días acude todo un oficial mayor de la Santa Inquisición a una casa... En fin, que si llega a necesitar algo, puede contar conmigo, con nosotros... —Hipólito de Ribera se rascaba la nuca; parecía nervioso.

Paula cruzó las manos, una sobre la otra. Tenía que encontrar paciencia y no armar un escándalo delante de toda la ciudad, que parecía llenar su casa. Deseaba echarlos a todos a la calle y quedarse a solas. Miró al impresor a los ojos para apurarlo. El impresor dio un paso corto hacia ella y comenzó a susurrar—: ¿Sabe usted, doña Paula? Comprendo que puede parecer inadecuado, dadas las circunstancias. Pero precisamente por ellas es que me atrevo a hablar con usted. Seré franco. El negocio que dejó Bernardo, que en paz descanse, no debiera perderse. Sepa usted que le ofrezco comprar la tienda y el taller. Le pagaré lo justo. No pretenderé abusar de usted y menos ahora, dadas sus circunstancias. La imprenta, a pesar de lo que pueda parecer por algún caso aislado, que de seguro conoce, es un asunto de hombres. Usted así se dedica a sus hijos y sus cosas. Espero por su bien que lo considere. No le pido una respuesta hoy, ni mañana. Comprendo que falta el entierro y el novenario y todas esas cosas. Pero considérelo. Verá que le place.

Paula miró al impresor viudo de la calle del Empedradillo como si le hubiera crecido una segunda cabeza. ¿Había dicho *comprar*? ¿La había amenazado? ¿En pleno velorio? Movió la cabeza de un lado al otro, aturdida. Sí, debían ser el cansancio y la inapetencia, y todo lo que le había caído encima de golpe en las últimas horas. Debió escuchar mal.

—¿Cómo... cómo dice?

Hipólito de Ribera golpeó el suelo con el tacón de la bota. ¿Estaba tratando de decirle que era tonta por no haber entendido la propuesta? Lo parecía, por como la miraba. Se veía molesto, pero ¿con ella? La viuda miró a su alrededor. No había nadie más que ella.

—Me parece que he sido lo suficientemente claro, doña Paula.

La viuda aflojó los hombros, irguiéndose delante del impresor.

—Y a mí me parece que es un poco pronto; quiero decir, aún no decido nada, no he tenido tiempo. Sí me comprende, ¿verdad? El cuerpo de Bernardo aún está tibio y tengo asuntos más apremiantes en los que pensar, si me disculpa.

Paula había hecho ademán de darse la vuelta e irse, pero el hombre la detuvo, sujetándola del codo. Fue un movimiento suave, pero a la vez le demostraba la fuerza de su posición, su superioridad, el dominio que tenían él y todos los hombres. Al fin y al cabo, ella era una mujer, pensó Paula mientras sentía que la cara le ardía. Apretó los labios hasta que perdieron color. Hipólito de Ribera la soltó, mirando a su alrededor. Paula seguía mirando su codo.

—Me hago cargo si la ofendo con mi aparente falta de consideración, doña Paula. Pero entienda usted. Comprendo que don Bernardo, que Dios guarde, ya no está. Pero la vida continúa. Solo quiero ser quien lleve mano cuando usted decida vender, porque un taller de imprenta no es un caldo para hembras, y estoy cierto de que lo comprende incluso usted. Sepa que le pagaré lo que sea justo, se lo he dicho y lo sostendré. Cuando tenga un momento de calma, verá lo que le conviene. Solo no se tarde mucho.

Paula apretó las manos en un solo puño. Deseaba abofetearlo, pero aquella no era su fiesta, sino la del difunto. ¿Quién se creía que era Hipólito de Ribera? ¿Qué o quién pensaba que era ella? ¡Ese hombre!... ¿Cómo se atrevía? No tenía ni idea de lo que para ella representaban el taller de impresión y la tienda… no podía saber… Además, ¡qué inadecuado! Apretó los puños hasta que los dedos se le pusieron blancos.

*

Las viudas de impresores se habían mantenido aparte, ocupadas en su conversación, pero cuando el inquisidor se apareció a medio patio, Gerónima de Gutiérrez se llevó un dedo a los labios, indicándoles a sus compañeras que guardaran silencio. Estaban un poco retiradas para escuchar, pero sí alcanzaban a observar. Notaron que el oficial del Santo Oficio barrió el lugar con la mirada y también que se acercó al difunto para hacerle la señal de la cruz. Cuando salió, vieron que Hipólito de Ribera, al que todas conocían, se acercaba a la viuda. Parecía un pésame como cualquier otro, pero al poco tiempo notaron que la viuda palidecía y el hombre la tomaba por el brazo. La tensión que las envolvía creció cuando escucharon a la nueva viuda gritar. Aquello iba a ser la comidilla de la ciudad durante, al menos, un par de semanas.

—¡No!

Las miradas se clavaron en la extraña pareja que hablaba en susurros al lado del ataúd de madera nueva, en el centro del patio. Pocos habían notado el instante en que el hombre sujetó el codo de la mujer, y nadie alcanzó a comprender lo que se decían. Parecían las condolencias habituales. Las plañideras callaron, lo mismo que las damas que en ese momento respondían a los misterios dolorosos del enésimo rosario. A juzgar por el grito que había soltado la viuda, aquel no había sido un pésame común y corriente.

DOS

Paula abrió los ojos y bostezó, estirando los brazos por encima de su cabeza. El techo parecía llamarla; miró las vigas de madera oscura, que soportaban con hastío los ladrillos que un día debieron ser rojos. Con el dedo alargado hacia el cielo y cerrando un ojo, contó catorce vigas, que se extendían de un lado a otro de los muros de piedra encalados en blanco. Se había despertado porque entraba mucha luz y tardó en darse cuenta de que era porque la noche anterior no había corrido las cortinas de su cama: parecían recriminarle seguir atadas alrededor de los cuatro postes. Se incorporó y acomodó los almohadones contra el cabecero, hasta quedar sentada. Con las manos sobre las piernas, miró a su alrededor. Todo parecía estar en el mismo lugar donde estaba hacía unos días, hacía algunos años. Pero había algo diferente. Hasta las vigas del techo parecían darse cuenta y, lo mismo que los muebles, las contraventanas y la piedra de la chimenea, y todos los demás objetos parecían esperar que ella hiciera o dijera algo. El tiempo que transcurrió durante el desconcierto y la certeza de la muerte de Bernardo, el velorio, la misa *corpore insepulto,* la entrada del cajón de madera al agujero de la pared y la placa de piedra grabada con el nombre de aquel hombre tan cercano a ella, a su vida, a su cuerpo... todo había ocurrido con lentitud. Hacía una semana ya, y de repente, le pareció que todo iba demasiado deprisa. Acercó el chal que estaba a sus pies y se lo echó sobre la espalda, frotándose los brazos. Eran ya varios los días que esa sensación la acompañaba, una especie de niebla que parecía envolverla: todo y todos la miraban, esperando que abriera la boca, que actuara de tal o cual manera. Como si esperaran a que resolviera nuevas preguntas, formuladas a partir de su recientemente adquirida condición de viuda. Pero ¿qué esperaban que les dijera? Había que comer, había que lavar, había que ir a la plaza cada semana, había que hornear pan... había que limpiar las cosas de la habitación de quien fuera su esposo, tirarlo todo a la basura, o donarlo, como le había sugerido su hijo, después de elegir lo que se quedaría para él. ¿Qué era lo que los demás esperaban de ella? Ni siquiera era capaz de saber cómo se sentía. Todo era nuevo y era a ella a quien parecían exigirle respuestas. «Ahora que lo pienso», se dijo mientras bostezaba otra vez, «¿cuáles eran las preguntas?». Tal vez si alguien comenzara por hacérselas... quizá. Le entró prisa por salir de la cama y empezar a hacer... algo. Lo que fuera. Después, miró a su alrededor y sonrió. Su tiempo ahora era suyo y de nadie más. Los cortinajes de la cama y de la ventana también parecían mirarla. Cerró los ojos. Debía de estar volviéndose loca, porque no era normal mirar los objetos y creer que la interrogaban. Paseó la vista por los muebles de su habitación y se detuvo en la cómoda. Sobre lo que un día fue una mantellina bordada, reconvertida para decorar y cubrir la madera, se hallaba una caja que había pertenecido a su madre.

Se puso de pie y abrió la ventana para que salieran el luto y el velorio, lo mismo que el recuerdo de lo que fue su marido. Que no quedara ni una mota de polvo que lo recordara. Abrió los brazos para que también saliera la incertidumbre y algo que iba tomando cuerpo dentro de ella: la culpa.

*

Paula miró la caja de madera laqueada que tenía sobre la mesa de noche, llena de frascos con remedios y tinturas. La caja evocaba a su madre y a otras mujeres de su familia que habitaban en su pasado, que la viuda imaginaba oscuro y sombrío. Con un movimiento rápido y disimulado, Paula se puso de pie y se acercó a la caja con incrustaciones de palo de rosa y la abrió, buscando un frasco en particular. La imagen borrosa del Niño Jesús pintada en el interior de la tapa la miró desinteresada. Eligió un frasco de entre todos los que estaban allí y lo sacó despacio, apretándolo entre sus manos. Inhaló con calma mientras caminaba hacia su cama. Las manos le temblaban y el frasco se resbaló y golpeó contra el suelo. El contenido, verde y viscoso, se extendió como una mancha macabra sobre la madera del suelo, que se tragó la tintura en pocos momentos. Paula se preguntó si la mancha se lavaría alguna vez. Se agachó a recoger los restos de vidrio mientras suspiraba. Necesitaría mandar a comprar otro frasco a la botica del convento.

*

Muerto… Bernardo estaba muerto y eso no tenía remedio. Admiraba sinceramente las tradiciones de la gente que la rodeaba, de aquellos que aún gustaban de honrar a los suyos en el más allá desde el más acá. Aquella tierra, que no toda su gente, no terminaba de aceptar la regla de la Iglesia respecto a acompañar el alma del difunto mientras llegaba, suave y sin sobresaltos, a descansar al lado del Señor. No, Jacinta, Dominga, los peones y algunos de los mozos con los que convivía a diario celebraban la muerte como un puente que unía a los vivos con los muertos y, además, creían que se podía cruzar libremente de un lado al otro. Blasfemia, herejía o una verdad que no podría soportar, de resultar cierta. La mujer sacudió la cabeza. Cuestionar siquiera el creer en otra cosa que las Sagradas Escrituras era motivo de confesión, penitencia e incluso, de castigo corporal. Pero ella no tenía silicios ni nada parecido en casa.

—Tonantzin, señora Paula, Tonantzin. Ella hablará con la señora Mictecacíhuatl para que no lo envíen al niño Bernardo a Omeyocan, o tal vez sí, porque ¿sabe? allí van los guerreros y las mujeres que mueren de parto. Su marido no era un guerrero, pero, pos en una desas se lo toman en cuenta. O a Tlalocan, doñita, el segundo lugar al que uno se quiere ir cuando se muere, porque el esposo suyo murió de aguas, es decir, no de hidropesía, pero sí de cagaleras, que viene a ser como de aguas. Así que segurito que doña Mictecacíhuatl lo manda para allá. Allí mismito gozará de abundancia y descanso. Ya luego la diosa Tonantzin, la madre de todos nosotros, tendrá mucha piedad y mucha compasión con él, señora. Ya verá que sí.

Paula había querido hablar, pero dejó que su criada siguiera con sus cosas. Quería decirle a Jacinta que era blasfemia lo que estaba diciendo, que Tonantzin se llamaba en realidad Pilar o Guadalupe, que se trataba de una virgen, una mujer pura y sin mancha, que además era la madre de Dios, el mismo que la iba a castigar por andar hablando de la diosa azteca de la muerte, pero no tenía ganas de hacerlo, porque no le veía el sentido. Admiraba cómo aquella gente había aceptado, sin apretar, el peor posible de los abrazos, las enseñanzas de la Iglesia, de un Dios que eran tres, más la Virgen que eran muchas, los santos y beatos y toda la corte celestial, sin dejar de entretejerlos con los retazos deshilachados de sus antiguos dioses, que también eran muchos, junto con sus costumbres de flores, cantos y alimentos, sus sahumerios y una fe que —debía reconocer— resultaba inquebrantable. La de ella sobrevivía por encima, como una segunda piel, pero no la traspasaba. Si no, ¿cómo había sido posible que ese Dios, tan justo, que todo lo sabía y todo lo miraba, se hubiera convertido en justiciero? Cerró los ojos para espantar sus demonios. Además, y este pensamiento la maravillaba, los naturales de aquella parte del reino eran guerreros valientes pero dóciles, suaves en sus maneras pero firmes en sus convicciones. Dejaría que la vieja nana le trenzara el cabello, porque no tenía ánimo para decirle que no deseaba su cabello en trenzas, sino en un recogido de viuda, un moño bajo como los que usaban todas para que no estorbara con el velo negro. Sonrió de nuevo al pensar en lo de «viuda». Paula se miró los brazos. Se sintió feliz de pensar en lo que podría elegir hacer durante el día, cuando terminara la misa en San Francisco. Después de todo, su tiempo no era del todo suyo.

*

En cuanto a saber lo que haría, no había nada que preguntar, nada que suponer, nada que decidir. Paula seguiría adelante con la tienda y el taller, porque así lo había dispuesto antes de convertirse a la viudez. No sería la primera viuda de impresor. Pensó en lo curioso que era ver mujeres de negro por dondequiera que pasara: se topaba con ellas en la calle, en la plaza, en misa y nunca parecían suficientes. No había puesto atención a la coincidencia, pero lo mismo le había ocurrido cuando estuvo embarazada: le parecía que todas las mujeres de la ciudad estaban en el mismo estado que ella, al mismo tiempo. Ahora era una con las otras mujeres de negro, de la cabeza a los pies. De todas las viudas que había conocido, muy pocas se casaban de nuevo, solo las más jóvenes o las que poseían una dote de consideración y cuyos familiares —siempre varones: tíos, hermanos, padres— decidieran resguardar para nuevas alianzas. Paula se encogió de hombros. No era su caso. Su padre había muerto, sus hermanos eran religiosos, su hijo todavía no era adulto, aunque le faltaba poco. Las riendas de su vida le pertenecían solo a ella, y este pensamiento la aterraba en la misma medida que la mareaba con algo que debía ser gozo, por la manera en que entraba el aire a cada rincón de su pecho cada que respiraba.

*

Sí, era libre. Los postes de la cama la miraban y ella les sonreía. Podría levantarse a la hora que quisiera; al menos, cuando terminara el año de luto riguroso. Un año pasaría rápido y más porque tenía toda la intención de dedicarse en cuerpo y alma al taller y a la tienda. Había crecido perfumándose con el olor avinagrado de la tinta, con la vista de las hojas recién impresas colgadas de las cuerdas, secándose al aire, como las alas de unos pájaros a punto de lanzarse al vuelo por todo el techo del taller, por el patio y por donde se pudiera. Aquella imagen se había grabado en su memoria infantil y pensó que era así como se sentía ahora, casi seca, lista para abrir sus alas y lanzarse al cielo. Los folios parecían llamarla porque, después de secarse, se tendrían que cortar y coser, y luego compaginar, pegar con cola y encuadernar.

Por el momento, y mientras ponía orden en el taller, su trabajo consistiría en imprimir cartillas, la tarea más sencilla de las que tenía: se imprimían varios textos en cada pliego, siempre los mismos, y se acomodaba cada tipo dentro de cuatro cajas a la vez y estas, dentro de una más grande. Los oficiales daban vuelta a la palanca que presionaba la tinta sobre los tipos y después, con un golpe seco, abrían las maderas hacia arriba, levantándolas para sacar cada hoja con cuidado y colgarlas a secar. Después de secarse, las imprimían por el otro lado, cuidando que quedaran siempre en el mismo lugar. Vueltas a acomodar y a entintar, vuelta a colgar para que se volvieran a secar. Ya bien secas por ambos lados, las doblaban y cortaban para, finalmente, hacer paquetes de diez en diez. *Aa,*

Bb, Cc... Ma-má, Pe-pe, o-jo, ve-o... las cartillas o silabarios eran lo que el taller de Bernardo Calderón imprimía de lunes a viernes, todo el año, gracias a la merced otorgada por el virrey Lope Díez de Aux y Armendáriz hacía apenas cuatro años. La demanda era inagotable, porque los silabarios se usaban una sola vez y los colegios de varones, tanto para españoles como para criollos y naturales, no dejaban de encargar pedidos para todo el territorio (que empezaba muy al norte y terminaba por Oaxaca), que ella nunca había visitado. El taller de Calderón, ahora de la viuda de Bernardo Calderón, pensó Paula torciendo la boca, los ofrecería a los conventos que enseñaban a niñas, lo cual ya era un escándalo en sí mismo. La viuda sonrió. Le gustaban ciertos escándalos, como ese que se imaginaba. Aún eran pocos los niñados que enseñaban a hijas de españoles y a algunas criollas privilegiadas a leer y escribir, excepto, desde luego, a las que sus padres mandaran con la dote adecuada. Ella conseguiría que fueran más, muchas más, y como cada niño necesitaba más de una cartilla al año, para su fortuna la demanda de silabarios autorizados era inagotable. Paula pensaba que, aun si no conseguía imprimir más que un libro por año, viviría muy bien solo con la impresión de las cartillas. Que lo suyo les había costado el privilegio. El problema era que ella quería imprimir dos libros el siguiente año, al menos. Nadie lo había hecho nunca, pero ella sabía que eso era exactamente lo que iba a hacer. Compraría otra prensa, así tuviera que hipotecar la tienda con todo y género. ¡Otra prensa! En su mente se apareció la imagen de Hipólito de Ribera, el impresor de la calle del Empedradillo. Recordó, sin saber bien la razón, que el hombre tenía la piel de las manos y las pupilas como trozos de madera seca, lista para prenderse en un fuego cualquiera.

El resto del velorio se mantenía envuelto en una especie de nube dentro de su mente, excepto la inquietante mirada del inquisidor, que la tenía en alerta. No solo le parecía increíble que De Ribera le hubiera dicho ¡en pleno velorio y delante del cuerpo quieto y mudo de Bernardo!, que se ofrecía a comprarle el taller y la tienda. Lo había hecho delante de media ciudad y, desde luego, delante de los demás impresores. ¡Qué poco la conocía! Como si acaso ella fuera a pensar alguna vez en deshacerse de lo que ahora era suyo. Paula sacudió la cabeza y el cabello se le escapó en mechones del gorro de dormir que los sujetaba. La melena castaña y ligeramente rizada le llegaba más abajo de media espalda. Se sintió igual de libre que su cabello y la idea la hizo sonreír. Decidió que aquel día iba a ser estupendo y lo iniciaría con un dulce de camote bañado en piloncillo.

*

La misa por el alma de Bernardo formaba parte del novenario, por lo que se extendió en dos golpes de campanas con el rosario. Aún debía acompañarlo para que llegara con bien al cielo, a sentarse donde fuera que se sentaran las almas que se encontraban con la muerte por sorpresa, sin aviso. Paula no necesitaba untarse polvos en la piel, puesto que era tan pálida que debajo del velo nadie notaría que no tenía ojeras, ni ojos hinchados. Alguien con ojo atento vería que tampoco cargaba llanto ni noches en vela. Ahora que era viuda dormía mejor que nunca, porque las perspectivas que tenía sobre su futuro brillaban más que las noches de luna, esa que hacía brillar los cerros, los volcanes, las agujas de las iglesias y los tejados de los edificios, y que cubría de una pátina de plata las acequias, los canales y los lagos. No sabía que podía sentirse tan completa cuando se suponía que le faltaba la mitad de su existencia. No. Paula no era de esas viudas que se quedaban muertas en vida cuando faltaba el marido. Siempre lo había sospechado y ahora lo sabía: Bernardo nunca fue el centro de su existencia y, si alguna vez lo fue, lo había olvidado, como tantas otras cosas que se amontonaban dentro del baúl de su pasado. Por más que se esforzaba, no podía obligarse a llorar, a sufrir por la ausencia de alguien a quien no había querido. Y no porque no lo intentara. Solo que quizá se rindió pronto, cuando conoció al hombre que se había casado con ella. En realidad, ¿qué podía esperar? Ni los Benavides ni los Calderón pertenecían a la nobleza, pero los matrimonios se arreglaban entre las familias decentes, como las de ambos, para preservar la bonanza. Ella solo había sido una pieza de carne y una dote que su padre movió para asegurar el futuro. El de él, claro. El de Bernardo, desde luego. El de ella… se suponía. Pero Paula nunca lo sintió así. Terminó por entenderlo y por aceptarlo, claro que sí, pero tenía que reconocer que a esos hombres les guardaría rencor de por vida. Paula inclinó la cabeza hacia atrás para liberar la tensión en los hombros. No tenía tiempo para pensar en esas cosas, y sin embargo, no podía sacarlas de su cabeza. Había perdido la cuenta del rosario y las paredes frías de la capilla reclamaban su atención, pero no tanto como el peso que sintió recargarse sobre sus hombros. ¿Sería el alma del difunto Bernardo? ¿Venía a recriminarle? Un frío manto la cubría, hasta que notó que algunas de las viudas que conocía la miraban. Ya lo había percibido antes, hacía dos o tres días, pero no con tanta insistencia. La primera vez creyó que era por lástima, después por curiosidad y aquella mañana no sabía qué pensar. Se suponía que ellas estaban ahí para ella, para apoyarla, para ser su sostén y no dejarla caer… ¿a dónde, si se podía saber? Sin embargo, así como la ciudad parecía estar lista para recibir el otoño, Paula se sentía preparada para enfrentar su nueva vida. Las miradas furtivas de algunas de aquellas viudas, por debajo de sus velos, la pusieron en guardia. La miraban insistentes y pensó que algo debían querer. De ella. ¿Todas? Bufó y miró el retablo dorado encajado entre dos columnas de piedra gris. *Ave Maria, gratia plena…* Concéntrate, Paula… ¿Qué seguía? ¿La coronación de espinas o

Jesús con la cruz a cuestas hasta el Calvario? Eso la hizo recordar lo de levantar la cruz del muerto, realizada en su casa, sobre la mesa de la cocina donde lo habían limpiado unas monjas. Primero la cabeza, seguida del brazo izquierdo, después del derecho... hasta llegar al corazón y así, hacer la cruz con el cuerpo flácido... Aquel día el rezo se le hacía especialmente difícil porque su mente insistía en irse a otros lugares, lejos de allí.

*

Paula se persignó y levantó las rodillas del suelo. Fijó la vista en la talla de san Francisco con un ave en un brazo y un animal que debía haber sido un cordero en un costado, que parecía mirarla a ella. Le dio la espalda y, mientras recorría el pasillo lateral hacia la salida, se concentró en las piedras del suelo, que resonaban cuando las pisaba. Sintió que acababa de caer en mitad de un capítulo abierto en cualquier página. ¡Tenía tantos asuntos pendientes! Algunos se habían puesto en marcha nada más morirse Bernardo. ¿Qué era eso del inquisidor mayor buscando un encargo especial hecho a su difunto? Don Francisco de Estrada no preguntaba, le exigía que terminara con la encomienda que le había hecho a su marido. Tampoco había tenido mucho tiempo para pensarlo, pero al parecer, y por lo que había rebuscado en el despacho del muerto, el inquisidor le había solicitado una remesa de libros al difunto, que aún no se habían recibido en el taller. Paula había pensado que, de no haberse muerto, lo habría matado por no haberle dicho nada, por mantenerla a ciegas. El atraso era considerable: más de cuatro meses, pero Paula no tenía forma de conseguirlos. El nuevo virrey no había llegado aún a la capital del virreinato y con él se esperaban los nombramientos de los oficiales de la aduana, los del tribunal de la Acordada, del Cabildo y del resto de oficiales de gobierno, para que empezaran a hacer su trabajo, o en este caso, para continuarlo. Paula ni tan siquiera sabía si los cajones con libros estaban en el puerto de la Vera Cruz o atorados en Xalapa, en Orizaba, en la villa de Guadalupe o si estaban tan cerca como las bodegas que rodeaban la plaza del Volador y el Palacio Virreinal. Cerró los ojos y le pidió al Altísimo que la ayudara a resolver el asunto antes de que el señor inquisidor la buscara de nuevo. Le había dicho que escucharía de él muy pronto y temía que llegara el día y la encontrara sin respuestas.

*

De pie en el centro del atrio, vio de reojo a tres mujeres, o a tres de los cuervos, como ella las llamaba en secreto, que la miraban con una atención poco o nada disimulada, fuera de toda cortesía. Creyó que le pedirían algo, o al menos, le hablarían, pero cuando les dio los buenos días, las tres se despidieron sin acercarse. Lo que fuera que quisieran, seguramente no era el momento. Paula caminó despacio, seguida de Jacinta, hacia la calle de San Francisco y siguió por la de los Plateros. Al llegar al portal de los arcos giró a la izquierda y continuó hasta cruzar la calle de agua para, de ahí, enfilarse a San Agustín. Entró en su portón y subió las escaleras. Estaba cansada, pero se lavaría para sentarse a la mesa. Delante de ella, se encontró con Jacinta, que le presentó un plato con tamales. La viuda resopló. ¿Quién había decidido el menú en su casa?

—¿Tamales?

Jacinta miraba al suelo.

—La Dominga, que porque cada día se deja caer alguien para dar el pésame y que nadie quiere comer en esta casa. Que no va ella a andar preparando platos sin repetir el orden de comidas para que se echen a perder. Que usted siempre anda diciendo que es pecado desperdiciar comida, señora. Y como le sobraban los guisos de varios días, molió el maíz y metió los guisos ahí dentro, en la olla de barro con la lumbre bien baja, que para que no se pasmaran. Ya verá que están buenos. Yo le dije que no era lo que a usted le gustaba comer, pero ya ve cómo es la Dominga. Cada día más sorda y testaruda. Y si no come, señora, ¿quién la va a querer, así de flaca? Yo nomás digo...

Paula resopló. La vieja Jacinta había sido su nana desde pequeña y sabía que se preocupaba por ella, aunque no fuera capaz de expresarlo con la voz. No sabía si era porque a la nana le faltaran palabras, esas que nunca las había aprendido, o porque le sobraba voluntad y ternura. Cada tarde le dejaba la jarra llena de agua dejada al sereno en una olla de barro cocido para que se limpiara la cara y los brazos antes de dormir y también al despertar; cada noche, también, le dejaba la ropa acomodada sobre una silla —los guantes, el pañuelo y el velo—, doblada con algo que debía ser cariño. Cuando perdió a su madre, Paula se había refugiado en aquella mujer de baja estatura pero brazos largos y fuertes, anchos al igual que su pecho, para llorar. Había olvidado el olor de su madre, pero si cerraba los ojos, era capaz de oler la piel oscura y gruesa de Jacinta, que le hablaba de chiles asados, de romero, de vapor y espuma de chocolate, de pan blanco recién horneado. Aquella piel arrugada y endurecida también le contaba historias de tortillas recién hechas, porque de ella se desprendía el aliento del maíz recién molido y el del recién cocido, plano, sobre un comal. Porque ahora Jacinta pasaba el día en la cocina, junto a la también vieja Dominga, y estaba impregnada para siempre del olor de los fogones. Y era cálida, como sus palabras y sus silencios, lo mismo que sus arrullos, que recordaba si cerraba los ojos. Solo que con la edad, Jacinta se estaba volviendo igual de testaruda que la cocinera. Paula miró el plato con resignación; los cuidados de aquellas mujeres le sabían a cariño, aunque había veces que la ahogaban. Y Paula sabía que era incapaz de reprenderlas. Además, era verdad que su hambre se había ido a algún lugar de donde aún no volvía. Tal vez perdió el camino de vuelta a su cuerpo. Miró el tamal y lo abrió. El vapor le inundó la nariz y encontró una senda hasta llegar a su cerebro, hundiéndose dentro de lo que fuera que hubiera ahí dentro, despertándole los sentidos. Olía bien. Le daba lo mismo comer medio tamal que uno completo, o no comer nada. La masa suave y perfumada con manteca se le deshizo en la boca. Era verdad que estaba bueno.

*

Los dos tipógrafos se pusieron de pie al verla entrar al taller. No esperaban que la mujer del difunto se apareciera por ahí, a juzgar por las caras que pusieron nada más verla. Respetuosos, se quitaron las gorras y, poniéndolas sobre el pecho, inclinaron la cabeza. Paula sonrió al ver que parecían haberlo ensayado, puesto que lo hicieron de manera sincronizada. Los otros tres oficiales y el aprendiz se pusieron de pie al escuchar el ruido de los bancos al moverse.

—Buenos días, doña. —Pedro Quiñones fue el primero en hablar—. Sentimos mucho la muerte del patrón. Usted dirá.

Paula cruzó las manos y miró al cajista a los ojos. Quería leer en ellos, pero no podía. Cornelio Adrián miraba sus botas.

—¿Llegaron las veinte resmas de papel que habían quedado de enviar hoy?

—Me parece que sí, señora. Vi entrar una carreta hace rato, pero yo no salí a recibir. Lo hizo aquí el Diego. Nosotros estábamos terminando de preparar la tinta.

—¿Le echaron suficiente alumbre? Y nada de vino agrio esta vez. Solo goma. Debe quedar muy negra y sin que se corra. La goma vieja la pueden rebajar después con lejía para las cartillas, como siempre. Quiero ver la prueba del texto que nos encomendaron para el recibimiento del señor virrey. Como no sabemos cuándo sea eso, hay que tener la prueba lista.

—Sí, señora. —El tipógrafo levantó la vista hacia arriba. Paula lo miraba, curiosa. Quiñones jugueteaba con la gorra entre las manos. ¿Acaso leía fastidio en los ojos de aquel hombre?

—Disculpe, la señora. El patrón nos encargó… quiero decir… nos había encargado un trabajo, el *Repertorio de los tiempos*, de Enrico Martín, al que le faltan las ilustraciones para insertarlas donde corresponde, después de la selección que hizo la semana pasada. El patrón había dicho que lo revisaría más tarde… pero luego… ya sabe. ¿Qué hacemos? Sería una pena tirar todo el trabajo a la basura, pero si usted va a vender el taller, tal vez sería conveniente ir hablando con…

—¿Vender el taller? —Paula se puso rígida. Debía haberlo supuesto. La gente había estado hablando a sus espaldas. El pretendiente a comprador hablando con sus empleados…, con una certeza anticipada sobre sus decisiones, como si pudiera obligarla—. No sé a qué viene eso, Quiñones. El taller no está en venta.

Paula tomó aire y se metió entre las dos mesas, tirando algunos enseres a su paso. Las enaguas que llevaba debajo de la falda no cabían en el reducido espacio que había entre ellas. Vio que José, el aprendiz, se apresuraba a recoger lo que había caído al suelo, pero no se detuvo. Llegó hasta la prensa, que no tenía ningún trabajo en proceso.

—¿Por qué no estamos prensando nada? ¿Estamos esperando algo? —Los empleados se miraron unos a otros, desconcertados—. ¿Y bien?

Cornelio Adrián dio un paso adelante. Por primera vez miró a la mujer a los ojos. Paula creyó leer temor en ellos.

—Esta mañana el torno de la palanca se quedó atascado. No hemos encontrado por qué no gira sino hasta la mitad. Creemos que debíamos llamar al herrero o al carpintero. Pero no sabíamos a quién decirle, doña. Como dijo aquí Quiñones, no sabemos bien a bien si seguiremos teniendo trabajo o si nos pagará hasta fin de mes, o si vamos buscando otro taller y usted nos firmará referencias… El niño Antonio… Que no sabemos, pues.

El tipógrafo provenía de Flandes y lo delataba su altura, su cabello rubio rojizo, además de su acento y sus ademanes. En cuanto a la edad, tres líneas profundas salían a los lados de cada ojo, traicionándolo. También tenía la cara llena de agujeros, como si hubiera dedicado su vida a exprimirse la piel y lo que saliera de ella. Llevaba apenas unos años en el taller, después de haber pagado condena por hereje en los calabozos de la Inquisición en Tlatelolco. Su lugar de nacimiento lo había convertido en enemigo de la Iglesia cuando llegó a la Ciudad de México. Pero por poco tiempo, porque solo purgó condena un par de años en los talleres reservados a cargo de la imprenta. Lo habían entrenado bien y, por unos pocos reales, Bernardo Calderón lo había rescatado para su taller, y sabía que era de fiar, o por lo menos lo había sido. Ahora la miraba, esperando una respuesta. Paula golpeó el suelo con el tacón de su bota derecha.

—Me preguntan a mí, Cornelio. El patrón ahora soy yo. Me parece a mí que se van enterando todos de una buena vez.

Paula sintió seis pares de ojos fijos en ella, bien abiertos como el hueco que había en el techo y que permitía la entrada de luz natural al taller. Había hablado en un tono más agudo que de costumbre, pero pensó que ya se adaptarían, lo mismo que ella. Se detuvo delante de la prensa y sin pensárselo, se hincó en el suelo y se metió debajo. Nadie se movía.

La viuda recordaba que una vez, siendo adolescente, vio a su padre hacer lo mismo en aquel mismo lugar, tal vez incluso bajo la misma prensa. Metió los dedos con cuidado por el hueco donde se enroscaba el torno grueso de madera que, al girar, apretaba las planchas de madera sobre las cajas con los tipos, trasladando la tinta a los folios en blanco. Aquella vez había caído un pedazo de papel dentro del hueco, impidiendo que girara. De reojo vio que uno de los oficiales, no sabía si Diego o Tristán, le miraba el trasero. Resopló, molesta por aquella invasión. Intentó concentrarse en el camino que recorría su mano, adivinando el hueco, porque no podía ver nada del mecanismo desde donde estaba. Cerró los ojos y sonrió. Su memoria le había ayudado a encontrar el problema. Alargó los dedos con precaución dentro del hueco, hasta que encontró al delincuente que buscaba: una astilla de madera, del tamaño de un dedo meñique, salió entre ellos. Se levantó, rasgando su falda negra en uno de los postes que sostenían la prensa.

—¡Maldición! —Soltó sin pensar. Los cuatro hombres y el chico la miraban como si hubieran visto al Maligno—. Es solo una astilla de madera. A partir de ya mismo, se revisarán las prensas una vez por semana, se limpiará todo con los cepillos que deben estar por ahí, en algún lugar, y se hará limpieza de todas las partes, una a una. Y de todo este lugar. Quiero orden y limpieza, ¿me han entendido? Cualquier duda que tengan, me preguntan a mí. El trabajo lo organizo yo, que decidiré de ahora en adelante cómo se distribuyen las tareas y los horarios para hacerlo. José, coja usted esa escobilla y póngase a barrer. No se puede trabajar bien en este muladar. Terminando la jornada, a fregar el suelo. Le pediré a Jacinta que acerque unos cubos de agua y unas varas de telas viejas para fregar. Si no sabe, que le enseñen. Pedro, es mi deseo revisar lo de Enrico Martín. Tengo una idea sobre las ilustraciones, pero hemos de saber si vamos bien de tiempo. Tengo entendido que el ilustrador que teníamos… Jesús algo… no ha entregado, ¿cierto? Tal vez conozca yo a una mujer que nos pueda ayudar con eso. La acabo de ver en el velorio y en las misas. Cornelio, haga favor de seguir con lo que estaba. ¿Revisó las resmas de papel? La próxima semana debemos entregar cincuenta cartillas al convento de San Jerónimo y no las veo terminadas. ¡Ea! ¡A trabajar todos!

Paula había batido las palmas, intentando no pensar en su falda rasgada. Si quería estar allí más tiempo, ocupada con los asuntos de la imprenta, debería tener cuidado de no quedar desvestida frente a sus empleados. Tal vez debería mover las mesas, de manera que no estuvieran tan cerca una de la otra. Quizá si moviera la prensa a la esquina... Caminó por el taller midiendo los espacios. Lo mejor sería ampliar el lugar de trabajo... pero ¿cómo? Tirar un muro, extenderse hacia el huerto... Tendría que pensarlo con calma, porque debería servirle para muchos años por venir. Los hombres seguían sin moverse de su lugar, mirándola con lo que a ella le parecía asombro. Excepto en los ojos de Pedro Quiñones, donde parecía asomarse la rabia. ¿Rabia de qué?

—Doña..., es que falta la portada. No tenemos aún la autorización para ponerla... Además, falta el nombre. Digo, se puede poner impreso en el taller de Bernardo Calderón, calle de San Agustín número 6, pero el patrón... Bueno, ya se sabe. Mire... que hice una prueba...

Los trabajadores bajaron la mirada al suelo, todos al mismo tiempo. Paula tomó la muestra que le tendía Quiñones y palideció mientras leía. Una cuchilla le traspasaba el lugar donde debía estar el hígado: la puñalada de la traición. En una hoja orlada de doble folio, con el escudo de armas del marqués de Cerralvo, se podía leer... «*Christophorus Sanchez de Guevara... pro licenciatura laurea in eadem Caefareo iure suscipienda*»... Era el escrito en el que había estado trabajando Bernardo sus últimos días, el postrero encargo del virrey anterior a su extinto marido. Al pie se podía leer claramente: *Mexici, Ex Officina Bernardi Calderon, Per Petrum de Quiñones.*

Paula sintió que le ardían las tripas.

—¿Compró usted una imprenta, Pedro? Permítame felicitarle entonces. Curioso que le hayan asignado el mismo trabajo que a mi taller.

—No... No, patrona. Es... es parte de la prueba.

—Esto... ¿Sí comprende usted que no puede usar cualquier nombre ni en mi papel ni en mis tipos ni con mi tinta, y menos en mi taller, verdad? Entonces solo habrá que cambiar esta portada y ponerle mi nombre. Impriman la prueba y me la muestran para autorizarla.

—Sí, doña.

Paula se había acercado a la mesa donde Cornelio acomodaba tipos y tomó una hoja al azar. Pasó de largo a Pedro Quiñones, sin mirarlo. Ya le mostraría ella quién mandaba en el taller.

—¿Vuesamercé firmará como «Herederos de Bernardo Calderón»? —Cornelio Adrián no solo había adivinado el hilo de sus pensamientos, sino que los había exorcizado en voz alta—. También podría poner el nombre de don Bernardo Calderón y la antorcha de cabeza, a la usanza.

—¿Antorcha de cabeza? ¿Y eso qué es?

—El símbolo de las viudas, doña Paula. —El cajista había bajado la voz y los ojos hacia el folio, evitando mirarla.

«¡Tengo nombre!», pensaba la viuda mientras se dirigía a la puerta. El símbolo de la antorcha invertida no era para ella. Paula de Benavides no había nacido para esconderse detrás de un dibujo, por mucho que este representara su condición presente y futura. Encima de la mesa, dos impresos en folios de a cuarto la miraban, retándola. Sabía que algunos hombres querían sacarla del negocio de impresión, seguramente para obligarla a vender y, además, barato. No vendería, ni a Hipólito de Ribera, ni a nadie. Iba a dar batalla, ¡vaya que la daría! El privilegio había sido concedido por el virrey hacía cuatro años y no iba a soltarlo por los que restaban, así que por cartillas no tenía nada que temer. Sentía calor, pero sabía que salía de su interior.

—«En México, por la viuda de Bernardo Calderón». «Paula Benavides viuda de Bernardo Calderón». Tomará una línea más, pero sé que podrá acomodarla, Cornelio —le espetó Paula, que había enrojecido hasta las orejas. Le lanzó el folio al cajista, que la miró extrañado.

Antes de que pudiera decir nada más, llegó Dominga corriendo. La buscaba el fraile Francisco de Estrada y parecía tener prisa por hablar con ella. Paula sintió que se le oprimía el pecho, impidiéndole respirar. No tenía respuesta para lo que el señor inquisidor seguramente buscaba.

*

Isabel estaba sudando. No era porque hiciera calor, ni tan siquiera eran los vapores aquellos que amenazaban a las mujeres de cierta edad. Había visto y padecido en carne propia los de su lejana madre, y lo que le ocurría no tenía nada que ver con lo que la rodeaba. El calor venía de sus entrañas y la atrapaba a menudo. Demasiado, para su gusto. Una luz la cegaba por un instante, le aflojaba las piernas y le entumecía los brazos. Parpadeó varias veces e intentó acostumbrar sus ojos a su entorno. Empezó por reconocer su habitación, los muebles de madera oscura, los tapices y cuadros colgando de las paredes macizas y blancas, y después, los cojines tirados por el suelo, las mantas revueltas, un par de tazas rotas, los cortinajes de la ventana y una parte de su falda, la frontal, hecha jirones. Cuando la rabia la poseía, no era ella misma. Ni los interminables rosarios, las abluciones de agua bendita, el té de pasiflora, el de valeriana, el de lavanda ni tampoco el de manzanilla con toronjil lograban calmar su espíritu cuando se enojaba. Al confesor le imploraba, de rodillas, que le sacara el chamuco del cuerpo, porque Isabel estaba convencida de que ella se ponía tan rabiosa solamente porque el Maligno la poseía por unos breves instantes. No podía ser otra cosa. Ella era dulce, atenta, siempre preocupada por los demás, servicial y generosa. Nunca había entendido que la vida la tratara como si la odiara. Dios no podía odiarla, no a ella. Toda su vida había sentido los aguijones de los celos, de la envidia y de la insatisfacción clavarse en su carne. En el convento había niñas más rubias que ella, más sonrientes, más amables, más dóciles, más… Isabel siempre se preocupaba por agradar a los demás, por recibir atención, mendigando cariño, reconocimiento. Pero siempre había sido gris, y reconocerlo la sacaba de sí, la poseía. Cualquiera sobresalía por encima de ella. Ni cuando cometía actos de crueldad era lo suficientemente mala. Con un mohín recordó aquella mañana de su infancia, cuando entre varias niñas habían lanzado piedras a un perro callejero, flaco y lleno de pulgas. Había sido ella quien lo había perseguido y comenzado a apedrear. Pero fue otra niña, más alta y fuerte, más rápida, quien lo había pateado, reventándole las tripas al animal. Ella solo se había quedado de pie, mirando, sin poder despegar la vista de lo que tenía en frente. Los ojos del animal la habían hipnotizado de por vida y se le aparecían cada cierto tiempo para atormentarla. Porque ni siquiera había podido ser la más mala, sino solamente medio mala. Como en los demás aspectos de su vida, incluso en su maldad, Isabel de Quiroz era mediocre. Y esta certeza la consumía.

Se asomó a la ventana y miró hacia afuera, hacia los humedales, pero solo se alcanzaban a adivinar los cerros. Supo que llovía sobre uno, porque una cortina gris oscuro que salía de entre unas nubes negras le impedía verlo. Miró su falda. No le desagradaban las tareas mujeriles y domésticas, pero el hueco que habitaba dentro de su cuerpo no terminaba de saciarse con bordados, tejidos, costuras, visitas a hospitales y beneficencias. Menos aún con misas y rosarios. Había soportado lo mismo que las demás mujeres, estaba segura y con resignada frustración, las acusaciones de irracionalidad, irresponsabilidad e inconstancia que desde el inicio de los tiempos se aseguraba que corresponden a toda mujer; cualidades heredadas del hecho irrebatible de haber nacido hembras, poseyeran o no los atributos del rostro angelical y las artimañas del Maligno. En su caso particular, Isabel no era lo que podía considerarse bonita, y nunca lo había sido, por lo que nunca tentó a nadie y menos al Diablo. A cambio, el Creador la había compensado con una inteligencia que sobrepasaba, y por mucho, la de sus hermanos y demás parientes masculinos. Apretó las manos alrededor de la madera de la ventana. Este pensamiento tampoco la consolaba. Parecía toparse con mujeres más inteligentes que ella, y esta confirmación la ponía de mal humor.

Con Paula de Benavides el aguijón de la envidia y los celos volvía para punzarla en las tripas. Justo allí donde no se podía sobar, ni poner un ungüento, ni tampoco alcanzaba a enfriar ese fuego que le comía las entrañas. Ni aunque tomara agua fría, porque solo le entumecía los labios, la garganta, el pecho. El frío no llegaba nunca al estómago y menos a ese lugar que se apretaba y se retorcía de rabia. Lo peor de todo era que la detestaba. Esa mujer era más alta que ella, tenía la piel más clara, el cabello más dorado y largo, la sonrisa más amplia y los ojos de un color entre verde y miel que a ella le faltaba. Además, su familia, los Benavides, le había conseguido, a mejor precio que el que sus padres pudieron pagar, al marido que Isabel había querido para ella. Un día tan lejano como todo lo que la corroía por dentro había visto a Bernardo Calderón, recién llegado de España. Le había parecido guapo e interesante, pero no lo suficiente. Hasta que lo vio con Paula de Benavides del brazo, el día de la boda de ambos en el Sagrario Metropolitano. Esa mujer, indiferente a su belleza, a su posición y la suerte que tenía, le había robado lo que Isabel quería para ella. Porque cuando lo escuchó pronunciar los votos matrimoniales, supo que ese, y no otro, era *su* hombre, el de ella. Y otra se lo había quitado.

Suerte para Isabel que su vida no había terminado allí. Se había casado, también con un impresor, y había llevado una vida de recogimiento, de caridad y de todo aquello que el Señor premiaba. Su mayor bendición había sido enviudar, porque se había terminado el suplicio al que estuvo sometida durante muchos meses. A Juan le había dado un *algo* que el médico definió como *síncope*, que lo había dejado peor que un bebé, a ella que no vio crecer a ninguno de los cuatro hijos que su vientre parió. Se había dedicado en cuerpo y alma al cuidado de aquel bulto maloliente en que se convirtió su marido de un momento a otro, y Dios la había premiado llevándoselo para siempre. Ese mismo ángel justiciero se había llevado ahora a Bernardo, pero no se sentía satisfecha. Había observado a Paula desde el día del velorio y recelaba de ella. No parecía afectada, ni tan siquiera la había visto derramar una lágrima por el hombre al que ella tanto deseó, con el que cometió adulterio en sueños, al que invocó en sus noches de insomnio, al que dedicó versos de amor en unas hojas sueltas. La indiferencia de Paula removía los intestinos de Isabel, que le gritaban que no se fiara de ella.

De momento, tendría que pensar con cautela. Se cobijaba en la intachable virtud que demostraba en público desde hacía años: abnegada, devota y caritativa. No faltaba ni un solo día a misa, se confesaba cada semana, pagaba el diezmo con puntualidad y participaba en cuanta caridad se requiriera en la ciudad: hospicios de niños abandonados, ancianos, dementes y enfermos. Nada que tuviera que ver con los naturales, porque le daba grima el color cobre tiñoso, achocolatado, de sus pieles. Se convencía a sí misma de que si habían nacido de ese color, con aquellos cabellos negros, lisos e hirsutos, con las caras anchas y las narices chatas, era porque Dios los castigaba por lo que debieron haber hecho sus ancestros. Claro que lo de la otra vida le causaba problemas de conciencia, pero los conjuraba alejándose de ellos. Hasta sus sirvientes y los empleados de su taller eran de piel más clara que los de las otras casas. No tenía nada en contra de los naturales, se convencía pero no le gustaba que estuvieran a su alrededor. Y para no tener que pensar en aquello que sabía eran ideas equivocadas, no faltaba a ningún evento de la ciudad con tal de que la sociedad supiera lo buena persona que era. Porque Isabel de Quiroz era una buena persona. Sus defectos y pecados eran mínimos y el Señor tendría en cuenta sus buenas obras cuando la llamara a su lado, compensando la envidia, los celos y la amargura de su existencia. Suspiró mientras se agachaba a recoger los objetos que había lanzado contra el suelo y las paredes, cuidando de no cortarse con los trozos de loza rota. Tendría que cambiarse de falda, que había rasgado con los puños, los dedos y los dientes. Se sentía lacia y reblandecida. Debía reunir fuerzas para asistir con las demás viudas a tejer una red de desconfianza alrededor de Paula de Benavides y evitar que la aceptaran en la cofradía. La hermandad ya tenía a Gerónima para tomar decisiones y a Ana para brillar con esa luz que parecía salirle desde dentro; a María de Espinosa para conseguir trabajadores, a María de Sansoric para enterarse de lo que ocurría en el Cabildo, el Tribunal y el Ayuntamiento, y a Catalina del Valle para adentrarse en los vericuetos de la Iglesia, a través de contactos dentro del palacio del Arzobispado. Estaban completas y no necesitaban a Paula de Benavides para nada. Isabel se frotó las sienes con ambas manos. Con la parsimonia de un caracol gigante, el dolor de cabeza acudía, implacable, cada vez que se exaltaba. Siempre se sorprendía de que terminara tan cansada después de un episodio de furia.

TRES

La mujer se incorporó despacio, sujetándose de la orilla de la cama, sin decidirse a dejar ir las mantas. Le costaba dejarlas ahí, quietas y cómodas hasta el anochecer, sin ella. Las miró y suspiró. Las envidiaba. Al igual que el día que había enviudado, el silencio que la rodeaba se rompía de repente, como un cristal, y en un instante y al mismo tiempo estallaban todos los ruidos a su alrededor: los gallos del huerto vecino ensayaban los primeros cantos, lo mismo que las gallinas y los pollos con sus cacareos, el ronroneo de algún gato bajo su cama, las ollas y los peroles desde la cocina las herraduras de algún caballo sobre el empedrado y los primeros gritos de la mañana de las criadas que vaciaban las bacinicas en las calles... destellos del día se colaban por entre las ventanas y le taladraban los oídos, anunciando un nuevo día. La suya era siempre la misma pesadilla. Le martilleaba el recuerdo de aquel día, lo mismo que la molesta voz de su conciencia. El día que se había convertido en viuda. Se levantó de la cama y se acercó a la ventana, abriendo los postigos. Debajo de la bruma alcanzaba a distinguir las torres de la iglesia catedral, y un poco más arriba, los cuerpos de agua que rodeaban la ciudad. Si en un día despejado sacaba el torso por la ventana, podía ver los cerros que, de momento, adivinaba detrás de aquel visillo blancuzco que era la niebla del amanecer.

Ana de Herrera, viuda de Diego Garrido, no terminaba de saber cómo se sentía con el paso de los años. Tenía días en los que disfrutaba de pequeños placeres como decidir lo que haría, incluso imaginar que no haría nada. Solo mirar por la ventana, leer un libro, o bajar al taller a ver un grabado, terminar de idear uno o bosquejar otro nuevo. Al final, casi siempre se trataba de motivos religiosos, vírgenes dolientes, santos en sufrimiento, niños angelicales con los ojos al cielo, querubines regordetes y alas. Y adornos, muchos adornos: flores, arabescos, círculos, cuadros, cruces. Las noches eran otra historia; se le hacían eternas de tan vacías. La eternidad… Suspiró y miró de reojo la orilla de la cama. Aún era temprano para vestirse e ir a misa de ocho. La capilla de la Tercera Orden de San Francisco estaría desierta a esa hora, pero lo prefería. Desde que se quedara sola, buscaba la iglesia casi sin gente, a excepción de las otras figuras vestidas de negro, como ella, que la acompañaban cada mañana desde hacía unos años, los mismos que tenía de viuda. Mientras estiraba los brazos por debajo del chal de lana peinada repasó los nombres y los rostros de aquellas otras viudas: María de Sansoric, viuda de Melchor Ocharte, Inés Vázquez, viuda de Juan de Borja, Catalina del Valle, viuda de Pedro Balli, María de Espinosa, viuda de Diego López Ávalos. También las otras viudas de impresores que le eran más cercanas: Isabel de Quiroz, viuda de Juan Ruiz y Gerónima Gutiérrez, viuda de Juan Pablos. Y a partir de ahora, Paula de Benavides, la viuda de Bernardo Calderón. Era el sexto día del novenario y aún faltaban el resto de las honras y los sufragios. Acompañar el alma del difunto siempre requería al menos un año de rezos, aunque eso ya lo decidiría la nueva viuda. La luz que se colaba por la ventana tenía vetas azules y moradas, por lo que aún tenía tiempo para decidir si regresarse al colchón y alegar después un dolor de cabeza, una molestia femenina o tal vez un conveniente malestar estomacal, o terminar de levantarse para lavarse la cara y vestirse.

Ana se dio vuelta y se dejó caer sobre la cama. No podía dejar de pensar. Resoplando, sacó los brazos de las mantas y los puso sobre las almohadas. Después los abrió para abarcar todo el ancho de la cama. La sensación de cubrir ella sola todo el colchón la hacía sonreír, ¿quién lo hubiera dicho? No se trataba de que hubiera compartido el lecho con Diego, excepto cuando la visitaba por aquello de las obligaciones maritales, pero le agradaba la certeza de que nadie se presentaría a su lado a ninguna hora. Se sentía fuerte, dueña de sí misma. Entonces recordó que Gerónima e Isabel le habían pedido no faltar a la misa de ese día en particular, porque era martes, ni al chocolate que seguiría después. Tenían que hablar acerca de algunos asuntos pendientes, como la impresión de calendarios, el aumento del precio de la resma de papel y los problemas ocasionados por la falta de oficiales que desatoraran la compra y venta de libros que habían llegado desde España. También del asunto de la nueva viuda. Tenía que darse prisa o llegaría después de que el cura avanzara por el pasillo central, lo cual siempre era motivo de reproche. Hiciera lo que hiciera, siempre llegaba tarde. A su lado escuchó el ruido de uno de los gatos, el negro de ojos amarillos que acostumbraba dormir bajo su cama. Lo llamó y lo colocó sobre su vientre para acariciarlo. El gato ronroneaba de gusto.

*

Salve Regina, Mater misericordiæ: vita, dulcedo, et spes nostra salve... Gerónima contestaba sin pensar, porque de repente dedujo que debía tratarse de un plan macabro del Altísimo que todas ellas tuvieran que rezar no solo bajo la atenta mirada del Cristo crucificado y de los rostros alargados y doloridos de santos, vírgenes y el resto de la corte celestial que las espiaban desde las paredes: aquellas mujeres vestidas de negro también debían orar bajo el manto de esos espíritus, ahora desdibujados y volátiles, que un día fueron sus maridos. Era como si tuviera que inhalar el polvo de lo que fuera el cuerpo de Pablos, su esposo. Tiró del chal para cubrirse los hombros porque sintió que un hilo de agua helada le recorría la espalda. Sí, ahí estaban las piedras grabadas con los nombres de los impresores, esperando por ellas. Gerónima aguantó la respiración con tan solo imaginar que Juan, o Pablos, como ella le llamó siempre, la estuviera llamando desde detrás de aquella piedra en el muro, diciéndole que ahí había espacio para ella, junto a él, para toda la eternidad. Agachó la cabeza e intentó concentrarse en responder el segundo misterio. Había perdido la cuenta de cuántos avemarías llevaban y, peor, de los que aún faltaban. Notó que Isabel la miraba, sonriéndole por debajo del velo de encaje negro. Era bonito, pero no tanto como los que usaba Ana. Aquella mujer seguía siendo una coqueta, pero Gerónima pensaba que tenía derecho, porque calculaba que no había cumplido aún treinta años y podía decirse que había rejuvenecido desde que enviudara. Alcanzó a distinguir que comenzaba el quinto misterio doloroso, así que se acercaban al final del rosario. Levantó la cabeza hacia el altar de la capilla. Era el momento de apelar a la culpa, la sumisión y el deber para concentrarse en recitar el Salve y las letanías Lauretanas. Hacía años que había dejado de pensar en lo que repetía, de memoria y sin reflexionar. Le había costado sus buenos azotes de niña. Al salir a la calle volvería a respirar aquella agradable y pecaminosa sensación de hacer lo que le viniera en gana. Gerónima siempre se debatía entre lo que le decía la voz de su corazón y lo que su cabeza le martillaba; la mayoría de las veces, palabras repetidas por el confesor. Odiaba sentirse así, detestaba la culpa, pero siempre pensaba que un día se encontraría con que podía vivir con ella. Cada mañana, al salir hacia la calle de San Francisco, se repetía que valía la pena, aunque estuviera lloviendo, aunque hubiera neblina, aunque hiciera frío. Mandarse sola hacía que todo valiera la pena, incluso los remordimientos que a veces la carcomían.

*

Los martes, después de misa, tres de aquellas mujeres se reunían en casa de alguna de ellas, por turnos. Discutían las novedades de la ciudad, intercambiaban información para sus talleres y distribuían el trabajo que realizarían en común, además de revisar algunos libros de compras y pagos, albalaes y las cuentas de su sociedad. Hacía diez años que la primera viuda, Gerónima de Gutiérrez, había prestado dinero a otra de aquellas mujeres para que pudiera continuar imprimiendo, comprando y vendiendo libros, como lo haría una hermandad, de poder formar una. Lo de hermanarse lo tenían prohibido, lo sabían. Primero por ser mujeres, después por ser mujeres y al final por ser mujeres. Pero sin nombrarse como tales, ni constituirse legalmente en una cofradía, ni ofrecer sus diezmos a ningún santo ni advocación de la Virgen ni pagar las fiestas correspondientes, sí funcionaban como algo parecido: se prestaban dinero sin réditos, acompañaban a las nuevas viudas que perdían al marido impresor a misas, honras y responsos, y cooperaban con los gastos del entierro, la caja, la cera y el paño, las propinas a los sepultureros y a los carroceros y, sobre todo, se tenían al tanto de lo que ocurría dentro del gremio de la impresión en la Nueva España. Cada una, en solitario, había decidido quedarse a cargo de lo que tenían sus maridos sin poder heredarlo de manera legal, y entre todas se apoyaban. La idea no había surgido como un plan maestro; de hecho, ni siquiera supieron cómo habían comenzado a unirse, a apoyarse entre todas. Solo había sucedido. Primero se había unido una, después otra y así habían continuado. Tenían, entre todas, suficientes contactos familiares y relaciones en el Cabildo, el Ayuntamiento y dentro de la Iglesia como para saber quién imprimía qué en la Muy Noble y Muy Leal. Gerónima no le había dedicado tiempo a pensarlo. Un día se había despertado con la idea y pensaba continuar, porque era lo que le daba vida a su vida. Lo contrario equivaldría a la nada, y ya tenía y había tenido suficientes nadas en su existencia, que estaba siendo larga y saludable. Tenía sus riesgos, sí. Si la Iglesia o, peor, la Santa Inquisición, llegaran a sospechar que entre todas ellas mantenían una hermandad secreta de viudas de impresores, quizá las quemarían por herejes o por blasfemas, o por lo que se les ocurriera. El Santo Oficio tenía maneras de hacer que la gente dijera lo que deseaba confirmar, una vez que se levantaba el dedo acusador.

*

Por el momento se trataba de consolidar los trabajos de los calendarios para el año siguiente, en los que, desde luego, estamparían a san Juan, el santo patrono de los impresores, en cada portada. Lo hacían para honrarlo, por respeto a sus difuntos y para continuar con la tradición de aquella ciudad. Ya estaban a mediados de septiembre y, si no se daban prisa, no podrían tenerlos terminados para comenzar la venta en diciembre. Un asunto que las tenía preocupadas, a ellas y a los demás miembros del gremio, era la falta de nombramientos por parte de los nuevos oficiales que habían llegado a finales del mes anterior, miembros de la numerosa comitiva del nuevo virrey. Sí, se habían publicado los nombramientos de los oficiales de mayor rango en el Cabildo, en la Real Audiencia, en el Tribunal de la Acordada y, desde luego, en el Palacio Virreinal. Se conocían los nombres de los gobernadores, lugartenientes, oidores, fiscales, alguaciles y capitanes del ejército. Pero aún no llegaba el turno a los oficiales menores, los encargados de estampar los sellos que legitimaran la compra y venta de libros, de papel sellado, de enseres para elaborar tinta, ni tampoco para imprimir. Cada escrito debía llevar la autorización de parte de la Iglesia y del área administrativa del Cabildo o les quemarían el taller, y los arrestarían a todos. ¿A quién acudir?

*

La joven Ana remojaba los labios en la taza. El chocolate humeaba dentro de los jarros de barro cocido, decorados con vivos azules, materializados en forma de flores, hojas y pájaros. Era cerámica de muy buena calidad, pero no porcelana, porque esa se dejaba para las ocasiones de gala. Esa mañana lo acompañaban con bizcochos y marquesotes, que remojaban dentro de la bebida espesa y aromática. Gerónima no era muy aficionada al pan dulce como sus compañeras y por eso no lo ofrecía a sus invitadas.

—Increíble que los curas insistan desde el púlpito en que es pecado beber chocolate. Los médicos, por otro lado, aseguran que fortifica el cuerpo y restaura los humores. Dicen que los nativos lo bebían mezclado con achiote, maíz y algo de chile. A mí me gusta con anís.

—¡Los curas…! Si hasta ellos lo beben. Solo hay que ver las cantidades que compran en el Volador en los días de plaza, cuando no hay corridas de toros, peleas de gallos ni carreras de liebres. Cuantimás ahora que se ha puesto de última ofrecerlo en forma de tabletas o tablillas, lo que facilita mucho la preparación. —Isabel se limpiaba los labios con la punta de una servilleta bordada con una P. Se detuvo un instante a mirar la letra, inicial de Pablos, el difunto marido de Gerónima. Ella también seguía usando las servilletas de su ajuar de novia. ¿Acaso debía regalarlas y bordar unas con una Q? Un ajuar de viuda… ¿Existía eso? Sacudió la cabeza. Lo preguntaría al confesor. O mejor no. Ella era la viuda de Juan Ruiz y estaba condenada a usar las R en sus servilletas. Quizá una «V de R» estaría mejor... Isabel de Quiroz se removió en su asiento. Aquel día se sentía incómoda. Hablarían de Paula de Benavides, la viuda de Calderón. Aquella mujer no le gustaba, pero no podía decirles la razón.

—Pues yo entiendo que a la virreina le ha gustado el chocolate, y mucho. Incluso, hay quien asegura que ha dicho que en España se bebe de diferente manera y se ha sorprendido sobremanera de que aquí lo beban los indios y todas las gentes en general. Entiendo que allá en la corte solo los nobles se lo pueden permitir. En todo caso, parece haberse adaptado a las mil maravillas a algunas de nuestras costumbres. Dicen que ahora bebe chocolate caliente a diario, por la mañana, al mediodía y por la tarde. Supe también que le gusta con canela y vainilla...

—Hablando de la virreina, ¿habéis escuchado que el señor virrey trajo de España a su querida? ¡Habrase visto tamaña desfachatez! ¡Hizo viajar a la esposa y a la querida en el mismo barco!

—¿En el mismo? Pero ¡qué barbaridad! Yo escuché rumores, desde luego. Pero los desestimé como cotilleo sin sentido. Ya saben que desapruebo los chismorreos... —Isabel limpió de nuevo las orillas de su boca con la punta de la servilleta que había estado mirando—. Sí, desde luego. Lo mismo que mi confesor, quien no deja de preguntarme por todo lo que ocurre en la ciudad. A veces parece que solo me interroga acerca de los demás y no atiende a mis faltas... —Ana de Herrera sonrió. Siempre le hacía gracia que Isabel quisiera simular una devoción y una pureza de espíritu que estaba lejos de sentir. A ella no la engañaba tanta exhibición de mojigatería.

—Yo escuché decir que se trata de una actriz de corral. Y que lo del romance con Su Excelencia se dio, precisamente, durante el viaje. ¡Sería demasiado!

—Pues si la virreina está al tanto, nada hay de qué preocuparnos, querida. Ya se sabe, una mujer de su calidad, porque se dice que tiene sangre noble, no se molestará por las amigas ocasionales que el marido pudiera tener. Si es normal. Los hombres... ya se sabe.

—Pues dudo mucho que la virreina esté al tanto. ¿Quién iría a decirle? No creo yo que alguien se atreva. En todo caso, los hombres, y el virrey como uno de ellos, tienen permitido hacer cosas, ciertas licencias. Por otro lado, ya lo ven: el obispo ha prohibido que las esposas de los varones que son casados asistan a las misas en catedral, ¡ni siquiera dentro de la jaula!

—Tiene razón, doña Ana, tiene usted toda la razón, ciertamente. Dejemos a la virreina en el palacio y vayamos a nuestros asuntos, que para esto estamos aquí. Por cierto, ¿qué hay de doña Paula? Ya han visto ustedes que apenas nos ha dedicado un momento después de las misas de su difunto.

—Permítame, doña Isabel, que a ello iba yo. Han de saber ustedes que le ofrecí cubrir los cuatro reales del entierro, como muestra de buena voluntad. También ofrecí pagar el coste del paño y algunas onzas de sebo, como hemos hecho anteriormente. Le hice saber que puede contar con nosotras para algo más que los rosarios y el resto de honras fúnebres. Pero no estoy segura de que haya comprendido. Si estamos de acuerdo en que le extenderemos la invitación a unirse...

—¿Se los aceptó? Quiero decir, he escuchado algunos rumores...

—¿De qué tipo, si me permite, doña Isabel? Ilumínenos, si me hace usted favor...

Ana de Herrera sonrió, mirando a las dos mujeres que tenía enfrente. Siempre le divertía ver a ambas en acción. Gerónima, la mayor, incisiva y alerta. Isabel, taimada y desconfiada, pero no menos lista que la primera. Y ella, Ana, solía mediar entre ambas cuando surgía alguna diferencia de opinión, lo cual, para su diversión, ocurría a menudo.

—Alguien que estaba lo suficientemente cerca pareció escuchar, porque las voces subieron de tono, aunque no faltará quien piense mal, que el impresor De Ribera le ofreció comprar el taller. Yo esperaría a ver qué hace. Si decide vender, sería poco afortunado invitarla a participar de nuestra… sociedad.

—No dudo que le hayan dicho mal, doña Isabel. Porque me parece a mí que nadie se atrevería a ofrecerse a comprar el taller cuando el muerto todavía podía levantarse y pegarnos un susto. No sería la primera vez, no, que un difunto despierta. Aunque claro, don Bernardo no despertó. Así que me parece una falta grave de delicadeza que hubiera hecho lo que usted dice. —Gerónima se sirvió más chocolate, antes de que se enfriara. Aquellas discusiones siempre la animaban a beber más tazas que luego, durante la noche, le impedirían dormir. Pero no le importaba. A su edad, las horas de sueño no determinaban su descanso.

—Pues no crea, doña Gerónima. Yo escuché decir lo mismo —Ana intervino, sorprendiendo a las otras dos mujeres—, que por eso gritó lo que todos pudimos escuchar.

Gerónima dejó la taza y el plato sobre la mesa. Era verdad. Paula de Benavides había gritado una negativa a medio patio, mientras De Ribera se mantenía de pie a su lado. Unos momentos antes parecía haberla sujetado de un brazo, pero ella había asumido que la mujer se sentía débil. Lo había olvidado.

Isabel abrió la boca. Aquella le pareció una buena oportunidad de aportar al ánimo colectivo en contra de Paula de Benavides.

—Doña Paula…, no la conozco lo suficiente como para saber qué hará en los próximos días. Tal vez tengan ustedes razón y deberíamos esperar. Quizá vuelva a casarse, pasado el luto. Luego está el asunto del inquisidor mayor en el velorio. Ya me dirán ustedes qué significa eso. No me ha parecido a mí ese tipo de mujer… pero una qué va a saber, ¿verdad?

Ana miró a la mujer que tenía enfrente, levantando la barbilla. Había creído entender una alusión a ella, a su situación particular.

—¿Qué tipo de mujer, se puede saber? —Gerónima la miró a los ojos—. A mí, sin embargo, me ha parecido de fiar. Tiene fuerte el espíritu. Al marido le dio un soponcio y ella ha estado serena y a la altura, dadas las circunstancias —«Casi me recuerda a mí», iba a añadir, pero se contuvo.

—Pues que me he enterado de que, a los pocos días del entierro, la ahora viuda se metió al taller a revisar si la tinta tenía buena mezcla de alumbre y goma, y que revisó el contenido de vino agrio metiéndole el dedo para después olerlo. Parece que sabe lo que hace. Retiró la goma vieja para que la rebajaran para las cartillas, ya ven que con el privilegio otorgado al marido ha debido entregar varios cientos en estos días, a pesar del luto. No, a mí no me parece que sea una mujer que se desprenda del taller ni de la tienda. Una que deseara volver a tener marido no haría algo así. —Ana pensaba en ella, hacía unos pocos años. Todo el mundo la daba por vuelta a casar solo porque era joven y la asumían como incapaz de hacerse cargo de nada. Lo mismo pasaba con Paula. Lo había pensado con calma, la había observado y se reconocía en ella, pensamiento que la complacía. Juraría que tenían edad similar, aunque la nueva viuda sí había tenido hijos y estos estaban vivos. Claro que jurar, lo que se dice jurar, no se atrevería.

Gerónima miraba sus manos.

—Pues a mí me llegó el rumor de que se había atrevido a desprenderse de algunas capas de enaguas para poder moverse por el taller, que el espacio es estrecho entre las mesas con las cajas de tipos y la prensa. También que había ordenado a los oficiales mover la prensa de lugar, lo mismo que las mesas, para que ella misma pudiera pasar sin temor a sufrir un accidente, porque al parecer, algo ocurrió la primera vez. Que algo se hubo atorado por debajo de la prensa, y ella misma se metió debajo para desatascar el torno... Yo digo que no vende.

—Pero ¿y si le quitan el privilegio? Se le otorgó al difunto por diez años y aún restan seis. Falta ver qué dirá el nuevo virrey. Yo insisto en que debemos esperar.

—No veo por qué le retirarían el privilegio... pero es verdad que en estos tiempos todo es posible.

—Escuchen esto —Isabel miraba a las otras dos mujeres mientras se limpiaba, otra vez, las comisuras de los labios con la servilleta bordada con una P. Había notado que sus compañeras estaban indecisas, pero ella no quería a Paula de Benavides como miembro de la hermandad a la que pertenecían las viudas de impresores, aunque no quisiera explicar sus razones—: quiero decirles que yo también supe, y de muy buena fuente, que el impresor de la calle del Empedradillo le ofreció comprar el taller y la tienda. Por si fuera poco, los tipógrafos del taller de Calderón se han reunido con este impresor y le han puesto al tanto de la cantidad de género que hay, le han mostrado el inventario de enseres e incluso de los trabajos de impresión en curso, además de los de las cartillas. De la tienda, al parecer, no saben nada, porque doña Paula no les ha dejado entrar. Disculpen ustedes que insista, pero deberíamos esperar la respuesta de doña Paula a De Ribera antes de tomar una decisión. Si resulta que termina vendiendo, no tiene ningún caso proponerle aliarse con nosotras. Ya ven lo que nos pasó con doña María de Sansoric, que estuvo a punto de venderlo todo, o con doña Catalina del Valle, que volvió a casarse. Es que yo lo veo muy arriesgado. Que es muy pronto para decidir.

Gerónima Gutiérrez asintió, sonriendo.

—¡Ah! Pero me parece que nos olvidamos aquí que doña Catalina volvió a enviudar...

—Si me disculpa, doña Isabel. Pero ¿podría decirnos quién le ha contado todo esto? Ya me parece a mí muy extraño que ese alguien conozca tanta información. Desde dentro del taller, quiero decir.

Isabel de Quiroz enrojeció. Tarde, pero se arrepintió de haber insistido, porque se percató de que había hablado de más.

—El tipógrafo, Pedro Quiñones. Renunció al taller de Calderón. Ha dicho que no trabajará para una *vieja*.

Ana abrió la boca para contestar, sintiéndose ofendida. Pero la risa de Gerónima la contuvo.

—¡Es natural! Ya antes me había renunciado a mí por la misma razón hace unos años. Hemos de agradecer al señor Quiñones que se mantenga fiel a sí mismo. Aunque lamento profundamente que se haya ido de la lengua. Pensándolo mejor, habré de recordar enviarle una nota, agradeciéndole que se haya ido de bocazas. Yo, por mi parte, supe que Quiñones salió del taller porque intentó imprimir su nombre en la portada de un encargo. Gracias a este detalle, me parece, señoras, que bien podremos hacerle una visita a doña Paula de Benavides en fecha próxima. Si ha hecho lo que Quiñones asegura, estoy cierta de que mantendrá la tienda y el taller de impresión. Será un buen elemento de nuestra cofradía. Necesitamos sangre fresca y con excelentes conexiones familiares, y doña Paula de Benavides las tiene. ¿No lo creen?

Ana de Herrera asintió. Pero Isabel de Quiñones no estaba por la labor.

—Paula de Benavides viuda de Calderón, que no se olvide. ¿Alguien le habrá dicho ya que no puede imprimir con su nombre? Si acaso se queda al frente del taller, deberá firmar como *viuda de*, como el resto de nosotras. ¿Y qué me dicen del asunto ese de que se presentó el inquisidor mayor en el velorio? ¿Acaso no lo encuentran inusual? Si me preguntan a mí, diría que resulta muy, pero que muy extraño —quería decir *sospechoso, insólito, peligroso*. Pero se contuvo.

Era verdad. Las mujeres se miraron unas a otras. Ninguna tenía una respuesta lógica para aquello. Ningún oficial del

Santo Oficio se había aparecido en los velorios de sus maridos, ni en ningún otro velorio, que se supiera, excepto en los de aquellos oficiales de alto rango del Palacio Virreinal, del Cabildo o del Arzobispado. Tampoco nadie había escuchado nada de la conversación entre la viuda y el fraile y este se había retirado a los pocos minutos de haber llegado. Todo parecía indicar que se trató de un pésame común y corriente, pero ¿y si no?

—Podríamos intentar averiguar. Fijo que se trata de algo relacionado con el Secreto del Santo Oficio. No sabemos nunca quién imprime para ellos y tal vez don Bernardo Calderón, que en paz descanse, fuera ese impresor. No nos será fácil averiguar, no; porque ese tipo de asuntos no se divulgan. Pero algo se podrá saber, seguro que sí. Siempre es posible a cambio de unas monedas en las manos adecuadas. Le he ofrecido a doña Paula, como les tengo dicho, que entre nosotras pagaremos los cuatro reales del entierro. También le ofrecí el sebo y el paño, pero solo me dio las gracias. Al parecer, porque el difunto tenía todo en regla y listo, como se dice, para el día que Dios Nuestro Señor lo llamara a su lado. Tenía encargado el hábito franciscano para el velorio y la mortaja, lo mismo que pagada la cera, que no sebo, para todos los servicios religiosos en la capilla de la Tercera Orden, desde luego. Lo mismo que nuestros maridos, por aquello del gremio. ¡Qué sabrían ellos que continuaríamos como gremio, pero entre sus viudas! —Gerónima de Gutiérrez, viuda de Juan de Pablos, alisó su falda con una sonrisa franca, después de dejar la taza de chocolate sobre la bandeja de servicio.

—Entonces, señoras mías. ¿Cuántos calendarios concluirá cada una? En cuanto a almanaques, tengo registrados quinientos de bolsillo y doscientos de formato en cuarta para el año del Señor de 1641 años, que comenzará el martes… ¿Quién tiene la muestra del *Almanaque Dionysii Petavii Aurelianensis et societate Iesu Rationarii Temporum*? Yo, lo confieso, lo imprimí en dos partes para incluir las fiestas de santos, las de guardar y los plenilunios para el conteo de la Cuaresma.

—Yo imprimí según la muestra del almanaque de provincias porque me resultó más sencillo, sin tanto adorno. Terminé trescientos y ya los tengo comprometidos. Ahora me arrepiento de no haber comprado más papel para otros cien, que tal vez los hubiera podido enviar a Nueva Galicia o a Nuevo Santander...

—Y no nos olvidemos de los trabajos de impresión de los recibimientos del señor virrey. Nicolás de Torres, doña María de Estrada Medinilla y su *Descripción de fiestas*, así como del *Viaje de tierra y mar...* de don Cristóbal Gutiérrez de Medina, que aún no se asignan a ninguna imprenta. Veamos cómo podemos hacer que caigan con nosotras.

Las campanadas de la vecina capilla de San Ildefonso dieron el mediodía. Aquella reunión había terminado.

*

Nadie supo cuánto rato pasó Paula metida en el taller, hasta que la criada fue a buscarla para comer. Tampoco nadie se dio cuenta de que se había ensuciado la cara, no solo las manos, con tinta negra y pegajosa. Se había rasgado la falda en más de un lugar y las mangas también. Cuando entró en su habitación para lavarse y cambiarse de ropa, vio que el espejo le devolvía una cara sonrosada, unos ojos brillantes y una sonrisa, que de tímida pasó a abierta en un santiamén. La mañana había ido mucho mejor de lo que había esperado. Se sentó delante de la mesa con espejo y cogió un cepillo. Sin pensarlo, soltó su cabello y comenzó a cepillarlo.

¿Por qué lo había hecho? ¿Por qué había entrado al taller y se había metido con las herramientas, con la tinta, con el papel y con la prensa? Hacía mucho que no se divertía tanto, pensaba, dándose un tirón. La verdad era que llevaba años pensando en ese día, que finalmente había llegado. Cerró los ojos y apretó los labios. Había valido la pena y se aseguraría de que siguiera siendo así. No podría decirlo ni al confesor, era verdad, porque la acusaría de orgullo, de soberbia y otro montón de cosas. Hundió el cepillo en el cabello, castaño y espeso, como si aún tuviera veinte años. Suspiró despacio. Tampoco era que le contara *todo* al confesor.

Ahora se miraba en el espejo de tres hojas que había heredado de su madre. Era viejo, y el azogue del fondo del cristal ya mostraba más manchas que reflejos, pero no podía deshacerse de él. Tal vez si cambiaba las hojas por unas nuevas… pero eran de un tamaño que no sabía si podría conseguir. Miraba ora sus faldas negras, ora el costurero que tenía abierto sobre la mesa. Había decidido prescindir de tres o quizá cuatro enaguas para poder moverse con mayor libertad dentro del taller. El problema era que las faldas arrastrarían. Tendría que encontrar una manera de acortarlas para bajar al taller, pero no tanto como para que se le vieran los adornos de los bajos, si acaso recibía una visita inesperada. Puesto que acababa de enviudar, no podía más que ir a misa y estar en casa, por si alguien se aparecía de visita.

Ladeó la cabeza con la mirada fija en el espejo. Se había soltado el cabello y le gustaba lo que veía. Maldecía a Pedro Quiñones por haber abandonado el taller, pero más lo maldecía por haber dicho, en el quicio de la puerta, que él no trabajaba para viejas. Ya se encargaría ella de hablar con los otros impresores o mejor, las impresoras, para que no le dieran trabajo. Se había comportado con ella como un verdadero patán y no merecía conseguir trabajo en la ciudad. Ella conseguiría que se largara a otro lado. Suspiró mientras trenzaba sus cabellos con los dedos. Si pretendía comprar otra prensa y quería imprimir libros, necesitaría otro buen cajista. Además, estaba aquello que no podía sacar de su cabeza: las palabras del fraile Francisco de Estrada, el inquisidor mayor de la Nueva España. Paula había acertado: el fraile había encargado unos libros para el Santo Oficio a Bernardo. El problema era que no se sabía dónde estaban ni cómo podían hacerse con ellos. Tenía los albalaes para treinta cajones, una pequeña fortuna por cobrar, pero los seis cajones de madera marcados con el sello de «no abrir» estaban perdidos, de momento. Sabía, porque el correo proveniente del puerto de la Villa Rica de la Vera Cruz sí llegaba puntual, que habían salido de Sevilla hacía seis meses. Constaba en algún acta, de la que enviaron testimonio, que las cajas de madera se habían desembarcado en el puerto. Pero la falta de ordenanzas por el cambio de virrey había detenido el resto.

Los libros le preocupaban, sí, pensaba mientras cogía hilo y aguja para ponerse a hacer más grande el dobladillo de la primera falda, pero lo que le había quitado el sueño desde hacía unos días había sido la instrucción tajante del inquisidor del Santo Oficio sobre que no debería, en ninguna circunstancia, abrir aquellos seis cajones de libros. Paula había pasado un par de noches en vela repitiendo aquella amenaza mientras miraba las vigas del techo, una y otra vez, como en una vuelta de tuerca. A veces se burlaba de sí misma al pensar que aquellos trozos de madera oscura le contestarían lo que necesitaba saber. Las palabras del inquisidor le taladraban como el torno de la prensa: un poco más profundo cada vez. La única explicación que justificaba el secretismo y el miedo que sentía era que debía tratarse de libros del *Index librorum prohibitorum*. Sentía la necesidad de preguntar, de hablar con alguien que supiera. Pero no tenía ánimos de hablar con el confesor, ni con sus familiares ni tampoco con sus empleados. El oficial había sido tajante en que no podía decir ni media palabra del asunto a nadie, y eso que la viuda le había rogado, amenazado e intentado sobornar al empleado de la aduana.

—Confío en que cumpla con el mismo rigor y discreción que su difunto marido, doña Paula... —El fraile dominico había reducido sus ojos a unas rendijas frías y oscuras, y los labios en una mueca que la invitaba a no hacer preguntas.

Pero ella tenía muchas. Se había atrevido a inquirir sobre cómo los entregaría cuando los recibiera. El fraile le había comentado que Bernardo solo se encargaba de recibir los libros, contar los cajones de madera, asegurarse de que no se hubieran violado los sellos y mandar recado para que se recogieran, de modo por demás recatado, al amparo de la noche y por gente no identificada. Para colmo, le había preguntado para cuándo estimaba tenerlos ya con ella.

—Verá, Su Paternidad... usted bien sabe que no se han publicado nombramientos ni en la Aduana ni el Ayuntamiento para los asuntos que no se consideran de primer orden. Quiero decir, que al no tratarse de alimentos, ni especias, ni vino, ni aceite de olivo, tanto el papel como los libros, las sedas y los terciopelos, lo mismo que el cuero para calzado... es que lo han dejado todo para más adelante. Confío en conseguir información más fiel. Los libros llegaron al puerto de la Vera Cruz hará cosa de dos meses. Incluso, me pareció entender que en alguno de los mismos navíos en los que llegó el señor virrey, que Dios guarde muchos años.

—¿Libros a bordo de la *San Juan*? —A Paula le pareció que el fraile sonreía. Al menos esa impresión daba la mueca torcida hacia un lado.

—Sí. Eso ha dicho el oficial que escribió desde el muelle de la aduana, San Juan de Ulúa me parece, que ahí es donde descargan...

—Ya me parecería a mí que el señor virrey trajera libros, como no sea para obras de teatro... —Paula lo miró, interrogándolo. No sabía de qué le hablaba. ¿Qué tenía que ver el teatro?—. En fin. Que me resulta muy interesante lo que comenta, doña Paula. Lo importante aquí es que resulta, como usted comprenderá, de máxima prioridad lo que le acabo de solicitar. Estos libros... especiales... no pueden caer en manos de nadie. Y si sabe lo que le conviene, no me mencionará ni a mí ni al Santo Oficio en todo este asunto. Deberá parecer que se trata de libros para su tienda y que le ocasiona un perjuicio que no se le entreguen. ¿He sido lo suficientemente claro? No hace falta que le insista en que se trata de una cuestión… delicada. Requiero la mayor discreción y celeridad. Sépase usted que mi brazo es muy largo y que puede usted resultar muy beneficiada, o muy perjudicada, según sea el caso, con el resultado de esta petición que tan humildemente le estoy haciendo. Se hace cargo, ¿verdad? Estoy convencido, desde que he tenido el honor de conocerla, de que nos entenderemos a la perfección…

Las palabras del fraile resonaban en su cabeza, repitiéndose igual que las campanadas del vecino templo de San Agustín. Distraída, se pinchó un dedo con la aguja. Se miró la pequeña burbuja roja que fue haciéndose más grande, sin perder su perfecta forma redonda. Se chupó el dedo y dejó la costura para otro momento. ¿A quién pedirle ayuda? Necesitaba una tila.

*

La mujer no era sabia, pero como a ella le gustaba decir, tenía experiencia. Esa que solo la dan los años, las canas y los huesos encorvados. Había cumplido cincuenta y dos y se sentía como de veinte… excepto en esas mañanas abrazadas de niebla húmeda, en las que le dolía incluso hablar. En días como aquellos se envolvía en más capas de ropa, bebía chocolate caliente con vainilla, canela y también un poco de vino de caña de maíz, al que le agregaba una cucharada de piloncillo en miel. Entonces se ponía a dar vueltas por su casa hasta que los huesos se le aceitaran, como los engranes y el torno de su prensa, para poder caminar sin dificultad.

Gerónima Gutiérrez estaba convencida de que debían admitir a Paula de Benavides en su hermandad secreta de viudas de impresores, porque les aportaría mucho a ellas y a la cofradía. Era consciente de que en el mundo en el que vivía los hombres temían a las mujeres, aunque tal vez siempre había sido así. Les temían y por ello las evitaban, las limitaban, las callaban e incluso las aplastaban, a veces hasta desaparecerlas. Gerónima había leído, y preguntado por aquí y por allá, en un intento por desentrañar la raíz de ese miedo, porque había descubierto que era tan viejo como el mundo. Y encontró una poderosa razón: era la capacidad que tenían las hembras para crear vida, parir hijos, reconocer hierbas para curar enfermos, preparar ungüentos y hacer friegas, elaborar alimentos y bebidas para entibiar el cuerpo y el espíritu, coser y remendar telas y heridas, además de sentir lástima y compasión por sus semejantes, lo que las volvía poderosas y, por lo tanto, temibles. Descubrió que era precisamente esa capacidad de conectar con el alma de los demás lo que aterraba a los hombres, porque gracias a esta cualidad, las mujeres podían adivinar el futuro, intuir las intenciones, acercar las alegrías y alejar las tristezas.

Gerónima entrelazó sus manos frente a su vientre. Era capaz de reconocer una corazonada cuando la sentía, extrañamente, en la boca del estómago y no en el pecho, a pesar de su nombre. Paula de Benavides debía formar parte de ese círculo íntimo. Gerónima había adivinado que detrás de aquel velo bien acomodado se resguardaba una mujer fuerte, decidida y con el empuje que a las otras les faltaba. Estarían a salvo con ella. Además, el taller y la tienda de Bernardo Calderón no solo eran los más grandes en cuanto a empleados e impresión, espacio dedicado a los libros; o a la compra y venta de tomos; sino que también eran los de mayor prestigio y, debido a conexiones familiares y sociales, se mantenían en alta estima entre los estamentos de la ciudad. Al menos, con el anterior virrey. Incluso habían merecido el privilegio de impresión de silabarios para toda la Nueva España desde hacía varios años, algo que provocó cierto escándalo por las condiciones en las que se otorgó. La idea había llegado a esta parte del reino desde Madrid, para evitar falsificaciones. La exclusiva se la habían ratificado al año siguiente, por otros diez años. Así que las rentas que mantuviera la viuda de Calderón por la impresión de cartillas le darían soporte económico más que suficiente para el futuro. O al menos, eso creía Gerónima aquella mañana que acudió al Volador. Necesitaba mandar a hacer una mesa para la cocina, porque la que tenía, heredada de su padre y de su abuelo, estaba a punto de reventar. Y la mesa de la cocina era el mueble más importante de una casa. En ella no solo se preparaban alimentos, se mataban aves y después se desplumaban; también se usaba para preparar el pan que después se bendecía en la mesa, y para cortar las telas con las que se elaboraban los manteles, las cortinas y las toallas para todos los habitantes de la casa. La mesa de los fogones también servía para que el médico practicara cirugías, cuando hacía falta. Incluso se utilizaba para limpiar y preparar un cadáver antes de meterlo al cajón. La mesa de su cocina conservaba muchas historias y había llegado la hora de cambiarla por una que no tuviera pasado ni secretos que contar.

La plaza del Volador estaba a rebosar aquella mañana, como en cualquier día de mercado. El sol brillaba detrás de las nubes rasgadas que anunciaban noches frías. La criada de Gerónima se mantenía a su lado, mientras la patrona, distraída, preguntaba por un trabajo a un hombre que ofrecía dos sillas y un taburete.

—¿Es usted el maestro carpintero?

El hombre asintió y se hizo a un lado. Cuando iba a contestar, un par de figuras conocidas que hablaban en voz baja llamaron su atención.

*

Gerónima llegó resoplando a casa de Ana de Herrera, porque había caminado más deprisa de lo que acostumbraba. Tocó la aldaba de la puerta y esperó. La dueña de la casa se encontraba en el taller, bajo la ventana, grabando una ilustración en una plancha de cobre. Apenas levantó la mirada de lo que estaba haciendo para ofrecerle a su visita que se sentara. Gerónima envió a su criada a buscarle una infusión de flores de hibisco.

—Que no esté ni muy fría ni tampoco caliente, que no me gusta que parezca medicamento. Gracias por la invitación, doña Ana. Me sentaré. No sabe usted de lo que acabo de enterarme.

Ana levantó la vista, pero no las manos de lo que estaba haciendo. No le gustaba que la interrumpieran cuando se concentraba en sus grabados ni en sus ilustraciones. Los geranios rojos que estaban sobre la ventana parecían espiar a ambas mujeres. La ilustradora estaba sola. Excéntrica como era, les había dado el día libre a sus trabajadores, enviándolos a comprar papel y enseres para la tinta. Gerónima sacó un abanico de su bolsillo y empezó a soplar con fuerza. No era bien recibida, lo sabía, pero no estaba dispuesta a irse sin antes hablar.

—¿Sabe? Ayer me topé con doña Paula.

—Habrá sido después de misa, supongo.

—No… Acudió a la plaza. Iba con una criada y unas canastas. Se dirigía al portal de los Mercaderes. No solo le renunció el cajista… Supe que el ilustrador también le dejó el trabajo tirado, a medias… Y me parece a mí que podemos aprovechar la circunstancia de que usted sea una gran ilustradora, doña Ana. ¿No cree? Claro que ese ahora no es el principal problema al que se enfrenta doña Paula, no.

Ana bufó y dejó el estilete sobre la mesa. Se secó el sudor de las manos en el delantal y miró a Gerónima a los ojos. La conocía lo suficiente como para saber que no podría continuar con lo que se había propuesto terminar. Vencida, le correspondió a la sonrisa.

—Acompáñeme usted, doña Ana, a casa de doña Paula. Me parece que es urgente. —Se había puesto de pie. La infusión de flores apareció dentro de una jarra de vidrio grueso con bordes azules.

—Petra, mi chal. Tenemos un recado. Ana, le cuento de camino a San Agustín.

*

Paula abría los ojos cada vez más. Lo que le decían aquellas mujeres no terminaba de acomodarse en su mente, revuelta como el agua de un molino.

—Disculpe usted, doña Gerónima, pero es que no le comprendo. Dice usted que escuchó a los oficiales de los talleres de Juan Ruiz y Francisco Rodríguez hablando acerca de la solicitud del privilegio de impresión de cartillas al señor virrey... Pero ¡eso no es posible! ¿Por qué razón solicitarían algo que es mío, que me pertenece?

La taza y el plato temblaban, y Paula los dejó en la mesilla, al lado del sillón donde se había sentado. Las visitas eran dos de las viudas de impresores con las que se encontraba cada mañana en los rosarios por el alma de Bernardo, las mismas que, estaba segura, la observaban hacía varios días. Paula sentía calor por lo que acababan de contarle; pero, al menos, se consolaba pensando que las miradas furtivas y sin embargo penetrantes, no eran imaginaciones suyas.

—Me restan seis años, ¡seis!, del privilegio. Nadie puede imprimir cartillas ni catecismos... Pero ¿está usted segura? Perdone que se lo pregunte... pero me ha cogido totalmente por sorpresa.

Gerónima asintió. Estaba segura. Los había escuchado, estando de pie, al lado de dos hombres que conocía bien. Estaba convencida de que no la habían reconocido porque, de haber reparado en ella, se habrían callado.

—Doña Paula, comprendo que esto pueda parecerle un atropello y, créame, la entiendo y lleva usted razón. Aquí el asunto es hacer justicia. Me parece que el señor virrey, que poco conoce de los usos y costumbres de esta parte alejada del reino, dado que acaba de llegar, lo mismo que sus oficiales, desconoce que ya existe un privilegio otorgado a la imprenta de Calderón. Usted, como su viuda, continúa con el taller, y me atrevería a decir que la lógica indica que continúe usted con el dicho privilegio. Me parece que deberíamos hacer algo.

Ana miraba la falda de Paula con atención. Sabía que estaba siendo poco discreta; incluso descortés, cuando Paula tiró de la tela negra hacia abajo, en un intento por cubrir las enaguas que parecían querer escaparse de su negra prisión.

—Hube de despojarme de varias de mis enaguas, doña Ana. Me estorbaban para moverme con libertad por el taller. Así evito tener accidentes. También tuve que acortar las faldas, aunque me parece que el resultado no ha sido del todo afortunado. Doña Gerónima, ¿qué sugiere que haga?

A Paula no le había pasado inadvertido el plural sobre que debían hacer algo, aunque estaba convencida de que era ella quien debía hacerlo, al tratarse de su privilegio. Mientras buscaba una manera educada de darles las gracias por la información y dar por terminada la visita, captó la mirada de la ilustradora en su falda. Paula de Benavides no iba a disculparse por ser quien era ahora ni tampoco por lo que hacía.

—Le ruego me disculpe usted, doña Paula. Nada más lejos de mi intención que molestarle. Al contrario: sepa que la admiro por lo que ha hecho. Yo también trabajo en mi taller y, a pesar de tener el mismo problema, no se me había ocurrido nunca retirar enaguas para ir más cómoda. Si me permite, haré lo mismo que usted. Por favor, acepte mis disculpas. —Ana de Herrera tenía la cara roja y las pecas le bailaban por encima del ungüento de cerusa. Paula le sonrió—. Me parece que deberá acudir a las oficinas del Cabildo o del Ayuntamiento y levantar una denuncia. Ellos enviarán alguaciles para detener lo que estén haciendo. Si como doña Gerónima asegura, hablaban de eso, en los talleres de ambos se encontrarán las pruebas.

Gerónima movió la cabeza de arriba abajo.

—A la virreina, querida. A la virreina. Habrá una recepción en el Palacio Virreinal y algunas mujeres prominentes presentarán sus respetos a Su Excelencia. Me he encargado de conseguir que incluyan los nombres de las viudas de impresores; al menos el de algunas de nosotras. El nuestro es un gremio prioritario para el virrey, según ha dicho. Comprendo que usted no podrá asistir por el asunto del luto, desde luego. Nosotras, si nos lo permite usted, doña Paula, hablaremos en su defensa ante ella. A veces se consigue más a través de nosotras y de la mujer del virrey que de otras maneras.

Paula caminaba por el salón de su casa. Se frotaba la frente con una mano. Una punzada le avisaba del inminente dolor de cabeza.

—¿Cuándo se realizará esta jamaica? Porque me imagino que se tratará de una jamaica, ¿no es verdad? —Ana de Herrera miraba sus manos, avergonzada. Al igual que Gerónima, consideraba que era hora de invitar a Paula de Benavides a unirse a ellas y que conociera el secreto que compartían. Gerónima buscaba un pretexto, y lo encontró sobre la mesilla.

—*Pe-pe lle-gue ce-ne y me de-je ese ca-rre-te que le ve-o...* —Gerónima Gutiérrez recitaba el silabario como si fuera una niña aprendiendo a leer. Había levantado una muestra de la mesa del centro del salón—. Si me permite, doña Paula, aquí doña Ana, una hábil grabadora e ilustradora, es capaz de hacer un mejor diseño para estas portadas; en especial, si van a enviarse a algún niñado. En lugar de un santo, podría incluir a una santa. A las monjas les gustaría ver que se incluyera a su santa patrona en la portada, ¿no cree? —Dejó la cartilla y cruzó las manos, mirando a Paula—. Los toros, los gallos y la jamaica de la recepción se llevarán a cabo dentro de tres semanas. ¿Sería tan amable de ofrecerme más chocolate, por favor? Y habrá de darme la receta. A mi criada no le queda tan bueno. Le ha de poner usted algo que no logro identificar.

Paula se había empezado a levantar, creyendo que la visita había terminado. A medio gesto, se sentó de nuevo e hizo sonar la campanilla. Pidió otra jarra de chocolate a Jacinta y le pidió que las dejara solas. Tenía la sensación de que por fin conocería el verdadero motivo de aquella irrupción en su casa. No se sentía cómoda bajo la inquisitiva —¿por qué se le había ocurrido aquella palabra?— mirada de aquellas mujeres cada mañana, durante y después de misa. Lo del aviso de las cartillas era grave, pero le sudaban las manos de anticipación. Algo no le habían dicho aún.

—Canela. Se hierve con una rama de canela. —No sabía qué más decir. Miraba a Gerónima y a Ana, pero ninguna hacía ademán de irse.

—Doña Paula, seré breve, usted disculpe. No sé si ha caído en cuenta de que somos varias las viudas de impresores. De hecho, somos más mujeres impresoras que hombres, dedicadas a imprimir y comerciar libros en esta ciudad. No me malentienda; Dios Nuestro Señor debe tener un plan maestro para nosotras, como mujeres, quiero decir. Yo, permítame que le diga, no creo en las casualidades, y esta no debe serlo.

Ana de Herrera cruzaba y descruzaba las manos que tenía sobre las piernas, mientras escuchaba a Gerónima. No podía creer lo que iba a hacer, y no porque no estuviera de acuerdo. Era solo que faltaba una de ellas en aquella confesión. Aspiró despacio e inhaló el olor a cáscaras de naranja que la envolvía. Supuso que alguien había debido echarlas a quemar en algún fuego encendido en la casa, seguramente la cocina, para perfumar el ambiente. Captó la mirada de Gerónima y vio con claridad que le decía que ya después se harían cargo de Isabel y de la rabieta que les presentaría. Ana aguantó la respiración y asintió despacio, apretando las manos una contra otra. Pensaba que sería divertido ver el disgusto de Isabel y lo que Gerónima alegaría.

Las miradas que se cruzaban entre ambas mujeres no pasaban desapercibidas para Paula. Su cuerpo se tensó como la cuerda de un instrumento musical, de esos que tanto disfrutaba escuchar cuando no era viuda y podía salir. En un rincón de su cabeza se apareció Francisco de Estrada, pero alejó el pensamiento, creyendo que si pensaba en él lo conjuraría a tal grado que se presentaría de nuevo en su casa. Sintió que una descarga le recorría todo el cuerpo. No tenía ni idea de dónde estarían las cajas de libros del inquisidor.

—El asunto, doña Paula, permítame que le explique, es que entre las viudas de impresores nos apoyamos, de manera... ¿cómo decirlo? Como el gremio que somos, el que nuestros difuntos maridos crearon, sin saber, para nosotras. ¿Piensa usted vender el taller, o la tienda, o ambos? Hemos escuchado rumores...

Paula enderezó la espalda. ¿Confesión o interrogatorio? ¿Qué clase de confidencia era esa? ¿Qué querían de ella?

—Disculpe la impertinencia. Nuestro deseo, si podemos llamarlo así, es que usted mantenga su tienda y su prensa. Que continúe imprimiendo, como nosotras. En la ciudad se dice que comprará usted otra prensa y nos parece estupendo. A cambio podemos apoyarle con información delicada, como la que le acabo de comentar acerca de la intención de los dos impresores de arrebatarle a usted el privilegio de impresión de cartillas. Podemos proveer préstamos sin cobrarle el rédito, asistirla en trámites de carácter administrativo o judicial, apoyarla en la impresión de calendarios, catecismos o lo que requiera. Cartillas entendemos que no está permitido por la ley, pero con gusto podemos asistirle en otros aspectos. Juntas compramos las resmas de papel a mejor precio, aunque los oficiales no lo sepan... Por poner un ejemplo.

A Paula la cabeza le daba vueltas.

—¿A cambio de... qué, exactamente?

—De lo mismo, doña Paula. Que nos informe usted de lo que necesita, lo que puede conseguir, de lo que pueda llegar a enterarse que nos afecte o beneficie a nosotras, las impresoras. A falta de alguien que nos proteja, hemos decidido protegernos entre nosotras, por nuestra cuenta y medios. Verá que es una asociación conveniente.

—¿Asociación? —Paula dejó el plato y la taza de golpe, sobre la mesa. Se había vuelto a sentar, pero un resorte la puso nuevamente de pie—. Perdónenme, doña Gerónima, doña Ana. No comprendo. Las asociaciones están prohibidas por decreto real... Han de autorizarse, adscribirse a un santo y a una capilla..., el Cabildo y la Iglesia y... ¡Dios nos libre!, el Santo Oficio... —Paula se persignaba, una y otra vez. Francisco de Estrada comenzaba a ocupar espacio en su pecho, encogiéndolo.

Ana de Herrera recargó la espalda contra el sillón, acomodándose el cuello blanco alrededor del escote. Movía la cabeza de un lado al otro, con calma. Miró a Gerónima Gutiérrez, animándola a seguir. Ella no abriría la boca. Bastante tendrían con la bronca que Isabel de Quiroz les iba a montar por haber invitado y admitido —sin consultarla— a Paula de Benavides en su hermandad. No entendía la razón por la que Isabel desconfiaba de Paula. A ella le parecía simpática y decente, y su reacción frente a lo que acababan de decirle era tan solo natural. Ella misma había reaccionado peor, echando de su casa a las viudas conspiradoras, que eso eran —para qué negarlo—. Gerónima se sirvió un pedazo de marquesote. Le satisfacía comprobar que Paula compartía sus gustos, incluyendo los referentes a los dulces. Miró de reojo la fuente de cerámica y se sirvió también un higo confitado. Llevaba dos y le parecían deliciosos. A su cocinera no le quedaban igual.

—Doña Paula, perdone que no me haya explicado adecuadamente. Nosotras nos vemos como una hermandad, incluso como una cofradía. La cofradía de viudas de impresores, si gusta. Pero no negaré lo que resulta evidente: lo hacemos en la sombra.

—¿Ilegal? —Paula se había quedado clavada en el suelo. No le preocupaba tanto la ilegalidad de la cofradía, como la excomunión, la hoguera… Se frotaba la frente con una mano, apoyando la otra en la cadera.

—Yo no la llamaría así, doña Paula. Solamente secreta. *Secreta* quiere decir que no existe, ni siquiera en nuestra boca ni en los oídos de nuestros confesores. Solo lo sabemos las que participamos y, créame, no nos interesa que nadie, excepto nosotras, lo sepamos.

—Pero… ¿Cómo? ¿Cuándo? ¿Por qué? —Paula se había quedado detrás del sillón de pie, frente a ambas mujeres. No se atrevía a acercarse a ellas.

—Intentaré ser breve. Porque nos conviene cuidarnos entre nosotras, ya le había dicho. Lo hacemos después de misa, en casa de alguna de nosotras, donde se supone que rezamos más rosarios por el alma de nuestros difuntos y bebemos chocolate o agua de flores de hibisco o cualquier otra tontería. Nos ayuda a mantener el aire de respetabilidad del que gozamos las viudas. En otras palabras, porque nos da la gana, verá usted. Los hombres quieren quitarnos nuestro sustento; en el caso de usted, el de sus hijos, y esto no nos gusta, que no. Con el tiempo verá que juntas somos más fuertes, eso es todo. Si alguna sabe algo, como lo que le acabo de contar, lo discutimos entre todas y siempre existe manera de ayudarnos. Hoy por mí, mañana por otra de nosotras. Así lo hemos hecho desde hace algunos años, cuando nos dimos cuenta de que nos beneficiaba a todas. Lo que le he dicho de la compra del papel es verdad. Todavía ningún oficial se ha dado cuenta. El precio mejora sustancialmente.

Paula abría más los ojos a cada frase que escuchaba, mientras se estrujaba las manos.

—¿Cómo... cómo lo hacen?

—Nos turnamos para la compra de las resmas de papel sellado. Más barato. Sumamos lo que cada una necesita y cada vez va a comprar una diferente. Hasta ahora ha funcionado porque nadie sospecha. Todas compramos y los registros se mantienen limpios. No crea, no. Le he dado vueltas y usted deberá seguir comprando sola el papel para las cartillas, pero para lo demás, podríamos sumar lo suyo. Verá usted lo conveniente que resulta, porque las gabelas y el descuento mejoran con el volumen de papel. Y este es solo un ejemplo.

—Pero... ¿y la restricción del virrey a pólvora y papel?

—Nos aseguramos de no exceder nunca las cinco gruesas. No imprimimos a folio completo, excepto en casos muy raros. Los novenarios y esquelas y demás se imprimen en octavillas, como bien sabe usted.

Paula entrecerraba los ojos y se frotaba una ceja. ¿De verdad podía confiar en ellas? Algo no encajaba. Ana de Herrera se ajustaba los puños de hilo blanco y Gerónima Gutiérrez se abanicaba con un artilugio azul marino pintado con pavos reales.

—¿Qué le preocupa, doña Paula? ¿Acaso no me cree?

—Es peligroso... No sé si me explico...

—Divinamente, querida. No crea, no. Eso es justamente lo que lo hace aún mejor negocio. A cambio le pido, quiero decir le pedimos, lo mismo que le ofrecemos. Nada más, pero tampoco nada menos.

—Tengo un problema. Con la Inquisición.

No supo cómo ni por qué, pero Paula decidió contarles del asunto de los cajones de libros que no había recibido. Si era verdad que aquellas mujeres podían cumplir lo que le ofrecían, valdría la pena arriesgarse a formar parte de una cofradía secreta; se persignó de nuevo solo de pensarlo. Siempre podría salirse cuando consiguiera lo que necesitaba, se repitió mentalmente. Dos pares de ojos la miraban, en silencio.

—Verán ustedes… tengo necesidad de saber dónde se hallan unos cajones de libros que compró mi difunto Bernardo, que Dios tenga en Su Gloria. Se solicitaron a Sevilla hará cuatro meses… pero no han llegado. Al parecer, en la aduana del Ayuntamiento no se ha recibido notificación… y no se pueden perder. Es importante.

Ana asentía y Gerónima bebía chocolate. A su edad, soltar los cordones de sus faldellines le parecía irrelevante. Aquel brebaje estaba delicioso. Sonreía mientras Paula hablaba. Como había imaginado, la tienda de Calderón surtía libros a la biblioteca de la Santa Inquisición. Agradecía la confianza que Paula depositaba en ellas, ahora como miembro de la cofradía. Se sentía complacida. Alargó la mano para tocar la de Paula, buscando reconfortarla.

—Todas estamos en la misma situación, doña Paula. Le puedo decir, porque lo he averiguado, que los cajones de libros ya no están en el puerto de la Vera Cruz. Salió un cargamento de San Juan de Ulúa hará cosa de dos meses y llegó a Xalapa. Si mis cálculos no fallan, las carretas deberían llegar a la villa de Guadalupe en estos días, si es que no han pasado ya por allí, que en esa garita solo se resguarda pulque y poco más. Yo me atrevería a afirmar que se hallan a resguardo en algún barracón de los que rodean el palacio del virrey. Ya ahí será mucho más fácil encontrar lo que usted busca, lo que se le debe. Conserva los albalaes, ¿verdad? Si gusta, puede mostrármelos y me puedo encargar…

—No será necesario, muchas gracias. Si consigue usted confirmar que ahí los tienen, yo enviaré a buscarlos. El asunto pendiente será el de los sellos. En la aduana no están, que porque los nuevos deberán llevar el escudo de armas del virrey y todo eso…

Gerónima le daba vueltas al asunto, pensando mientras se balanceaba hacia adelante y hacia atrás. Parecía disfrutar, porque sonreía. Cerró de golpe el abanico con el que se echaba aire en la cara, asustando a las otras dos mujeres.

—La virreina, como le he dicho, es la mujer del virrey y puede conseguir cosas… usted me entiende. Le puedo sugerir que la necesitamos, ya sabe. A las virreinas les gusta intervenir en asuntos que parecen complicados para los hombres. Estoy cierta de que una palabra de ella al marido, que no al señor virrey, podría acelerar la liberación del género en custodia. Estoy en la lista de invitados, por lo que durante la recepción yo le avisaré lo que consiga saber.

—¿Y no cree usted que nos querrán cobrar después por almacenaje? —Ana de Herrera se removió en su asiento.

—¡Que se atrevan!

Paula las miraba sin decidirse. Todo parecía confuso.

—¿Puedo saber cómo lo hará? Yo no he sido presentada a la virreina y, al estar de luto, no podré asistir; sería muy mal visto. Además, tampoco he recibido invitación…

Gerónima sonrió. Sabía bien lo que debía hacer. Sentía las cosquillas en el vientre que auguraban una intriga de las que tanto disfrutaba, y de las que se había perdido por la falta de virreina en aquella ciudad. Inhaló despacio, sin dejar de sonreír.

—Ya se verá, doña Paula. Ya se verá. Podemos vernos dentro de dos semanas para la misa del patrón San Francisco, en el sagrario de la catedral. Si le parece, haremos ver que nos encontramos de casualidad. Podríamos tenerle información de las intenciones de Ruiz y Rodríguez acerca de la merced para la impresión de cartillas y respecto a las gentes de la aduana para los cajones de libros. Un par de días después se celebrará el convite en el balcón de la virreina.

Después de dos horas, Paula al fin sonrió. Se sentía aliviada. Quizá no fuera tan mala idea la locura esa de la cofradía de viudas de impresores. Pertenecería a algo más grande que ella misma. Pero ¿podría confiar en ellas? ¿En los cuervos?

El patio olía a las flores de naranjo que debía recolectar antes de que cayeran al suelo. Paula pediría a Jacinta que las prensara para el agua de flores que destilaba para rociarse por las mañanas y antes de dormir. La mujer mayor la miraba mientras inclinaba la cabeza para colocarse el velo negro sobre la cara. Gerónima olía a jazmín y el olor le recordó a su madre. Mientras las despedía desde el interior del portón de madera agrietada, una sensación en el estómago le anunció que estaba a punto de cambiarle la vida, de nuevo.

CUATRO

Llovía como si fuera el mes de agosto, solo que era noviembre. El frío y la humedad eran los habituales de cada fin de año, pero la lluvia, esa sí que andaba perdida. Que alguien le diera aviso a las nubes y al cielo de que no era temporada de vaciarse sobre la ciudad, pensaba Isabel. Los humedales y los lagos lanzaban recortes de niebla, envolviendo todos los edificios de la ciudad en abrazos de escarcha. Las calles de agua se desbordaban, provocando caos de lodo e inmundicia. Caminar por la ciudad se había vuelto imposible. La *gota fría*, la llamaban, y los habitantes, guiados por los curas, creían que debía tratarse de algún tipo de castigo por la corrupción generalizada tanto de la ciudad como de sus habitantes. Los sacerdotes promovían rezos y novenarios con el fin de rogar al Altísimo por un invierno que no arruinara la tierra para las cosechas del siguiente año. Los fieles se cubrían el cuerpo con lana y la mente con penitencias y lo que tuvieran a mano para no pensar en el clima como en un julepe divino. Por aquellos días se encendían muchas veladoras para mantener la fe despierta.

Isabel sentía que estallaba por dentro. Golpeaba el suelo con los tacones de sus botas; de poder hacerlo, golpearía a quien se le pusiera por delante, incapaz de contener la furia que sentía. Se había enterado, por Gerónima, de la invitación que hizo, sin consultarla, a Paula de Benavides para formar parte de la cofradía. «Mecagüendiós...», repetía para sí, sin escuchar razones. Ana había asentido mientras Gerónima daba las explicaciones. Recordaba íntegra la conversación con ellas y volvía a sentir un perol de aceite hirviéndole por dentro.

—Pero... ¡habíamos quedado en esperar! ¿Por qué tanta prisa?

—Ya se lo dije, doña Isabel. Se presentó la oportunidad y usted sabe que una no se anda con melindres. Escuché lo de la solicitud del asiento para las cartillas —que le pertenece a doña Paula— y me pareció el momento preciso de hacerle un favor. No podíamos nada más caer en su casa, sin motivo alguno, e invitarla. Además, nos ha dicho que nos necesita. Permítame que insista, no hay que tener tanto remilgo. Doña Paula se quedará con el taller y lo trabajará, lo mismo que la tienda. Por cierto, ¡conocemos la razón de la presencia del inquisidor mayor en el velorio!

—Entonces, ¿ha confirmado que no vende? —Isabel apretaba los puños hasta que se les fue el color. Los labios también habían perdido su tinte rosado.

—¡Qué va! Si debería usted verla, doña Isabel. ¡Que resulta ser verdad que se ha cortado las faldas y quitado enaguas para poder moverse con libertad por el taller! —Ana parecía sentir admiración por Paula, para mayor indignación de la viuda de Quiroz.

Isabel habría rebatido, pero no tenía argumentos. No podía decir que aquella mujer era o había sido su enemiga. Entre otras cosas, porque de la boda de Bernardo y Paula habían pasado muchos años. Tantos, que Bernardo estaba muerto. ¿Qué más podía alegar?

—Que quede claro que no estoy de acuerdo con habernos precipitado. Espero que no tengamos nada de lo cual arrepentirnos en un futuro. Entonces, ¿cuál es la razón de la presencia del señor inquisidor en el velorio? Han dicho que la conocen. Se puede compartir, ¿no es verdad?

Isabel se había cruzado de brazos, esperando la respuesta. Si bien intentó que sus palabras sonaran amables, su gesto no pasó inadvertido.

—¡Ca! No es motivo para enfadarse. Es verdad que usted, doña Isabel, debió estar presente, pero cuando pasé a su casa usted recibía una visita, me lo dijo su mozo.

—¡Una visita! —Isabel se había puesto de pie—. ¡Ni merece la pena recordarlo! ¿Saben quién ha venido a tratar de conseguir un libro? ¡Aquí! ¡Nada menos que la tal Inés de Fernández! Sí saben de quién les hablo, ¿verdad?

Ana y Gerónima se miraron. No. No sabían quién era Inés de Fernández.

—Perdone, doña Isabel. Pero ¿por qué se supone que debamos saber de quién se trata? ¿Acaso sabe usted algo que nosotras ignoramos?

Isabel bufó, poniendo las manos en las caderas. Caminó hacia la pared y se cercioró de que la puerta estuviera bien cerrada. Miró hacia la ventana, que estaba abierta hacia adentro.

—Disculpen. Claro, es natural. Yo... resulta que me entero de todo, ya saben. Inés de Fernández, dicen, es la querida del señor virrey. Al parecer, la trajo en el mismo barco en el que viajó con la señora virreina. Dice que es actriz, o lo era, de corrales, allá en Madrid. Es joven y hermosa, quiero decir, no me imaginaría yo una querida con cara de perro parado... Porque *esas* saben lo que las mujeres decentes ignoramos, desde luego. Si no, ¿a qué viene lo de Su Excelentísima? Es hombre, ya se sabe... Demasiados rizos alrededor de la cara, empolvada y con colorete artificial, un escote del todo indecente y un collar de perlas alrededor del cuello, como si fuera de noche, del todo inapropiado para andar de visitas por la mañana. Increíble que se pavonee por la calle acompañada tan solo de una criada. Descarada, diría yo. Pero

¿qué se puede esperar de mujercillas así? Nada bueno, que se los digo yo.

—¿Y ha venido a buscarla a usted, doña Isabel?

—Sí… bueno, lo que buscaba es un libro. Ya me he encargado yo de decirle, y bien claro para que no quede duda, que aquí no atendemos a mujeres como ella. En esta ciudad las impresoras y libreras somos gente decente y no nos mezclamos con gente de esa ralea. Me parece a mí que no volverá por aquí.

—¿Se lo dijo usted así, doña Isabel? Permítame felicitarla. —La voz de Gerónima era seria, pero de sus ojos saltaba un brillo travieso. Isabel se irguió.

—Desde luego que no, doña Gerónima. Usted sabe que soy muy correcta y ¡Dios me libre de saltarme las cortesías! Le pedí que se fuera y no volviera por aquí. Me parece que ha comprendido que no es bien recibida. Cuando se presente con ustedes o con el resto de tenderas, comprenderán lo que les tengo dicho. Ninguna mujer decente osaría vender género a una mujer vulgar, una que se vende a cambio de…

—¿Y sabe usted qué libro buscaba? —intervino Ana. No le gustaba cuando Gerónima soltaba la cuerda e Isabel la atrapaba para coger carrera.

—No. No la dejé terminar. Una pieza de teatro, me parece. Querrá continuar con sus indecencias en esta ciudad. Pero si no consigue la pieza, mucho me temo que tendrá que renunciar al espectáculo que pretende dar, el cual me atrevo a asegurar que sería bochornoso.

Gerónima había sacado su abanico azul de plumas y alargaba el cuello con la esperanza de que el aire fresco se le colara por debajo del collar, hasta el pecho. Aquellos calores súbitos la atormentaban. Ni las infusiones de salvia que le había vendido la yerbera lograban controlar los pequeños incendios que la consumían de vez en vez.

—Muy bien, doña Isabel, gracias por la información. Quedaremos pendientes por si la dicha doña Inés se aparece por ahí, preguntando por un libro de teatro. ¿Logró usted averiguar acerca de a quién encomendó don Nicolás de Torres la impresión del *Festín hecho por las morenas criollas…*?

Isabel estrujaba las manos una contra otra. Había tenido tiempo de reflexionar acerca de la conveniencia de mostrar enemistad a Paula de Benavides y decidió actuar en consecuencia. El bolsillo de debajo de sus enaguas la quemaba, pero dudaba si mostrarlo o no. Se debatía entre lo que le salía del hígado y lo que le dictaba su conciencia. Resopló.

—No, aún no. Pero sí he conseguido pruebas que demuestran que tanto Juan Ruiz como Francisco Rodríguez, no solo solicitaron el asiento para la impresión de cartillas que pertenece a la imprenta de nuestra doña Paula de Benavides, se hallan imprimiéndolas.

—¿Las cartillas? —Gerónima de Gutiérrez abrió mucho los ojos. Isabel metió una mano debajo de la basquiña, hacia las enaguas.

—En la portada dice «catecismos», pero se trata de cartillas encubiertas. Ni siquiera se muestra un niño Jesús, pero… me parece que podremos ayudar a la nueva viuda, como muestra de buena voluntad, quiero decir. Si ya pertenece a nuestra cofradía, me parece a mí que no hemos de dejarla tras la reja, ustedes me entienden. —La mano continuaba oculta dentro del bolsillo. Aún sentía dudas y rabia, porque quería haber sido ella la que les diera la noticia y le había salido al revés.

Sí, ambas mujeres conocían la reja de las iglesias, desde donde las mujeres decentes podían atender misa, sin que los hombres las vieran. Era una alusión muy acorde con doña Isabel.

Con más resignación que convencimiento, sacó un par de octavillas del bolsillo interior, con la imagen de un Jesucristo adulto en la portada. En la tercera página se podía leer: *pe-rro, pe-lo, Pe-pe, pe-lo-ta, gol-pe… Pe-dro pe-día pe-ras…*

Ana abrió mucho los ojos mientras Gerónima leía, la boca torcida hacia un lado. Por alguna razón, le sonreían los ojos.

Sabía que Isabel terminaría cediendo, pero también que le gustaba alborotar. Isabel miraba a ambas mujeres y parecía complacida. Juntó las palmas y esperó.

—Organizaremos un encuentro, si les parece bien, la próxima semana.

—Pero que esta vez sea en otro lugar que la Tercera Orden de San Francisco. ¿Qué les parece el Sagrario? Podríamos encontrarnos en el atrio.

Las mujeres asintieron, cada una con sus pensamientos. Apuraron lo que se había quedado en los coquetos platos decorados y se pusieron de pie. El frío y la humedad que las golpeó de frente nada más abrirse el portón las obligó a cubrirse con los chales que portaban sus respectivas criadas.

*

Isabel lanzaba patadas contra el suelo, hasta que le dolieron los pies. Desde que la dejaron sola, sentía la cabeza caliente, pero no podía hacer otra cosa que ceder, lo que la atragantaba aún más. Y con todo y su molestia tendría que ir andando hasta la catedral. Resopló. La idea era pésima, y analizada con calma le pareció incluso peor. ¿En qué estaba pensando cuando aceptó? Alquilaría una silla de manos para acercarse hasta la catedral.

*

El Santo Viático se paseaba bajo un palio de damasco, hierático y orgulloso, por el atrio de la catedral metropolitana, mirando con desdén a los fieles, a los enfermos y a los moribundos que se tenían en pie, y que eran el objeto de la intención de aquella ceremonia. Lo mismo oteaba al cementerio que rodeaba la construcción, piedras rojas y negras de antiguos templos profanos que, después de recibir baños de agua bendita, alababan al Señor. No se había levantado la veda para impedir el acceso a la catedral a los enfermos o las mujeres, ni tampoco a los niños, pero eso no impidió que se concentraran en el atrio, donde se amontonaban para ver pasar el viático y recibir sus bendiciones y poderes curativos. Desde allí se extendía la gente hasta las casas que ocupaban el solar contiguo, la plazuela del Maíz, formada por construcciones que hacían las veces de fábrica de la iglesia catedral, obra que parecía eterna a los habitantes de la Muy Noble y Muy Leal. Paula cerró los ojos e intentó concentrarse. El poder curativo de la bolsa litúrgica que contenía los huesos de San Felipe de Jesús era suficiente para congregar a la población. ¿Le serviría a ella para retener el privilegio de las cartillas? El paseo del viático se ofrecía para la sanación de los enfermos y su alma se dolía de ese asunto y el de los libros del inquisidor, cuya sombra la seguía allá donde fuera. Aquello debía contar como enfermedad, aunque fuera del alma, estaba segura. Puesto que a las mujeres no las dejaban acceder al templo, Paula había quedado de reunirse con otras viudas en aquel atrio para comentar los sucesos e intercambiar novedades en la explanada de la Plaza Mayor, engalanada aquel día con papelillos y flores de colores brillantes. Le parecía que incluso los naturales se habían aseado, a pesar del frío y la humedad de los últimos días, y vio también que las mujeres mostraban con orgullo sus cabellos trenzados con hebras de algodones coloridos. Abrió los ojos y buscó, debajo del velo de encaje negro, a Gerónima y a Ana. Las localizó, al lado de Isabel, a unos cuantos pasos en dirección a la fuente.

La barda que rodeaba la iglesia y el sagrario metropolitano presumía sus huecos, cual dientes perdidos, causados por las últimas inundaciones que habían durado varias semanas. Paula dejó atrás el solar donde antes estuvo la primitiva catedral, ahora convertida en piedras que, amontonadas, miraban al poniente. Los bajos de sus enaguas y de su falda arrastraban agua y lodo del suelo. Detestaba que cada año y durante meses la ciudad entera se convirtiera en un charco sin fin. Recordó, mientras tiraba de sus enaguas hacia arriba con energía y precaución para no mostrar más arriba de las botas, la gran inundación anterior, aquella que había durado más de cuatro años. Levantó la vista al cielo y movió la cabeza de un lado al otro y con disimulo miró hacia su espalda, como si tirara del chal hacia delante. El felpudo gris que cubría el valle no tardaría en desangrarse sobre la ciudad, los canales y las chinampas. Al menos, pensó, lavaría el olor a orín y a agua estancada en acequias y canales y desenmascararía el olor de los floripondios y eucaliptos que salpicaban la ciudad. Si tenía suerte, también el de los jazmines y la hierbabuena de las macetas que encontraría a su paso en algunas ventanas cuando volviera a casa. Su mente hervía por la anticipación de las noticias que esperaba. Vio de reojo que Isabel golpeaba el suelo con la bota, por debajo de las enaguas y también de la basquiña negra.

Paula no sabía qué pensar de aquella mujer. También era viuda, formaba parte de la cofradía secreta y, por lo que había preguntado, sabía que era sencilla y devota, amable y caritativa. No parecía haber nada de lo que pudiera desconfiar y, sin embargo, no le gustaba cómo la miraba. No podía leer en sus ojos. Tal vez solo fuera orgullosa, a pesar de sus virtudes. O quizá padecía algún problema familiar o económico o de otra índole, que le agriaba el carácter. Porque por más que le había dado vueltas, no la conocía casi de nada. La había visto antes y sabía que había sido mujer de un impresor, y también recordó haberle dado el pésame el día que el esposo murió, hacía varios años. El favor le fue devuelto el día del funeral de Bernardo, así que estaban en paz, o al menos a mano. Paula se encogió de hombros. Tampoco creía que pudiera caerle bien a todo el mundo. Caminó hacia las gradas de acceso al atrio, en diagonal, para que el encuentro entre ellas pareciera casual. Aquel juego estaba ensayado aun sin haberse puesto de acuerdo: debían ser ellas quienes la abordaran, por aquello del dichoso luto. ¿Quién desconfiaría de cuatro mujeres vestidas de negro, que se encontraban por azar? Lo de simular casualidad la hacía sonreír. Tener un secreto que ocultar, sobre todo uno peligroso, hacía que se sintiera más viva que nunca.

—Buen día tenga usted, doña Paula. —Gerónima, quién si no, la alcanzó en la última grada, un paso antes de llegar al lodazal en que se había convertido la calle. Notó que se refrescaba con un abanico color coral. ¿Aquello sería buena o mala señal?

—Buen día tengan sus mercedes, doña Gerónima. Doña Ana. Doña Isabel. ¡Qué sorpresa encontrarlas por aquí! —Paula inclinaba la cabeza, mientras hacía una señal a Jacinta para que se mantuviera detrás de ella.

—El placer es nuestro, doña Paula. Rogamos a Nuestro Señor por su salud y por el eterno descanso del alma de su esposo, que esté con Dios. —Gerónima cerró el abanico de golpe y saludó con una inclinación de cabeza a las dos o tres personas que pasaban cerca de ellas. Miró a su alrededor y añadió, bajando la voz—. Tengo las pruebas de las cartillas, doña Paula. No ha sido fácil, no. Pero doña Isabel ha conseguido un par de ejemplares. En efecto, se trata de cartillas disfrazadas de catecismos. Con esto usted podrá levantar la denuncia contra Juan Ruiz y Francisco Rodríguez.

Gerónima abrió la mano mientras Paula extendía el brazo. Recibió dos pequeños rollos de papel, imposibles de identificar para cualquiera que observara la escena. Para disimular aún más, Ana de Herrera se había colocado entre ambas mujeres por un lado e Isabel por el otro, formando un pequeño cuadro. Paula estaba paralizada, pero extrañamente le temblaban las manos. Quiso dar un paso y notó entonces que también las piernas se le habían ablandado. ¿Cómo habían conseguido aquellas pruebas de la infamia? Lo de la cofradía iba en serio, ¡y ella había llegado a dudarlo! Gerónima Gutiérrez dio otro golpe y abrió el abanico para esconder los labios detrás.

—Gracias, doña Isabel. No se imagina usted lo que esto significa...

—Le sugiero que los guarde en el bolsillo que seguramente traerá dentro de sus faldellines, doña Paula. Ya tendrá usted tiempo de leerlos más adelante. Si me permite, le puedo sugerir que meta denuncia contra ambos impresores. Tiene usted las pruebas en la mano. Y solicite usted además una compensación. Unos doscientos pesos de cada uno. Conociendo a los jueces, le otorgarán al menos cien. Pero ya sabe, al que poco pide, poco se le da.

Isabel de Quiroz mantenía los labios apretados, pero asintió. Tenía cara de dolor de estómago.

Ana de Herrera se adelantó e inclinó la cabeza, como si se dispusiera a marcharse.

—La próxima semana asistiremos al balcón de la virreina y le tendremos noticias acerca del asunto ese de la aduana, para la liberación de los libros, que deben estar ya en la ciudad, por lo que ha podido averiguar doña María de Sansoric. Por el momento no podemos decir más. Señoras, un placer haberlas encontrado hoy a ustedes. Vayan con Dios —volvió a inclinar la cabeza y dio media vuelta, seguida de su criada.

Paula miraba la espalda de Ana de Herrera alejarse. Quería correr detrás de ella para preguntar cómo harían para informarle a dónde debía acudir...

—Doña Gerónima, doña Paula, tengan ustedes buen día. Queden con Dios. —Isabel de Quiroz también asintió levemente y se alejó en dirección al Palacio Virreinal.

—Doña Paula. —Gerónima hablaba por detrás de su abanico.

—Pero ¿cómo? Me puede usted al menos decir...

—Acérquese usted al balcón de la virreina alrededor de las seis de la tarde del próximo martes. A esa hora comienza a anochecer y anda poca gente por ahí debajo. Si presta atención, verá que de alguno de los huecos de la celosía caerá un abanico al suelo. Solo fíjese en el color. Si llegara a ser blanco, tendré la información sobre el nombre del oficial que nos entregará los libros, así que se va usted a mi casa y me espera, que dejaré dicho al mozo que abra el portón si llega una mujer envuelta en una capa, acompañada de su criada. Procure cubrirse la cara para que nadie la reconozca por la calle. Si acaso el abanico fuera rojo, no habrá servido de nada y habremos de buscar por otro lado. Recuerde que usted no puede hacer visitas, por lo que permítame que insista con lo de cubrirse bien. Vaya usted con Dios, doña Paula.

*

Mientras caminaba hacia la calle de la Acequia, Paula no dejaba de repetir lo que le había dicho Gerónima, esa mujer a la que le estaba cogiendo cariño. Le maravillaba el nuevo uso que había descubierto en los abanicos. Sabía, cosas de la vida, el lenguaje que se transmitía a través de los mismos: abrirlos, cerrarlos, ocultar la cara, contar las varillas, abanicarse con fuerza o, por el contrario, despacio y con calma, para comunicarle a un pretendiente lo que podía esperar de una dama. Pero, pensó, ahí estaba la contradicción. Se trataba de un lenguaje para transmitir mensajes entre hombres y mujeres. No se le había ocurrido que pudiera utilizarse para comunicarse entre ellas. Ahí, a la vista de todo el mundo se abría la posibilidad de decirse cosas, sin abrir la boca. Ningún confesor ni marido indiscreto podría leer lo que se dirían, y no habría ni confesores ni maridos cerca. ¡Era simplemente genial! Claro que de mover un abanico a tirarlo por una celosía había una distancia enorme, pero serviría para saber qué hacer. Sonrió y, distraída, metió el pie en un charco inmundo. «¡Rediós!», dijo para sí, mientras en su mente y su sonrisa se abría paso la temida visita del inquisidor. Los ojos de aquel hombre le atravesaban la cabeza, de lado a lado, cada vez con mayor insistencia. Recibir las cajas sin abrirlas siquiera, bajo pena de excomunión o de tormento o de solo Dios sabría qué. Aquello no tenía sentido. Secreto del Santo Oficio, se repetía Paula, secreto del Santo Oficio. No por nada a los dominicos de la Casa chata les llamaban los *Perros guardianes de la Iglesia*, aunque fuera en voz baja.

*

La viuda de Calderón no tuvo tiempo de pensar más en lo que la agobiaba, porque tenía una visita esperándola al llegar a su casa. Otro pésame, pensó mientras caminaba hacia el salón, alisándose la falda. Solo las botas mostraban el lodo secándose por encima. «No importa», pensó. «Sabe que llego de la calle», se dijo al abrir la puerta, tomando aire. El visitante era el último que esperaba encontrar en su casa, después de la propuesta que le hiciera durante el velorio: Hipólito de Ribera, que además sostenía entre sus manos un ramo de flores frescas. ¿Acaso venía a disculparse? Paula sintió un latigazo cruzarle la cara. Unas flores, por bonitas que fueran, no bastarían para perdonarlo.

—Doña Paulita, permítame presentarle mis respetos y mis mayores condolencias por la muerte de Bernardo. Era uno de los mejores en este oficio, muy apreciado por todos nosotros —comenzó De Ribera, inclinándose delante de ella.

Paula seguía clavada en su sitio, de pie y con las manos cruzadas. ¿Flores? Como no contestaba ni se acercaba a él, el hombre se sentó en uno de los sillones, dejando el ramo a un lado.

—Gracias, don Hipólito. Es usted muy amable —comenzó Paula, turbada, caminando por fin hacia el impresor. ¿Flores para un pésame? Quizá fuera su manera de pedirle disculpas. O peor, venía a insistir sobre la compra del taller y la tienda—. ¿Chocolate?

Una vez que la criada se marchó dejando la jarra con el chocolate y el servicio con las tazas de Talavera, blancas con vivos azules, Hipólito de Ribera se puso de pie. El hombre, que debía rondar los cuarenta, asomaba un rollo de grasa debajo del mentón, donde se suponía que debía tener el cuello. Sus manos eran grandes y su cabello escaso. Lo que menos le gustaba a Paula eran sus ojos, pequeños y oscuros, que parecían no mirar a ningún lado. «Si los ojos son el espejo del alma», pensaba la viuda, «este hombre tiene una piedra en lugar de corazón», al tiempo que sintió un chorro de agua fría bajarle por la espalda. Cruzó las manos una sobre la otra, esperando lo que debía ser una nueva oferta de compra. Las flores se desmayaban en el sofá y Paula sintió que iba a seguirlas de puro aburrimiento cuando De Ribera fijó sus ojos en los de ella y comenzó a hablar muy despacio.

—Doña Paula, iré al grano, si me disculpa usted. No estoy yo para andarme con rodeos. He venido a proponerle matrimonio. Sobra decir que me haré cargo de los hijos habidos con don Bernardo, así como del taller y de la tienda de libros. Sé manejar a los trabajadores y me respetarán, como es natural, porque obedecen a varón. Apenas si alcanzo a figurarme cómo lo debe estar pasando… discúlpeme usted. También supe lo de Pedro de Quiñones y déjeme que le diga que es solo el comienzo. A los hombres, los oficiales quiero decir, hay que tratarles como a bestias. Una mujer, con sus modos suaves, jamás podrá meterlos en cintura. Pero yo le tengo la solución. No me mire así. Comprendo, y no podría ser de otra manera, que habrá que dejar que pase el año de luto y quizá unos pocos meses más para no dar pie a la maledicencia.

Mi propuesta quedará como un secreto entre usted y un servidor, y se dará a conocer a su debido tiempo. Encontrará que es un trato conveniente para ambos.

Paula levantó la vista y clavó los ojos en el hombre, que le pareció más bajo y más grueso que cuando llegó de la calle. Y feo, para su gusto. Su mente se había quedado en blanco. ¿Matrimonio?

—Yo… no… no había pensado…

—Comprendo que es pronto aún, pero no debiera serle inesperado, doña Paula. Me sorprende usted. Lo contrario sería no natural. Es usted joven y el establecimiento comercial que don Bernardo, que Dios tenga en Su Santa Gloria, levantó, no puede quedarse en malas manos, y mucho menos, perderse. Sería un desperdicio tirar tanto trabajo y prestigio al albañal. Le estoy ofreciendo mi apellido y mi apoyo. Usted y sus hijos no tendrán nada de qué preocuparse bajo mi protección. Como seguramente usted es capaz de ver, se trata de una proposición justa, donde usted tiene mucho por ganar. Yo, en cambio… no me malentienda, se lo ruego. Usted es joven e, incluso me atrevería decir, hermosa aún. Podríamos tener hijos, si insiste, desde luego. No le vengo a proponer aquí ningún sacrificio. Mi preocupación por el taller y la tienda es verdadera. Se lo digo de corazón.

El impresor continuaba de pie, con las manos cruzadas detrás de la espalda, esperando una respuesta que, por las flores y su arrogancia, estaba convencido de que sería positiva. Tenía la vista fija en la pared, en un cuadro que mostraba una Virgen con un niño, mientras Paula apretaba los puños hasta dejarlos sin color. Sentía las uñas clavarse en sus palmas y casi quería que sangraran. El hombre seguía hablando, desde algún lugar del salón y no parecía esperar una respuesta.

—Permítame. El lienzo fue traído de España, ¿he acertado, verdad que sí? Aquí, en la Nueva España, los indios son incapaces de pintar con tanta depuración en la técnica, tan común allá. No me malentienda, se lo suplico, y perdone que insista. Hace cincuenta años que mis antepasados llegaron a estas tierras y, merced a la provisión del emperador, usted sabe que, a pesar de no haber mezclado nunca nuestra sangre, no podemos conservar la gracia de considerarnos peninsulares. Me figuro yo que con usted y su familia ocurre lo mismo. Si es que es igual con media ciudad… Y créame, comprendo su pudor, pero entenderá, doña Paula, que mi propuesta es inmejorable. Solo le aviso desde ya que no me tengo por un hombre paciente. —Hipólito de Ribera terminó su perorata con un golpe de tacón contra el suelo de madera maciza.

Paula se sobresaltó con el crujido de las maderas, pero no abrió la boca. Miraba al impresor y temía que pudiera leer en sus ojos el desprecio que sentía por él. Bajó la vista hacia sus manos.

—¿No ha pensado usted volver a casarse? Me hago cargo. Es pronto aún. Pero no es necesario darlo a conocer, no todavía. Esperaremos lo que la decencia y las buenas costumbres dicten. —El impresor hizo una pausa y, con las manos aún cruzadas por detrás, se acercó a una ventana y continuó, en voz baja—. Ya se sabe que las mujeres solo pueden ser hijas, esposas de varón o de Cristo, y lo que le propongo, doña Paula, le conviene por donde lo mire.

Paula sentía que la cabeza le daba vueltas. Había escuchado todas las palabras que el impresor le dirigiera, pero solo algunas bailaban, sueltas, en su mente. ¿Malas manos? ¿Desde cuándo las manos de una mujer eran malas manos? ¿Acaso una mujer era incapaz de hacerse cargo de un taller y de una tienda? ¿Qué se había creído? Al principio había pensado que venía a disculparse por el asunto del velorio, e incluso pensó que podría perdonarlo después de todo, porque ya había pasado algún tiempo. Pero después de escucharlo, quería matarlo. Paula sintió que un hilo invisible le tiraba de la espalda hacia el techo de ladrillos rojos y vigas oscuras cuando Hipólito de Ribera se giró hacia ella y le guiñó un ojo. Paula soltó el aire que se le había quedado atrapado en el pecho y acomodó una mano sobre la otra, en un esfuerzo por no echar al hombre de su casa. Quería insultarlo, golpearlo... Como la mujer no contestaba, el impresor continuó, creyendo entender que seguramente deseaba escuchar algo más.

—«Si una viuda sale de su casa, la juzgan por deshonesta; si no quiere salir de casa, piérdesele su hacienda; si se ríe un poco, la acusan de liviana; si nunca ríe, dicen que es hipócrita; si va a la iglesia, será andariega; si no va a la iglesia, dicen que es ingrata a su difunto marido; si anda mal vestida, de extremada; si tiene la ropa limpia, dicen que se cansa ya de ser viuda; si es esquiva, la acusan de presuntuosa; si es conversable, luego es sospechosa; que las desdichadas viudas hallan a mil que juzguen sus vidas y no hallan uno que remedie sus penas». Lo que yo le propongo es poner remedio a sus penas, doña Paula. El apellido De Ribera es honorable y tendrá usted la fortuna de convertirse en mujer de alguien como yo. Nos ahorraremos la sorpresa de la juventud, puesto que ambos hemos sido casados. Le estoy proponiendo un trato, un negocio que le conviene, si es capaz de entender lo que le digo.

Paula absorbía cada palabra como si los aguijones de veinte, de cien abejas, se le hubieran clavado en el cuerpo al mismo tiempo. Se sentía mareada, pero logró ponerse de pie. El impresor dio dos pasos hacia ella, pero Paula levantó la barbilla y De Ribera se detuvo. Los bajos de sus enaguas crujían porque el lodo y la humedad que se les pegó en la mañana ya se habían secado, y Paula pensaba que eran sus entrañas las que lo hacían en voz alta. ¿Cómo pedirle que se largara de su casa de inmediato? Fingiría un desmayo...

—Lo siento, doña Paula. Comprendo que la he impresionado. Le pido una disculpa, porque no son palabras mías, sino de fray Antonio de Guevara, de su *Relox de Príncipes*. Pero usted ha de saber que es verdad cada palabra de lo que allí dice. Ninguna mujer debería permanecer sola, pudiendo remediar su triste situación.

Paula inhaló despacio y el aire le olió a bacinica sucia. Se le revolvió el estómago. ¿Triste? ¿Qué podría saber De Ribera de lo que ella sentía? ¿Remediar sus penas? ¿Él? Debía tratarse de una broma. De pésimo gusto, estaba segura. ¿Desdichada? Paula sintió unas ganas incontrolables de reírse del hombrecillo gordo y fatuo, y de todos los de su maldita estampa. ¿Qué sabía él de su tristeza y de cómo ella sola era capaz de remediarla? La cara le ardía, y no era de vergüenza. Se había librado de su padre, de su marido y ahora llegaba otro hombre, uno que quería quitarle todo lo que era suyo, y además, insultándola. ¿Matrimonio? ¿Casarse con un impresor de poca monta como Hipólito de Ribera? ¿Cómo explicarle que la ofendía? Primero muerta… Sentía necesidad de vengarse. En un rincón de su cabeza una vocecilla le gritaba que no necesitaba un enemigo, pero sentía que iba a estallar. Una cadena gruesa de metal renegrido colgaba del techo hacia un gancho que estaba en la pared que le quedaba cerca. Miró la cadena que hacía subir y bajar el candelabro, intentando concentrarse en lo que estaba ocurriendo a su alrededor.

Hipólito de Ribera la miraba, con un brillo en los ojos que la molestaba aún más que todos los insultos que le acababa de dedicar. Tenía que pedirle que se largara de inmediato.

—Por cierto, me enteré que de Quiñones se fue a la Puebla de los Ángeles… Dicen las malas lenguas que alguien puso una imprenta no autorizada en aquella ciudad y que la pondrá a trabajar. Falta ver lo que opina el obispo Palafox de semejante ocurrencia, tiene muy mal talante. ¿Qué piensa usted, doña Paula? Perdón… ¿Qué va a pensar? Es cosa de hombres, desde luego. Disculpe. No sé cómo se me ocurrió preguntarle…

La cara de Paula pasó del rojo al blanco. Lo sabía porque sentía el frío y el calor en sus mejillas. Miró los hierros doblados de la lámpara que colgaba del centro del salón: le cabían hasta diez velas, pero solo la encendían en grandes ocasiones. Aquella, desde luego, no lo era. ¡Qué ganas tenía de tirar de la cadena de la pared para bajar el candelabro sobre la cabezota de aquel desgraciado! El pensamiento la hizo sonreír.

—¿Sabía usted, don Hipólito, que España ha impuesto restricción al papel sellado y a la pólvora que se envían desde la Casa de Contratación a la Nueva España? Hay rumores de revueltas en Cataluña y Portugal. Como ve usted, cualquier mujer, por simples que podamos parecerle, puede estar al tanto de muchas cosas.

De Ribera se volteó a mirarla con interés.

—¿Una mujer enterada de asuntos diferentes de los chismes, los listones y sombreros que recién llegaban de España y Manila? ¡Venga ya! Le digo y de una buena vez, para que no haya malentendidos, que no me gustan las viejas entrometidas. ¡Debe estar de broma! En cuanto se case usted conmigo, doña Paula, le prohibiré hablar de asuntos que solo les corresponden a los hombres. En cuanto a la imprenta...

Paula lo miró, sintiendo que el terror le subía por las piernas, paralizándola. ¿Prohibirle?

—De lo que sí puede estar segura, doña Paula, es de que los impresores no permitiremos que un taller como el de Bernardo Calderón, que en paz descanse, se pierda. Del asunto de Quiñones, tengo entendido que lo hizo sin pensar, solo por hacer la prueba de portada. No buscaba hacerles daño ni a usted ni a su casa, doña Paula. Supongo que le pareció natural estampar su nombre cuando ya no podía usar el de su difunto marido. ¿Piensa seguir imprimiendo, doña Paula? Herederos de Bernardo Calderón... supongo.

Paula había pasado por varios estados de ánimo en pocos minutos. De la incredulidad a la vergüenza, de la vergüenza a la rabia. Ahora sonreía, mientras sujetaba la madera del sillón donde había estado sentada.

—Don Hipólito, ¡cuánta amabilidad!... Disculpe usted, pero no me encuentro en condición de acariciar la idea de otro matrimonio, ni siquiera en un futuro, cuando recién inauguro la condición de viuda. No es mi deseo que me considere malagradecida, y Dios sabe que agradezco su buena intención y que se la aprecio. Pero la respuesta es no. No es mi deseo casarme de nueva cuenta. Ni el año próximo, ni los que Dios Nuestro Señor tenga a bien darme después.

Hipólito de Ribera la miraba con los ojos tan abiertos como Paula no creía que fuera capaz de hacerlo. Le pareció gracioso, pero tuvo que reprimir la sonrisa que se le quería escapar por las comisuras de los labios. Los apretó y lo miró a los ojos.

—¿Es su última palabra? Comprendo que es un poco pronto, tal vez. Pero podríamos dejar esta conversación pendiente para dentro de unos, digamos seis meses. Y así lo habrá usted pensado con calma...

—He dicho que no. Ahora, si me disculpa... —Paula se había puesto de pie. La conversación había terminado.

—¡Se va a arrepentir, doña Paula! ¡Nadie rechaza a Hipólito de Ribera así! ¡Le juro por Dios que se va a arrepentir!

*

La viuda se quedó sola en el salón, pensativa, y se dejó caer en el sillón frente a las flores, que la miraban, mustias. El silencio que la rodeaba era cálido y se sentía abrazada; sobre todo porque el impresor había salido dando un portazo que cimbró las paredes del salón y levantó los visillos de las ventanas hacia ella, como buscando acariciarla. Sonrió al recordar que le había visto la punta de las orejas color grana. ¿Por qué estaba permitido que un hombre se presentara en casa de una mujer y la insultara? ¿Dónde estaba escrito que ella tenía la obligación de aceptar sus tontas propuestas? Primero el taller y la tienda y, después, el paquete completo, con todo y su mano. Y de paso, con el resto de lo que tenía pegado a la mano. Se frotó los brazos, mientras una sensación de asco le subía desde las entrañas hasta la boca. ¡Su cuerpo era suyo! ¿Qué o quién se creía que era Hipólito de Ribera? Apenas lo había conocido, cuando tenía otra vida como esposa de Bernardo Calderón. Sabía que poseía un taller en la calle del Empedradillo y que era viudo, con dos hijos varones. No podía recordar qué libro o libros había impreso, por lo que debía tratarse de un impresor menor. ¿A qué se debía ese súbito interés por ella? Paula sacudió la cabeza. Sí, aún podía considerarse joven, hermosa... y rica. Paula no se engañaba. Hipólito de Ribera, y tal vez algún otro, fantaseara con su taller y su tienda, sus rentas y, de paso, con su cuerpo desnudo. Paula no se dejaba engañar.

Se puso de pie y cogió el ramo de flores que aún la miraban, interrogándola. No le apetecía echarse un alacrán a la espalda, pero consideró que si Hipólito de Ribera la había amenazado, tendría que irse con tiento. O tal vez se tratara de esos hombres del refrán aquel, que ladraban pero no mordían, como los perros. Suspiró mientras golpeaba el ramo contra su mano libre. ¡El diablo se lo tragara! Paula de Benavides no volvería a someterse nunca a nadie. Como si se tratara de un ratón muerto, salió del salón con el ramo de flores en la mano, en dirección a la cocina.

—Encárguese de que se ofrezcan estas flores a la Virgen, Dominga —le dijo a la cocinera, que la miró sin abrir la boca. Luego las lanzó sobre la mesa de la cocina y se dio la vuelta.

Como si al aventar las flores se hubiera roto el encantamiento, nada más salir al pasillo se acordó de Isabel de Quiroz y los motivos que tendría para ayudarla, consiguiéndole las pruebas de las cartillas. La desconfianza y el resquemor que sentía respecto a esa viuda en particular comenzaban a disiparse. Se encogió de hombros. Después de todo, compartían el secreto de la cofradía.

Cuando salió al pasillo, la aldaba del portón que daba a la calle golpeaba contra la madera. Paula bajó las escaleras en dirección a la entrada de su casa, pero se detuvo de golpe. ¿Sería Hipólito de Ribera de nuevo? Sentía el martilleo del metal contra su frente, palpitándole con el mismo ritmo e intensidad que los golpes sobre el portón de su casa. Escuchó un trueno justo antes de abrir con el miedo recorriéndole el cuerpo, uno que Paula no podía reconocer.

CINCO

—Disculpad, pero ¿es aquí la tienda de Calderón? Nos han dado las señas, pero mucho me temo que nos hemos equivocado. —Una mujer con cara agria y muy pálida la miraba del otro lado de la puerta.

En la calle, un carruaje sin librea estaba apostado justo frente a su portón. Detrás una mujer joven, de piel blanquísima y cabellos color leña seca, se asomaba discretamente, apareciendo y desapareciendo merced a un guante de seda color durazno que agitaba la cortinilla de un lado al otro. Paula no contestó, ocupada en mirar a ambos lados de la calle, por si hubiera algún rastro de Hipólito de Ribera, o de su espalda. Mantuvo la respiración hasta comprobar que no había ni rastro de él.

—¿Es aquí o no es aquí? —la mujer mayor apretó los labios. No parecía acostumbrada a esperar.

—¡Buen día tenga su merced! Es aquí. ¿En qué le puedo ayudar?

El guante durazno despejó la cortinilla una vez más y la cara que se asomó abrió la boca.

—Disculpadnos, buena mujer. ¿Es usted la viuda de Calderón?

—Paula de Benavides. ¿En qué puedo serles de utilidad a las damas?

La viuda notó que ambas mujeres cruzaron una mirada y la que seguía de pie junto al portón asintió. La joven bajó del coche mientras su dueña, enjuta y mal encarada, se abanicaba con ademanes exagerados. La joven saltó del carruaje y soltó una carcajada que parecía fuera de lugar.

—Veréis… he venido porque nos han indicado que aquí, con la viuda de Calderón, encontraríamos una tienda de libros. Si tuvierais la bondad de atendernos…

La risa de la joven sorprendió a Paula, poco acostumbrada a que una dama, que debía serlo, se manejara con semejantes modales. Peninsulares, desde luego. Y recién llegadas, por lo que podía ver y escuchar. A juzgar por el cochero y aquellos trajes vistosos, ambas mujeres debían pertenecer a la comitiva del nuevo virrey. Paula miró su vestido negro con manchas de lodo seco y de nuevo los trajes de aquellas extrañas. Clientes era lo que necesitaba, y si formaban parte de la elegante corte que había llegado con el virrey, por fuerza tenía que ser bueno para la venta.

—Hagan ustedes el favor de pasar…

Paula las condujo a la tienda por el patio interior. Había pasado la mañana fuera y la puerta que daba a la calle seguía cerrada, aunque desde que muriera Bernardo la había abierto tan solo en un par de ocasiones, y ello por la falta de mercancía. Se acercaba la hora de comer, le recordó el gruñido de sus tripas.

—¿Tiene usted pensado algún título en particular? O, si se trata de hacer un regalo, tal vez quieran ustedes buscar entre lo que tengo que, mucho me temo, está incompleto ahora mismo.

Los estantes de madera presentaban algunos huecos, aunque había varios cajones en el suelo, llenos de libros. La joven no podía saberlo, pero Paula, preocupada y consciente de que la tienda se veía mal con faltantes, había decidido amontonar algunas cajas de madera en el suelo, de manera que pareciera que tenía más libros de los que en realidad había.

—¿Sabe? Nos dirigíamos a la alcaicería… que ando buscando unos listones para el cabello. Pero me ha parecido que aquí no se utilizan tanto en los cabellos, aunque a mí me gustan.

La joven miraba los libros sin mucho interés. Paula se preguntaba si de verdad pensaba comprar alguno.

—¿Hace mucho que llegaron ustedes de España?

—¡Pero qué divertido! Disculpad, doña Paula. Pero encuentro encantadora la manera tan suave y melodiosa que tenéis aquí al hablar. ¡Y tan formal! Me parece que podéis tratarnos de manera más familiar.

—Aquí en la Nueva España no utilizamos el vosotros, ni tampoco la distinción entre la *c*, la *z* y la *s*. Mis abuelos sí lo hacían… pero aquí se pierde, ¿sabe? Debido a que nadie la utiliza.

—Sí… algo escuché. ¡Al parecer, después de dos meses en el mar hemos terminado desembarcando en Sevilla de nueva cuenta! —La mujer hablaba y daba vueltas por la tienda. Se había detenido a mirar los libros que estaban sobre la mesa—. *Arte mexicano*… ¿de verdad trata de arte mejicano? ¿Por qué motivo está escrito con X? Me parece a mí que la nueva *Gramática* de Nebrija no ha llegado aún a estas tierras…

Paula se acercó y tomó el libro, cerrándolo. Había olvidado que la tarde anterior lo había estado revisando. Se recriminó por el descuido. Nadie debía saber que ella tenía ese tomo, y menos adivinar que lo estaba estudiando porque deseaba imprimirlo. Lo de la *Gramática* de Nebrija tenía unos ciento cincuenta años, claro que lo sabía. No supo si acusar el insulto o dejarlo pasar. Se sentía cansada después de escuchar al necio de Hipólito de Ribera y su ridícula propuesta. Su gesto de cerrar el libro y voltearlo para ocultar la tapa no pasó inadvertido para la mujer joven, que parecía estar revisándolo todo. La mujer mayor no se había movido de la puerta.

—Y dígame, doña…

—Inés. Inés de Fernández.

—Doña Inés, ¿cómo podemos servirla?

—Veréis… ¿tendréis de casualidad libros de teatro?

—¿Teatro? Desde luego, mire acá en este mueble. Tengo de Calderón de la Barca, Lope de Vega, Guillén de Castro y de don Juan Ruiz de Alarcón. Quizá si me indica qué pieza anda usted buscando…

—La *Tragicomedia de los jardines y campos sabeos*, de doña Feliciana Enríquez de Guzmán.

Paula, que se había encaminado hacia uno de los estantes con libros al fondo la habitación, se detuvo en seco. Jamás había escuchado hablar de la autora ni, menos aún, de su obra. Algo en su cabeza se removía. Inés de Fernández… ¿dónde había escuchado ese nombre?

—Me parece que esa pieza no se imprime en la Nueva España.

—Eso me ha dicho una mujer harto desagradable, una que visitamos hará unos días. Pero, si no me equivoco, se puede encargar el libro a Sevilla, ¿no es verdad? Tengo entendido que este local se encarga precisamente de ello. Es menester que tenga ese libro en mis manos, puesto que yo lo deseo.

Paula miraba a esa mujer, intentando adivinar su edad. No llegaba a los veinte años, tenía cuerpo casi de niña, pero por la manera en que hablaba, parecía una mujer, incluso mayor que ella. Pero le parecía simpática y, en cierta medida, desprotegida.

—Le confieso que estoy por meter un albalá por más género, precisamente por estos días. Incluiré el libro que me dice usted en esa lista. No le puedo garantizar que lo reciba aquí en… digamos, al menos unos seis meses, o tal vez más. Porque, ¿sabe?, hemos tenido mucha complicación para la entrega de los libros pendientes. Algo de los sellos y los nombramientos de los nuevos oficiales de la aduana… algo del Cabildo o del Ayuntamiento o ¡vaya Dios a saber qué hace falta! Tengo entendido que el señor virrey agilizará todo lo que continúa pendiente, pero hasta ahora, y quizá esté mal que yo lo diga, se le ha ido en puros saraos, arcos triunfales, toros, peleas de gallos y a saber cuánto festejo más...

Inés la miraba, sin entender nada de lo que aquella mujer le decía, pero sin dejar de sonreír.

—Pero lo podéis arreglar, ¿verdad?

—Sí, doña Inés. Permítame escribir aquí el nombre del libro y de la autora. ¿Dice usted que se trata una mujer? ¿Una mujer dramaturga?

—¿Verdad que resulta increíble? Si conocierais la historia... es que os agradaría, de verdad que sí. ¿Queréis que os la cuente?

Paula asintió. Habría sido una descortesía negarse.

—Doña Feliciana es una poetisa y dramaturga que tuvo la osadía de disfrazarse de hombre, ¡de hombre!, para cursar las cátedras de teología y astronomía en la Universidad de Salamanca. La descubrieron porque se enamoró de un estudiante... y lo de ver a dos hombres haciéndose carantoñas se convirtió en un escándalo, ¡os lo podréis imaginar! Ella tuvo que confesar que era mujer y la expulsaron de la universidad. El escándalo resultó mayúsculo, porque figuraos que estaba casada. Consiguió la anulación eclesiástica y se casó con el estudiante de leyes, aunque tuvieron que trasladarse a Sevilla, porque en la ciudad no podían quedarse. Al poco tiempo quedó viuda, pero ello no impidió que consiguiera publicar sus escritos. ¡Si vierais vos la vehemencia con que defiende sus teorías acerca de las representaciones! ¡Se ha echado en contra al gran Lope de Vega porque insiste en que su *Arte nuevo de hacer comedias en este tiempo* resulta obsoleto! Os podréis imaginar la emoción que me invade al recitar sus textos...

Paula e Inés se habían acercado mientras hablaban. Entre ellas parecía fluir una corriente de camaradería, que se rompió por una tos que provenía de la pared: la dama de compañía de Inés.

—Aprovechando que estamos aquí, me apetece comprar un libro para Diego. No es que le guste leer, la verdad es que apenas si lee algo que no sean despachos reales. Pero estoy segura de que se verá bien en su biblioteca. Elegid vos un libro y haced favor de enviar a cobrar con su privado, al palacio.

Paula abrió los ojos. ¿Privado? ¿Palacio?

—¿Diego? Discúlpeme doña Inés, pero no le entiendo.

—Su Excelencia, el señor marqués de Escalona. —La mujer mayor apenas abrió la boca para pronunciar el título, volviendo a cerrarla sin moverse de lugar. Paula casi se había olvidado de ella. La joven sonrió.

—Don Diego López Pacheco, creo... el señor virrey. Su Excelencia y yo mantenemos una amistad... íntima. Nos conocimos en el *San Juan*, el navío que nos trajo a la Nueva España. —Inés miraba a los ojos a Paula, intentando descubrir una señal, por pequeña que fuera, de que la reconocía, de que había oído hablar de ella, como la amante del virrey, que era como la conocían en aquella ciudad. Pero Paula no pareció darse cuenta o, decididamente, era mejor actriz que ella—. Por cierto, que también me apetece beber algo. Espero no causaros incomodidad, pero ¿seríais tan amable de ofrecerme un refresco? O tal vez alguna bebida caliente. Que me he dado cuenta de que aquí bebéis el chocolate a cualquier hora, lo cual levantaría más de una ceja en Madrid, os lo aseguro. Doña María, haced favor. Si no os molesta, doña Paula, haré que mi dama espere en el coche —añadió mirando a la mujer, que seguía pegada a la puerta.

—Será un honor, doña Inés. Sígame, por favor.

Paula no podía pensar, menos hablar. Asintió y salió del taller por el patio en dirección a las escaleras. El virrey Pacheco, el *San Juan*... por alguna razón, su mente volvía al inquisidor mayor. A cada paso que daba sobre las escaleras hacia la planta noble de la casa, las piezas iban encajando. La mención de navío, de virrey y de teatro cobró sentido en seguida. Paula dudaba de elegir entre sus prejuicios y la curiosidad. Se quedó con esta última, convenciéndose de que se trataba tan solo de un gesto de amabilidad. Además, la mujer le aseguró que pensaba comprar más libros, y eso era justamente lo que Paula necesitaba en aquellos momentos: un cliente. Aún mejor: un cliente con excelentes credenciales.

*

—Entonces, ¿os dedicáis vos a la impresión? ¡Qué interesante! Contádmelo todo. —A Inés parecía sobrarle tiempo y desparpajo. Paula no estaba acostumbrada a tratar con una mujer así de espontánea y parlanchina.

—Sí, soy impresora y mantengo la tienda de libros, aunque ahora, como puede usted ver… Recién enviudé y a las mujeres, a pesar de no poder heredar de nuestros maridos, se nos traspasa la potestad de testar, en favor de nuestros hijos o parientes cercanos o de la Iglesia, que siempre es mejor opción para quienes no tuvieron hijos. El caso es que yo me hago cargo de imprimir. Aprendí hace años, en el taller de mi padre, a colocar los tipos en las cajas, aunque eso lo hace ahora el cajista. También a preparar tinta para que no quede ni espesa ni demasiado diluida, a presionarla sobre los tipos, a acomodar el folio, a girar la palanca y en general, todo lo que implica usar una prensa, doña Inés.

Inés abría los ojos y asentía. Una sensación de tibieza la envolvía desde dentro. Se sentía orgullosa por lo que escuchaba decir a la viuda que tenía enfrente, porque ella experimentaba la misma pasión delante de la concurrencia, mientras recitaba versos. Percibía que el público dejaba de respirar cuando ella lo hacía, que se conmovían cuando ella sufría y que reían cuando ella reía. Le gustaba esa mujer que parecía fuerte y atrevida, tan parecida a ella: decidida a correr riesgos y a no aceptar un *no* por respuesta. Se prometió ayudarla en todo lo que pudiera.

—Pues dejadme deciros que yo, eso es que lo encuentro encantador. Lo mismo que vuestro acento; ¡si os digo yo que parece que hemos desembarcado en Sevilla! Habláis todos tan suave y mecido que siento que deseáis acunarnos a todos. ¡Ca! Lo de una mujer impresora, me parece que en el resto del reino no tenemos ninguna. En algunas cosas os lo tenéis más avanzado, más moderno aquí, en la Nueva España.

Paula sonrió. Si Inés supiera…

—Pues déjeme que le diga, doña Inés, que aquí en la capital de la Nueva España somos varias las mujeres impresoras.

—¿Varias? ¿Y cómo es eso posible? ¿Los maridos les permiten…?

—Somos viudas, doña Inés. Viudas de impresores. Únicamente continuamos con el comercio que ya se tenía y lo hacemos para nuestros hijos, al menos yo. No es igual para todas. —Paula hablaba mientras servía chocolate con buñuelos a su invitada en una mancerina. ¿Qué diría aquella joven de una cofradía de viudas de impresores? Sonrió sin darse cuenta.

—¿Viudas?

—Mmmhmmm. Será casualidad, supongo yo. Ya se sabe que los varones viven menos que las mujeres.

—Pues qué maravilla, doña Paula. Os felicito. Porque habéis de saber que la viudez es un estado que atemoriza a los curas, lo mismo que a las autoridades —añadió con un guiño que a Paula le pareció cómplice—. Ya sabéis, sin un hombre que responda por la calidad y la honra, el que una mujer sea libre les resulta, por lo menos, preocupante. Yo soy actriz, lo cual quiere decir que me mantengo por cuenta propia, y eso escandaliza aún más. Pero no me quejo por cómo me miran; en especial, las otras mujeres. ¡Si supierais vos lo que he de soportar! Pero para mí, la libertad de la que dispongo vale las miradas y las palabras que lanzan a mis espaldas. En fin, que he estado encantada de hablar con vos, doña Paula. Espero no haberos causado ningún problema.

¿Y bien? ¿Qué libro me recomendáis que pueda obsequiarle a Diego?

Paula se había quedado pensativa con las palabras de Inés: lo de la libertad y el temor que causaban las mujeres entre los varones, ya fueran o no religiosos, era algo que ella no había puesto en palabras, a pesar de haberlo sentido. Ahí estaban el inquisidor, el impresor De Ribera y ahora los impresores Ruiz y Rodríguez para recordárselo.

—¿Doña Paula?

—Discúlpeme usted si he sido desconsiderada. Precisamente estaba pensando en lo que acaba de decir. A las mujeres nos ven tan desvalidas, o nos consideran tan simples que algunos varones consideran que pueden ir en contra de nuestros deseos. O creen que deben hacerlo.

—Y esto lo decís... por... —Inés había dejado de intentar utilizar la mancerina. No entendía cómo se usaba y prefirió servirse chocolate en una taza que pudiera sujetar.

—Nada... una tontería.

—No lo será tanto si os ocupa y os preocupa, quiero decir.

—Tengo, quiero decir, el anterior virrey concedió a este taller un privilegio para la impresión de cartillas. Es inédito, lo sé. En España la *Cartilla y doctrina Christiana* se imprime con privilegio real en la Santa Iglesia de Valladolid, donde quiera que eso sea. El texto de dieciséis páginas se considera exclusivo de la monarquía en lo referente a la enseñanza de las primeras letras. Pero aquí, en la Nueva España, la impresión de la *Nueva cartilla de primeras letras* la realizaba el Hospital de Naturales desde los tiempos de Hernán Cortés, el conquistador. Habrá escuchado hablar de él, naturalmente. Hará cosa de cuatro años se nos asignó a nosotros; quiero decir, a este taller. Ahora que ha fallecido Bernardo Calderón, otros impresores quieren quitarme ese privilegio y han comenzado a imprimirlas, a pesar de tener yo el real decreto... Disculpe, doña Inés. No sé para qué la aburro con estos asuntos.

—¿Y cómo pueden hacerlo? Perdonad que os pregunte... pero ¡qué atrevimiento! —Inés sonreía. Su preocupación parecía real. Paula sintió que podía confiar en ella, porque se le parecía de alguna manera, y porque una vocecilla en su interior se lo pedía.

—Me parece que pretenden... confundir al señor virrey. Asumen que, como es nuevo en estas tierras, no conoce ciertos usos y costumbres que tenemos aquí. Por ello se han atrevido a contravenir la real cédula.

—Me parece, doña Paula, que Diego podría estar molesto si llegara a enterarse de que alguien pretende sorprenderlo. Detesta las sorpresas, ¡si lo sabré yo!

Inés sonrió mientras le tendía la mano a Paula. Era la primera persona en la ciudad que no la había juzgado antes de conocerla. ¡Qué diferente de la bruja mojigata que había visitado antes! Pero no podía hablar de aquel mal bicho, como ella le llamaba, delante de otra impresora. Inés sabía que para sobrevivir había que guardar tanto secretos propios como ajenos. Paula le agradeció el gesto tomando la mano de la joven entre las suyas.

—Creo que ya os he quitado suficiente tiempo, doña Paula. No dejéis por favor de recomendarme un ejemplar magnífico para ofrecerlo al señor virrey. Me gusta obsequiarle libros, aunque sea yo la única que los lee.

La sonrisa de Inés era abierta, casi infantil. Paula sintió deseos de protegerla, aunque no sabía de qué.

—Será un honor conseguir el libro que me dice usted. Y si me permite, le puedo recomendar el *Libro en el cual se trata del chocolate...* de Juan de Barrios, o la obra botánica de Ximénez. Me parece que estos tomos no los encontrará usted con ningún mercader de Sevilla, como los de don Alfonso X el Sabio, Dante, Castiglione o Conrad Gessner, que a buen seguro puede usted conseguir fácilmente en España. Desde luego, cuento con una buena edición del *Quijote*, otra de Santa

Teresa de Ávila y una de San Juan de la Cruz. Cualquiera de estos tomos harán un buen regalo.

—Muy bien. Os encargo ambos, los primeros que habéis nombrado, que me parecen a mí raros también y le agradarán a Su Excelencia por exóticos. Os dejaré mis señas y haced favor de enviarlos, junto con el albalá correspondiente, a palacio, con don Diego de Aguilar, al privado. Doña Paula, os quedo agradecida por tan agradable tarde. —Inés se puso de pie y se enfundó las manos en los guantes de seda color durazno que se había quitado. Paula sintió una punzada al ver su ropa negra y parpadeó.

—El honor ha sido mío. Esta es su casa, cuando lo desee, doña Inés. Permítame acompañarla.

*

Cuando Paula despidió a Inés escuchó los golpes de las campanas que daban las seis de la tarde. Sonoros, implacables. Por un rato había olvidado que era el día de la recepción de las mujeres de la ciudad en el balcón de la virreina. El siguiente domingo daría comienzo el Adviento y la arquidiócesis prohibiría fiestas y todo tipo de reuniones en las semanas por venir. Una conocida punzada en la cabeza la obligó a cerrar los ojos, mientras presionaba las sienes con sus manos. ¿Dónde estaba la tintura de dedalera y betónica? Apenas si tenía tiempo para buscar su capa con gorra y salir a la calle en dirección a la Plaza Mayor.

*

Un relámpago que cruzó la ventana de derecha a izquierda la sacó de sus cavilaciones. Isabel miraba una fila de hormigas, una detrás de otra, andando hacia un hueco en la pared. En realidad se trataba de dos hileras: en una, las hormigas iban hacia la ventana, sin prisa y sin despeinarse y por la otra volvían, hacia el hueco de la pared, cargadas con materia diminuta de lo que fuera que cargaran, para perderse en un punto más pequeño que el ojo de una aguja, como si algo o alguien se las tragara. Pero volvían a salir. Estuvo observándolas durante un rato que debió ser largo, por los cambios que se percibían en la luz que entraba por detrás de los visillos bordados. Un trueno seco y corto, como un golpe dado sobre una mesa, la sacó de la atención que ponía en la industria de las hormigas. Fastidiada, comenzó a comprimirlas con el pulgar, una a una. Hasta que todas dejaron de moverse. Metió las manos en la palangana de agua fresca y las frotó, una contra otra.

Afuera y tras el hueco de la ventana, el telón de agua caía hasta el suelo, que se tragaba las gotas con avaricia. Como Isabel sabía que la Tierra se la tragaría a ella una noche. Porque estaba convencida de que sería de noche, en su cama y dormida. Era una tontería, lo sabía; pero creía, o quería creer, que si se esforzaba en pensarlo, la muerte le llegaría sin aviso. No quería imaginarse enferma, en un hospital, rodeada de monjas ni de sus silencios, limpiando lo que quedara de ella mientras se consumía. Cerró los ojos con fuerza y pidió al Altísimo que le concediera esa última gracia: dejar de respirar sin darse cuenta. Los abrió y miró a su alrededor. Para morirse faltaba mucho, y ella tenía que aprovechar el tiempo. Se hincó sobre unos almohadones y delante de una imagen sagrada se dispuso a rezar. Sabía que a ella rezar nunca la calmaba, pero lo intentaría. Dios la perdonaría por blasfema, entre otras cosas que se le ocurrieron. Se llamó a sí misma canalla y pidió perdón, sabiendo que nunca lo obtendría. No era la primera vez que se sentía así y sabía que esa sensación la acompañaría mientras tuviera vida. La imagen de Paula de Benavides se cruzó por su mente a medio rezo. Isabel sabía que la ayudaba porque le convenía. Necesitaba conservar la imagen que había tejido durante tantos años, como una de las mantas de retales que cosía para el hospicio de Jesús o el de San Hipólito, a los que era asidua. Coser le calmaba los nervios, como no lo conseguía la infusión de toronjil que bebía por jarrones. Isabel de Quiroz, viuda con imprenta propia y, por lo tanto, de posibles, generosa y desprendida con los desafortunados. No era que Paula fuera desafortunada: se había quedado con la mejor y mayor imprenta de la Nueva España al enviudar. También sabía que era arrojada. Tal vez por ello la imagen y la voz de la viuda de Bernardo le pellizcaba en algún lugar de las tripas o del vientre, o tal vez del corazón, cuando la escuchaba. Se persignó y se puso de pie para dirigirse a la cama. Si quería hacer algo en contra de Paula de Benavides, pensó mientras acariciaba la manta, tendría que esperar un buen momento para hacerlo. Lo que no le concediera Dios lo pactaría ella con el Diablo, si hacía falta. Su alma ya estaba condenada desde hacía tiempo y nada de lo que hiciera o dejara de hacer podría cambiarlo. El tiempo diría. Afuera seguía lloviendo. Maldijo al cielo por llover en un día que debía salir. Faltaban al menos dos horas para mandar buscar algún transporte para acercarse al Palacio Virreinal.

*

Gerónima Gutiérrez se mantenía quieta mientras su criada la peinaba. Había decidido ponerse un tocado en el postizo que utilizaría para la tertulia de aquella noche en el Palacio Virreinal, con unos rizos cayéndole por delante de las orejas y sobre la frente. Su cabello era escaso y muy liso, por lo que los hierros calientes para rizarlo no eran opción, ya que se lo chamuscarían sin remedio. Aquellos postizos le habían costado unas buenas macuquinas; pero, según lo que iba viendo en el espejo de plata bruñida, valían la pena. Gerónima se limpió la humedad de las manos en la falda. Aquella sería la primera tertulia que admitiera mujeres dentro del palacio, bajo el gobierno del nuevo virrey, aunque se les fuera a conducir directamente desde el acceso, y por la escalinata, hacia el balcón, según la nota con instrucciones que había recibido unos días antes del mensajero con librea y papel con escudo de toda una señora marquesa. Miró la invitación con el sello roto que tenía sobre la mesa. El estómago le revoloteaba. Por fin conocería el balcón de la virreina, del cual, quienes lo habían visitado, decían que era un prodigio artístico en madera. La guinda la ponía el rumor no confirmado de que el virrey se presentaría, de incógnito e improviso, en la tertulia, como deferencia a su esposa y a sus selectas invitadas. A alguien se le había ocurrido que los gremios se personaran en Palacio y, para sorpresa del nuevo gobierno, en la Nueva España había varios integrados por mujeres. Conocer al virrey hacía que las tripas se le alborotaran aún más. Lo que faltaba por saber era cómo haría para hablar del asunto de los oficiales de la aduana y los sellos, y demás engorros administrativos, con la señora virreina. Miró de reojo la mesa donde descansaba la carta. Había acomodado el ajuar que usaría aquella tarde, incluyendo dos abanicos que parecían mirarla con insistencia. Miró el blanco y después el rojo y, de pronto, tuvo un pálpito. Cerró los ojos y se llevó las manos al pecho.

*

El acceso al Palacio Virreinal se convirtió en un caos, como era de esperar. Las mujeres invitadas al convite no llegaban a cincuenta, pero por alguna razón que los ujieres no terminaban de comprender, llegaron todas al mismo tiempo. Mientras Gerónima esperaba que llamaran su nombre, miró a su alrededor. La plaza estaba casi vacía y los últimos comerciantes y transeúntes se alejaban hacia la Acequia Real, mientras algunos carruajes y sillas de manos se iban apostando alrededor de la fuente y en la esquina de la iglesia catedral, al lado del campanario y esquivando la picota, como si no existiera. Ninguna de aquellas damas quería ser la última en acceder, por lo que pronto se organizó un pequeño tumulto en el portón más cercano al balcón estilo morisco que descansaba en el extremo norte del palacio principal de la ciudad. A su alrededor todo era desorden y voces. Gerónima sonrió, pensando que por situaciones como aquella los españoles decían que el Nuevo Mundo estaba poblado de salvajes.

*

Ana miraba la casa marcada con el número 6, a un costado del convento de San Agustín. La construcción no parecía gran cosa, pero era de dos plantas, lo cual era una rareza. Decidió que no esperaría el sonido de las campanas para echarse a andar. Era la cuarta o quinta vez que daba una vuelta por allí, y tenía preparadas varias excusas por si se encontraba con la dueña de la casa, pero eso no había ocurrido ni una sola vez. Observó que un chiquillo descalzo la miraba y le dio una moneda. Unos pasos más adelante la miraba el aguador, que también esperaba su moneda de cobre. El chico salió corriendo y la viuda se acercó despacio al joven que dejó los cubos de agua en el suelo, después de pasar la trabe por encima de su cabeza.

—Recién terminé y voy por más agua, patrona.

—¿Ha venido alguien?

—La dama en el carruaje y un cura que ya había venido antes.

—¿Ha salido?

—Apenas. A misa y con la criada, por la hora.

La mano enguantada depositó una moneda en la palma del aguador, que recogió sus cubos y siguió su camino. La viuda caló su sombrero con pluma para taparse la cara lo más posible. Caminar por las calles con calzas y capa tenía sus inconvenientes, pero tenía un punto a favor que compensaba todas las incomodidades: podía andar sola por la calle, sin criada ni chaperón. Apenas tendría tiempo para cruzar por la parte trasera del huerto del convento y ponerse unas enaguas encima, quitarse el sombrero y encaminarse hacia su casa, para de allí, salir en dirección a la Plaza Mayor.

*

«¡Qué hermosura! ¡Pero qué ingenio! ¡Qué refinamiento!… Doce varas de alto por tres de ancho… colgando del aire… ¡prodigio del maestro alarife! Que dicen que porque el virrey tiene para él solo doce balcones y fue su deseo obsequiar uno a la señora virreina… ¡cuánta generosidad! ¿Jiménez de Balbuena? ¡Pero qué buen gusto! Maestro arquitecto, sí, responsable del diseño y supervisión de la obra… ¡Si parece un pequeño palacio tallado en madera! ¡Cuánta belleza!».

Las frases de asombro, admiración y aprobación se sucedían a cada paso que Gerónima daba dentro del extraño balcón. Cuando finalmente pudo acceder a él, después del larguísimo besamanos, presentación, parabienes y entrega de obsequios, la masa de mujeres se fue moviendo en grupos de cuatro o cinco hacia la estructura, que más se asemejaba a una verruga de madera brotando de las piedras exteriores, colgando hacia el vacío sobre la plaza, que un balcón coqueto, como se pretendía. Desde allí y a través de una intrincada celosía se podía otear todo lo que ocurría en la plaza: mujeres observando sin ver vistas. Gerónima bien podía imaginarse a sí misma sentada allí durante varias horas al día, viendo la vida pasar. Después de recorrerlo en silencio, admirando los detalles en techo y suelo, láminas de plomo grabadas con escudos, volutas vegetales, cariátides, niños atlantes y todo lo que se le había ocurrido al maestro encargado de la obra, echó un vistazo fugaz a las otras cuatro impresoras que la miraban en silencio.

Tenían que buscar un momento para hablar con la virreina y el tiempo transcurría. Las campanas de la catedral dieron las cinco de la tarde.

La música flotaba desde un rincón del salón, decorado con sedas, damascos y terciopelos en granate y verde, los colores del escudo del duque. La gente se movía en pequeños corros, y los bocadillos y la bebida no dejaban de circular entre los distintos grupos, aunque por tratarse de tertulia femenina no se sirvió vino. El volumen de las conversaciones fue subiendo al ritmo en que se vaciaban las bandejas de comida.

—¿Habéis visto? ¡Los garzones van todos de color verde! Es lindo el uniforme. Curiosa costumbre que ha traído el señor virrey —murmuró Ana.

—Librea, doña Ana. Se llama *librea* y los grandes señores, como nuestro virrey, lo participan a sus criados, incluso a los que conducen sus carruajes, que llevan el escudo de la familia en las portezuelas. Ya sabéis que el señor virrey posee grandes títulos y me parece a mí que es una costumbre que se adoptará muy fácilmente en esta parte del reino. Yo lo encuentro encantador —Isabel corrigió, también en voz baja.

Gerónima miraba a su alrededor, buscando la ocasión de acercarse al pequeño grupo que rodeaba a la virreina, una mujer muy joven, mucho más de lo que había esperado. Casi parecía una niña. Por alguna razón, había supuesto que sería una mujer mayor, rondando los cuarenta años del virrey o tal vez un poco menos. Aquel detalle no lo había tenido en cuenta y podía dar al traste con sus planes. Y el tiempo seguía corriendo.

—¿Alguna sabe algo de la señora virreina? ¿Me parece a mí, o se trata de la hija del señor virrey? —preguntó en la voz más baja que pudo, siempre detrás del abanico. El asunto de leer los labios lo tenía perfeccionado y asumía que estaría rodeada de otras mujeres que podían hacer lo mismo.

—Escuché decir que él enviudó hará cosa de un par de años. Y que volvió a casarse, por aquello de continuar la línea de sangre. Según dicen, ella no quería viajar a estas tierras, pero no podía dejar solo al esposo. Cuentan que todo el viaje volvió el estómago y apenas si salió del habitáculo. El virrey, que creía que la mujer vendría de encargo, la dejó en paz durante la travesía... y fue en dichas condiciones que conoció a la actriz de corrales. También se han escuchado rumores acerca de que Su Excelencia, la magnífica señora, no desea que un hijo suyo nazca aquí... ¡A saber! —María de Espinosa, otra viuda de impresor, hablaba casi en susurros detrás de su abanico de palo de rosa con incrustaciones de madreperla. Era apenas la segunda vez que Gerónima la veía usarlo. Sintió que debía comprar uno igual, porque un objeto tan bello debía tener una dueña que amara los abanicos, como ella. Resopló al tiempo que sacó su abanico blanco del bolso de mano que traía colgando del brazo.

—Nos acercaremos despacio hacia donde se encuentra. Me parece que una mujer tan joven, una niña casi, sin haber parido un hijo o al menos, sin haber estado preñada, tendrá poco qué decir al oído del virrey. Pero se ha de intentar. ¿Vamos?

Catalina del Valle, María de Espinosa, Isabel de Quiroz y Ana de Herrera, que acababa de llegar, asintieron al mismo tiempo, apretando los labios. A ninguna se le había ocurrido que la edad de la virreina fuera un asunto a considerar.

—Buena tarde tenga su merced. —Gerónima inclinó la cabeza en una reverencia ante la joven, que la miró intrigada. Detrás de los rizos rubios que caían sobre ambos lados de la cara se asomaban unos pendientes de perlas, a juego con los collares que bajaban por su pecho, anudados a la altura de la cintura en un gracioso moño repujado de brillantes. En las manos mostraba un anillo de cabuchón de rubí más grande que cualquiera de los que Gerónima había visto hasta entonces.

—Su excelencia, doña Juana de Zúñiga Sotomayor —añadió una de las damas de compañía, con bucles igual de rubios que su señora. Parecía igual de joven que su ama.

—Doña Juana —Gerónima se corrigió—, permítanos presentarle otro obsequio, de parte de las impresoras de la ciudad.

La joven Juana mantuvo las manos cruzadas una sobre la otra mientras la dama rubia alargaba el brazo para recibir el paquete, envuelto en terciopelo azul. Se trataba de un libro de horas, forrado en piel y recamado en oro.

—Muy bien. ¿De qué se trata, se puede saber?

—De un libro de horas, Su Excelencia. Existen pocos en la Nueva España, pero se preparan para la llegada de las virreinas a esta ciudad. Verá que contiene los *Sufragios de los Santos,* los *Siete Salmos penitenciales* y las *Letanías,* además del *Calendario,* las *Horas de la Virgen* y el *Oficio de los Difuntos.* Verá que tanto los impresores como los ilustradores de esta parte del reino no desmerecen en nada a los que se pueden encontrar en la península. Para nosotras es un honor el poder obsequiárselo.

—¿*Impresoras* habéis dicho? —La joven había levantado las cejas, unos arcos robustos y bien delineados en color oscuro. A Gerónima le pareció horrorosa la combinación, pero supuso que sería la última moda en la corte en Madrid, puesto que había visto que todas las damas españolas mostraban las cejas oscuras y pobladas. En la Nueva España, las cejas finas eran sinónimo de buena cuna y elegancia. Resopló al imaginar que dentro de poco tiempo todas las mujeres de la cuidad aparecerían igual por la calle, mostrando cejas peludas delineadas con carboncillo.

—Sí... verá usted. En la Muy Noble y Muy Leal, por alguna razón conocida tan solo por el Altísimo, somos más las impresoras viudas que los impresores. Hemos resultado herederas, si eso existiera, de los comercios de nuestros difuntos maridos, que en paz descansen, y hemos continuado con las tareas de impresión.

—¡Desde luego! Por eso todas visten de negro... comprendo. Y decidme, ¿en qué os puedo ser de utilidad?

Gerónima miró a sus compañeras, descolocada. Joven, sí. Pero aquella chica no era tonta.

—¡Oh, no! No se trata de eso... pero permítame contarle que nos sería de mucha utilidad si el señor virrey o alguno de sus oficiales pudiera redactar nombramientos para los oficiales de las aduanas, y que liberen todo el género que se halla obstruido, por meras cuestiones técnicas, desde luego, a causa de la llegada de nuevos oficiales a la Nueva España. Comprendemos que el señor virrey tendrá uno y cien asuntos pendientes y con toda seguridad, más urgentes que el nombramiento de oficiales, pero para nosotras y nuestro, digamos, oficio, sería muy favorecedor que alguien cercano al señor virrey pudiera...

Juana de Zúñiga había levantado la mano derecha, callando a Gerónima.

—Sí. Lleváis verdad, doña... doña...

—Gerónima de Gutiérrez, Su Excelencia.

—Eso, doña Gerónima. Sin duda ninguna, lleváis razón en aquello de que el señor virrey tiene asuntos pendientes y urgentes que resolver. Que no descansa ni un momento. Si no han sido los fastos por el recibimiento, han sido las interminables reuniones del Cabildo, del Ayuntamiento, de la Acordada y otros tantos que no puedo siquiera imaginar. Pero estad ciertas de que todo se andará y que vuestro asunto, lo mismo que otros tantos que dependen de Su Excelencia, el señor virrey, serán resueltos satisfactoriamente a su debido momento. Os agradezco el presente; parece magnífico, y sabed que vuestra virreina os lo agradece. Haced favor de trasladar mi agradecimiento al resto de las mujeres impresoras de la ciudad, y la noticia de que quedo enterada de que habéis varias en la misma condición. Disfrutad de vuestra estancia en este salón, señoras, que las invitaciones a este balcón resultan muy escasas. Quedad con Dios.

Gerónima sentía que una tea la encendía por dentro cuando la joven mujer se dio la vuelta y se encaminó hacia la otra punta del salón. Sintió que alguien le rozaba el hombro.

—Doña Gerónima, creo que usted necesita un poco de aire. Permítame acompañarla a la celosía del balcón para que se refresque. —Ana de Herrera la había tomado del brazo y la conducía hacia el balcón de madera.

Justo cuando buscaba el otro abanico dentro de su bolso de terciopelo negro, un criado anunció la entrada del señor virrey, acompañado de otros ilustres de la ciudad.

*

Abajo, en la penumbra, las campanas de la iglesia catedral daban los tres cuartos de hora. Faltaba poco para las siete de la tarde y Paula no sabía si ya debía irse o continuar esperando que un objeto cayera desde alguna de las rendijas del balcón. Los charcos estaban repartidos por toda la plaza, alrededor de la fuente y hasta donde la vista alcanzaba, reflejando las luces de las antorchas que comenzaban a encenderse a esa hora. Cuando sonó la media, había comenzado a reírse de ella misma y de su situación. ¿De verdad creía que la iban a ayudar las otras viudas con la virreina? ¿Qué le diría al inquisidor mayor cuando volviera a preguntar por sus libros? ¿Cómo se había metido en semejante embrollo? Además, se sentía ridícula caminando de ida y vuelta a la fuente, cruzando por media plaza cuando hacía rato que se habían levantado los puestos que se montaban allí durante el día. Si continuaba allí, aunque fuera acompañada de su vieja nana, corría el riesgo de caer en manos de una capa negra, de esas que abundaban por la ciudad al caer la noche. Ninguna mujer decente estaría a aquellas horas paseando de la catedral al Palacio Virreinal. Era hora de irse a casa. Cuando se marchaba hacia la acequia real, escuchó un aleteo que le hizo volver la cabeza. Le pareció escuchar algo parecido a las alas de algún pájaro batiéndose en el aire, pero lo que fuera que cayó al suelo, rebotó.

Paula se contuvo para no correr al lugar ni parecer sospechosa. Se acercó despacio hacia donde escuchó el sonido y dejó caer su bolso de mano, justo al lado del objeto. Jacinta se agachó a recoger el bolso de su niña, junto con un abanico del que era imposible descubrir su color en aquella oscuridad. Paula lo metió en su bolso y echó a andar, con paso acelerado, para cruzar la calle de la acequia, que llevaba mucha agua para aquella época del año. Sentía que el corazón le latía dentro de las orejas. Unos hombres se acercaban para cerrar el paseo de las Cadenas, por lo que tuvo que caminar por fuera, rodeándolas. La luna era apenas una uña brillante pero cubría de plata los altos de los edificios, las cornisas de puertas y ventanas, lo mismo que la aguja del campanario a medio construir de la iglesia catedral. Dejó atrás el callejón de Dolores y se detuvo en la calle de Zuleta, bajo la luz titilante de una antorcha a medio consumir. Aunque era tardísimo para acudir a casa de doña Gerónima, Paula necesitaba detener el golpeteo de su corazón. Abrió el bolso de mano y sacó dos abanicos. El que no era suyo estaba hecho de seda pintada a mano y tenía la madera de palo de rosa de color rojo.

SEIS

Paula leía por tercera vez el billete que le llegara hacía media hora con un mensajero, al que ni tiempo le había dado de entregarle una moneda de cobre. Sentía que los ojos le escocían, y sabía que no se debía al humo provocado por los pastizales que ardían desde hacía varios días por allá por el sur, hacia el pueblo de Mixcoac. La ciudad olía a hierba y árbol quemados y, a pesar de que las autoridades declararan que el riesgo se había contenido, mientras no lloviera, el olor tampoco se iría. Para la temporada de lluvias faltaban varios meses.

Miró la nota, escrita en papel de buena calidad, con un monograma estampado en la parte superior: Paula era ya capaz de reconocer el escudo de armas del duque de Escalona. Sonrió al mirar el papel y la tinta, que supuso debían provenir del mismo virrey, de sus apartamentos privados, y muy seguramente, sin que él lo sospechara siquiera. Se imaginó a Inés, escribiendo a toda prisa, con letra menuda y apretada, que la ratificación del privilegio de impresión de cartillas se mantenía vigente para el taller de la viuda de Calderón, además de una multa de cien pesos que se aplicaría a cada uno de los impresores rebeldes. La joven le prometía visitarla y contarle los detalles en los días por venir.

Paula suspiró mientras doblaba el papel. Una actriz que sabía escribir. Aquello sí que representaba toda una novedad.

De pronto se dio cuenta de que la Ciudad de México, por más que fuera la villa más importante de toda la América, continuaba siendo un pueblo a los ojos de las gentes venidas de la corte, por alguna de aquellas casualidades que, como antigua deidad griega y vengativa, quitaba a las personas de un lado del tablero, para ponerlas en otro. Su familia, por ejemplo: sus abuelos habían llegado en un barco, seducidos por las vastas extensiones de tierra laborable, solares ansiosos porque unas manos hábiles y un espíritu fuerte las sometiera, las exprimiera y les sacara la savia que los perezosos e indomables naturales no hacían, ya fuera por desidia, holgazanería o ignorancia en estado puro. ¡Qué equivocados habían estado todos aquellos que compraban esa idea! Ella sabía, por haberlo escuchado en casa, que aquel prodigio que había sido la Ciudad de México, antes de llamarla así, era irrepetible y había sorprendido a todos los ingenieros y alarifes peninsulares. Ni uno solo de los ingenieros más cualificados venidos de Castilla había sido capaz de replicar el sistema de sembradíos a medio lago… y habían decidido secarlo. Al final, la tierra no se había compactado, y quizá era por ello que se mecía a cada rato, de un lado para el otro, como queriendo recordarle a los habitantes que ahí, debajo de la superficie, aún se podía andar en canoa. Sí, la tierra era fértil, pero tan extensa, y el sistema de caminos tan rudimentario, que nadie sabía dónde empezaba la hacienda de uno y dónde comenzaba la del vecino. No como en Castilla, de donde habían salido sus abuelos. Porque ella sabía que España era más rural que otra cosa, ¡si lo sabría ella!

Miró de nuevo la letra menuda y decorada de Inés, siguiéndola con el índice: una actriz de corral. Paula se sintió pequeña, como una mota de polvo en una llanura. Antes de aquella carta, Paula se enorgullecía de saber leer y escribir, cuando apenas un puñado de mujeres del virreinato eran capaces de comprender lo que significaba una letra unida a otra.

Y por una razón que a ella le parecía atroz, solo la mitad de ese puñado sabía escribir. Las mujeres de ciertas familias estaban autorizadas a leer, pero solo debían saber firmar. Los frailes insistían en que era peligroso que las mujeres escribieran porque, además, no lo necesitaban. Y no dejaban de mirar de reojo a las que, como ella, se atrevían a mantener un negocio, como si se mandaran solas. Paula sabía que era afortunada de haber aprendido a hacer ambas cosas, pero se trataba del privilegio que le correspondía por haber nacido en la casta que le había tocado en lotería. No podía ser otra cosa que el azar, se repetía. Ella no había elegido nacer donde lo había hecho, ni tampoco escogió el marido que le tocó. Había elegido sí, y planificado, también, hacerse cargo de ella misma. O como decía el confesor, hacer lo que le viniera en gana. Movió la cabeza, haciendo que se soltaran algunos de los rizos del gorro que usaba para andar por casa. También en ese momento cayó en cuenta de lo que Inés representaba para ella. Y, sobre todo, de lo que podía representar de ahora en adelante.

*

—Os evitaré los circunloquios, doña Paula. Que hube de hablar con Diego acerca del asunto de vuestras cartillas. He de deciros que se ha sorprendido mucho, porque decirle, de ordinario, nadie le había dicho nada. Y bien le puedo yo decir que complacido no estuvo. Pues que me da muchísimo gusto haber sido yo quien le haya abierto los ojos. Esta situación le ha hecho pensar que hay otros tantos asuntos de gobierno que se le puedan estar ocultando y se ha propuesto meterse más de lleno en la Audiencia. ¡Rediez! Se os entregará todo el género que se haya impreso en ambos talleres y se impondrán cien pesos de multa a cada impresor. Así que, de parte del señor virrey de la Nueva España, me place ser yo quien os transmita su más profundo agradecimiento por abrirle los ojos a la realidad que lo rodea. Al parecer, que hay mucha gente llevando agua para su molino, si me explico, y le mantienen a ciegas sobre ciertos asuntos.

Paula sintió que el aire se hacía más liviano, inundando de pronto sus pulmones, como si abrazaran más aire del que pudieran atrapar. Sintió que se ahogaba y alargó el brazo hacia la mesilla, intentando que la taza con la tila no llegara al suelo. ¿El virrey agradecido... con ella? ¿Le entregarían doscientos pesos por concepto de multa? El vahído que la envolvió no le permitía enfocar a su interlocutora. Necesitaba un hipocrás. Miró a su alrededor, intentando no mostrar la turbación que sentía, mientras un sentimiento parecido a la esperanza comenzaba a abrirse paso en su pecho. ¿Y si le pidiera ayuda con los libros? Una firma o sello de Su Excelentísima encontraría, como por arte de magia, sus cajones de libros perdidos.

—No sabré nunca cómo agradecerle, doña Inés, lo que ha hecho por mí y por mis hijos. Es usted un ángel. Pero ¿no se requiere que entregue yo las pruebas? Conseguí pruebas de lo que le tengo dicho, pero no consideré que debiera dárselas, doña Inés. No deseaba yo que creyera que abusaba de usted, de alguna manera.

—Que os digo que no será necesario, doña Paula. Perded cuidado. Diego me ha creído, como os he creído yo, y eso es suficiente. El alguacil se encargará de aplicar la justicia. Si lo deseáis, a él mismo podréis entregarle las pruebas. Me parece que se requerirá que os presentéis y levantéis denuncia formal en contra. Por el papeleo y todo eso —Inés sonreía.

Paula terminó dejando la taza con la tisana en la mesilla para que se enfriara. Se le había ido la urgencia que tenía por calmar los nervios. Ahora sentía que podría bailar.

—¿Os apetece un chocolate caliente? ¿Un vino con especias? Me parece que me concederá que esta resolución habrá que festejarla, aunque seamos usted y yo. ¿Cómo podré pagarle tanta generosidad? —Paula se secaba las manos en la falda. Había comenzado a sudar. Algo parecido a la felicidad se asomó a su cara.

—Pues consiguiéndome el libro que os tengo dicho. Os contaré un secreto, que ya veis que soy capaz de guardarlo. Y puedo asegurar que vos también —añadió con un guiño travieso—. Tengo pensado presentar la obra que os tengo dicha para la onomástica de don Diego. Me habéis dicho que el libro tardaría unos seis meses, pero me gustaría que os dierais un poco de prisa, de estar en vuestras manos, claro está. También es menester que consiga yo un teatro para la representación y gentes que se dediquen, de manera seria, quiero decir, a los asuntos de los corrales. ¿Existe eso aquí en la Nueva España? Disculpad mi franqueza, pero me he topado con demasiadas trabas para ciertas cosas...

Paula resopló. No, no estaba en sus manos. Pero sí en las de Inés. Era esa mujer joven y sonriente la que mandaba en el corazón del virrey, y no la esposa. Ahí tenía el abanico rojo, que no había devuelto, como recordatorio. Apoyó la espalda en el fondo del sillón y cruzó las manos. Debía mostrar calma, aunque sentía la necesidad de salir corriendo, de abrazar a Inés, de reír y de llorar, al mismo tiempo. Se frotó las manos, como cuando se las acariciaba con ungüento.

—Estaré encantada de ayudarla, doña Inés. De mi cuenta corre que tendrá usted tiempo de sobra para preparar la representación. El libro puede estar aquí en cuatro meses como máximo. Será cuestión de escribir a Sevilla y, mire usted por dónde, el próximo embarque saldrá en cosa de dos semanas del puerto de la Vera Cruz, y la carta con el pedido irá a bordo. Puede estar segura de que su libro llegará en un periquete. Y hay barcos casi cada semana de vuelta, desde la Casa de Contratación. Escribiré a quien haga falta, alegando que es para servicio del virrey, si me permite, y lo enviarán lo más rápido posible. Quiero, queremos pensar que para entonces todo lo que está atorado por aduanas se haya liberado.

Paula resopló quedo, pero no lo suficiente como para que Inés no lo notara. Había dudado, solo por un instante, en pedir de nueva cuenta la ayuda de la joven amante del virrey. No perdía nada. Y si funcionaba su pequeña treta, podría quitarse al inquisidor de encima. O al menos eso quería creer. Porque una voz en su cabeza le decía que de fray Francisco de Estrada no se libraría en un buen rato, mucho más largo del que ella desearía.

—¿Qué es lo que está atorado, si se puede saber? —Inés movía la cabeza de derecha a izquierda, de una manera infantil y encantadora. Los rizos de su frente y los que caían por delante de sus orejas parecían bailar. No era difícil imaginar las razones por las que el virrey concedía lo que esa joven le pidiera. Su risita también era encantadora y seductora. Paula suspiró.

—No me gustaría abusar de usted, doña Inés. Que bastante ha hecho ya por mí. Permítame guardar reserva sobre este asunto, que es de por sí bastante engorroso.

—¡Pero qué falta de confianza tenéis en mí! ¿Acaso no os he demostrado que podéis confiarme lo que os agobia! ¡Venga ya!

Paula intentaba no sonreír. Titubeaba, porque se aferraba a que Inés resolviera de una buena vez el asunto de los cajones extraviados. Sentía las palpitaciones martilleándole por dentro. Se dio cuenta de que unas gotas de sudor comenzaban a escurrirle dentro de la camisola, en las axilas, entre los pechos. Se frotó con una mano detrás de la oreja, en un gesto nervioso.

—Discúlpeme… No se trata de falta de confianza, sino de no abusar de esta. Ya ha hecho usted lo suficiente y no me gustaría agobiarla con asuntos de la gestión del virreinato… esto se resolverá, tarde o temprano.

—¿El qué? Os puedo asegurar que yo puedo desatorar lo que se necesite. ¡Ponedme a prueba!

—Si insiste usted…

—Insisto.

—Pero se quedará usted a comer conmigo, ¿verdad que sí? Se hace tarde y no me gustaría que se quedara usted sin almorzar por estar resolviendo mi vida. Se lo contaré mientras comemos. A menos que tenga usted un compromiso previo.

Inés sonrió. Solía comer sola porque durante el día era libre para hacer lo que quisiera, que consistía en recorrer las calles principales de la ciudad en busca de algo en qué entretenerse, algo qué comprar o, simplemente, pasear.

—¿Yo? ¡Qué va!

—Debería usted pasear por la calle de los Plateros. Se sorprenderá, doña Inés.

—Ya. Me he recorrido la calle de los Plateros, la Alcaicería y la plaza del Volador. Un día por fin pude ver el espectáculo ese de los cuatro hombres que se dejan descolgar desde lo alto del palo, en círculos, mientras el de hasta arriba toca una melodía con una flauta dulce y un pequeño tambor. Resulta espeluznante ver cómo lo hacen, ¡y de cabeza!

—¿Qué tal un paseo por el jardín de la Alameda? Dicen que se inspiró en uno de Sevilla.

—¡Ca! El de Hércules, eso me han dicho. Pero si vierais que no se parece en nada. Los árboles nativos de aquí, esos que mientan ahuehuetes, son más altos que cualquiera de los edificios que hay en Sevilla. Es verdad que el paseo no se parece en nada, que se lo digo yo. Pero no está mal. Resulta peculiar eso de la ancha acequia que rodea uno de los costados, como también la restricción de entrar en carruaje. Me he encontrado con los mismos paseantes y los mismos niños con las mismas nanas…

—Eso es para impedir que gente indeseable, como los léperos, se anden metiendo allí. Aquí no es igual que en su tierra, doña Inés.

Inés asentía, haciendo que los rizos que rodeaban su cara se movieran de un lado al otro. Paula había creído que era un gesto intencional de coquetería, pero después de un rato entendió que era la manera en la que la joven movía la cabeza lo que la hacía parecer tan infantil y seductora al mismo tiempo. Jacinta asomó la cabeza y no dio tiempo para decirle más.

—Si gusta, podemos pasar a la mesa. Gracias por el honor con que me honra. Permítame asegurar que todo se halle dispuesto. Se queda en su casa.

—Os lo agradezco infinito, doña Paula. El honor es mío de atender vuestra mesa. Espero no causaros ningún conflicto por ello.

Paula se puso de pie y salió hacia el pasillo, dejando la puerta abierta.

Inés se quedó sola en el salón, recorriendo con la mirada los muebles y los cortinajes. Había algunos cuadros interesantes, como una Virgen con un niño, que parecía antiguo. Dio la vuelta por el salón y se sentó donde estaba antes. Que no la tomaran por entrometida. «¿En mi casa? ¿Qué clase de comentario era aquel?». Inés no terminaba de acostumbrarse a la cortesía novohispana, tan distinta de la usual en la corte de Madrid, donde debía cuidarse hasta de su sombra.

*

Mientras las campanas cantaban la hora nona, Isabel de Quiroz ofrecía chocolate con vainilla y una pizca de chile a sus invitadas, acompañado de buñuelos de mazapán y una costra de almendra rellena de requesón. Aquel día departían seis mujeres, porque además de Gerónima y Ana, se hallaban reunidas Catalina del Valle, María de Sansoric y María de Estrada. Una reunión de la cofradía en funciones. Catalina del Valle desenvolvía un portalegajos de cuero viejo atado con una cinta.

—Aquí tengo un ejemplar, seco recién, del *Festín hecho por las morenas criollas de la Muy noble y Muy leal Ciudad de*

México al recibimiento y entrada del Excelentísimo Marqués de Villena, Duque de Escalona, Virrey de esta Nueva España, de don Nicolás de Torres, que imprimió con Robledo, y este otro, que fray Diego Gutiérrez ha mandado imprimir en formato de folleto, al que ha llamado *Sermón predicado en la santa iglesia catedral de Antequera, en el Valle de Oaxaca*, del obispo Bartolomé Benavides... ¡Curioso el apellido! Impreso por Francisco Rodríguez. Hubiera creído que nos los darían a alguna de nosotras, pero no ha sido así.

—¡Diego Gutiérrez!

—Me suena el nombre...

—Es el catedrático de astronomía de la Real y Pontificia. Me parece que también es titular de la cátedra de matemáticas.

—¿Dominico?

—No... Mercedario. Pero si tiene cátedra en la Real y Pontificia, debe tener por fuerza contactos con los de la Santa Inquisición. Que los libros de astronomía forman parte del *Index*.

—El *Index librorum prohibitorum*... alguna vez, hace años, mi Pablos imprimió esa lista en los talleres de Tlatelolco. Me dijo, antes de morir, que la lista era muy larga, pero que no hacía sino crecer cada año.

—¿Benavides será pariente de doña Paula? ¿O será coincidencia el apellido?

—Me parece a mí que doña Paula de Benavides resultará una gran aportación a esta cofradía si el obispo resulta ser pariente suyo. Quizá podría conseguir incluso la impresión del Secreto del Santo Oficio, que ahora mismo y como es sabido, no se ha asignado a ningún taller particular.

—¿A ver? ¿Es este el *Sermón predicado...*? ¿Me permite verlo?

—Es una de las pruebas. La imprimí yo pero, finalmente, no me dieron mano para imprimirlo en mi taller. Creo que don Francisco Robledo se la quitó a varias de nosotras, y me enteré también que a don Hipólito de Ribera.

—Tiene usted razón, doña Catalina. Me parece a mí que nos ha puesto a trabajar para nada.

—Para nada no. Que hicimos la prueba varias de aquí, a sabiendas de que si una lo conseguía, las demás podrían ir por otros y así ninguna se queda sin trabajar. Tengo oído que el obispo de la Puebla, don Juan de Palafox, escribe muchísimo y busca a la desesperada una imprenta en aquella ciudad. Pero ya se sabe, mientras el rey no lo autorice, solo se podrá hacer desde aquí, mientras no medie real provisión de imprenta en otra ciudad del virreinato.

—Pues yo le digo, y lo sé de buena fuente, doña María, que el obispo Palafox no quiere tratos con mujeres, ni aunque sean viudas. Se lo hubo dicho a Juan Blanco de Alcázar que, se dice, ha venido a buscar una prensa a la ciudad, para poder llevársela allá. Vayan ustedes a saber si le otorgará dispensa, ya ven que se dice que el señor obispo mantiene una grande relación con el valido del rey y que este no le niega nada.

—Falta ver lo que opina el señor virrey, doña Gerónima. Que el rey y el valido quedan a muchos días de navegación a través del mar.

Los impresos pasaban de mano en mano, mientras el vapor del chocolate servido en tazas de cerámica blanca con flores se elevaba en virutas hacia el techo, desprendiendo un olor a confidencias. Dos de aquellas mujeres se habían atrevido con las mancerinas, a fin de remojar los buñuelos dentro. En todo caso, el azúcar les glaseaba los dedos y las comisuras de los labios. La luz entraba de lleno a esa hora al salón, donde se había encendido un buen fuego, perfumado con cáscaras de naranja, un olor que endulzaba el ambiente.

—La de Estrada Medinilla también ha dado su escrito a Francisco Robledo. Se llama *Relación en ovillejos castellanos de la feliz entrada del virrey marqués de Villena*.

—¿La monja?

—Poetisa, que además resulta ser religiosa, doña Ana. Al parecer se inspira mejor encerrada, ¡qué le vamos a hacer! Hace años obtuvo el primer premio del certamen con sus décimas, por el asunto aquel de la canonización de San Pedro Nolasco. Que yo se la hube de imprimir como sonetos. También recuerdo bien el título: *Desagravios a Cristo en el triunfo de su cruz contra el judaísmo*. —María de Estrada chupaba el azúcar de sus dedos, escandalizando a las mujeres de mayor edad, que veían la lengua de la viuda recorriendo los dedos con pasmo mezclado con escándalo. Una de aquellas mujeres sintió una punzada en el vientre.

—Pues a mí no me gusta terminar el año sin repartir impresos entre nosotras. Al parecer, los varones de la ciudad pretenden ignorar que hay más impresoras que impresores. Como solo ellos han tenido acceso a los festejos y a las misas y a todo lo que se ha hecho para el recibimiento, pareciera que buscan sacar ventaja. Habrá que hacer algo, digo yo.

—Pues lo llevamos mal. Lo de la virreina ha ido fatal. Les digo que me amenazó con no volver a invitarme, o a invitarnos. No entendí muy bien. —Gerónima suspiró mientras se abanicaba con fuerza. No se sabía si era porque de verdad tuviera mucho calor o porque quería mostrar su desagrado.

Isabel metió los dedos en el azúcar y, escondiendo la boca detrás de la servilleta bordada, los chupó. Se sintió niña a punto de ser descubierta por el aya. Sonrió al pensar que ya nadie le golpearía las manos con la vara de chabacano. Tampoco tendría cardenales después del pecado que acababa de cometer. No se dio cuenta de que Catalina del Valle la miraba de reojo.

—¿No ha dicho entonces que nos ayudaría hablando con el señor virrey? —Catalina del Valle se metía un trozo de costra de almendra en la boca mientras miraba a Isabel—. Mi confesor dice que son cinco o seis los pecados de la gula, no uno.

—Cinco especies, no cinco pecados. El pecado de la gula es uno —la corrigió María de Sansoric, desaprobando con la mirada aquellas manifestaciones de glotonería—. En fin. Que lo de la virreina ha venido a ser un palo. No sabemos ahora a quién acudir. La señora virreina ha dicho que todo a su tiempo, que porque el virrey está muy ocupado y que todo se andará. Lo dijo como si fuera asunto de magia o hechicería. Ahora con el Adviento, no sé yo si dejarán los nombramientos para después del año nuevo. Tengo género pendiente y, si no entrego, no cobro. Incluso puede ocurrir que quienes querían los libros terminen perdiendo el interés ¡y me quede yo con unos cajones de libros por sacar a la venta solo Dios sabe dónde!

Ninguna contestó, pero todas volvieron a comer. Ni una sola de aquellas mujeres quería mostrar mala educación dejando que los manjares volvieran a la cocina. Impensable pedirlos como obsequio para llevarlos a sus casas y saborearlos en una habitación, a solas, donde nadie las juzgara por lamerse los dedos.

—¿Alguna de ustedes ha pensado si los buñuelos cuentan como pecado de la gula? —María de Estrada se chupaba los dedos, mirándoselos.

—El chocolate me parece que sí. Ya ven que los curas, desde el púlpito, no hacen sino prevenirnos contra él.

—Pero bien que lo beben… ¿Tenemos el saldo de los calendarios?

—Del asunto de los calendarios, me parece que habríamos podido imprimir otros doscientos más y los habríamos cobrado. —María de Estrada miraba a Isabel, mientras se limpiaba las comisuras de los labios con la servilleta de hilo bordada. También ella había notado el gesto que la otra intentó disimular. Sonrió, mostrando una hilera de dientes pequeños y amarillentos.

—Pues a mí ni me miren. No fui yo la que decidió, y que quede constancia de que era mi deseo estampar más. Yo me encargué de los montantes y de conseguir las resmas de papel. Además, me parecía a mí que doña Paula de Benavides imprimiría sus calendarios con almanaque y eso nos dejaría a nosotras con género inservible. ¿Cómo podíamos saber?

—Es verdad. No sabíamos lo que ocurriría con el taller de Calderón, a pesar de haberlo discutido. Bien pudo haber vendido las prensas o incluso quizá aún piense hacerlo. Y lo de unirse en matrimonio nuevamente, yo tampoco lo descartaría. Habrá que dejar pasar el año completo para saber con seguridad qué piensa esa mujer. Les confieso que a mí me sigue desconcertando. —María de Sansoric sorbía un buñuelo de mazapán remojado en chocolate caliente. Sintió que debería aflojar sus enaguas si se comía otro, pero no podía evitarlo. Se limpió los dedos en la servilleta. El momento del descaro había terminado y esperaba que para bien. Había veces que pescaba miradas entre Isabel y alguna otra, pero no era capaz de definir la clase de complicidad que podrían compartir. Se encogió de hombros. Aquel tampoco era asunto suyo.

—Pues yo no estoy de acuerdo. Paula de Benavides ha demostrado que es muy capaz, además de ser una mujer de recursos. Incluso más de lo que imaginábamos. —Gerónima miraba a Isabel, que asintió.

—Le hube de conseguir unas pruebas de impresión… Juan Ruiz y Francisco Rodríguez tuvieron a bien imprimir silabarios, pero, en realidad, se trataba de catecismos disfrazados. Y ya saben que el taller de Calderón mantiene el privilegio, otorgado mediante Real Cédula por don Lope Díez de Aux y Armendáriz, para que la impresión de la *Nueva cartilla de las primeras letras* se haga únicamente en ese taller. Con esas pruebas puede meter denuncia contra los impresores. Veremos, pues, si tiene los arrestos.

—¿Creen ustedes que consiga llevar las pruebas al tribunal de la Acordada? —preguntó Catalina del Valle, que permanecía callada desde hacía rato.

—Imagino que sí.

—Imagina usted mal, doña María. —Ana de Herrera sonreía, mientras jugueteaba con uno de sus guantes blancos de hilo.

—¿Cómo? —Isabel se había puesto derecha, con la espalda quieta.

—He dicho que imagina usted mal. Ni falta que hizo. Una mujer llamada Inés ha conseguido del señor virrey la ratificación del privilegio de impresión de cartillas para el taller de la viuda de Calderón por los seis años que restan, además de requisar todo material impreso al respecto en los talleres de Ruiz y Rodríguez. ¡Ah! Y cien pesos de multa a cada uno. Creí que usted lo sabría, doña Isabel.

—¿Inés? ¿Doña Inés Vázquez Infante? ¿Por qué razón la viuda de…?

—Doña Inés de Fernández. Me parece que usted la conoce, doña Isabel. Me atrevería a decir incluso que aquello que buscábamos de la señora virreina lo consiguió doña Paula a través de su nueva amiga.

Isabel apretó los labios. Quería quedarse sola y lanzar contra la pared alguna de las figuras de porcelana que la rodeaban. Apretó las manos una contra otra. Había errado el alcance de la amante del virrey.

—¿Y esto lo hemos sabido por…?

—Ya sabe. Siempre se entera una de las cosas que le atañen. Acordamos no revelar nuestras fuentes y creo que así deberíamos seguir. Aquí discutimos los rumores que creemos firmes y los que no. Hasta ahora ha resultado y no veo necesidad de cambiarlo.

—¡Señoras! ¡Hagan favor! ¡Creo que debemos considerarnos afortunadas con esta nueva! Si doña Paula de Benavides intima con la… la mujer esa, podrá destrabar el asunto de la aduana y será bueno para todas nosotras. —María de Sansoric asentía, con las manos cruzadas una sobre la otra. Casi no intervenía, pero sabía cuándo debía hacerlo y las demás la respetaban por ello. Aunque ella secretamente deseaba su agradecimiento, más que el mero reconocimiento.

—Habrá que conceder entonces que doña Paula de Benavides tiene agallas. ¡Y no faltaba quien creyera que vendería el taller! ¡Ca! Pues habrá que ponerse manos a la obra, digo yo. Para el próximo martes, hagan favor, señoras mías, de preparar una lista reciente de los cajones de libros y otros pendientes que tengan con la aduana desde antes de la llegada del nuevo virrey. Si doña Paula está en buenos términos con las gentes del Ayuntamiento y del Cabildo, a través de la señorita actriz, bien haremos en proporcionar cada una nuestras peticiones, para que las atiendan de manera adecuada. ¿No creen? —María de Espinosa se enderezó en su asiento. Por fin algo de acción.

—¡Esto amerita un vaso de hipocrás! —Gerónima terminó aplaudiendo, con una sonrisa de oreja a oreja.

Isabel miraba sus manos, que mantenía apretadas. ¿Dónde estaba la Divina Providencia cuando la necesitaba?

—Me parece que nos precipitamos —María de Sansoric parecía pensar más de lo que decía—. ¿Cómo sabemos que fue mediante la actriz de corral que doña Paula obtuvo la confirmación del privilegio? Quiero decir, usted, doña Isabel, fue quien consiguió las pruebas y doña Ana, aquí, nos acaba de decir que el asunto se ha solucionado. Si hemos de considerar que el tribunal tarda un par de semanas en admitir pruebas y en fallar… de esto no hace ni cinco días. Doña Ana, ¿cómo es que ha sabido usted lo que nos comenta?

Ana de Herrera se acomodó los guantes, uno sobre otro, encima de la falda.

—Por don Garci López, del mismo tribunal de la Acordada, quien me lo ha dicho la mañana de ayer. Ya saben que es hijo de la hermana de mi madre y me avisa sobre asuntos que puedan interesarme. Dijo que la orden venía directamente del señor virrey.

—Pero ¿cómo se sabe que ha sido a través de la actriz? ¿Eso también lo comunica el tribunal de la Acordada?

—No. El tribunal resuelve controversias... y tengo entendido que doña Paula ni siquiera había levantado denuncia, y supongo también que fue porque usted apenas le proporcionó las pruebas. Por eso es que ha llamado la atención, por tratarse de solicitud expresa del señor virrey. Se han contentado con resolver de manera inmediata y agradar con ello a Su Excelencia.

Las mujeres vestidas de negro la miraban, y Ana sintió que enrojecía. Suspiró antes de continuar.

—Lo de que haya sido de parte de doña Inés es suposición mía. Esta mañana me he dado una vuelta por la calle de San Agustín y he visto un carruaje, que aunque no traía escudo, solo podía provenir del palacio del señor virrey. Se bajó una mujer joven, vestida o casi, porque muestra los hombros, a la moda de quienes llegaron con la comitiva. Me llamó la atención el peinado y lo empolvada que estaba, seguida de una dama de compañía, con una cara tan agria que parecía limón a medio podrir. Vi que entraban en la casa de doña Paula. Quizá la viuda de Calderón sí aceptó conseguir el libro que la actriz busca adquirir. Yo simplemente he sacado conclusiones.

El chocolate se enfriaba en las mancerinas y en las tazas de cerámica con flores. Parecía que todas las mujeres hubieran perdido el apetito y cada una pensaba en las opciones que se le abrían o cerraban con lo que acababan de saber.

*

El almuerzo en casa de doña Paula resultó una revelación para Inés. Acostumbrada a rodearse de gente recién llegada de España, comía pan de trigo blanco, arroces, ollas podridas, pescado blanco tiznado, pimientos, y si el virrey estaba de antojo, perdices o codornices al ajo. En casa de Paula probó platillos cuyos nombres no podía ni pronunciar: *mixiote de guachinango en salsa de xoconostle al pulque.* Cuando inquirió por los ingredientes, casi se enferma. Ya repuesta, después de un vaso con un refresco de color chinchilla, comentó que había encontrado el pulque repugnante cuando se lo dio el virrey. También probó un pescado en *salsa de mole de calabaza* que encontró aceptable y remató con un flan de *mamey*, una fruta dulce y untuosa color ocre que desconocía del todo.

—Que los frutos de esta parte del reino los encuentro fascinantes, doña Paula. Permitidme que os lo diga: a no ser que los probara yo así, en vuestra casa, no me atrevería jamás. Por una parte están los colores, vivos y brillantes, que parecen reclamar la vista de uno y, por la otra, los sabores, algunos tan intensos y perfumados que pareciera que prueba uno la cocina de los míticos maharajás de donde extraen los rubíes, las esmeraldas y los zafiros de la Cachemira…

Paula reía. Hacía mucho que no lo hacía. Aquella joven encantadora la hacía olvidarse de sus problemas, diluyendo sus temores como se disolvía la miel en el vaso donde bebían la infusión de flores de Jamaica.

—¿Debo entender entonces que no le gusta el mole? Y la crema de cilantro, por poner un ejemplo. Esa sí deberá probarla usted en su próxima visita, doña Inés. La encontrará perfumada y con un sabor que no se compara con nada que haya usted degustado antes.

—¡Qué remedio! Si es que tengo el paladar hecho al ajo: pan remojado en ajo, pescado al ajo, sopa de ajo con tostones fritos en ajo, pescado zarandeado en ajo… ¡Qué le vamos a hacer! Además, y aquí entre nos, que al señor virrey no le han gustado nada los pocos alimentos que le han llevado a probar. ¡No puedo esperar a ver su cara cuando le cuente yo que he probado el mole y el soco… socorriste…

—Xoconostle.

—¡Ese! Y decidme, ¿se trata de un fruto? Porque le digo también que probé los frutos de jitomate, que son rojos y jugosos, pero de un ácido que me mandó a la letrina varias veces por la noche. Comienzo a comprender, me parece a mí, aquello de la venganza de Montezuma.

—Esa historia está mal contada, doña Inés. Se trató simplemente de que los primeros pobladores peninsulares, deseando aprovechar que no se tasó el maíz como se hizo con el trigo, lo llevaron a Europa y decidieron evitarse un paso en el proceso de conversión del grano en harina. Pensaron que si se ahorraban lo que aquí se llama *nixtamal*, la molienda les resultaría en una harina fina y sencilla, como la del trigo. Las cagaleras me parece a mí que se llevaron a muchos incrédulos al cielo o al infierno, depende a quién pregunte usted. Ahora le llaman venganza del emperador a comer cualquier cosa que altere la digestión, solo porque no están acostumbrados a los ingredientes de los nativos, como el ají o chile. Ya verá usted que es cosa de tomarse el tiempo.

—De todas formas, doña Paula, que encuentro todo tan nuevo, tan diferente… tan fascinante. Que os lo digo de corazón. Hay cosas a las que no me acostumbraría jamás, y quiera Dios que no lo haga. Veo mi tiempo aquí como una aventura. Que debía yo venir y verlo con mis propios ojos. Que allá en Madrid dicen que esto está lleno de salvajes, he de confesaros. Pero también escuché que está lleno de oportunidades y riqueza. Será por eso que el rey cambia de virrey cada dos por tres. El oro y la plata y la cochinilla y todo lo que llega al muelle de la Aduana y se custodia en la Casa de Contratación es un bocado muy grande para una sola boca.

—¿Conoce usted la Casa de Contratación? Yo tengo un par de agentes allí para el asunto de la compra y venta de libros con los libreros tanto de Sevilla como de Madrid, Valladolid y Salamanca.

—La vi antes de partir. Pero no tenía yo ningún negocio por atender, por lo que pasé de largo. Sí escuché decir, durante la travesía, que la Flota de las Indias se reúne en Cuba y cuando llegan al muelle el oro y la plata se envían a la Casa de Moneda. Pero a saber. Se cuentan historias de muchas cosas y una qué va a saber si todas son ciertas. De mí se cuentan cosas, ¡vamos!

—A mí me gustaría ir a Sevilla. Me gustaría conocer la calle de los libreros.

—Eso queda próximo a la Alameda de Hércules, esa que pretendieron replicar aquí. ¡Qué va! Si es que ni los árboles son parecidos. Aquí son más altos, aunque aquellos son viejos, mucho más viejos. Han visto pasar a Cristóbal Colón y a Hernán Cortés, y a Pedro de Alvarado y a tantísimos otros. Os digo que están casi todos los libreros en la misma calle desde hace cien años, o desde el tiempo que haga que se venden libros en la ciudad. Las paredes son de baldas y los techos de vigas de madera, rasillones vistos en los techos y paredes sin enlucir. Contra las paredes, ahí en el suelo, se acumulan los cajones de libros. Algunos patrones incluso guardan el género viejo en los patios de luces. ¡Os gustaría, doña Paula! Es más, ¡estoy cierta de que os encantaría! Deberéis prometerme que iréis un día y nos encontraremos en Sevilla.

—Me parece a mí que usted conoce Sevilla demasiado bien —Paula sonreía. Escuchaba hablar a Inés y sentía que podría caminar por donde le decía y mirar lo que le describía. Casi podía sentir el olor a cuero viejo, a tinta seca, a letra impresa. Paula creía que si el Paraíso existía, debía hallarse dentro de una tienda de libros abiertos, compitiendo por su atención.

—Nací en el barrio de Santa Catalina y estuve allí algunos años. Luego me fui. —La luz que brillaba en los ojos de Inés se cubrió de una sombra. El timbre de su voz se hizo seco. Paula iba a abrir la boca, pero la joven la sorprendió de nuevo, sonriendo—. Y decidme, doña Paula. ¿Con qué librero hacéis vos las compras de género? Quizá yo pueda conocer a alguno... no sé.

—Me parece que las señas indican que comercia en la Carrera de Indias. El catálogo es de un Diego López de Haro, e incluye libreros de Cádiz, Málaga, Granada, Medina del Campo, Córdoba y Alcalá de Henares, de donde salieron mis padres hacia acá. Consiguen tomos con estampas finas, incluso. Solo cuando no está lo que busco dentro del catálogo escribo a las universidades, que los frailes a veces solicitan material de cátedras o, como en el caso de la obra de doña Feliciana, envío una carta directo a doña Beatriz Delgado del Canto. Es viuda, como yo, ¿sabe usted? De entre todos los libreros con que he tenido correspondencia, es con la que mejor me he entendido después de que falleciera el marido, un tal Benito Boyer. ¿Le conoce usted?

—¡Ah! No... yo mis textos los conseguía en la calle de los libreros. Tenéis razón. Disculpadme. Todo lo que se embarca a la Nueva España ha de salir de los comerciantes autorizados por la Casa de Contratación. Olvidaba yo ese detalle. Entonces, ¿ya está hecho? ¿Llegará aquí mi obra a tiempo para ensayarla? No es que necesite yo mucho ensayo, que conozco de sobra la mayoría de las líneas. Pero para el resto de los actores se requiere la copia de trabajo. ¿Me hará usted el favor de imprimirla cuando arribe el original?

—Sí... desde luego, cuente con ello, doña Inés. Doña Beatriz hará lo imposible por conseguirlo y confío en ella. Le mandaré una línea adicional, si me permite, para comentarle de la urgencia. Después falta que el libro llegue a mis manos. No sé si le comenté antes el asunto de la aduana. Desde que llegó Su Excelencia no se ha firmado el nombramiento ni la ratificación del oficial anterior. Alega que no puede usar el sello del virrey anterior y que mientras no reciba instrucción u orden en contra, no puede estampar salida de mercancía. Es... un tema del todo administrativo. Disculpe si la aburro.

Inés abría y cerraba los ojos, intentando comprender. Al diablo si había comprendido, pero sabía que si quería su libro, iba a tener que pedirle otro favor al virrey. Por fortuna para ella, el virrey se desvivía por complacerla. Y después de lo que ella sabía hacer por él, podía pedirle lo que fuera. Dios quisiera que el gusto que tenía el duque y marqués por ella durara mucho, muchísimo tiempo. Bien sabía que los gustos de los hombres eran cambiantes. Pero, mientras eso ocurría, pensó con un suspiro mal disimulado, lo aprovecharía al máximo. Solo debía mantener la sorpresa y alimentar la curiosidad del hombre que habitaba debajo de tantos títulos.

—Entonces, me decís que se requiere nombrar al oficial de aduanas que se haga responsable de... ¿qué exactamente?

Paula asintió. Sintió que el corazón dio un salto. ¡Por fin! Empezaba a creer que después de tanto rodeo podría conseguir algo. Inhaló despacio y apretó los labios.

—En realidad, no se necesita nombramiento, doña Inés. Pudiera ser solamente una ratificación del licenciado Pérez, que así se llama el oficial, o de quien sea, para que haga uso de los sellos de la aduana, que es lo que de veras importa para desatascar la recepción del género, en caso de que no se hallen listos los sellos de Su Excelencia. Me han dicho que los cajones llenos de libros pudieran estar resguardados en alguno de los barracones que se ubican detrás de la plaza del Volador, en las bodegas de la Alhóndiga. Hay quien ha podido confirmar que se desembarcaron en el puerto de la Vera Cruz y de ahí cruzaron por Xalapa. Los han rastreado hasta la entrada de la ciudad. En la garita de la villa de Guadalupe no se almacena género, por lo que se puede asumir, casi con total seguridad, que están aquí. De la villa de Guadalupe a la plaza del Volador es un tramo nada más, después de cruzar por la Plaza de Santa Ana. Ese trayecto no debe llevarse ni un par de días.

—Y de nueva cuenta, ¿qué es lo que necesitáis? Perdonad, doña Paula, pero no termino de comprender cuál es el embrollo. Os confieso que debo ser muy clara con Diego, a fin de que Su Excelencia pueda hacer exactamente lo que se necesita. No creáis que me olvidé de agradecerle lo de la confirmación de vuestro privilegio, de parte vuestra, desde luego.

—¡No podré agradecerle lo suficiente mientras Dios me dé vida, doña Inés! Se trata de sellar los albalaes que tengo en mi posesión para que se me entreguen mis cajones con libros. Con los sellos estampados, podré reclamarlos en donde se hallen a resguardo. Parece sencillo... pero han sido ya varios meses de angustia. Me permitirá que envíe un libro magnífico al señor virrey, de parte mía y como muestra de mi agradecimiento. Elegiré uno de los grandes tomos que conservo en la tienda, que tengo algunos en exclusiva y para ocasiones especiales. Me parece que hay un libro que al virrey le agradará, porque es muy valioso. Es una reproducción de un códice elaborado por los naturales, realizada en la arquidiócesis de Oaxaca hará unos veinte años y de los cuales existen apenas unas pocas copias en el mundo...

—¡Un libro raro y antiguo! A Diego le encantará. Sé que posee una biblioteca importante en alguno de sus castillos, me parece el de Belmonte, o el de Alarcón, o a saber en cuál de todos... Pero a lo que iba. Yo lo que deseo, ya lo sabéis. Quiero mi pieza de teatro y la quiero lo más pronto posible.

—Pues eso, que si se estampan los sellos a la brevedad, podremos reclamar la mercancía para poder venderla y entregarla. Y ya liberados los albalaes, estaremos en capacidad de recibir los que están solicitados por ahora a Sevilla, a la Casa de Contratación...

—Se trata entonces de un asunto de finanzas. Si no les liberan el género, no pueden venderlo y comprar más, ¿he comprendido bien? Lo que no atino a entender es la razón por la que los cajones de libros y otras mercancías continúan detenidas en algún barracón, como mencionáis.

—La salida del virrey anterior resultó ser un poco... precipitada, le tengo que decir. Política, que le llaman. Decidir si los oficiales de la aduana se quedan o son removidos, eso… eso escapa a mi imaginación. Nombrados o ratificados, los oficiales podrán estampar los sellos y yo podré reclamar mi género.

Paula golpeaba el suelo con la punta de su bota, intentando no hacer ruido. Una suerte que su alfombra fuera mullida o pasaría por una majadera. Lo había explicado tres veces, pero Inés no parecía comprender. Sabía que debía ser muy clara, porque si la actriz erraba el recado que estaba enviando, todo podía salir mal. Infló los pulmones con calma, en un intento por serenarse y no mostrar apuro. Sonrió lo más dulcemente que pudo. Los ojos del inquisidor De Estrada se le clavaron entre ceja y ceja. Inés parecía concentrada o, tal vez, se había aburrido.

—Nombramiento, sellos, liberación de albalaes y de género. Me parece que lo tengo todo.

Inés tenía la vista perdida en la pared y parecía distraída, excepto porque se mordisqueaba el labio inferior. Paula no podía saberlo, pero Inés necesitaba encontrar la manera de interesar al virrey en un asunto tan insignificante como un oficial de aduana y un par de sellos. Con el tema de las cartillas había sido sencillo: haciéndole creer que buscaban confundirlo, había conseguido que se interesara de inmediato. Inés no creía que funcionara dos veces la misma insinuación. Así que tendría que buscar otra, una que lograra que el virrey se sintiera halagado o, por el contrario, ofendido. Pero si quería su libro de teatro y montar la pieza para la onomástica del hombre con el que compartía las noches, sabía que debía darse prisa. Si cerraba los ojos podía recordar la emoción que la cimbraba la tarde que vio la obra de los *campos sabeos* en la plaza Mayor de Madrid, con la Calderona representando el papel de la dulce y rebelde Belidiana. Ese día se había jurado a sí misma ejecutar ese papel, puesto que comprobó que el rey había permitido que las mujeres actuaran en piezas de corral. Abrió los ojos despacio, saboreando las imágenes que retenía en sus pupilas desde hacía años. Sabía que no había otro librero en la ciudad que pudiera conseguirle el tomo que buscaba y, por lo que Paula le acababa de decir, ya lo había pedido a Sevilla. Sorbió otro vaso de agua color rojo intenso: le encantaba la idea de beber una infusión de flores, que tenía un cierto regusto ácido, endulzado con miel ligera y líquida, que se diluía. Inés pensaba en la miel espesa que untaba en pan duro cuando niña y le parecía un prodigio que pudiera haber miel líquida, parecida al néctar, y que se mezclara con una infusión fría. Paula la miraba, como si intentara adivinar lo que pensaba.

—Doña Paula, me habíais comentado acerca de una compañía de teatro.

Paula sonrió.

—Le tengo algo mejor. Verá usted. Aquí en la ciudad no se cuenta con un corral adecuado, un teatro, propiamente dicho. Se levanta uno, en la plaza del Volador, para fiestas de santos y otras celebraciones, como la de la Virgen del Rosario, por el asunto de la batalla de Lepanto. Si doña Inés desea un corral de comedias, habrá de solicitarlo al señor virrey, que imagino yo, estará encantado de concedérselo. He pensado en el hospital de San José, el más antiguo que tiene la ciudad, porque tiene un atrio que alguna vez se ha utilizado para alguna festividad, aunque de ello hace años. Si lo que desea usted es agradar al virrey en su onomástica, permítame sugerir que lo recaudado podría donarse a los franciscanos que atienden el hospital de naturales. De esta manera, remozarán el hospital —que se encuentra en condiciones lamentables— y los de San Francisco le estarán eternamente agradecidos. Nadie en su sano juicio montaría una obra en las condiciones en que se halla ahora el atrio. Los hermanos de la orden le besarán los pies, doña Inés. Se lo aseguro. En cuanto a los actores, le daré sus señas a don Ignacio Marqués, que cuenta con una compañía de comediantes y que, además, es conocido mío. En el pasado le he provisto de piezas y estará encantado de hacer lo que usted le pida.

Inés sonrió. La idea era magnífica. Paula empezaba a parecer una amiga, y ella no tenía ninguna.

—¿Creéis que podríais vos sugerirle a vuestro contacto que me pague una visita? Os dejaré las señas para localizarme.

Cuando la viuda iba a abrir la boca, la puerta se abrió.

—¡Madre! Disculpe usted, madre. No sabía que tuviera usted visita… —Una joven de cabellos castaños, vestida de negro, se acercó a la viuda. Era una versión joven de Paula de Benavides, por lo que Inés dedujo que se trataba de su hija. Se veía sonriente y con las mejillas sonrosadas.

—María…, permítame que le presente a mi hija… María Calderón de Benavides, doña Inés. María, ella es doña Inés de Fernández. Arribó a la Nueva España como parte de la comitiva del señor virrey López Pacheco y es nueva en la ciudad. Te agradeceré que la recibas como una amiga de tu madre.

María hizo una breve reverencia, pero no parecía poner mucha atención. Inés hubiera jurado que tenía prisa.

—Un placer, doña Inés. Madre —añadió, mirando a Paula—, acompañaré a Dominga al arco de Mercaderes, puesto que he de comprar unas cintas de seda. Comprendo que falta para terminar el año de luto, pero al parecer, hay un color de moda que, si no consigo los listones pronto, no me lo perdonaré.

—¿Un color de moda? —Paula había levantado la ceja.

—Color durazno, madre. Es lo más nuevo y apenas se consigue. Al parecer, todo el mundo desea comprar algo de ese color, pero está desapareciendo. Y ¡a saber cuándo vuelvan a llegar sedas y abalorios de ese color! Es preciso, si lo viera usted…

Inés sonrió. El color durazno lo había traído ella al virreinato, una moda francesa, y por más que la criticaban las mujeres de la ciudad, veía con gusto que la imitaban. No por nada era la mujer más deseada de la Muy Noble y Muy Leal.

—Vas a salir, ¿tú? ¿Con Dominga? No me parece a mí…

—¡Madre! Que no puedo dejar que Dominga elija por mí. He de elegirlo yo. Y usted está ocupada. Vamos y volvemos. ¡No tardo!

María salió sin esperar el permiso materno, dejando a Paula confundida.

—Disculpe usted, doña Inés. María no suele comportarse de esta manera tan… tan… no sé yo cómo se está comportando últimamente. Supongo que se habrá adaptado ya a la muerte de su señor padre, porque claro, es joven…

Inés sonreía mientras se mordía el labio inferior.

—Me parece a mí que debe tener algún enamorado por allí, doña Paula, me hago cargo. Disculpadme mi franqueza, pero esa sonrisa, las mejillas arreboladas…

La viuda se irguió como si le alguien le hubiera clavado una estaca en la espalda.

—¿María? ¿Un enamorado? Imposible. Es casi una niña. Además, para tener un enamorado yo debería saberlo antes que ella. Los Calderón de Benavides no perteneceremos a la nobleza, doña Inés, pero entre nosotros se arreglan los matrimonios a conveniencia de las familias. Es una costumbre sana y nos ocupamos de que se mantenga así, por el bien de todos. Le agradezco la intención, pero me parece que se equivoca usted.

La joven apretó los labios.

—Disculpadme vos a mí. Me parece que he hablado a la ligera. No he pretendido molestaros. Perdonad mi imprudencia, por favor.

Paula asintió, levantando la barbilla. Inés temía haberla molestado, pero de verdad creía que la chica parecía enamoriscada. Se encogió de hombros, mirando el cristal emplomado de la ventana. Si Paula lo decía, debía ser. Además, le había hecho mucha gracia el asunto de los listones de color durazno. Suspiró y miró por la ventana. La tarde caía, iluminando el cielo de colores que se mezclaban como en un poema. Inés pensaba en los diez coros y los cuatro entreactos de los jardines y los campos sabeos. Se imaginaba enfundada en un traje color espuma de mar, con vuelos y moños como los que se usaban en la corte francesa. Pensaba que era una suerte que estuviera tan lejos de la corte española, donde el negro con algún vivo y el brocado eran los únicos textiles permitidos. Todo era fúnebre en la corte de Madrid. Pero los franceses... Los usos de aquella corte era lo que ella pretendía instalar en la Nueva España. Sabía que contaba con el apoyo del virrey, pero Inés no se engañaba. Quizá dentro de unos cuatro o cinco años, a lo máximo, cuando el virrey hubiera afianzado su linaje con un par o tres hijos varones con su joven mujer, la cambiaría por otra. O quizá, conociendo la ansiedad que padecía el rey Felipe IV respecto al oro y la plata novohispanas, cambiaría de virrey en unos tres años, y se volverían todos a Madrid. Si para entonces el duque de Escalona la abandonaba por otra, Inés encontraría, con toda probabilidad, un nuevo patrocinador en la corte de Madrid. Se presentaría como la Indiana, una actriz que triunfó en la Nueva España. Aquello le añadiría una pizca de pimienta a su relación de triunfos. ¿Acaso no era la Calderona la amante oficial del rey? Si Felipe IV favorecía a las actrices, su futuro debía estar asegurado. Solo tenía que ser prudente y no cometer ningún error lamentable, como quedarse preñada. Aquello sí que sería su fin.

La viuda también se había quedado distraída, perdida en sus pensamientos. El comentario acerca de María la había molestado, pero no era solo eso. Aquella mañana, Antonio le había comunicado su deseo de ingresar al seminario: quería ser cura. A la viuda se le había caído el alma al suelo, porque tenía muchos planes para su hijo, que incluían el taller y la tienda, imprimiendo como Antonio Calderón de Benavides. En ninguno de los escenarios que imaginó su hijo dirigía la imprenta de ella, Paula de Benavides, desde el interior de la Iglesia. O peor: su imprenta y tienda pasarían a manos de alguna orden. Se había sentido molesta, pero sobre todo frustrada, porque deseaba nietos y una dinastía de impresores de la que ella sería la primera piedra. En un primer impulso, decidió negarse, hasta que la sonrisa de su hijo la inundó por completo. Le habló del llamado de Dios y de la vocación que habían nacido en su pecho y que había mantenido ocultos por mucho tiempo. A pesar de sentirse traicionada por sus expectativas, que no por su hijo, Paula decidió que lo que más deseaba era que su Antonio querido fuera feliz. Si ordenarse sacerdote le daba lo que su alma perseguía, ella lo ayudaría. Después de todo, entregar a su hijo al Señor la compensaría, en alguna medida, por sus pecados, que no eran pocos. A veces se sorprendía suspirando. La vida se le había revolucionado y ella no había medido cuánto. Miró a Inés de Fernández, que tenía la mirada fija en la ventana. Le pareció curioso que pudieran estar compartiendo los silencios sin sentirse incómodas. ¿Hacía cuánto tiempo que no se sentía a gusto acompañada de los demonios mudos de otra persona que no fuera ella? Aquello debía ser una buena amistad o, al menos, el comienzo de una. Inés la vio y se puso de pie. Era hora de despedirse.

*

La viuda de Calderón nunca había visto al hombre que estaba parado frente a su portón. Inés y la calidez que le había dejado dentro del pecho se convertían en un punto que se perdía por la calle hasta desaparecer. El hombre vestía de fraile... dominico. Sin pensarlo, puso sus manos sobre el vientre, porque le faltaba el aire, a pesar del viento que bajaba desde los volcanes que rodeaban la ciudad, que hacía rebotar el aire gélido contra las paredes de piedra porosa roja y negra. Recordó que cuando el viento soplaba así, el agua de las acequias parecía levantarse en pequeños picos, bajo un tacto que la alborotaba, como jugueteando con ella. Paula pensó que era curioso que el aire aparentara acariciar el agua mientras recorría las calles sin detenerse. Al final, el agua parecía la misma, pero nunca lo era, lo mismo que los días que duraba una vida. Cada instante semejaba al inmediatamente anterior, pero siempre era otro, seguido de un tercero, que avanzaba sin detenerse hacia delante. Eso era a lo que llamaban *tiempo*, porque solo se podía mirar hacia atrás. Un escalofrío la recorrió, porque el fraile, mirándola, le hizo sentir los mismos picos húmedos en la piel. El hombre dio dos pasos hacia ella, con una media sonrisa.

—Buenos días. Doña Paula, ¿verdad? Permítame presentarme: fray Gaspar de Valdespina. ¿Me permite pasar, por favor?

Paula abrió la puerta y se hizo a un lado. El fraile entró y miró hacia todas partes. Asintió cuando vio que no había nadie más. Estaba tonsurado y a la viuda se le encogió el estómago cuando vio un rosario de madera de gran tamaño oscilar por delante de la barriga del religioso, bailando de izquierda a derecha, como una amenaza en forma de péndulo.

—Es que es la hora de la siesta… Yo… Pase usted, padre Valdespina, tenga la amabilidad. ¿En qué puedo servirle?

El fraile sonrió mientras metía las manos dentro de las amplias mangas de la cogulla. Parecía una sonrisa amable, incluso condescendiente, pero a Paula se le erizaron también los vellos de la nuca.

SIETE

—Diez días, doña Paula. Tiene usted diez días para dar razón de las cajas que ya sabe. Me parece que no hay necesidad de mencionarle que el señor inquisidor mayor de la Nueva España estará muy complacido de recibirlas.

La amenaza quedó flotando en el aire. No le había hecho falta escuchar que algo le podría pasar si no entregaba lo adeudado para esa fecha. El fraile en realidad no había pasado de la entrada del portón, pero le había dicho estas pocas palabras dentro de la casa y no en la calle; apenas las pronunció dio media vuelta y desapareció por donde había venido. La silueta regordeta se balanceaba de un lado al otro de la calle como badajo de campana. *To-lón, to-lón.* Todavía en el umbral de la puerta, y viendo desaparecer el punto en que se convirtió el fraile y sus palabras, Paula dudaba si de verdad las había escuchado o si todo se lo había imaginado. ¿De dónde iba ella a sacar seis cajones de libros perdidos? Tenía instantes de duda, como aquel, en que se preguntaba si todo acabaría valiendo la pena. ¿En qué momento todos sus planes se habían torcido? Después de la muerte de Bernardo había imaginado que entraría en el taller a imprimir no solo cartillas, sino los libros que ya tenía planeados y enlistados tiempo atrás. Había soñado con encargar otra prensa, con comprar y vender libros a cuanta congregación y biblioteca se abriera en la Nueva

España, comerciar con el virreinato de Nueva Granada, con el del Perú... así como diseñar las portadas de los almanaques y los libros de medicina y botánica que ofrecería a los catedráticos de la Real y Pontificia... Cerró los ojos y apoyó la frente en una de las hojas del portón, nada más cerrarlo por dentro. Ni en sus peores sueños habría podido imaginar que le renunciaría un tipógrafo después de intentar imprimir su nombre en la página portada, que intentarían quitarle su privilegio de impresión de cartillas y, menos aún, que la Santa Inquisición la perseguiría por la entrega de unos libros cuya existencia ignoraba hasta el día del velorio. Ahora su vida podía terminar de una manera que jamás imaginó y mucho más pronto de lo que siempre supuso. Temía, como todo cristiano, a la Iglesia, pero los perros guardianes de esta eran otra cosa. Paula sintió que el techo se fundía con el suelo y que las paredes se estrechaban a su alrededor, en un intento de abrazarla. Sintió ganas de vomitar y se dobló en dirección al suelo. Abrió los ojos cuando sintió el frío de la piedra colándose por su espalda. Se abrazó a las rodillas y apoyó la frente. Por primera vez desde que Bernardo muriera, Paula sintió que los ojos le ardían e, incapaz de contener el miedo, lloró.

*

La mujer vestida de negro no se había movido del mismo lugar desde hacía rato. Poco a poco los sollozos se convirtieron en suspiros y se abrió paso la calma desde las entrañas hasta su boca. El ritmo de su pecho se ralentizó y la niebla que la confundía se evaporó. Las sombras en el patio se habían alargado, pero el silencio había dado paso a los sonidos repetitivos de la prensa contra las placas, al parloteo en el taller, a los golpes de los tampones de tinta contra las planchas. Poco a poco recordó que había salido a acompañar a Inés a la puerta después de una mañana larga y fructífera y, justo cuando la cerraba, se había materializado la figura del fraile gordo, como una aparición que se esfumó de la misma manera en que llegó. No fue sino hasta que volvió María con Dominga, con una cesta bajo el brazo, cuando se dio cuenta de que seguía en el piso, apoyada contra la pared. Cuando golpearon el portón, se puso de pie para abrir ella, antes de que el mozo se diera cuenta. María se sorprendió de ver a su madre detrás de la puerta, pero asumió que acababa de irse la visita, a pesar de no haberse cruzado ni con persona ni con carruaje alguno. La calle estaba desierta y el sol caía sobre sus cabezas, alargando las sombras hasta las paredes de las casas de enfrente.

—¿Está bien, madre?

—Sí. Es solo que tengo mucho trabajo y pasaba por aquí. ¿Has conseguido los listones que buscabas? —Paula miraba a su hija, mientras tenía presente las palabras de Inés. ¿Tendría su niña un enamorado? Había cumplido quince años, los mismos que ella tenía cuando su padre la prometió con Bernardo Calderón. Paula aún veía muy joven a María, demasiado para que le diera por coquetear o por galantear con algún pretendiente, como Inés había sugerido. Pero ¿y si acaso? Iba a preguntar algo cuando tres golpes sonaron en el portón. El día y el portón parecían tener muchas sorpresas para Paula.

—Joaquín, ¡abra la puerta! —gritó al mozo, mientras se retiraba por el centro del patio.

*

Un mensajero, vestido con sencillo sayal, entregó una carta. Venía dirigida a doña Paula Benavides viuda de Bernardo Calderón, escrita con la caligrafía cuidada y profesional de un escribano. Cuando giró el papel doblado, las piernas se le ablandaron y sintió que el corazón dejaba de latir: el temido sello *Exurgue Domine et judica causam tuam. Psalm. 73* la miraba y

Paula sentía los ojos del inquisidor saliendo del papel. Lo desdobló con dedos torpes porque no podía controlar el temblor de sus manos. Aguzó el oído, por si hubiera un piquete de oficiales de la Inquisición asomándose por alguna esquina, listos para aprehenderla. María había subido hacia la planta noble de la casa y Paula estaba sola, con un papel desdoblado en la mano izquierda. Las flores de buganvilias bailaban por el suelo y se levantaban hasta un par de palmos, como papelillos de color rosa revoloteando a su alrededor. Paula leyó la nota tres veces antes de comprender el contenido: le informaban que se ejecutaría revisión de los inventarios de su tienda y taller por parte del tribunal del Santo Oficio, ya que mediaba denuncia en su contra. ¿Denuncia en su contra? ¿De la Santa Inquisición? Paula estaba convencida de que el padre Valdespina no habría tenido tiempo de llegar aún a Santo Domingo... Cerró los ojos. Aquello no tenía sentido. Paula sintió que le faltaba el aire, pero al instante pensó en la cofradía secreta. El sello desdibujado de una espada, una cruz verde y una rama de olivo fue lo último que vio antes de dar con los huesos en el suelo.

*

La luz que se colaba sobre la mesa la iluminaba. Isabel miraba en silencio mientras Ana guiaba una cuchilla muy fina con mango de hueso sobre una placa de cobre. Admiraba el control que tenía esa mujer de manos pequeñas pero fuertes sobre el instrumento y, más aún, sobre el dibujo de hojas que estaba trazando. Ella sabía que era incapaz de hacer algo así: no podía dar tres puntadas de aguja sin pincharse un dedo, al menos, dos veces. Suspiró por tercera vez, sin darse cuenta. La ilustradora levantó la cabeza.

—Disculpe que la aburra yo, doña Isabel. Pero ya sabe que me gusta trabajar cuando me siento inspirada. ¿Le puedo ofrecer algo? ¿Otra infusión?

—No. Discúlpeme usted a mí. No he debido distraerla. Me gusta verla trabajar, le confieso. Es solo que pensaba en lo que estuvimos comentando antes.

—Ajá...

—Me gustaría poder saber más acerca de doña Paula de Benavides. Quiero decir, podríamos enviar a alguien a que observe su casa, solo para saber quién entra y quién sale. A mí me da mala espina lo del inquisidor. Porque no se trata de un oficial, ni siquiera de un mero alguacil, no. ¡El inquisidor mayor de la Nueva España! Claro, a menos que...

—¿A menos... que qué?

—¿Usted cree que doña Paula pudiera tener un amante en el Santo Oficio!

—¡Dios me libre! —Isabel se persignó. Ana torció la boca. Se conocían lo suficiente y no se dejaban engañar tan fácilmente.

—A mí también me llama la atención. Pero montar una vigilancia en su casa resulta complicado. La casa frente a la de doña Paula apenas si tiene unos cuantos criados. Al parecer los dueños, dedicados a la industria del pulque, apenas si pasan algunas temporadas en la ciudad. Se nota cuando abren las ventanas y ventilan la casa. El resto del tiempo permanece todo cerrado.

Isabel torció la boca. Su media sonrisa hacía que los labios se le marcaran como una línea inclinada que corría de arriba abajo, atravesándole la cara. Sabía que con Ana podía entenderse más que con Gerónima, que era inflexible con ciertas cosas.

—Siempre se puede. Buscaremos la manera de saber qué se trae la viuda de Calderón con la Inquisición.

Ana miró a los ojos a Isabel y bajó su mirada hacia la placa de cobre. Le faltaba trazar varias enramadas y las flores. Todos los almanaques de ese año llevarían su grabado de San Juan Bautista. Al lado de la placa de cobre tenía otra a medio terminar, llena de arabescos, giros y detalles que, ya pintados, serían de colores grana, verde, azul real y dorado, mucho dorado. Era la imagen para un libro que Paula de Benavides pensaba imprimir y Ana pretendía que la suya fuera la portada que se imprimiera. Solo tenía que buscar una excusa creíble para decirle que se había enterado de que la necesitaría, pero sin delatarse.

*

Inés se miraba en el espejo de cuerpo completo que estaba recargado contra el muro de su habitación mientras la criada le apretaba las cintas del fajín. Era bordado, lo mismo que las orillas de la camisa que aún asomaba por debajo de todo lo que se había puesto. Las medias, de seda carmesí, también tenían unas flores bordadas a la altura de los tobillos. Las cintas con que ató las medias las dejó un poco sueltas, para que Su Excelencia no tardara mucho en aflojarlas y sacárselas. Sonrió al pensar en lo mucho que disfrutaba Diego con ir tirando de las medias, una a una, despacio y aguantando la respiración. Ella misma suspiró de anticipación. Aquella noche tenía que mostrarse especialmente cariñosa y dócil con el hombre que complacía todos sus caprichos. Sacarle la confirmación del privilegio de impresión de cartillas para la viuda de Calderón había sido sencillo, como un comentario inocente. Pero ella conocía al duque de Escalona lo suficiente como para saber que no se tragaría el mismo cuento dos veces y para la misma persona. Quizá no debería siquiera mencionar a la viuda de Calderón, pero Inés dudaba. Había pensado decirle que buscaba una pieza de teatro para distraerse y que no podía conseguirlas debido a la falta de agilidad de los oficiales de las aduanas. Se mordió el labio mientras la criada le pasaba un listón por la cabeza, cuidando de no arruinar los rizos que con tanta paciencia le había ido ensortijando con la pinza de hierro caliente. Lo que menos deseaba Inés era incordiar a Su Excelencia, ni tampoco quería hacerle pensar que se estaba metiendo en asuntos de gobierno, de los que estaba excluida, como cualquier mujer. Pero si no intervenía ella, ¿cómo haría para conseguir lo que su nueva amiga necesitaba? Además, a ella le gustaba ayudar a los demás, porque muy pronto en la vida comprendió el valor de los favores: a otorgarlos cuando se puede y cobrarlos cuando se debe. Sacudió la cabeza, para disgusto de la criada, y se miró en el espejo. Pellizcó sus mejillas, que enrojecieron de inmediato. Se mordió los labios para que se hincharan. Ayudaría a Paula de Benavides porque le apetecía. Y si Diego se mostraba esquivo, se lo pediría como un favor personal. Ella sabría agradecerle.

—Acercadme el ungüento de cera de abejas para los labios, que se me resecarán de aquí a que llegue Su Excelencia —dijo, sin despegar la mirada del vidrio. La joven que le devolvió la mirada le sonrió satisfecha. El color azul real le sentaba a las mil maravillas sobre la piel blanca y hacía juego con sus cabellos castaños rojizos. Se frotó los hombros con polvo blanco perfumado. El señor virrey estaría satisfecho.

*

—¿Saben ustedes que conocí a la mujer del virrey?
—¿La virreina? —preguntó Isabel, levantando una ceja. Cruzó una mirada condescendiente con Gerónima, mientras intentaba disimular una sonrisa sobre la taza de chocolate y la miraba sin entender. Era martes y Paula recibía a las viudas de la cofradía en su casa, después de oír misa en la capilla vieja de San Francisco. Hacía dos días que había llegado la nota de la revisión de inventarios de parte del Santo Oficio y no tenía a quién acudir, porque Inés tendría influencia en el virrey, pero ni ella ni este último podían contra lo que se le atravesara a la Inquisición.

—Debe usted estar confundida, querida. La mujer del virrey apenas y recibe gente, y no sale, porque considera que estas tierras están llenas de naturales sin domesticar. Solo pasea por el jardín de la Alameda, y eso los domingos, después de escuchar misa. Además, usted no sale, doña Paula, por el luto, ¿no es cierto?

—No, he dicho bien. Conozco a la mujer del virrey, no a la señora virreina. Y les puedo decir que me honra con su amistad.

—¿Cómo? —Gerónima cerró el abanico de golpe. Creyó que no había escuchado correctamente—. ¿La mujer…?

—¿A Inés de Fernández, se refiere usted? ¿La actriz de corral? Se cuentan ciertas cosas acerca de esa mujer.

—De su decencia, querrá decir, doña Isabel. La ciudad entera ha escuchado los rumores. Pero para mí que una no se puede fiar de todo lo que escucha. —Gerónima estaba dispuesta a escuchar la historia que contaría Paula.

—Pues hay quien asegura que cohabita con el señor virrey, quien tuvo el atrevimiento de traerla a estas tierras, en el mismo navío, con la señora virreina. Se dice que es su concubina…

—A mí nada de eso me consta. Pero ella ha dicho que le conoció durante la travesía. El resto no es asunto mío. En todo caso, yo solo puedo estarle agradecida. Ha sido una suerte que después de comentarle yo el asunto de las cartillas, cuando vino a buscar un libro para una pieza de teatro que le interesaba adquirir, me hiciera el favor de ayudarme. El lastimoso asunto de las cartillas se ha resuelto de manera favorable. —Paula cruzó las manos una sobre la otra.

—Tiene usted toda la razón, doña Paula. —Gerónima de Gutiérrez se limpiaba las migajas de azúcar del higo confitado que se acababa de comer. No era temporada de higos, pero por lo que podía ver y apreciar, la cocinera de Paula sabía cómo mantenerlos durante el invierno sin que perdieran el jugo ni la suavidad—. A nosotras nos interesa todo aquello que pueda sumar a la cofradía, que sí. Me congratulo por esta pequeña victoria suya, que es la nuestra también. Que los impresores de la ciudad nos respeten a nosotras, las viudas, es ciertamente una gran noticia para todas. ¿A que sí? Por cierto, doña Paula, quizá su nueva amiga podría, tal vez, dar un pequeño empujón al asunto de la aduana… Comprendo que tal vez sea mucho pedir, pero el caso es que no tenemos más nadie a quién acudir.

—No queremos pecar de imprudencia, ¡Dios nos libre! —terció Ana, mientras acomodaba las puntas de su cuello blanco de encaje de bolillo. Había asistido, siguiendo su costumbre, al duelo verbal entre Isabel y la nueva integrante de la cofradía. «Punto para Paula», pensó Ana. Una sonrisa se curvó en sus labios. Había acertado respecto a Paula e Inés. Miró a las otras dos viudas en espera de reconocimiento—. Si no fuera mucho pedir, desde luego.

Paula miraba a las tres mujeres que tenía delante, indecisa. Dudaba sobre si podía confiar ciegamente o si debía guardarse algo para ella.

—La tarde de ayer recibí notificación de que se deberá verificar el inventario que tengo en la tienda y el taller.

—¿Revisión? ¿Inventarios? ¿Qué significa…?

—El Santo Oficio, doña Isabel. Recibí notificación de revisión de género de parte de los de la esquina chata. No tengo nada que esconder, pero me gustaría saber quién o quiénes han promovido una inspección en mi contra.

—Y, ¿no teme usted, doña Paula? ¡Yo estaría aterrada! —Ana de Herrera se había puesto de pie. Gerónima se echaba aire con un abanico de color verde oscuro, con flores pintadas a mano sobre seda color crudo. Inclinó la cabeza. Era un trato justo: ellas la ayudaban a averiguar la denuncia y ella las compensaría con la liberación de sus libros. Incluso podría darse el caso de que Paula ya se les hubiera adelantado. Sonrió pensando que la cofradía estaría a salvo en el futuro con Paula de Benavides.

La viuda de Calderón miraba la pared, concentrada en las cortinas de lana azul con vivos dorados, que ella misma había ayudado a bordar hacía tantos años que parecía otra vida. Se daba cuenta de que sentía una angustia que no podía poner en palabras, porque sabía que si el Santo Oficio quería encontrarle algo que la inculpara, lo haría. Pero era la visita del padre Valdespina lo que la tenía más preocupada. Diez días, de los cuales quedaban nueve; era un plazo que se le antojaba muy corto para sobrevivir y muy largo para sobrellevar. Isabel sonreía, mirando a Paula y a Ana, que no dejaba de juguetear con los listones del cuello blanco.

—Quizá su amigo de la Santa Inquisición pueda ayudarle con este asunto, doña Paula. A menos que se trate del mismo que le manda la inspección de la tienda. Entonces sí estaría complicado encontrar solución.

—¿Mi amigo?

—Quiero decir, el señor inquisidor general. No me diga que no se percató de la deferencia hacia usted y su casa, con la visita que pagó fray Francisco de Estrada cuando el velorio de don Bernardo, que en paz descanse.

Paula suspiró. Empezaba a disgustarle la manera en que Isabel de Quiroz la atacaba, pero necesitaba a la cofradía y ellas, sin saberlo aún, la necesitaban a ella. Se enderezó e igualó la sonrisa de Isabel, mirándola directamente a los ojos.

—Me parece que está usted en un error, doña Isabel. El señor De Estrada adquirió o mandó adquirir unos cajones de libros con el señor Calderón, que Dios tenga en su Santa Gloria. Solamente vino a asegurarse de que se le entreguen. No tengo ni idea de qué tipo de libros pueda tratarse y créanme, tengo la misma prisa que todas ustedes en que el asunto de la aduana quede liberado. No creo que la orden de inspección esté relacionada con los libros que busca Su Paternidad. Debe ser otra cosa y necesito saber qué es y quiénes han levantado la denuncia.

—¿Libros? —Ana de Herrera miraba a Paula—. No había yo escuchado que la Santa Inquisición comerciara con los libreros habituales...

—Siempre ha sido así —dijo Gerónima, cerrando de golpe el abanico—. Quiero decir, el Secreto del Santo Oficio ha impreso en Tlatelolco desde que se recuerda, pero no imprimen todos los libros que revisan. ¿De dónde creen ustedes si no, que deciden qué libros entran al *Index*? Han de comprarlos por fuerza, que sí.

—¿Quiere decir que usted sabía que mi, quiero decir, la tienda de Calderón, adquiría libros para la Santa Inquisición?

—No. Lo que quiero decir es que ya me imaginaba yo que directamente los traerían de España, pero tiene lógica que los manden traer con un librero, sobre todo con uno que ha movido tanto género de unos años hacia acá. Hace veinte años los traía mi Juan, y antes de él hubo otros. No me parece raro.

—Entonces, ¿el *Index* existe? —Paula sentía que el corazón le galopaba dentro del pecho. Debía ser esa la razón por la que ella tenía prohibido abrir los cajones antes de entregarlos.

Gerónima sonrió.

—Desde luego que existe, querida. Pero nadie afirmará haber visto jamás esa lista. Los oficiales deciden qué libros se pueden imprimir y cuáles no. Y también cuáles se quedan dentro de sus bibliotecas y cuáles son las reglas y restricciones para consultarlos. Así que lo más probable es que los libros que necesita usted recuperar, doña Paula, caigan dentro de esta categoría. Solamente habrá que conseguirlos lo más pronto posible. No querrá usted que fray Francisco de Estrada espere por más tiempo del que está dispuesto a tolerar. Entiendo que su paciencia es tan corta como largo su brazo. Y ni hablemos de su espada...

—Pero... ¿y la solicitud de revisión?

—Querrán que se dé usted prisa, doña Paula. Con los de la Santa Inquisición no se juega.

La puerta del salón se abrió y Paula vio a su hija, que dudó cuando vio que había varias mujeres vestidas de negro.

—Buenas tardes tengan sus mercedes —dijo, haciendo una reverencia.

—Mi hija, María —Paula extendió el brazo hasta su hija. Le pareció que estaba pálida, muy diferente a como la había visto en días anteriores.

—Iré a descansar un rato antes del almuerzo, si me permite, madre. Con su permiso, señoras, mis respetos. —María se inclinó de nuevo y echó un vistazo rápido a su madre. Paula pensó que quería decirle algo, pero ya lo haría después. Quizá solo estuviera en sus días femeninos y necesitara descansar.

—Le pediré a Dominga que te lleve una tisana de salvia o de manzanilla —alcanzó a decirle a la espalda de su hija antes de que desapareciera por la puerta hacia el pasillo.

Cuando María salió, las mujeres se miraron entre ellas.

—Le ayudaremos a conseguir el nombre o nombres de quien quiera que haya levantado denuncia en su contra, doña Paula. Quien mortifica a una de nosotras, lo hace con todas. Pudiera ocurrir que el Santo Oficio quiera después levantar inventarios también en cada una de las tiendas de libros y casas de impresión. No sería la primera vez. Pero sí le digo que si requiere que alguna de nosotras guarde algo... que pueda comprometerla, estamos para servirle. ¡Faltaría más!

Paula sopesó las palabras de Gerónima. No recordaba estar en posesión de ningún libro que no estuviera permitido, pero revisaría, por si acaso. Era una buena noticia que pudiera esconder un tomo si de casualidad consideraba arriesgado tenerlo en casa mientras se efectuaba la revisión. Inhaló despacio y sin mirar a ninguna en particular, abrió la boca.

—Yo, por mi parte, veré qué puedo hacer con doña Inés respecto a los sellos de la aduana. Si alguien puede hacerlo, ese es el señor virrey, con toda seguridad. Solo necesita que lo pongan al día.

*

Paula había decidido aprovechar los días que faltaban para que volviera el padre Valdespina a pedirle los libros que no tenía y que no sabía si podría conseguir a tiempo. Había apostado a Inés y de ella no sabía nada desde hacía un par de días. Empezó por dejar solo una enagua de lana encima de una de algodón, a fin de evitar que las fibras de borrego le provocaran alergia. Ató su cabello con un pañuelo y se encaminó a los bajos de su casa. Se puso la mano en el pecho mientras giraba la llave de la puerta de la tienda. Aquello olía a cuero viejo, a tinta y a miedo, que reconoció como el suyo. Comenzó por abrir las contraventanas para que el día se colara desde la calle, alumbrando virutas de polvo que se elevaban de cada objeto que tocaba, gracias al juego de los rayos de luz que entraban, paralelos, sobre las mesas, los estantes y los cajones que estaban regados por el suelo. Ocuparse y no pensar. Tenía que llevar un orden para no trabajar de más. Decidió empezar por su izquierda. Limpió una mesa para poder anotar los registros en unos folios que sacó del primer cajón, donde guardaba papel para escribir, tinta y arena para secar. El inventario tenía que ser tan detallado y preciso que no quedara duda sobre lo que allí tenía. Paula pensó que si se daba prisa, podría incluso imprimirlo en la prensa. Ocuparse y no pensar. Ocuparse y no pensar, se repetía como una oración que murmuraba sin despegar los labios. Sonrió porque parecía un conjuro mágico: si lo decía en voz alta, se evaporaría como las gotas del rocío sobre las buganvilias que la saludaban desde el patio.

*

La punta de la pluma rasgó el papel, dejando una mancha, cuando la puerta se abrió de pronto, sin que nadie hubiera llamado. Paula iba a gritarle a quien fuera que se hubiera atrevido a interrumpirla, pero se detuvo en seco al ver la cara del visitante. La tinta se escurrió en una mancha sobre el papel, arruinando la caligrafía apretada que iba llenando los folios de uno en uno. La viuda se puso de pie y ahogó un grito.

—¡Padre Valdespina! —Paula contenía la respiración. Faltaban seis días para el plazo que le había fijado. Pero la Santa Inquisición podía cambiar de opinión, claro estaba.

—Buen día tenga, doña Paula. Vine ayer, pero su criada y el mozo me dijeron que estaba usted trabajando y que no deseaba ser molestada. Discúlpeme, pero lo que me trae es un asunto urgente.

Paula soltó el aire que retenía y miró la mancha mientras se secaba en el papel. Era de tan buena calidad que podría rasparlo con una cuchilla y quitarle el manchón sin dejar un agujero. Miró hacia donde estaba la navaja para no mirar al fraile. Las piernas se le aflojaron, pero creyó que sería de mala educación sentarse.

—No se disculpe, padre. Dígame en qué puedo servirle —apretó las manos una contra otra, para que no se notara el temblor que la recorría. —¡La auditoría! ¿Estoy en lo cierto?

Fray Gaspar miraba a su alrededor. Paula se sonrojó al ver que el religioso revisaba cada rincón de la tienda, que a la vez servía de despacho, con algo parecido a la satisfacción.

—¡Vaya! ¡Pero si parece que haya yo consagrado este lugar! Lo tiene usted, como dicen, como los chorros del oro de tan limpio y ordenado… Me parece que tiene todos los tomos acomodados de tal forma que la biblioteca de Santo Domingo la miraría con envidia, si pudiera usted acceder a ella, desde luego. —El fraile sacó las manos de la capa y juntó los dedos.

—Eeeh... gracias, Padre. Perdóneme la indiscreción, pero ¿a qué debo el honor de su visita? —Paula se presionaba el vientre con la mano derecha, en la cavidad debajo del estómago donde sentía que le latía el corazón.

—No se preocupe usted por la revisión, doña Paula. La llevaré a cabo yo mismo. —El fraile sonreía mientras extendía su mano con un papel enrollado—. Puede usted tomarlo con confianza. Me tomará un rato, es posible, pero estoy cierto de que estará todo en orden.

—¿Usted? ¿Ahora? Me parece que no tengo terminado el trabajo... Me faltan aquellos diez cajones que, disculpe, no he tenido tiempo aún...

—No se preocupe, doña Paula. Usted siga con lo suyo. No se trata de una condena, pierda cuidado. Solamente de una revisión, lo que llamamos *auditoría*. Comenzaré con lo que tiene allí —dijo, señalando los folios llenos con letra menuda y regular—. Si no le molesta mi presencia, podremos terminar pronto. Estoy convencido de que todo estará cual debe, y de que no encontraremos nada... inconveniente.

Paula dudaba y el cura parecía saber lo que pensaba, porque le sonrió mientras juntaba las palmas, como si fuera a rezar.

—Han sido los impresores Ruiz y Robledo quienes levantaron denuncia. Los conoce, ¿verdad? Juan Ruiz y Francisco Robledo. No sé si su merced esté al tanto, pero cualquiera puede iniciar pesquisa contra un comerciante, de mediar denuncia. Usted sabe tan bien como yo la razón por la que presentaron queja contra su taller y tienda, doña Paula.

—¿Yo?

—Ninguno de ellos recuperará las cartillas que se atrevió a imprimir como silabarios, ni tampoco los cien pesos que se les impusieron como multa, pero ambos confían en que algo encontremos nosotros, que porque usted parece ocultar algo. Me parece que tienen una idea equivocada de la relación que pudiera usted tener con el Santo Oficio. Sin embargo, hemos de proceder conforme a la norma. Revisaré el inventario, si me permite.

El religioso inclinó la cabeza levemente y alargó la diestra hacia los papeles que la viuda tenía sobre el escritorio.

—Sí. Desde luego. Gracias, Su Paternidad.

«Pero pronto lo van a averiguar», pensaba Paula, mientras tendía los folios escritos a mano al fraile. «Siempre y cuando», se dijo mientras se mordía los labios, «consiga yo los libros que busca el inquisidor». ¿Por qué Inés no había ido a visitarla?

—¿Puedo quedarme, o debo dejarle trabajar solo? Podría ir mostrándole lo que está en la lista, o como Su Paternidad me indique.

El fraile asintió.

—Será más sencillo, desde luego, y más rápido si usted me va mostrando los tomos que aparecen en las listas que elaboró.

*

La revisión se llevó a cabo en relativo silencio, interrumpido por la lectura del nombre del tomo, la localización del mismo y la rasgadura que la punta de la pluma provocaba sobre el papel, como un ligero gruñido, cuando el fraile hacía una marca al lado de cada título. Paula comenzó a relajarse después de los primeros tres folios, que se fueron llenando de cruces pequeñas en el margen izquierdo, que se iban secando una detrás de otra.

Paula señalaba los tomos mientras esperaba a que el religioso marcara el que acababa de leer, al tiempo que observaba. ¿Qué caminos habrían llevado a un niño a elegir la Iglesia como destino o como viaje? Pensaba en su hijo Antonio, que le había asegurado haber sentido el «llamado», pero ella no estaba segura de lo que eso significaba porque no había sentido nada parecido a lo largo de su existencia, excepto la necesidad de tomar las riendas de su vida, hacía muchos años. Suspiró y miró de reojo al fraile, que parecía concentrado en lo que hacía de manera mecánica después de varias horas. Sintió la necesidad de confiarle algún secreto, aunque solo fuera para llenar el silencio que los envolvía.

—¿Sabe, padre? Hace años, poco antes de mi matrimonio, días de hecho, creo recordar que a Bernardo, que en paz descanse, lo acusaron de traer libros de España y de haberlos vendido sin licencia del Santo Oficio. En su defensa presentó testimonio de otro librero, Diego de Ribera. La acusación resultó falsa y no hubo proceder. A modo de compensación, el virrey marqués de Cerralvo concedió el privilegio para la impresión y venta de cartillas a nuestro taller.

El fraile parecía concentrado y solo asentía de vez en cuando, sin contestar. Paula dudaba de que en realidad la hubiera escuchado. Después cayó en cuenta de la ironía que significaba que Diego de Ribera, padre del miserable de Hipólito, hubiera sido aliado de su difunto marido.

No tardó el religioso muchas horas en revisar todo lo que Paula había acomodado durante aquel par de días dentro de la tienda, ni en compararlo contra la lista que había elaborado con tanto cuidado. Apenas llevaban un par de velas consumidas cuando fray Gaspar de Valdespina dio por terminada la revisión de la lista de género. Paula se puso en guardia cuando el hombre se paró delante de ella y señaló los papeles que tenía dispersos sobre la mesa oscura.

—Doña Paula, veo con satisfacción que mantiene usted inventario actualizado de sus libros por orden alfabético, comenzando por el nombre del autor, el año y la casa de impresión; si está encuadernado o en rústica, y que incluyó tanto impresos como manuscritos y también aquellos que forman parte de la que llama su *colección privada*. El mismo cuidado se ha aplicado a las licencias de la Casa de Contratación de Sevilla, firmadas por el censor, el escribano y el contador.

También podré mostrar al pesquisado los documentos que libran la exención de impuestos de almojarifazgo y alcabalas para la imprenta de Calderón, extensivas a sus herederos, entre los que sin duda puedo incluirla, al tratarse de la viuda. Gratamente descubrí los recibos de la tasa de avería, cuidadosamente ordenados por fechas, lo cual, permítame que le diga, es una rareza. Le puedo asegurar, sin temor a errar, que el doctor Rodrigo Ruiz de Cepeda, a quien tendré el honor de visitar el día de mañana, estará complacido. Sin duda alguna puedo decirle que esta lista y el orden que lleva sentarán un precedente digno de repetir en cada una de las imprentas que operan en la ciudad. Nos facilitará mucho nuestro trabajo si esto se hace así en cada taller y cada tienda de su gremio.

—¿El doctor Ruiz de Cepeda?

—El presbítero abogado de la Real Audiencia, calificador y expurgador de libros, doña Paula.

—¿Y la revisión? Si he comprendido bien, perdone Su Paternidad…

—Favorable, doña Paula. La sentencia es positiva —dijo, mientras se dejaba caer en un sillón de cuero viejo y gastado.

Paula lo miró y sonrió. El sillón era tan suave debido a los años de uso que se amoldaba a la forma del cuerpo, envolviéndolo. Esperaba que no se lo fuera a pedir, porque a ella le gustaba leer sentada en él. Juntó las manos en oración y llevó los índices a los labios en un gesto de agradecimiento. Sentía ganas de abrazarlo, pero habría resultado del todo inadecuado.

—Pero… Me parece, Su Paternidad, que faltan esas cajas que le dije al llegar. No he tenido tiempo aún de abrirlas. Quedaron cerradas desde la muerte de Bernardo y los albalaes indican misales y vidas de santos para las congregaciones franciscanas de la Arquidiócesis del Valle de Oaxaca. No he tenido tiempo de mandar aviso al obispo Palafox a la Puebla de los Ángeles, puesto que no fue Su Ilustrísima quien los solicitó. Pero se entregarán a cada convento, tenga usted por seguro. ¿Gusta que los abramos para que los certifique usted?

—¿Cuántos son?

—Ocho o diez, a lo sumo.

El fraile soltó aire y con cara que parecía de fastidio, se puso de pie. Se acercó y los miró por encima. Pateó un par y se decidió por una caja.

—Abramos esta. ¿Tiene usted el albalá? Está marcada con un número seis. Eso es. Seis —Paula tembló. Seis eran los días que le restaban del plazo que le diera ese hombrecillo gordo para entregar razón de los libros que ya comenzaban a provocarle pesadillas, lo cual no dejaba de maravillarla, teniendo en cuenta que apenas si lograba dormitar por las noches. El insomnio parecía ser su nuevo estado civil.

—Doce biblias autorizadas y ocho misales... Me parece a mí que todo está en orden. —El fraile se puso de pie con dificultad y comenzó a enrollar los folios que había utilizado para cotejar.

—Si me permite... me parece que me distraje sin querer y hay un manchón de tinta que puedo limpiar en un momento. —Paula se acercó al fraile con la navaja en mano.

El hombre le sonrió y le devolvió los papeles. La viuda abrió uno y puso un par de piedras encima, para sujetarlo mientras raspaba la mancha de tinta seca. Sintió los ojos del religioso sobre ella mientras lo hacía. Tenía tanta práctica que apenas se llevó un par de minutos, en los que solo se escuchaba la rasgadura de la navaja sobre el papel. Paula tomó un cepillo pequeño de cerdas suaves y lo pasó por la hoja. Sonrió satisfecha.

—¡Listo!

—Agradecido por su tiempo, doña Paula. Enviaré el fallo favorable con los sellos. Mejor aún: lo traeré yo mismo dentro de seis días, ¿qué le parece? Así no damos doble vuelta, que es una larga caminata para mí. Que tenga usted buena noche.

Cuando el fraile se perdió en la calle apenas alumbrada por antorchas, Paula creyó que no podría soportar la opresión que sentía no solo en el pecho, sino dentro de la cabeza. No estaba hecha para lidiar con la espada del Santo Oficio colgando sobre su cabeza por muchos días más.

*

María Calderón miraba la nada, con los codos sobre el alféizar de la ventana de su habitación. Ni la ciudad, ni las nubes ligeras y blancas, ni la vista de los volcanes lograban sacarla del estado en que se hallaba. Sus quince años ahora le parecían pocos, cuando hasta hacía unas semanas se sentía adulta, realizada y feliz. Ahora, mirando por la ventana, tenía la certeza de ser una niña estúpida e ingenua. Entre el cuarto y el quinto suspiro el sonido de un abejorro le hizo girar la vista. A su lado, algo como un escarabajo color café se detenía, a menos de un palmo de donde ella se había recargado. Lo miró mientras el animal dejaba de hacer ruido. El bicho se detuvo y parecía caerse al vacío, cuando, de pronto, comenzó a agitarse. Parecía un pequeño y asqueroso corazón que estuviera latiendo y María centró su atención en el insecto, que le pareció inmundo. De pronto, el animal quedó abierto en canal y de la bolsa oscura y repugnante comenzó a salir una baba color verde pálido, que se empezó a alargar y después a desenrollar. María se inclinó para verlo mejor. El gusano que salió del animal café parecía palpitar, como si estuviera fatigado. Notó que tenía dos cápsulas negras que parecían cubrir lo que dedujo serían los ojos, y conforme el bicho se secaba y cambiaba de traslúcido a sólido, iba desenrollando lo que parecían unas alas, transparentes y brillantes. El animal cambió de color amarillo sucio a un verde con rayas negras y se quedó inmóvil varios minutos. Se colocó sobre lo que parecían las patas y abrió dos pares de alas, extendiéndolas hacia los volcanes que seguían donde

María los había dejado durante el rato que se distrajo de sus pensamientos, que eran sombríos. El envoltorio como escarabajo seguía donde lo había dejado el insecto ahora volador, cual traje viejo y partido por la mitad: el insecto había parido una libélula que había echado a volar. Dos gruesas lágrimas cayeron por las mejillas de María. ¿Qué iba a hacer ahora? ¿Qué le diría a su madre? María Calderón de Benavides quería morirse. Miró por la ventana hacia el patio y calculó las varas de distancia hasta alcanzar el suelo. Si tenía suerte, se mataría. Si no moría, tal vez se rompería una pierna o el golpe fuera suficiente para romperla por dentro. Si la fortuna no la acompañaba, quedaría idiota por el resto de sus días. Azotó las contraventanas con un golpe seco y se dejó caer en el colchón. Las campanadas del templo vecino le recordaron que su madre no tardaría en llegar porque hacía mucho rato que había salido a misa. Mejor que no estuviera en casa para que no la viera, y menos para que le hiciera preguntas. No deseaba ver a nadie y tampoco podía parar de llorar, y se maldecía por ello. La culpa la tenía el maldito bicho que había parido una hermosa libélula, provocando que la desdicha que sentía la aplastara desde el centro del pecho hacia afuera. Se sorbió los mocos y escondió la cara entre los almohadones. Si tenía suerte, se quedaría dormida cuando se hartara de llorar.

*

Los muros de piedra del convento brillaban como si estuvieran bañados en oro, aunque, observándolos de cerca, se notaba la argamasa con piedras pequeñas. El sol caía a plomo sin dibujar una sola sombra en el suelo. Paula maldijo sus ropajes negros que la hacían hervir bajo aquel sol justiciero. Había caminado hacia la calle del Relox, justo delante del artilugio mecánico de horas de la Real Audiencia, en busca de un libro que había visto cuando niña y que sabía seguía en posesión del arquitecto de la catedral, Melchor Pérez de Soto. Se trataba de una obra que parecía religiosa, pero el hombre le había asegurado que no era lo que parecía y que debía irse con tiento si lo que buscaba era imprimirlo. Ella sabía, por su hijo Antonio, quien ahora vivía interno en el seminario, que el catedrático en astronomía buscaba cinco ejemplares para la Real y Pontificia, por lo que podía decir que tenía la venta asegurada. Paula buscaba afianzar su imagen como impresora de categoría y no solo de cartillas y catecismos, que si bien le daban de comer lo suficiente, no le daban lustre. Traía el bulto contra el pecho y caminaba distraída hacia casa, pensando en lo que le había contado el arquitecto acerca del libro. Tenía que ocuparse en algo que la distrajera, de modo que no pensara en cómo conseguir los libros del inquisidor. Y los días pasaban sin detenerse. Vio el carruaje apenas dio la vuelta a la calle, después de rodear el colegio del Santísimo Nombre de Jesús, dejando a su derecha el portón del templo de San Agustín. Había caminado sin parar desde que saliera de misa de San Francisco para no tener que volver a casa, porque si se encerraba, creía que se ahogaría. Cuando reconoció el carruaje negro del palacio del virrey aceleró el paso, haciendo que Jacinta soltara una imprecación. La escuchaba jadear detrás de ella, intentando alcanzarla.

—¡Doña Inés! ¡Doña Inés! —Paula agitaba la mano para evitar que el cochero arreara los caballos. La cortinilla se abrió y apareció la sonrisa de la joven, sentada dentro del carruaje.

—Pensaba esperaros un poco más o volver más tarde, doña Paula. Haced favor de invitarme un refresco, que muero de calor aquí dentro. —El cochero saltó del pescante para abrir la puerta a la joven. El hombre parecía traer una peluca sobre la cabeza, lo cual resultaba extraño con el calor que se dejaba sentir. ¿Sería una moda europea? Con el calor y la humedad de las acequias parecía mala idea para la Ciudad de México.

Inés se veía recién peinada, con unos listones color azul

pavo real que Paula no había visto antes, del mismo color que los listones que presumía en las mangas del vestido y en el abanico. El vestido parecía una nube, de tan ligero y esponjado. Paula sintió una punzada de envidia al ver a esa mujer joven y hermosa con un vestido como algodón, de un color que ella no volvería a utilizar jamás.

—¡Buenas nuevas! Que os tengo el nombre del oficial que estampará los sellos, doña Paula. Podéis ir ahora mismo, si así lo deseáis, a la oficina de la aduana dentro del Palacio Virreinal. Me parece que el despacho está en uno de los edificios traseros, en la segunda planta. Esperad... que tengo el nombre... ¡esto es! Agustín Hinojosa será la persona encargada de estampar el sello. Os enviará los cajones con libros en cuanto vos le digáis.

—¿En verdad? —Paula se había quedado inmóvil frente a la puerta de su casa. Quería que lo que Inés le acababa de decir fuera cierto, pero tenía miedo de que se lo estuviera imaginando. Por lo que podía ver, rezar con angustia y fervor frente al altar aquella mañana había dado resultados. Miró al cielo y cerró los ojos un instante. Murmuró un *gracias* y los abrió de nuevo. Inés la miraba, divertida.

—Ahora mismo. Que os podemos llevar en mi carruaje, es decir, en el carruaje... Coged los albalaes o lo que sea que necesitéis y partamos. Que apenas hace rato he hablado del asunto con Diego, quiero decir, con el señor virrey, y ha consentido en hacer una excepción, al menos por el día de hoy. Me ha asegurado que la gestión de las aduanas quedará regularizada en los días por venir, pero he corrido para avisaros. Me parece un gesto de buena voluntad que no habréis de desaprovechar. ¡Rediez!

Paula seguía clavada en el mismo lugar, con el libro sujeto contra su pecho. Intentaba detener el galope del corazón que parecía querer salírsele del cuerpo por las orejas, por la nariz y por cada uno de los poros de su piel, que sentía húmeda.

¿Cómo era posible que sintiera calor y sudara frío al mismo tiempo? Aún le quedaba un día o día y medio para que se presentara de nuevo el padre Valdespina antes que la horca, la hoguera o los calabozos de la esquina chata reclamaran su cuerpo y su alma. Estos pensamientos no le habían dejado pegar ojo en varias noches con sus días. Inés la miraba, pero ahora parecía preocupada.

—Os veo pálida. ¿Os encontráis bien? ¿Queréis que busque ayuda? —Inés había tomado una de las manos de Paula, que no abría la boca. Hizo un esfuerzo que le pareció tan grande como una losa, porque ya no veía a Inés; solo la escuchaba. Parpadeó varias veces hasta que sus ojos la encontraron.

—Disculpe usted, doña Inés. Ha sido la caminata y un poco de debilidad tal vez. No he comido mucho en los últimos días... será eso. Entremos por los albalaes y le agradezco muchísimo que me acompañe. Me siento un poco fatigada y agradeceré la compañía. Yo... quiero que sepa que le estaré eternamente agradecida por esto que hace por mí. No sabe usted lo que significa...

*

El traqueteo del carruaje la mantenía alerta, a pesar del miedo que la paralizaba, obligándola a descansar contra el respaldo. Paula sentía los párpados pesados, como si tuviera mucho sueño, pero cuando los cerraba y recargaba la cabeza contra el asiento, el miedo la ponía de nuevo en estado de alerta. ¿Y si todo fuera una broma macabra? ¿Si no fuera verdad que le sellarían los albaranes? ¿Si acaso no aparecía el sello o el oficial de la aduana hubiera salido a un recado? O, ¿si después de todo y los sellos, las cajas no aparecían? ¿Y si las cajas especiales de fray Francisco de Estrada se hallaban perdidas? O peor, ¿si alguien las hubiera robado o quemado? ¿Y si las encontraba y estaban dañadas? Paula respiraba con dificultad, apretando los documentos contra el pecho. No, lo peor no sería nada de todo eso. Lo peor sería que alguien hubiera abierto los cajones, reventando la madera y conocido el contenido de los libros del *Index* que la Santa Inquisición pretendía mantener ocultos.

Las campanadas llamaron a la hora sexta cuando el carruaje se detuvo en la calle del Arzobispado.

OCHO

El temblor de aquella madrugada había sido leve, pero consiguió despertarla y sacarla de su habitación. Después, con todo el alboroto que se armó en su casa, Paula no pudo volver a dormir. Luego se metió de nuevo en la cama y la sintió fría. No había amanecido aún, pero se lavaría para bajar al taller a primera hora, cuando comenzaran a laborar los oficiales. Como si la sacudida de la Tierra hubiera sido poco, lloviznaba ligeramente. El agua era tan liviana que se fundía en las piedras del suelo, en las paredes de cantera y en su cara. Se frotó la tez con el guante mientras cruzaba el patio hacia la tienda. La determinación de la naturaleza no hizo sino confirmarle a Paula lo que pensaba de la luz, esa misma que ahora se asomaba con timidez detrás de los ventanales del despacho de la planta baja donde tenía la tienda: pálida y mustia, típica de los días de bruma matutina que rociaba las plantas de su pequeño huerto. Paula miró a su alrededor, familiarizada con cada objeto que la rodeaba, mientras acariciaba las perlas filipinas del collar contra su pecho, como hacía siempre que se sentía inquieta. Había vuelto a usarlo después de la tarde en que murió Bernardo: le gustaba el brillo del nácar contra la tela negra que detestaba. El día anterior había llegado Inés a salvarla de nuevo y no sabía cómo agradecerle lo que hacía por ella. Podía decirse que le debía la vida, aunque no lo pudiera comentárselo. Poco a poco, la viuda le había ido confiando sus miedos, sus sueños, sus planes y todo lo que la ocupaba. Y la joven actriz no le había fallado. Era tiempo de retribuirla. Miró el libro que estaba a punto de envolver, recién salido, con licencia, de la prensa de Francisco Rodríguez, el *Zodiaco regio*. Pensó en la risilla de Inés cuando viera la dedicatoria que había escrito con letra menuda en el dorso de la página portada: *Al Excelentísimo señor don Diego López Pacheco Cabrera y Bobadilla, Marqués de Villena y Duque de Escalona, Virrey y Capitán General de esta Nueva España...* seguida de una larga caravana de títulos que la misma Inés se había asegurado de conseguirle con el secretario particular de Su Excelencia. Cerró la tapa del libro y sonrió. Sería una gran adquisición para una biblioteca señorial.

*

La imprenta crujía cada vez que la palanca que movía el torno se estremecía después de soltar algunos chirridos, fuertes y largos primero, cortos y agudos cerca de donde dejaba de avanzar. Cuando los brazos que empujaban la palanca no daban para más, la brujería contenida en aquel invento sucedía y la tinta se transfería al papel, lista para secarse. Paula pensaba que era una suerte que la Iglesia hubiera autorizado la utilización de aquella máquina, más una prensa de uvas y de aceitunas que otra cosa, modificada para estampar letras y crear libros. Paula bendijo a quien se le hubiera ocurrido la idea, un comerciante de Maguncia, donde quiera que eso quedara. La modernidad... aunque no dejara de parecerle cosa de magia cada vez que veía un libro terminado.

Mientras el aprendiz limpiaba los tipos con un cepillo suave, también de manera rítmica y sin detenerse, Paula miró el espacio vacío que tenía enfrente. Había reacomodado las mesas y tenía listo el lugar para montar otra prensa. Encontró una en muy buen estado en la calle de la Moneda, que, según le había dicho el anciano que se la mostró, había pertenecido a los herederos de Juan Cromberger, el primer impresor establecido en la Nueva España hacía cien años. Paula había levantado la ceja, porque la prensa no se veía tan antigua y menos gastada, pero el viejo le había asegurado que la habían ido cambiando por partes y que le funcionaría como nueva. En todo caso, le auguró, con un guiño que pretendió ser de coquetería, le traería buena suerte. Se la llevarían desmontada en una semana, lo que calculó, tardarían en desarmarla. Cerró los ojos y la imaginó, ya instalada y funcionando en el hueco que tenía delante.

Los abrió y volvió la mirada a la mesa, intentando concentrarse en el tomo que tenía enfrente. En perfecto orden estaban impresos todos los preliminares del primer libro que Paula firmaría con su nombre: el *Arte mexicano,* de Diego Galdo Guzmán. Acarició la hoja portada y con un dedo fue siguiendo cada línea: ahí estaban la licencia civil, la licencia religiosa, el privilegio, la tasa, el parecer. En el siguiente folio brillaban como estrellas en el cielo la dedicatoria y el prólogo, seguidos del texto y el colofón. Donde había un hueco, al final de la hoja portada, estamparía «Por la viuda de Calderón, calle de San Agustín, México MDCXLI». Si las cosas se complicaban, añadiría otro numeral *I* y otro año a su vida. Resopló mientras miraba lo de viuda de Calderón. Recordó lo de la antorcha de cabeza y sonrió. Le hubiera gustado estampar «Paula de Benavides, viuda de Calderón», pero eso se lo tendría que ganar con el tiempo y aún era pronto. Suspiró con suavidad, sintiendo una pausa en su pecho, que tanta falta le hacía. Dentro de un rato harían la primera prueba de la portada y sentía las tripas trenzándose dentro de su vientre. Apenas y había desayunado y, por como se le deshilachaba el tiempo, tampoco almorzaría si el carro que esperaba no llegaba antes de la hora de sentarse a comer.

Paula se detuvo, aguzando el oído mientras esperaba escuchar las campanadas que marcaran la hora. Por primera vez en mucho tiempo, deseaba que el tiempo pasara de prisa. Pensaba poco en los catecismos, pues se había asegurado de conseguir todo el papel que necesitaba para imprimirlos, lo mismo que los insumos para la tinta cuando, la tarde anterior, visitó los bodegones adyacentes a la plaza del Volador junto con Inés. Pero sí pensaba, y mucho, en los cajones de libros que le llegarían de un momento a otro. Recordó la cara regordeta y grasienta del licenciado Pérez, quien con una mueca de disgusto le había firmado la orden al oficial de la aduana, un Agustín Hinojosa, para que procediera. Este le había sonreído mientras estampaba el sello de liberación en cada uno de los albalaes que le presentó. *Pum, pum, pum.* La viuda podía recordar, si cerraba los ojos, cómo había retumbado dentro de su pecho el sello al golpear contra los folios, al ritmo de los latidos que la estremecían desde dentro, subiéndole por la garganta. Había tenido que apretar los ojos con fuerza para no llorar, aunque fuera de alegría. El oficial había sonreído y esa sonrisa le resultó repulsiva, cortándole de cuajo la emoción que sentía. Luego se dio cuenta de que era a Inés a quien el oficial miraba y no a ella. Desencantada, Paula maldijo a todos sus muertos.

*

El torno de la prensa chocó al llegar al final de su recorrido y lo escuchó girar, desenroscándose para soltar la plancha que acababa de comprimir el papel contra las cajas de los tipos bien apretados entre las dos placas de madera. Cerró los ojos y alcanzó a escuchar que alguien retiraba la hoja con la tinta húmeda y la levantaba. Sabía que la colgarían en la cuerda que se mantenía tensa, atravesada de lado a lado del taller. Recordó que en una ocasión Bernardo había tenido la idea de colgar los folios en el patio y estos salieron volando. Tardaba más la tinta en secarse bajo techo, pero no se podía arriesgar. Si cerraba los ojos, podía oler cómo se secaba la tinta, mientras aparecía uno de sus más grandes sueños en negro contra la hoja blanca: su nombre en la portada de un libro, su primer libro.

El relincho de los caballos hizo que su corazón saltara dentro del pecho. Supo al instante que se trataba de la carreta que estaba esperando, con más ansiedad de la que quería reconocer. De un salto se puso de pie y corrió hacia la puerta. La abrió ella misma cuando el cochero apenas tiraba de las riendas para detener el burrito que jalaba el carro. Paula salió a la calle y miró hacia todos lados. Ni rastro del fraile dominico. La viuda habría jurado que llegarían al mismo tiempo los libros y el fraile, porque sabía que la Inquisición tenía ojos en cada esquina de la ciudad, detrás de cada puerta y de cada ventana. Había asumido que la espiaban desde la muerte de Bernardo, y se sorprendió de no encontrar a nadie. Ni rastro tampoco del padre Estrada.

—¿Es aquí la tienda de la viuda de Calderón? —El cochero, un hombre bajo y gordo, saltó del pescante, con más agilidad de la que Paula le hubiera supuesto.

—Buen día. Sí. Es aquí. Tenga usted la amabilidad. Veo que me ha traído mis cosas…

—Pues alégrese lo que guste, doña, pero llame al mozo y que me ayude a descargar, que aún tengo que hacer varios servicios. Diez cajones para su merced.

—¿Diez? ¡Debe haber algún error! ¡Los albaranes resguardan treinta cajones!

El hombre se quitó la gorra y se rascó la cabeza, que resultó calva. Parecía confundido, pero también apresurado. Se volvió a colocar la gorra y se rascó la panza.

—¡Mecagüendiez! Mire, yo no sé nada. Bueno, sí. Que el cobertizo donde se resguarda todo el género ha permanecido cerrado los últimos meses y no hay quien entre, porque está hecho un lío. Si hasta hay allí cajones que se han mojado,

¡vaya usted a saber con qué! Ratones, he encontrado muchos y hemos debido soltar unos gatos para que nos ayudaran a limpiar un poco. Todo revuelto, pues. ¡Ca! Y si supiera usted del olor… En fin. Que si se da su merced una vuelta por allá con alguien que le ayude, pues quizá podrá encontrar lo que le falte. Yo nomás tengo estos, y mire que debe tener usted muy alta influencia, porque me han tenido toda la mañana buscando y rebuscando y he dado con estos diez.

Paula miraba desconcertada a la carreta y al hombre, que golpeaba el fuste contra el suelo. Diez cajones eran mejor que nada, pero no eran suficientes.

—¿Los quiere o no, doñita?

—Que sí, que sí. ¡Jacinto! —Paula suspiró. ¿Y si los seis que esperaba Su Paternidad no estaban entre esos diez? Que Dios y la Virgen del Pilar y la de Guadalupe la protegieran, pensaba, mientras corría hacia el patio. ¿Dónde diablos se había metido el mozo?

*

La frente del hombrecillo gordo brillaba de sudor mientras bajaba las cajas de madera de la carreta.

—¿Viene su mozo o no? Que no tengo todo el día —soltó cuando Paula volvió a salir, sola.

—Perdone, pero le enviaron a un recado y no debería tardar. Le compensaré si los mete a la casa, por favor.

El hombre resopló con la boca abierta, lanzando gotas de baba que llegaron hasta el suelo. Miró a la mujer de arriba abajo y decidió que, ya que estaba allí, bien se podía ganar una moneda.

—Usted me dice, patrona.

—Sígame, si me hace favor.

Habían cruzado el portón de entrada cuando se escucharon unos pasos corriendo a través del patio, provenientes del taller. La viuda se detuvo, indecisa. Miró al tipógrafo y después al cochero, que bufaba con un par de cajas entre los brazos.

—¡Doña Paula! ¿Puede venir por favor y revisar el acomodo de la prueba? La tinta comienza a espesarse y no queremos que haga hebra. —Cornelio Adrián asomó la cabeza desde el fondo del patio, donde estaba el taller. Se rascó la cabeza cuando vio a la viuda acompañada.

—Permítame, Cornelio. ¿Puede usted hacer favor de meter las diez cajas? En la segunda puerta los deja ahí, en el suelo. Solo me tomará un momento. —Paula pensaba en la prueba de la portada de su libro. Deseaba que fuera perfecto. No tenía cabeza para nada más importante y el cochero parecía lo suficientemente fuerte como para meter él solo los cajones de madera a la tienda y colocarlos en el suelo. Dejó abierta la puerta.

Cuando la viuda terminó de revisar la tinta, decidió que le vaciaría un poco de vinagre para adelgazarla. Era tan solo una prueba para enviarla a autorización, por lo que la calidad intermedia de impresión sería suficiente. Recordó que tenía al hombre del depósito esperándola y fue al despacho a coger unas monedas. Lo encontró con mala cara, limpiándose las uñas, a la entrada de su casa.

—Que me ha costado, ¿eh? No se crea que si llego a traer los otros veinte cajones vaya yo a bajarlos yo solo, ¡no señor!

—Le agradezco su amabilidad, buen hombre. Tenga, por las molestias —dijo, alargando la mano. Una moneda de plata, mucho más de lo que ganaba por una semana de trabajo.

—Está bien —rumió mientras la guardaba con cuidado en el bolsillo de sus calzas—. Ya sabe, patroncita. Que aquí estamos para lo que necesite. Avíseme cuando quiera ir a buscar los cajones que faltan y yo buscaré la manera de ayudarla.

Paula se cruzó de brazos.

—Vaya buscándolos entonces, que en cuanto tenga un momento estaré por allá de nueva cuenta. Confío en que los tendrá listos en unos cuantos días. Estoy segura de que nadie conoce el almacén tan bien como usted. Vaya con Dios.

—Pregunte por el Fausto, doñita. Para servirle a Dios y a su merced.

Cuando Paula cerró la puerta vio una sombra cruzar de las letrinas hacia la escalera. Era María, seguida de Jacinta, que corría detrás de ella. Dudó entre ir a revisar las cajas o averiguar de una vez por todas qué le sucedía a su hija.

*

—¿Se puede saber qué es lo que te ocurre? Llevas días comportándote de manera inadecuada... no comes, no sales de la habitación y ahora Jacinta te persigue por la casa. ¿Serías tan amable de explicar tu proceder? No me parece a mí que una mujercita decente...

—¡Madre! ¡No me torture, por favor! —María se había lanzado a los pies de Paula, abrazándola por las rodillas.

—¿Qué ha pasado? ¿Por qué...?

—Perdóneme usted madre, *per-dó-ne-me*... —María sollozaba y Paula no sabía qué pensar.

Levantó a su hija por los codos hasta tenerla de frente y mirarla a los ojos. Entonces lo supo. Bajó los párpados y la realidad le cruzó la cara, como una bofetada. El olor a inocencia que desprendía su hija desde que naciera había desaparecido, se había evaporado. En su lugar, podía sentir el vaho de vergüenza y de culpa que la envolvía.

—¡Le juro por Dios que yo no quería! ¡Se lo juro por Dios!

La viuda miraba a su hija y sentía que no podría soportar mirarla por más tiempo. Parpadeó varias veces y sacudió la cabeza. Aquello no podía estar pasando. No en su casa. No a su hija. ¿En qué momento? Caminó hacia la puerta y la abrió de golpe.

—¡Jacinta! ¡Venga inmediatamente!

La mujer apareció tan rápido que Paula supuso que debía de estar detrás de la puerta.

—Dígame niña —Jacinta entró mirando el suelo. La vieja nana arrastraba los pies.

—Recoja sus cosas y se larga de aquí. No la quiero ni un minuto más en esta casa. No toleraré una alcahueta bajo mi techo. ¡Parece mentira!

María se echó a los pies de su madre, abrazándole las pantorrillas. La viuda dio un paso hacia atrás. Todo a su alrededor parecía moverse, pero ella comenzó a no ver nada más que sombras grises rodeándola.

—¡No, madre! Jacinta no tuvo nada qué ver. Ha sido... he sido yo. Jacinta me previno, pero yo... creí en lo que Juan me decía. Yo pensé... —María se había arrastrado hacia Paula de nuevo e imploraba a su madre que la mirara. Jacinta seguía mirando el suelo.

—¿Juan? ¿Qué Juan?

—Juan de Ribera, madre. Me dijo que me amaba, que no me lastimaría nunca, que quería casarse conmigo, que su padre hablaría con usted...

Paula se congeló al escuchar el apellido De Ribera. ¿Acaso era esta la venganza que le había lanzado el impresor? ¿Se refería a convertirla en abuela sin honra? Miró a su hija y a Jacinta, que seguía sin levantar la mirada del suelo. Le tendió las manos a su hija y la ayudó a levantarse. La guio hasta la cama y la sentó. Sentía su propia respiración pesada, espesa, como si estuviera muy cansada. Pero tenía que preguntar.

—María, mírame. Quiero que me cuentes todo, desde el principio.

La chica se limpiaba las lágrimas y los mocos con la manga del vestido. Tenía los ojos hinchados, pero se atrevió a mirar a su madre a la cara.

—Me dijo que me amaba y que quería casarse conmigo. Fui lo bastante necia para creerle. Hace como dos meses me… ¡Fue horrible madre! Yo no sabía… no podía saber.

Paula tomó aire despacio, mientras asentía. ¿Tendría que mandar aviso al doctor? ¿Alguna comadrona? Sintió miedo de saber.

—¿Cuándo lo conociste?

—Poco después de que murió padre. Nunca lo había visto, pero comencé a verle cada vez que salía de misa. Me sonreía y yo un día le devolví el saludo. No creí que fuera pecado, porque no hablábamos. Después me lo seguí encontrando y un día me alcanzó, cuando volvía yo con Jacinta del Portal de Mercaderes. Me regaló una flor y me dijo, ya sabe madre, cosas.

—¿Qué cosas? —Paula se frotaba los brazos. Sentía una rabia que no sabía que podía guardar dentro. Le amargaba la boca con un sabor metálico que provenía de su pecho, de sus entrañas. Lo que sentía tenía nombre: odio.

—Que era bonita… Cosas de ese estilo. Ya sabe usted… La siguiente vez me dio unos bombones y así, me fue dando regalos. Supongo que debí rechazarlos desde el inicio, pero no vi yo que hubiera nada de malo en unas flores o en unos dulces. Una cosa llevó a la otra, supongo. Fue ganando mi confianza hasta que me pidió custodiarme una calle a la salida de misa. Me acompañaba una sola calle y después dos. Yo siempre con la Jacinta, como debe ser. Pronto supe que su padre tenía una imprenta, por lo que teníamos algo en común. No creí que hubiera nada de qué desconfiar. Incluso, en un par de ocasiones me invitó a conocer su taller y me mostró la prensa y lo que allí imprimen. Al principio lo rechacé, pero parecía tan triste que yo… Yo… me sentí feliz de que compartiéramos, de alguna manera…

—Ya.

—Hará poco menos de dos meses… me volvió a invitar al taller. Había yo ido a buscar cualquier tontería. Solo quería salir y encontrármelo por la calle. No creí que corriera yo peligro alguno, porque no era la primera vez. A Jacinta le pedí que me consiguiera algo de beber, porque... porque quería quedarme a solas con él. Ya me había besado una vez y yo... yo quería que me besara de nuevo. No imaginé yo que... que... ¡Madre! ¡Quiero morirme!

Paula también deseaba morirse ahí mismo, pero solo pudo abrazar a su hija. Juan de Ribera había seducido a su niña. Apretó los ojos para ahuyentar lo que alcanzaba a imaginar. Tal vez si lo denunciaba... La viuda cerró los ojos. El confesor jamás creería que la chica era inocente si se había dejado acompañar, si había aceptado unas flores y unos dulces, si se había quedado a solas con el joven. Apretó los párpados y los puños hasta clavarse las uñas en la carne.

—¿Te hizo daño? ¿Te lastimó?

María no contestó. Hundió la cara en el pecho de su madre, cubriéndose la cara con las manos.

Paula quería gritar que ella debía haberle dicho eso que se le dice a las hijas cuando se van a casar, tenía que haber estado allí, protegiendo a su niña y no persiguiendo los libros del inquisidor, ni buscando un libro para imprimir, ni asistiendo a las reuniones de la cofradía. La culpa le pesaba como una piedra en los hombros. Ahora no tenía remedio, porque llegaba tarde como madre. A menos que... Sacudió la cabeza para alejar la idea que se le había cruzado por un instante. Su hija podría morir, y eso sería peor que la deshonra, al menos para ella. Apretó a María contra su pecho. Faltaba lo más grave: cuando el embarazo fuera evidente. Mientras acunaba a su hija de un lado al otro, pensó que podría enviar a su única hija al convento, allí donde iban a parar las mujeres como María: desfloradas, deshonradas y desechadas. Ahí aceptaban a todas a las que les robaban el futuro, la ilusión y la alegría, al menos a las que podían pagarlo. Y Paula de Benavides pagaría lo que hiciera falta para salvar a su hija de la humillación, de esa que todas las buenas mujeres adquirían en derecho directo cuando alguno de sus hijos seducía a una cándida niña de familia. Tal vez no todo estuviera perdido. Quizá, después de que hubiera nacido el niño, María podría salir y tener una vida, que no pasaría por un altar ni por una familia. Las lágrimas de Paula caían sobre el pelo de su hija, mientras la apretaba con fuerza entre sus brazos, ya entumecidos: la madre necesitaba ese abrazo más que la hija. Podía sentir los hombros de la joven subiendo y bajando, interrumpiendo los sollozos que la ahogaban.

*

Suspiro a suspiro, María se fue calmando entre los brazos de quien la había arrullado desde que tenía memoria. Paula tragaba saliva, a pesar de tener la garganta cerrada en un nudo que apenas la dejaba respirar. Abrió los ojos y miró las vigas del techo. Parecían sólidas.

—¿Qué haré ahora, madre? Me quiero morir.

—No te morirás, que no es para tanto. No serás la primera ni la última mujer que pasa por esto. Haremos lo que se hace en estos casos: encontrarle solución. No será la que imaginé yo, pero esto no es el final de tu vida. Te lo aseguro. No permitiré que sea así.

—Pero... La deshonra, la maledicencia...

Paula sacudió a su hija por los hombros y la obligó a mirarla a los ojos.

—¡Escúchame bien! Ese malparido habrá ensuciado tu cuerpo, pero tu vida no se termina aquí, ¿me entiendes? Tu alma no te pertenece a ti, sino al Altísimo y Él sabrá ver que eres la víctima de este... de esta... No permitiré que te hagas daño por algo que no merece la pena. —Paula pensaba en el padre del seductor. En ese momento se le ocurrió contratar un asesino de esos de capa negra que abundaban por ahí, que alquilaban su espada por unas monedas, para darse el gusto de arrebatarle su hijo a Hipólito de Ribera. Maldijo a ambos en silencio, pero vio que su hija la miraba, asustada.

—¿Lo quieres? Quiero decir, ¿aceptarías casarte con Juan de Ribera?

María suspiró pero no contestó. Estaba dolida, pero pareció brillar una pequeña luz en sus ojos ante la pregunta de su madre.

—Haremos lo que tú quieras. Solo necesito saber que tú sí sabes lo que quieres.

María asintió. Una lágrima se abrió paso desde el párpado hasta la mejilla, muriendo en la comisura del labio.

—¿Me lo promete, madre?

—Te lo juro. Ahora, con calma, dime si te quieres casar con él o prefieres encerrarte en un convento.

*

Paula no sabía que el corazón pudiera doler, no de manera que le entorpeciera algo tan sencillo como respirar. La tristeza que sentía era más grande que la rabia y la frustración, junto con un sentimiento que no podía definir, pero que sacaba su instinto materno: no el protector, sino el destructivo. Era de una naturaleza animal e irracional, tan alejada de todo lo que le habían enseñado en la Iglesia, que la asustó. Acabaría con Hipólito de Ribera, porque estaba convencida de que todo había sido parte de su plan para quitarle la imprenta y el taller, los que ella se negó a venderle y a cederle vía el pretendido matrimonio. Lo que más le dolía era saber que se había equivocado. Había menospreciado el odio del impresor y este se había cobrado con lo que Paula menos esperaba: su niña. Lo peor estaba por venir, porque la viuda sabía que el impresor no tardaría en presentarse en su casa a pedirle la mano de María para su hijo. Este pensamiento le revolvió las tripas.

Ahora solo tenía que encontrar la manera de evitar que los De Ribera metieran mano en su imprenta desde el primer día. ¿Qué hacer para no pensar? Lo único que la calmaba era trabajar. Paula se amarró un pañuelo alrededor de la cabeza y se dispuso a bajar al despacho.

*

La viuda caminaba despacio y con calma sacó la llave que traía colgando de una cinta de cuero viejo. Abrió la puerta de la tienda y, antes de haber dado dos pasos, se tropezó con los cajones de libros, de los que se había olvidado. El cochero bajo y gordo los había dejado en la entrada, al parecer en el mismo lugar en el que estaban los que quedaron pendientes de abrir tras la revisión que hiciera el padre Valdespina en el nombre del Santo Oficio. La viuda resopló al ver el desorden que tenía delante. Ahora debería revisar cada caja contra los albaranes y los registros en sus libros para saber el contenido de cada caja de madera. Como bien le había dicho el mensajero, algunos cajones estaban manchados y la tinta emborronada, por lo que no era posible ver con claridad los sellos estampados ni en tinta ni con cera, que se había escurrido en algunos lugares. Tendría que abrirlos uno por uno.

Los tres primeros cajones contenían libros de astrología, ciencias, filosofía antigua escrita en caracteres ilegibles y algo que debía ser matemáticas. Identificó una copia del *Repertorio de los tiempos* de Enrico Martín y un almanaque para el año que había terminado, escrito por Melchor Pérez de Soto, el arquitecto de la catedral. Estaba ya caduco, pero pensó que igualmente podría venderlo a buen precio, como libro de referencia. Encontró un libro de un Conrad Gessner que nunca había escuchado mentar, junto con otro de un Castiglione. También diez copias de piezas de teatro de Lope de Vega, de Calderón de la Barca, Agustín Moreto, Tirso de Molina y uno de Juan Ruiz de Alarcón, en una primera edición que pudo contrastar contra el libro de registros y que era muy valioso. Estaba encuadernado en piel, y tenía remates de pan de oro amartillado y grabado sobre el cuero entintado en azul…

El cuarto cajón le reveló algunos tomos que no había escuchado nombrar nunca; libros variopintos y algunos tratados modernos de Galileo y Henry Gellibrand, además de unos autores que no conocía: Andrés de Li, Della Porta, Himbert de Billy, D'Ouville, Thomas Corneille y un William Lilly. Le llamó la atención que entre ellos estuvieran uno de Lope de Vega y otro de William Shakespeare, junto con una pieza de Villamediana y otra de Calderón. Al parecer, el teatro incluía piezas de astrología. Y entonces un libro llamó su atención: El *Arte mexicano* de Fr. Diego de Galdo Guzmán. Era una edición rústica y más antigua que el que tenía sobre su mesa y con la que había planificado su propia impresión. Revisó las licencias civil y religiosa, los privilegios, la tasa, el parecer, la dedicatoria, el prólogo, el texto y el colofón. La portada indicaba que estaba dedicado al reverendísimo P. M. Fr. Francisco de Mendoza, Provincial de la Orden N. P. San Agustín. Lo que resultaba extraño era el nombre del impresor: Bernardo Calderón. ¿Cómo era posible que un libro impreso en su taller llegara con otros desde Sevilla? Ella había estado presente en todo lo que se imprimía desde hacía varios años en su casa. Miró el año, en el que no había reparado: 1639. Aquello no tenía sentido. Ella pensaba imprimirlo y estaba convencida de que nadie lo había hecho antes, y menos su difunto esposo. El padre Mendoza se lo había asegurado.

Había oscurecido como por ensalmo. Paula se levantó del escabel donde había estado sentada varias horas y encendió un par de velas, para no pensar en la situación de María y su embarazo. Prefería pasar la noche en vela revisando los libros, que de todas formas tendría que entregar al día siguiente, puesto que el plazo terminaba esa misma noche. No tenía ni idea de la manera en que irían a recogerlos o si ella tendría que llevarlos a algún lado; a la esquina chata, supuso, por lo que solo debía esperar. Paula alargó el cuello hacia atrás y se pasó la mano por el chongo, que se le resbalaba por la nuca, a fuerza de estar sentada desde hacía algunas horas.

Resopló. Los seis cajones del Santo Oficio estaban entre los diez que recibió. Elevó un agradecimiento al techo. Estaba salvada. Había pasado lo que le pareció la noche entera viendo aquellos tomos extraños y aún no los había devuelto a su lugar. Temía confesarse que lo había disfrutado, aunque aquello significara la condena definitiva de su alma... y tal vez de su cuerpo, porque si alguien se enteraba de que había abierto y leído aquellos libros la quemarían por bruja, como mínimo. Paula no le tenía miedo a la muerte, a la que había saludado de cerca en varias ocasiones. Le temía a la tortura porque había escuchado los aullidos de los condenados tras las rejas de los calabozos de Tlatelolco y también conocía la pira de San Diego, esa que dejaba el olor a carne chamuscada flotando en el aire de la ciudad durante varios días cuando se ejecutaban los autos de fe. *Ejecución*. La palabra le hacía justicia a lo que se hacía frente a los muros del convento. La viuda se enderezó y comenzó a envolverlos como recordaba que estaban acomodados: dio dos vueltas al paño y giró el paquete hasta que identificó el hueco marcado en el cuero abierto, que volvió a amarrar con la cinta, con toda la calma de que fue capaz. Metió el bulto en el cajón de madera y buscó el trozo de madera que había saltado con las pinzas. Contuvo la respiración cuando vio que estaba completo. Lo único que estaba doblado era un clavo. Fue al taller a buscar uno del tamaño y con apariencia de viejo y lo clavó con dedos temblorosos en el agujero que había dejado su antecesor. El sello de cera estaba roto pero, con mucha paciencia, acercó la vela hasta escurrirlo por completo, como estaba en algunos otros. Se alejó un poco para mirar mejor, con la vela en una mano.

Pasó los dedos por encima. Nadie se daría cuenta. Contó seis cajas con el mismo tipo de sello y las empujó a un lado de la mesa donde trabajaba, la mesa que había sido de su marido. Recordó a Bernardo ahogándose hasta quedarse sin aire y ella, de pie, mirándolo sin poder moverse. Estrujó sus manos sin darse cuenta. Cuando terminó, se limpió el sudor con el dorso de la mano y sonrió. Aquella noche se había asomado al *Index* del Santo Oficio con honores.

*

Cuando volvió a su habitación, se echó sobre el colchón sin desvestirse. Ese cansancio no lo había sentido nunca. A mediodía entró Jacinta con una taza de chocolate caliente. Sentía el cuerpo pesado, como cuando Bernardo la golpeaba sin razón aparente, cuando estaba borracho o porque ella se resistía a cumplir lo que él y el confesor y todos los hombres que conocía llamaban sus «obligaciones conyugales». Sacudió la cabeza para ahuyentar las imágenes que se le agolparon en la mente, porque por un instante se imaginó a Juan de Ribera violentando a María, su María. Un retortijón hizo que se levantara de la cama de un salto. Vomitó una sustancia amarilla y amarga, un sabor que también reconoció de otro tiempo. Quizá solo fueran las emociones acumuladas de los últimos dos días. Regresó a su cama y cerró los ojos. Jacinta se acercó y le acarició la cabeza y el pelo, que le caía por los hombros. No la había escuchado entrar.

—Señora Paula, abajo está el señor Hipólito de Ribera. Dice que quiere hablar con usted. Si quiere le digo que está indispuesta y que venga otro día.

Paula abrió los ojos hasta que la luz que se colaba por la ventana le hizo cerrarlos.

—Que me espere. Bajo en cuanto pueda. Solo dile que estoy ocupada. ¿No ha venido alguien más a buscarme?

—No, señora. Solo le dejaron, nomás en amaneciendo, este billete. Lo trajo un niño de esos que andan haciendo recados en la calle. Cuando le pagaba yo al aguador y ya cerraba el portón, así mire, se me apareció el chiquillo con esto en la mano. Creí que era un lépero, pero me dijo que era para usted, porque me dio su nombre, señora, pero luego salió corriendo y ya no lo vi —dijo la vieja mientras del bolsillo de sus enaguas sacaba un papel enrollado y amarrado con una cinta verde, sin señas ni sello.

Paula cerró los ojos mientras lo tomaba. Lo abrió pensando que no podría ya soportar más sorpresas, pero solo encontró, con letra que no pudo identificar, unas pocas palabras: *Esta noche a las diez*. No tenía fecha ni firma. Debía ser de parte del inquisidor De Estrada.

*

—Doña Paula —Hipólito de Ribera sonreía y Paula tuvo que aguantar las ganas de cruzarle la cara con una buena bofetada, de esas que dejan marcados los dedos en las mejillas.

—Se preguntará usted qué estoy haciendo aquí… o tal vez no. Quizá ya para estas fechas sepa usted que nos convertiremos en abuelos. —Los dientes del impresor eran amarillos y torcidos.

Paula se sujetó del respaldo de la silla. Volvió a sentir náuseas.

—Veo que está encantada, lo mismo que lo estamos en mi familia. ¡Si ya lo decía yo! Nuestras familias estaban destinadas a unirse. Claro que el apellido De Ribera será el que continúe con esta dinastía de impresores, como debe ser. ¡Ca! A lo que venía yo. Que he venido a pedirle formalmente la mano de su hija María para mi Juan. No podemos entretener por más tiempo la ceremonia, como supongo comprenderá.

Paula se había cruzado de brazos. Miraba a Hipólito de Ribera imaginando que tenía enfrente una cucaracha a la que iba a aplastar con paciencia y mucho cuidado.

—Y ¿qué le hace creer que deseo casar a mi hija con el malnacido de su hijo? Seducir a una joven no es una acción honorable que merezca una boda y menos una dote. Además, no lo creo tan listo. A su hijo, quiero decir. No me va a venir a decir que no ha sido idea suya. Le puedo parecer tonta, don Hipólito, pero no se fíe. Una cosa es que me convenga parecer tonta y otra, muy distinta, que lo sea.

Paula separó sus manos y entrelazó los dedos. La sonrisa se le congeló al impresor en la boca, que además, perdió el color.

—¿Está usted loca? Le acabo de decir que mi hijo está dispuesto a casarse con su… con la ofrecida de su hija. ¿Me ha entendido? No cualquier muchacho está dispuesto a darle su apellido al bastardo que trae su hija en el vientre. Pero como mi muchacho insiste en que el niño es suyo, pues aquí estoy. ¡No sea usted mal agradecida! ¡Que les hacemos un favor y no al revés! —Al impresor le temblaba el labio inferior.

La viuda apretó los labios, pero se le escapó una pequeña sonrisa.

—Mi hija entrará a un convento y ahí tendrá a la criatura, que después cederá a un hospicio. No será el primer hijo de padre desconocido que se abandona. Si ella lo desea, continuará encerrada y seguirá como novicia. Si no es su deseo, la sacaré y la enviaré a España. No se crea usted eso de que nos viene a hacer un favor, don Hipólito.

El hombre se dejó caer en uno de los sillones del salón. Se frotaba la frente.

—¡No permitiré que el hijo de mi hijo termine abandonado en un hospicio para pobres! ¿Qué no puede verlo, mujer del demonio? ¿Qué se ha creído?

Paula se sentó frente al impresor y cruzó las manos, una sobre otra. Así que su nieto. El impresor se levantó y comenzó a dar vueltas por el salón. La viuda evitaba mirarlo, pero lo escuchaba resoplar.

—Comprenderá, don Hipólito, que la situación es complicada. Ahora asegura que el niño es su nieto. Su hijo tuvo la indecencia de seducir a mi hija. Entenderá que no nos sentimos especialmente halagadas.

—¿Pero me está escuchando algo de lo que he dicho? ¡Que he venido a pedirle la mano de su hija para mi Juan!

—Puede ser.

—¿Qué quiere decir? —Hipólito de Ribera detuvo sus zancadas frente a Paula.

La viuda aguantaba la respiración. Después de amenazarlo con el convento y de echar por tierra todos sus planes, ahora parecía considerar la posibilidad. Quería que sufriera, pero sabía que hiciera lo que hiciera no sería suficiente. Apretó las manos una contra otra.

—Disculpe usted que no le ofrezca ni agua, pero entenderá que su presencia no es bien recibida en esta casa. Si le concediera yo la mano de mi hija, se merecería una boda por todo lo alto, con el boato adecuado, como corresponde a una hija mía. Si acaso yo consintiera, si acaso tan solo, sería sin dote. María es suficiente pieza para el hijo de usted.

—No la entiendo. ¿Qué quiere decir «sin dote»? Heredará la imprenta de su padre.

—Puede ser.

—Usted no es quién para evitar que los bienes de su difunto marido pasen a su hija. Ya me he enterado de que su hijo Antonio ha iniciado carrera en el seminario y no tardará en ordenarse. Así que ya me dirá si desea ahora venderme su negocio, cuando aún vale algo.

Paula contuvo una sonrisa, levantando la barbilla.

—Tal vez.

—¿Tal vez? ¿El qué? —El hombre golpeaba el suelo con el zapato.

—Tal vez celebremos matrimonio entre nuestras familias, tal vez mi hijo se ordene sacerdote. Tal vez tenga usted razón, don Hipólito. Tal vez no. Un sacerdote bien puede heredar lo que le corresponde por ser el primogénito de su padre y dejar después sus bienes a la Iglesia. Tampoco sería la primera vez.

El impresor palideció. Paula podía ver que no había contemplado ninguna de las posibilidades que ella había tenido tiempo de rumiar en las noches que había pasado en vela, imaginando venganzas atroces y castigos inconfesables contra el impresor y su hijo.

—¿Cuándo decidirá? Permítame recordarle que yo tengo todo el tiempo del mundo, lo mismo que mi hijo. Pero su hija no. Cuando el embarazo sea notorio no podrá haber ya boda y no sé si podré mantener la propuesta de matrimonio para entonces.

—Dese usted una vuelta por aquí la próxima semana. Aún estamos de luto, puede que lo recuerde usted. Tal vez le tenga yo una propuesta. Buenas tardes.

*

A pesar de lo que le había dicho al impresor, Paula no tenía mucho que pensar, aunque hubiera fingido lo contrario. María parecía estar enamoriscada a pesar de haber resultado lastimada y aterrorizada con la experiencia que había sufrido. Incluso pudiera darse el caso de que el joven estuviera interesado o encariñado con su hija. Pero esto tendría que verlo. Además, María tenía miedo frente la perspectiva del embarazo y del parto, que siempre guardaba sus riesgos. Pero Paula confiaba en que la juventud y la fortaleza de su hija, una vez resuelto el asunto de los esponsales y salvada su honra de la ignominia y el escarnio público, le permitiría dar a luz en paz y de manera satisfactoria. Debido al luto, podría organizar una boda discreta y casi secreta en San Francisco y que la vida siguiera su curso. De todas formas, Paula no se engañaba. Las habladurías correrían por las calles de la ciudad en cuanto se supiera lo precipitado de la boda y, además, dentro del año de duelo. Y el alumbramiento. Si todo salía bien, podrían alegar que el niño era prematuro, siempre y cuando llegara a término. Miró al techo y murmuró una plegaria, a pesar de que lo que le nacía de las entrañas era una maldición, o muchas. Si no quedaba más remedio, la mejor enmienda era darle prisa al casorio. Además, y si lo pensaba con calma, podría aprovechar la ceremonia para la ordenación sacerdotal de Antonio. Le faltaban un par de cátedras, pero nada que una bolsa bien repleta de pesos de plata no pudiera solucionar. Mandaría recado a Tepoztlán, a su hermano, quien residía en el convento jesuita, para buscar acelerar el trámite. Si tenía suerte, en un par de semanas estaría arreglado y antes de un mes podrían celebrar la ceremonia. La viuda se frotó las manos. No sería como se lo había imaginado, pero estaba igualmente nerviosa por organizar un evento diferente de un funeral. Un dolor le traspasaba la cabeza, por detrás del ojo derecho. No sabía si quería recostarse o salir corriendo. Unas campanadas le recordaron que el tiempo seguía su curso, ajeno e indiferente a ella y a sus circunstancias.

Un libro abierto por la mitad llamó su atención. Ahí, sobre la mesa de roble oscuro llena de papeles, descansaba el *Arte mexicano,* que la miraba, reclamando su atención, acariciándola con las letras formadas como soldados a dos columnas y abierto en la página doce. No tenía cabeza para leer, y había cosas que no comprendía, pero no sabía a quién preguntar. La portada quedaría preciosa: Ana de Herrera le había mostrado una propuesta muy bonita para la ilustración de la primera página, una decoración que rodearía el texto primero y que incluso podría hacerse a color, con pinceles y tintas, para los tomos especiales. Para el resto, se imprimiría en tinta negra o roja, puesto que se podría grabar en madera, una especie de marco que rodeara los tipos del que sería su primer libro, el primero que imprimiría con su nombre. Suspiró al pensar en la palabra *suyo*. Los libros y la imprenta, esos eran otro asunto. No dejaría nada de todo aquello que le pertenecía en manos de su nuevo hijo ni del malparido de su padre por nada del mundo. La imprenta de Calderón se mantendría en sus manos, mientras ella viviera. Ya el tiempo le mostraría qué hacer cuando consiguiera todo aquello que se había propuesto hacía poco más de un año, antes de que faltara Bernardo. ¿Y quién podía saberlo? María también tal vez terminaría convirtiéndose en viuda de impresor. La mujer de negro sonrió mientras se acercaba a la ventana. Se quedó mirando la cornisa de piedra chiluca de la fachada que tenía enfrente. El san Francisco que resguardaba el dintel de la puerta era de cantería y lo mantenían limpio, como si lo cepillaran. Paula pensó que apenas conocía a los vecinos, una familia de peninsulares de mucho oro, aunque no gustaban de mostrarlo. El dueño de la casa tenía tierras en las llanuras que quedaban lejos de la ciudad, por el rumbo de Pachuca, saturadas de plantas verdes con pinchos de los que se obtenía el pulque y donde, se rumoraba, habían encontrado una mina con vetas de plata. Se encogió de hombros. La vida de sus vecinos no era asunto que le ocupara en aquel momento. Miró hacia la calle desierta. Aún era de día. Faltaban varias horas para las diez de la noche y no había recibido instrucciones sobre cómo se entregarían los seis cajones que parecían llamarla desde la segunda puerta de los bajos. Paula frotó sus manos una contra otra, como si de pronto se le hubieran enfriado.

NUEVE

La oscuridad era casi total. El silencio era tan grande que parecía llenarlo todo. El visitante debía ser amigo, pero iba tan cubierto que bien podía tratarse de un enemigo o incluso, pensó la viuda con un escalofrío involuntario, de un piquete de la Inquisición misma, que venía a aprehenderla por posesión de tomos prohibidos. La imaginación de Paula le jugaba malas pasadas, pero no podía evitar que el miedo la atenazara. Estaba cansada, pero sentía los nervios a flor de piel, de manera que hasta un simple grillo podría sobresaltarla. El hombre empujó el portón, solo lo suficiente para pasar. Echó un rápido vistazo a la calle, que a esa hora estaba desierta. Soltó un leve suspiro que, sin embargo, no pasó inadvertido para la viuda.

Aquella mañana, cuando recibió el billete, nunca imaginó que estaría corriendo un riesgo semejante. La luz que llegaba del fondo del pasillo apenas iluminaba, pero los ojos del hombre embozado brillaban, febriles. Para no estar completamente a oscuras y poder hablar, Paula había dejado un farolillo encendido al fondo del pasillo, como si se hubiera levantado para acercarse a la letrina, por si alguien de la casa la sorprendía caminando por el patio a esa hora.

—Aquí tiene vuestra merced la bolsa —dijo, sacando de algún lado un morral que tintineó, rompiendo el silencio—. No necesitará contarlo. Le puedo asegurar que está completo.

Fue entonces cuando Paula notó el acento extranjero del hombre. No era fray Valdespina ni nadie que ella conociera. Tal vez solo fuera un empleado de confianza del Santo Oficio. Arrastraba la *o* en un sonido *oouu* y las *r* sonaban como si le salieran del fondo del gañote, cantando gárgaras. Movió la cabeza, negando. No lo iba a contar.

De pronto Paula sintió urgencia de que el visitante desapareciera de su casa. Se asomó un poco por encima del hombro y vio que estaba solo. ¿Cómo pensaba llevarse los cajones sin carro ni mula y a esa hora? Sintió que su vida corría peligro.

—He traído esto para cubrir los cajones —dijo el hombre, abriendo su capa. Paula pudo ver unos rizos tupidos y dorados escapando por debajo del sombrero, del mismo tono rojizo que un bigote fino y bien cuidado sobre los carnosos labios—. Tengo entendido que se hallan prestos —miró por detrás del hombro de Paula.

Esto eran unos cueros oscuros y viejos, pellejos recubiertos de grasa para evitar que el agua y la sal arruinaran lo que pretendían ocultar. Eran suficientes para cubrir toda la carga de una sola vez.

—Están en mi tienda. Los tengo listos.

—Sin abrir.

—Sin abrir. —Paula tragó saliva, pero no estaba segura de que el ruido que hizo no se hubiera escuchado cortando el silencio que los envolvía—. Sígame, por favor.

—No cierre la puerta —ordenó cuando vio que Paula se dirigió al portón.

—¿Abierta? —La viuda se sobresaltó. No eran horas para tener el portón abierto.

—No. Solo no la cierre del todo. El sereno pasó hace dos minutos. Tardará otros diez o doce en volver por esta calle —dijo mientras echaba a andar hacia el patio, como si conociera la casa.

Paula se encaminó detrás de él y llegó a la puerta de la tienda, que había dejado también entreabierta. Iba a encender una vela, cuando el hombre cruzó un dedo sobre los labios. Con la cabeza le señaló los cajones de madera del suelo y ella asintió. Una rendija brillante se colaba por el suelo de la habitación, iluminando apenas lo que había venido a buscar. Sin hacer ruido, levantó una caja y echó a andar hacia la puerta, pero no la sacó. Volvió por las otras cinco. Cuando terminó, abrió el portón lo suficiente para asomarse. Parecía acostumbrado a otear en la penumbra y no hizo ningún gesto cuando descubrió que afuera, detrás de la puerta, estaban cinco personas que Paula no había visto, a quienes les fue pasando las cajas, una por una, por la rendija de la puerta. El hombre salió como había entrado, luego de hacer una reverencia profunda a la sorprendida viuda. Después, el silencio. No habían tardado ni cinco minutos en llevarse todo aquello. Antes de cerrar el portón por dentro con el madero que la atrancaba, Paula dio un último vistazo al cielo. Por primera vez desde que terminara el invierno, las nubes anunciaban lluvia.

No tenía sueño, por lo que volvió a la mesa de la tienda y se sentó frente a una pila de papel de buena calidad. Al menos aprovecharía la vigilia para hacer algo de utilidad. Abrió la tapa del tintero y metió la punta de la pluma de ave en él. La vela titilaba ligeramente, alargando sombras detrás de los círculos oscuros que la rodeaban. Rasgó el papel con la punta de la pluma y comenzó a escribir.

*

El vocerío que le llegaba de la calle la tenía cada vez de peor humor. Gerónima no comprendía la razón por la que Paula de Benavides le había participado de la boda de su hija como si le estuviera hablando del clima. Ella no era tonta y sabía los modos del mundo. No le fue difícil imaginar el estado de buena esperanza de doña María, a la que apenas había visto en los meses anteriores, como la verdadera razón de tan apresurada y malhadada boda. Incluso le pareció percibir cierto dejo de molestia en la voz de la viuda de Calderón cuando le mencionó el asunto. Gerónima había querido saber, pero preguntar era del todo inadecuado, fuera de toda cortesía, vamos. Dudó incluso de enviar un regalo, pero puesto que había recibido participación impresa, eso sí, en medio folio de buena calidad doblado en cuatro, con letra grande y con su nombre en la cara exterior, decidió que debía apoyarla, que para eso era su hermana en la cofradía. Además, ¿quién era ella para juzgar? Si la niña había salido embarazada y el responsable daba la cara, el apellido y lo que hiciera falta, ella no tenía nada que opinar, porque por encima de todo, nadie le había pedido su opinión. Y Gerónima Gutiérrez no era de las que iban por la vida dando consejos ni recomendaciones sin que se las hubieran solicitado. Abrió el abanico y lo cerró de golpe. Detestaba los calores que parecían salirle de un infierno interior. Había notado que cuando se exaltaba, los sudores le hacían segunda. Nada que una tisana helada de flores de Jamaica no pudiera remediar. Tampoco había nada que ella pudiera hacer, así que debía dirigir su enojo a otra dirección. Dentro de una hora había quedado de encontrarse con doña Catalina del Valle en la parroquia de Santa Catarina Mártir, y debía darse prisa.

A esa hora, la calle Real estaba casi desierta; apenas alguna gente a caballo y otra poca a pie, paseando con sombreros, bastones y parasoles. Alguno que otro con capa y espada, pero eran los menos. No estaba permitido el acceso a léperos ni a indios ni tampoco a vendedores, por lo que la amplia calle se veía bonita y apacible. También resultaba común ver mujeres vestidas de negro de pies a cabeza andando mientras se cubrían las caras tras velos de encaje y parasoles en mano. Doña Catalina la había citado allí, mediante un billete entregado por un mozo, y Gerónima había supuesto que debía tratarse de algún asunto urgente.

La viuda se sorprendió al encontrarse con Ana de Herrera y no solo con Catalina del Valle, pero no hizo ningún gesto que lo demostrara. Caminó despacio intentando pensar en otra cosa. Vio a las personas que la esperaban a unas cuantas varas delante de ella. Sonrió. Había recibido recado de reunirse con urgencia. No resultaría sospechoso que se encontraran tres viudas para pasear, después de todo. Detrás de ellas sus criadas las seguían, varios pasos por detrás.

—Doña Paula recibió una carreta con varios cajones de madera, que presumimos serán los libros atorados en la aduana, doña Gerónima. —Ana había hablado en voz baja, mirando el cielo, como si hablara del clima.

La recién llegada se detuvo un instante, pero apretó el paso para alcanzar a las otras dos mujeres.

—¿En verdad?

—Lo más probable. Doña Isabel dice que alguien pasaba por allí y vio mientras los descargaban de una carreta ayer por la mañana. Parecían pesados, por lo que dedujo que sería el género que esperábamos.

—Si fuera cierto, ha encontrado la manera de conseguir los sellos y la liberación. —Gerónima hablaba como para sí misma, detrás del abanico que agitaba frente a su boca.

—Y también querría decir que los libros pendientes se hallan en la ciudad, doña Gerónima. Habrá que hablar con ella para saber qué ha ocurrido y sobre todo, cómo ha tenido lugar. —Catalina del Valle abrió la boca por primera vez.

—¿Usted sabe algo?

—Que todo se halla a resguardo en los barracones detrás de la plaza del Volador, en la calle de la Alhóndiga. No es tan raro, después de todo. Si teníamos confirmación de que habían salido de la Villa Rica de la Vera Cruz, que habían cruzado la garita de Guadalupe y no podía ser de otro modo. Pero ahora se podrán sacar. Mi hermano me ha confirmado que un oficial de la aduana, un tal licenciado Pérez, estampó los sellos para varios albalaes de la viuda de Calderón. Al parecer, un oficial de rango superior le ordenó darle salida al género, pero no ha sido completo. Podemos suponer que recibirá más entregas.

—Licenciado Pérez...

—Fue el oficial superior, un tal Hinojosa. Pero está convencido de que la orden vino de más arriba.

—¿Del gobernador de la Aduana?

—Más arriba.

Catalina del Valle echó a andar. Las tres mujeres se detuvieron. ¿De qué tan más arriba podía proceder una orden de liberación de unos libros?

—¿Del corregidor?

—Más arriba.

—¿Del regidor, entonces?

—Del virrey —susurró apenas.

—La cofradía debe intervenir para que nos liberen el género a las demás, doña Gerónima. Usted es la única que puede convencer a doña Paula.

La mujer mayor asintió en silencio. Estaba impresionada pero, al mismo tiempo, halagada. Desde el primer momento había intuido que podía confiar en Paula de Benavides.

—También escuché decir que pronto tendremos una obra de teatro, con corral y todo.

—¿Obra de teatro?

—La mujer esa, la querida del virrey. Ahora tiene una compañía de actores.

—Habrá conseguido el texto que buscaba, entonces.

—Yo me enteré de que el Cedulario General ejercerá la disposición del virrey Díaz de Armendáriz sobre el peculio del recibimiento —Catalina dijo en voz baja.

—¡Pero si el recibimiento se llevó a cabo el año anterior! Y créame, doña Catalina, que la ciudad jamás vio recibimiento igual en lo que lleva de fundada la Muy Noble y Muy Leal. Que lo dicen los que asistieron, claro.

—Al parecer, en Otumba, en Chapultepec y en la Villa de Guadalupe apenas hubo gente, por lo que debieron llenarla de arcos y flores para cubrir los huecos, lo que al parecer disgustó al señor virrey cuando tuvo conocimiento. Que porque el Cabildo había autorizado los ocho mil pesos, que de todos modos se gastaron. Ahora necesitan fondos... total, que el Consulado del Comercio nos pide trescientos pesos a los impresores. Los impresores Robledo, Ruiz y Salvago han puesto el grito en el cielo —Ana de Herrera continuó.

—Y han venido a solicitar que las viudas de impresores pongamos nuestra parte.

—¡Trescientos pesos!

—Ya se sabe. Los varones pueden ser un gran obstáculo para nuestro trabajo porque consideran que somos más mujeres impresoras que hombres. Aunque estén en lo cierto, ¿qué le digo? Pero el acuerdo era que las viudas de impresores pondríamos el cincuenta por cien y los hombres otro tanto. Ahora quieren cambiar. Para lo que les conviene, claro está. Robledo ha sido muy insistente con que entre todos no pondrían más que lo que les corresponde, el resultado de dividir los trescientos entre el número de impresores y libreros. Esto equivale a que quienes tengamos tienda y taller pagaremos doble. No se imaginan ustedes el entripado que me dejó. Que me tuve yo que tomar una tisana de boldo y otra de hierba maestra, porque me ardieron las tripas después de que me dejó. ¿Qué se cree, ese... ese...? Si hasta me pareció que azotó la puerta al salir. Lo quería yo estrangular.

—Y usted, ¿qué le ha dicho?

Catalina miró a Ana y esta asintió. A Gerónima le pareció curioso que pareciera darle permiso de hablar.

—¿Pues qué le iba yo a decir? Lo que tenemos acordado, desde luego. Que yo solo pondría lo que me corresponde, porque ese es el acuerdo y no otro. Y que yo no sabía nada de lo que opinarían el resto de las viudas de impresores, porque ni modo que yo tenga algún poder oculto sobre las demás. Le he tirado el cuento ese de que somos viudas, pobres, que estamos solas y que no tenemos varón que nos defienda y que por eso pretenden abusar. Ya sabe, lo de siempre. Le he amenazado incluso con llevar el asunto al Ayuntamiento. Pero eso sí, me ha dicho que no dejarán de insistir, que porque es lo justo. Lo mandé al diablo, si quiere usted que le diga la verdad.

—… y más ahora que el De Ribera va a emparentar con doña Paula…

Catalina del Valle y Ana de Herrera se detuvieron en seco, haciendo que Gerónima perdiera el paso. Trastabilló y maldijo por lo bajo.

—¿Se puede saber qué les ocurre? Casi me caigo por su culpa.

—¿Qué ha dicho? ¿Que el impresor emparentará con doña Paula? ¿Acaso ha aceptado casarse con don Hipólito de Ribera?

—No. Que su hija María Calderón se casa con Juan de Ribera, el hijo menor o mayor, ya no sé cuál, de don Hipólito.

—¿Así nada más?

—Por favor, continúen ustedes andando, que alguien nos puede escuchar. Se casarán, eso sí. Doña Paula me envió una participación de esponsales.

—¿A medio luto? ¡No puede ser! —Ana de Herrera se mordía las uñas, un gesto que sorprendió a las otras dos viudas.

—Pues es verdad. Faltan pocos meses para que termine el luto, si no me equivoco. Pero es un hecho que los esponsales tendrán lugar dentro de unos días.

Catalina del Valle echó a andar, despacio. Ana abría y cerraba los ojos, frotándose la frente como si le hubiera dado dolor de cabeza.

—¿Y sabe usted la razón? Ha debido ocurrir una desgracia... Sí, eso debe ser. Uno no organiza bodas así nada más, sin el año para el ajuar, sin...

—No sé nada, doña Ana. Solo lo que dice la participación. Si gusta, le puede usted preguntar a doña Paula la próxima vez que la vea. —Gerónima sonreía.

—¡Desde luego que no! ¡No quiera Dios que me meta yo en chismorreos ni maledicencias! Solo digo que resulta extraño y pues... pues da qué pensar.

—Pues sí. Dará qué pensar, pero una qué va a saber. Total, que hemos quedado para otro asunto. Yo no paso apuros, pero no soy lo que se dice rica. ¿Qué hacer con lo de los trescientos pesos? Nos tocarían unos quince o hasta veinte por cabeza... pero si los señores impresores se plantan, hasta veinticinco o treinta. Debe haber alguna otra manera. No es mi deseo; quiero decir, si se ha de cumplir, se cumple. Pero me gustaría que pensáramos en hacer alguna propuesta, no sé... —Catalina del Valle habló despacio y en voz baja.

—Tenemos que buscar quien nos tienda una mano. No crea que no le di una pensada, doña Gerónima. De nuestra lista de oficiales dentro del Cabildo y el Ayuntamiento...
—Ana parecía recompuesta. Ya investigaría. Había pasado varios días paseando frente a la casa de Paula de Benavides, e incluso la había mandado seguir. Había descubierto al fraile, que después supo que tenía asuntos que ver en Santo Domingo, pero no había alcanzado a descubrir nada acerca de la hija de la viuda. Recordaba haberla visto salir con la criada, pero supuso siempre que sería hacia la plaza o al portal de mercaderes. Ana no terminaba de descubrir qué asunto tendría el Santo Oficio con la viuda. Ella había sido testigo, durante el velorio, de la visita que pagó el inquisidor mayor y lo había dejado pasar. Pero Isabel le había insistido en que debían averiguar por su cuenta, porque no contarían con la aprobación de Gerónima. Ahora no podía decir nada.

—Deje usted eso, doña Catalina. Que ya sé yo quién nos puede ayudar —dijo Gerónima, sin quitar la vista de Ana, puesto que parecía saber o sospechar que algo no les había dicho. Sintió que la miraban y se volvió a mirar los puños y a acariciarlos con los dedos.

Gerónima no detuvo el paso, confundiendo a las otras dos mujeres, que esperaban que les diera el nombre de tan importante contacto. Catalina levantó su faldellín y apuró el paso para darle alcance a su compañera. Ana la siguió. Fueron apenas unos pocos pasos, pero la respiración se les aceleró a ambas.

—¿Y bien?

—Doña Paula. Si ha podido recuperar sus cajones con género de la aduana, nos podrá ayudar a negociar el monto a cubrir con el Consulado del Comercio… especialmente, si la orden llega directamente del Palacio Virreinal.

Ana asintió mientras estiraba las puntas de su puño de encaje de bolillo con las puntas de los dedos de la otra mano. Paula de Benavides. La viuda levantó la barbilla y miró hacia los ahuehuetes, que parecían desfilar ante ella en el paseo de la calle Real. Un pensamiento se abrió paso través de las ramas de los árboles hasta su mente: no era la Santa Inquisición, sino Inés de Fernández, la amante del virrey, el eslabón más importante.

*

María estaba nerviosa, como supuso que debían estar todas las novias a punto de ser desposadas. La ceremonia no sería tan sencilla, después de todo, y habría algunos pocos invitados, sobre todo familia. Había peleado con su madre porque hubiera preferido usar un vestido color azul, pero Paula había sonreído, aduciendo que el color del amor verdadero no venía a cuento con aquella boda, donde la novia había cruzado hacia el amor carnal. Paula quería que su hija luciera un vestido rojo, uno de brocado que ella apenas había usado y que ya no usaría jamás, porque no pensaba volver a casarse. Si antes había creído que los hombres eran unos canallas, ahora lo había confirmado, cuando se había reunido con Hipólito de Ribera para aceptar la petición de mano de la joven Calderón y ajustar detalles acerca del casamiento.

—Madre, el vestido es hermoso y solo habrá que hacerle unas pocas adecuaciones. Las mangas se ven un poco anticuadas, si se pudieran modificar... tal vez. Pero, madre, no creo estar yo para casarme con un vestido de este color. —María se miraba en un cristal plateado de cuerpo completo.

—Además, está lo del luto, doña Paula. —Inés de Fernández participaba, como amiga de la familia. Almorzaba en casa de la viuda de Calderón al menos tres veces por semana. Mientras la joven se miraba en el espejo, la madre permanecía sentada en un sillón, corrigiendo algún texto que estaba leyendo.

—La niña no puede casarse de negro, porque es de mala suerte. Insisto con el rojo. Los vestidos de las ceremonias son para lucir la posición de uno en la sociedad y así al menos parecerás mi hija.

—Madre... por favor.

Inés de Fernández se mantenía agachada sobre un baúl abierto que estaba en el centro de la habitación. Parecía muy antiguo, pero bien conservado. Estaba forrado de cuero y tenía remaches de plomo en las esquinas y en los cerrojos.

—¿Y si usarais este? Es azul oscuro y muy bonito. Es discreto pero, a la vez, elegante. Os iría mejor un color pastel, como dicta la moda, pero de cualquier manera, la niña se verá preciosa.

Inés quiso añadir que el color oscuro le disimularía una panza indiscreta, pero María ni eso mostraba. Podría jurar, si se le daba la gana, hasta por los clavos del Cristo de la Cruz que su inocencia estaba intacta, y por la cintura diminuta que mostraba, cualquiera le creería. Inés suspiró pensando que estaba próxima a cumplir veinte años. De pronto, se sintió vieja. Quería tener los quince, casi dieciséis de María, pero ya no era posible, porque el tiempo no se detenía para nadie. Excepto para los muertos, pero a esos ya les daba igual. Suspiró tan profundo que llamó la atención de Paula, que se había quedado mirando la tela azul oscuro de la falda, que María había sobrepuesto al faldellín rojo que se había probado. La joven cortesana se recompuso y sonrió.

—Estáis hermosa, hija. Insisto en que el azul os sienta a las mil maravillas. Y niña, no os olvidéis del velo blanco de encaje y un collar de perlas para el mal de ojo, además de algún abalorio de coral, pero del más rojo que encontréis. Si vuestra madre os lo permite, os lo puedo ceder yo. Tengo alguno de más —añadió, haciendo un guiño.

*

Paula apenas recordaba esa falda, las manguitas, el corpiño y la basquiña de color azul. Metió las manos en el baúl porque estaba segura de que conservaba una cintura color perla que le iría de maravilla, lo mismo que otras manguillas y brahones de un tono plateado, además de unas puntas. No necesitaban verdugado, porque no pertenecían a la nobleza, así que con lo que tenía a la vista bastaría. El conjunto lo habría usado una vez, o tal vez dos, y había sido cuando la recepción del virrey anterior, porque los arzobispos habían permitido que las mujeres atendieran los toros que siguieron a uno de los *Te Deum*. Recordó que aquel día había sido feliz. Asintió. Le coserían unos listones plateados y algunas perlas de río. Estaría encantada de ver a su hija casarse con aquel atuendo que delataba la riqueza de la casa a la que pertenecía.

Inés, por su parte, también se había quedado pensativa. Estaba preocupada porque el virrey no la había recibido la noche anterior. Le había enviado un mensajero con el recado. Ni siquiera una nota. La semana anterior habían comenzado oficialmente los preparativos de la Semana Mayor, con el Miércoles de Ceniza y el ayuno. Diego le había comentado que el confesor le había insistido en que dejara de cometer el pecado de fornicio, al menos durante el tiempo que duraba la Cuaresma. Inés se había reído, pero al parecer ahora debía comenzar a preocuparse.

—Doña Paula, ¿sabéis para cuándo podrá usted recibir la pieza de teatro de doña Feliciana? Me parece a mí que podré aprovechar las horas de recogimiento de la Cuaresma para ensayar.

—¡El libro! ¡Pero si ya lo tengo! Me enviaron otra remesa de la aduana. De a poco han ido regularizando lo que se recibe en el puerto de la Vera Cruz. Esta vez los cajones no estaban en tan mal estado como las veces anteriores y después de la primera entrega me han ido enviando casi cada semana entre tres y cinco cajones. El libro ya estaba entre los que abrí la tarde de ayer. Permítame que se lo traiga.

—Si me perdonáis, me gustaría ir con vos.

Paula la miró a los ojos. Se levantó con todo y papeles y salió al pasillo, seguida de Inés. Dominga llegaba con una bandeja con refrescos y algunos mazapanes.

—Dominga, pida a Jacinta o a alguno de los mozos que nos lo lleven al despacho. Levanten todo esto y dejen afuera lo de color azul oscuro y plata. Pronto todas nos pondremos a coser.

Inés la siguió en silencio por el pasillo y por las escaleras, hacia la puerta de la tienda. Nada más entrar, Paula cerró la puerta por dentro y se sentó en la silla delante de la mesa. Giró la palma de su mano para indicarle a Inés que podía sentarse en el sillón de cuero viejo. La joven se dejó caer en él con un bufido.

—Gracias, doña Paula. Es que me he sentido un poco triste. ¿Sabéis? Necesito dedicarme en cuerpo y alma a aprender las líneas. Y muchas gracias por el dato de la compañía de corral. Como bien me habéis dicho, podremos usar el hospital de naturales. Me han confirmado que podrán ir acondicionando las tablas y los telones, además de la decoración. Mañana revisaré unos dibujos de lo que construirán como parte de las escenografías. Diego estará ausente, pero no ha dejado de enviarme unas bolsas de oro para lo que se me ofrezca. Cuando le he dicho que se trata de una sorpresa, ha sonreído.

Paula no dijo nada. ¿Por qué podría estar triste una mujer tan joven, tan hermosa y con excelente padrino? Conocía esa mirada de desencanto; debía tratarse de algo relacionado con el virrey, por lo que decidió no preguntar. Si Inés deseaba contarle algo, ya lo haría, sin tener que presionarla. Se puso de pie y se acercó a una estantería de madera sin barniz que estaba anclada contra la pared. Tomó un libro grande y pesado que estaba envuelto en una tela carmesí. Lo ofreció a su invitada.

—Tome, doña Inés. Aquí lo tiene. Me disculpará, pero no pude evitar echarle una hojeada. Es una edición preciosa: encuadernada en piel con grabados, impresa en octavo en recto y el verso a doble columna; consta de diez cuadernillos sin paginación, signatura ni foliación. No tiene marca de fuego, pero sí *ex libris* y sello de la casa de Jácome Carvalho, Coimbra. Es una edición maravillosa, con diez grabados, fechada en 1624. Me parece que pertenece a la primera impresión. Mi contacto ha asegurado que existe otra edición, de un Pedro Crasbeek, pero no la pudo conseguir con tan poco tiempo que le di. Le confieso que me ha sorprendido mucho que solo existan impresiones portuguesas. Me esperaba yo una prensa sevillana, no sé…

Inés cogió el libro, pero lo dejó, sin abrirlo, sobre la mesa. Estaba sentada con la espalda recta y las manos cruzadas, lejos del respaldo del sillón. Suspiró antes de abrir la boca.

—Doña Paula, que necesito vuestro consejo. Perdonad mi franqueza, pero es que sin temor a equivocarme, os puedo contar como la única amiga verdadera que tengo en esta ciudad. Sé de sobra que no he sido bien recibida, por... Bueno, ya lo sabéis. Y os agradezco de corazón que no me juzguéis. Os considero como la hermana que no tuve. Sin vos no soportaría vivir en esta ciudad. Tal vez me habría yo vuelto a Madrid, sino fuera porque he conocido a gente como vuesamerced.

—Doña Inés, me halaga usted con su confianza. Dígame, ¿cómo puedo serle de ayuda?

—El señor virrey ha comenzado a esquivarme. No sé, tal vez sea una tontería. Pero ayer llegué al palacio por el acceso habitual, y al subir la escalinata hacia sus habitaciones privadas... que me han negado el acceso. El ujier ha dicho que Su Señoría estaba descansando. Cuando lo habitual es que nada más verme, abre las puertas, sin chistar. La orden debió venir directa de Su Excelencia, o no se hubieran atrevido.

Paula la miró. La voz de la joven se rompió. Tenía los ojos húmedos, lo que les daba un brillo especial. En su corazón se anidó la ternura por esa joven que tenía delante. La sentía indefensa. No sabía qué contestar. No quería desanimarla, pero Paula bien sabía que el amor de un hombre duraba un soplo. O tal vez se tratara de otra cosa. ¿Cómo saberlo?

—Tal vez Su Excelencia, Dios no lo quiera, se halle indispuesto, enfermo o...

—¡Dios Todopoderoso! Espero que no. Me había dicho, hará unas tres o cuatro noches, que el confesor estaba insistiendo en no darle la absolución por... por estar viviendo en pecado. Eso me ha dicho. Pero yo, es que me he reído cuando le escuché. No creí que el confesor pudiera tener tal injerencia en la vida privada del señor virrey. Además, que su esposa se niega a recibirle en su alcoba. Diego se ha hartado de ella y ha pensado incluso en repudiarla, porque no cumple como debiera. Él, más que nada en el mundo, desea un heredero, porque el Señor no lo ha premiado con descendencia. Además, está el asunto del obispo Palafox, que se ha enemistado con el señor virrey por el asunto de la pólvora que se acopia en San Juan de Ulúa. Al parecer, Su Ilustrísima está metiendo las narices en el Cabildo, en vez de hacerlo en su obispado. Se rumora que se está enfrentando también a las órdenes religiosas. Ha tenido ya algún roce con los de San Ignacio...

Paula abría los ojos como platos. Lo que Inés le contaba le hacía sentir revoloteos en el interior del pecho, atemorizándola. Ella, una simple viuda de impresor, no debía estar mezclada en asuntos de alta política. Sin pretenderlo, se había convertido en depositaria de secretos que no le pertenecían. Por menos de lo que ella sabía ahorcaban o quemaban a la gente. Sintió que le faltaba el aire. Inés la miró resoplar.

—Disculpad, señora, que os cuente esto. He sido desconsiderada. Por cierto, ¿os sirvió el contacto de don Agustín de Hinojosa en la aduana? Me parece a mí que se os debían muchos cajones. Y puedo ver que habéis seguido pidiendo muchos más. —Inés miró a su alrededor y batió las palmas, como una niña al recibir una muñeca de porcelana. Paula se sorprendió por la velocidad con la que pasó de la desolación y la confidencia a la alegría desmedida. Sonrió. La viuda se sentía igual cuando abría un libro nuevo, cuando aspiraba el olor de la tinta secándose en los folios recién impresos, cuando untaba un pincel con cola de pez y pegaba la costilla de los cuadernillos recién cosidos con un pedazo de piel de becerro, lijada y adelgazada, lista para empastar. Si querer, suspiró más fuerte de lo normal.

—Disculpadme, doña Paula. ¿Hay algo que os agobia? ¿Os puedo ayudar? Ya sabéis que estoy para lo que se os ofrezca. A pesar de no haber visto a Diego ayer, tal vez lo pueda ver hoy y sabré complacerlo a tal grado que se mostrará agradecido. Podéis confiar en mí.

La viuda dudó. Tenía en mente el asunto de los libros del inquisidor que había abierto por error. No quería pensar en ellos, pero cada vez con más frecuencia se daba cuenta de que no podía pensar en otra cosa. Por un instante, dudó en confiar en Inés, pero le pareció que tenía suficiente con lo propio, y, además, ni el virrey podría contra el Santo Oficio, llegado el caso.

—Es solo que entre lo de la boda y la ordenación me tienen agotada. Ha de ser todo demasiado rápido. Me habría gustado… debí escucharla cuando me advirtió de los coqueteos de mi hija, doña Inés. Lamento no haberle hecho caso entonces. Me habría ahorrado un gran disgusto, pero no tenía yo cabeza para nada que no fuera recuperar los libros de la aduana. Dios sabe que bien caro lo estoy pagando. ¡Ca! No queda sino poner buena cara.

Inés le devolvió la mirada y asintió. Presintió que no le estaba contando lo que realmente le ocurría, pero tal vez más adelante… Por su parte, si a alguien le tenía confianza era a esa mujer.

Abrió el libro y lo acarició con la mirada. Pasó los dedos por algunos diálogos y los recitó en voz baja. Las lágrimas acudieron de nuevo a sus ojos, que sonreían. Por fin tenía entre sus manos lo que tanto había soñado. Debía darse prisa si quería sorprender al virrey para su onomástica.

*

María se sentía como pensó que debía sentirse doña Inés antes de salir a escena. Al final la ceremonia no sería tan sencilla como su madre había amenazado al principio, cuando concertó la boda con el impresor. María ignoraba la negociación que había tenido lugar en la sala de su casa, pero por los gritos que ocasionalmente alcanzó a escuchar, supuso que había sido, cuando menos, ríspida. Con paciencia y mucha destreza, su madre y Jacinta habían reducido el corpiño a su talle y el largo de la falda para que le sentara como nuevo. Habían cosido listones color plata en forma de moños en las mangas y le habían añadido unas perlas pequeñas pero muy blancas a todo el conjunto. Se sentía una princesa en el día más importante de su vida. Si al menos pudiera comer...

La ceremonia duró una hora y media, y María contó unas cincuenta personas. Había imaginado, años atrás, una boda con la asistencia de unos doscientos invitados o tal vez más, pero no estaba para remilgos. Se sabía culpable y las molestias del embarazo la tenían más delgada que nunca, porque no aguantaba comer. Cualquier olor la fastidiaba, incluso el agua de flores de naranjo con que se limpiaba todas las mañanas. Mientras caminaba del brazo de su hermano Antonio, que estrenaba casulla nívea de algodón y que ejerció de padrino de la ceremonia al entregar a su hermana en el altar, el olor de los cirios casi la hizo volver el estómago. La capilla de la Tercera Orden de San Francisco se había engalanado con terciopelos color púrpura colgando de naves y pilares debido a la Cuaresma. Los acordes del órgano le parecían coros de ángeles, aunque sabía que correspondían a las voces de las novicias y las monjas que cantaban detrás de la celosía que impedía verlas. A su derecha estaba su madre, que parecía satisfecha, y a su lado, Inés, que le pareció bellísima vestida con muselina color verde pálido. María no podía saber que su madre había donado mil pesos a la Iglesia, junto con dos tallas de Vírgenes, seis de santos, diez sobrepellices, ocho candelabros de plata pura, dos despabiladas, un pectoral y un cuadro de la *Visitación*, firmado por Baltasar de Echave hijo, para aquel día. María suspiró llena de emoción, pues también ignoraba que aquel dispendio no se debía a su boda, sino a la ordenación de su hermano Antonio, que se efectuaba durante la misma ceremonia de sus esponsales. Miró a Juan de Ribera, que le sonrió, tímido. En ese momento supo que sus sentimientos eran correspondidos y que todo lo que viniera sería favorable para la pareja De Ribera-Calderón. Pidió a la Virgen tener una vida larga y fértil, mientras ofrecía su ramo de flores rojas.

*

La ceremonia se desarrollaba sin incidentes, pero resultó más larga de lo que Inés hubiera imaginado. Cuando terminó, estaba dolorida. Salió por el pasillo lateral hacia el atrio. No iba acompañada, pero no había podido rechazar la invitación de Paula de Benavides. Aburrida, miró el papel que tenía entre las manos. Ella no sabía de peso ni calidad de materiales, pero podía decir, sin temor a equivocarse, que era de excelente factura, impreso con tinta negra sólida y decorado a mano. No se mencionaba la boda de María:

Ascendisti in altum, cepisti
captivitatem, accepisti
donna in hominibus
Ps. LXVII-19

❧

Recuerdo de la Ordenación Sacerdotal
del
Pbro. D. Antonio Calderón de Benavides

❧

Ciudad de México, enero de MDCXLI
D.M.AC.T.

❧

Totus tuus sum ego. Maria

Notó que Paula la observaba, sonriendo, mientras caminaba hacia ella.

—La participación de la boda de María la mandé con mensajero. La escribí a mano y solo la envié a unas cuantas personas. Ha sido suficiente escándalo realizar una boda antes de terminar el luto... así que le he dado a la ciudad algo de qué hablar de aquí a las fiestas del Corpus. Gracias por haberme acompañado. No sabe usted lo importante que es para mí.

Inés inclinó la cabeza. Sabía que el resto de mujeres que la rodeaban la miraban, algunas con desprecio y otras con envidia. Levantó la barbilla y miró a los ojos de la viuda.

—Entonces, entiendo que estáis satisfecha.

Paula asintió. Una parvada de pájaros cruzó el cielo en dirección desconocida, emitiendo graznidos que la viuda estaba segura de que eran para felicitarla por el gran día que estaba teniendo. Cuando bajó la vista, sintió que se ahogaba. El fraile Francisco de Estrada la miraba fijamente desde el fondo del atrio.

SEGUNDA PARTE

—Limítese a contestar la pregunta, señora. ¿Pertenece usted a una cofradía de viudas de impresores?

La voz del hombre le perforó el pecho. La conocía, quizá demasiado bien. Pero nunca había escuchado una amenaza tan clara envuelta en una pregunta tan sencilla. De eso era de lo único que estaba segura.

Paula tragó saliva y miró a su alrededor. La habitación parecía tan vieja como se podía esperar. No que hubiera deseado conocer uno de los calabozos de la Santa Inquisición o lo que fuera aquel lugar. Las paredes de piedra desnuda, en simétricos cuadros rojos y negros, la típica piedra porosa pulida, restos de los antiguos templos indígenas, utilizada para levantar la ciudad. Tampoco había muebles, excepto por una mesa de madera renegrida que tenía delante y una silla en la que se sentaba el oficial, con el hábito que debía ser el de gala, pensó con nerviosismo. Un paso por detrás estaban apostados dos hombres, uno a cada lado del que estaba sentado, ambos con las manos cruzadas una sobre otra. Al gordo de la derecha, fray Gaspar de Valdespina, lo reconoció. Al otro no lo había visto nunca. La luz de la vela se mantenía quieta, confirmando que allí no había ni ventanas ni tiro de chimenea que permitiera la entrada de aire, ese que Paula buscaba aspirar para no ahogarse.

—¿Pertenece usted o no a una cofradía, hermandad o como se haga llamar, de viudas de impresores, doña Paula de Benavides, viuda de Bernardo Calderón?

Fray Francisco de Estrada volvió a preguntar, apoyando los codos en la mesa sin papeles ni nada que diera pistas sobre el asunto que los tenía allí reunidos a esas horas de la noche. El dominico apoyó la cara sobre las manos; la barbilla con pelillos largos y bien peinados cayó sobre los dedos largos y retorcidos del religioso.

—Doña Paula, tenemos todo el tiempo del mundo. Si considera que necesita ayuda para recordar, sépase que contamos con los medios de hacerla... rememorar aquello que pudiera haber olvidado. Si comprende lo que quiero decir.

Ante la mención de los posibles instrumentos de tortura, Paula sintió que se le erizaban los vellos de la nuca, aquellos que se escapaban por debajo del moño y del velo de encaje negro con que cubría la cabeza, como si de repente hubiera cruzado la habitación un viento helado, de lado a lado. ¿Qué esperaba que le contestara? Fray Francisco pareció leerle el pensamiento.

—Quiero la verdad, doña Paula. Ha jurado usted sobre la Biblia. Quiero pensar que comprende que es Dios, Nuestro Señor, quien está esperando su respuesta.

Paula resopló, bajando los hombros. Su mente parecía correr en diferentes direcciones, algunas opuestas. ¿Qué tenía qué ver Dios allí? Solo estaban tres hombres y una mujer indefensa, que no entendía bien por qué o para qué estaba allí. Además, ¿qué clase de pregunta era aquella? Fray Francisco sabía perfectamente lo que ella hacía y los medios de los que se valía para mantener su tienda y su taller, manejados por ella sola. Pero no era adivino, por más que fuera poderoso. No había manera de que lo supiera *todo*. Fray Gaspar también la conocía, puesto que habían cruzado palabras y trabajado juntos una tarde que ya era historia. ¿Acaso no le habían otorgado la impresión del Secreto del Santo Oficio, hacía pocos meses? ¿No le habían comprado unos cajones de libros especiales para la Real y Pontificia? Paula sentía que se mareaba. Sí, aquella distinción había sucedido dentro del mismo edificio, estaba segura, pero en otra sala, bien iluminada y con ventanas, en otra vida, por lo que podía decir. Miró fijamente a uno y a los otros hombres, pero ninguno hizo señal de reconocerla. ¿No le habían pedido que espiara para ellos? Ahora que lo pensaba, podía ver con claridad que después de los primeros meses, fray Francisco había pasado de apoyarla a sospechar de ella, tal vez creyendo que era su enemiga. Pero, claro, ¿de qué valía que lo supiera, precisamente ahora? Al amparo del inquisidor mayor había conseguido todo, o casi todo, lo que se había propuesto. Después había venido la desconfianza. Mutua, ¿para qué negarlo? Pero ¿no tenían un trato? ¿A qué venía ahora este interrogatorio, más propio de un condenado ante sus jueces, que de una charla «amistosa», como le habían hecho creer para llevarla allí? Paula se llevó una mano al pecho, presionando contra la tela, como si quisiera traspasarla. ¿Podría montar una escena de mujer perturbada y desvalida? ¿Desmayarse? El religioso la conocía demasiado bien y sabía que Paula poseía un espíritu combativo. Una salida histérica no iba con ella. Podía sentir los ojos de fray Francisco clavados en su frente, y por un instante levantó la vista, atraída por el peso de esa mirada. Le pareció que en una esquina de la boca carnosa del dominico, justo al lado de un agujero de viruela, se asomaba una mueca que pretendía ser una sonrisa. Paula tomó aire al mismo tiempo que una decisión que, tal vez, decidiría si continuaba o no con vida.

—Sí.

Fray Francisco abrió los ojos, removiéndose en la silla. La incipiente sonrisa se deformó en una línea, tan apretada que le marcó los huesos a ambos lados de la mandíbula. Las dos figuras que le cuidaban la espalda cruzaron una mirada de sorpresa, que Paula captó con claridad. ¿Bastaría ese monosílabo para encadenarla?

—¿Qué ha dicho? —fray Francisco se había puesto de pie.

—He dicho que sí. Es verdad que pertenezco a una cofradía de viudas de impresores. Pero eso usted ya lo sabía.

Paula hablaba y mantenía la mirada fija en algún punto de la pared, la barbilla levantada. Vio cómo el fraile daba un rodeo a la mesa, deteniéndose frente a ella, la mirada inyectada de algo que debía ser odio.

Paula sintió que la mejilla le ardía como si, en lugar de abofetearla, el fraile le hubiera aplicado un hierro caliente.

DIEZ

Las fiestas del Corpus de aquel año fueron las más alegres desde que la Ciudad de México tenía memoria. Nadie recordaba tanta alegría en los ritos ni en los sermones. Era como si un velo de felicidad envolviera a los habitantes de la Muy Noble y Muy Leal, poco ajena a la niebla que aquel año se elevaba desde las chinampas y las acequias hacia las nubes hasta bien entrado el mediodía. Años después los habitantes recordarían que, a pesar de no ser uno de los años más lluviosos, aquel 1641 fue uno de los más húmedos y fríos.

Paula coincidía con las otras viudas en que las representaciones habían sido más espléndidas que las de San Hipólito y que las de la caída de Tenochtitlán —que se habían realizado hacía unos meses—, a pesar de la solemnidad impuesta desde el Arzobispado, que permanecía acéfalo desde hacía más de un año.

—Yo digo que a raíz de la muerte de don Feliciano de Vega y Padilla, el arzobispo que nunca llegó a la ciudad, todo quedó detenido. ¿No les parece extraño que no hayan nombrado aún a otro señor arzobispo de la Ciudad de México?

—Pues será. —Isabel se persignó y las demás la imitaron. Era de mala suerte nombrar a la muerte.

—Pero ni falta parece que haga. Ya lo ven, el obispo coadjutor autorizó, junto con la mayoría de votos en el Cabildo, las danzas, los paseos, los bailes y las mascaradas.

—Sí, pero redujeron, en cambio, las peleas de gallos y los gigantes danzarines.

—Pues yo diría que este año el Corpus tuvo más asistentes que los arcos para la llegada del señor virrey López Pacheco, pero no tantos como para las posadas, las piñatas, los villancicos y pastorelas, y la caminata de los Tres Reyes Magos hasta el pesebre, montado en el atrio de la iglesia catedral.

—No hay que ser ingratas, señoras. El virrey se sumó, para felicidad de toda la ciudad, a la tradición de las posadas. Participó como el más feliz de los súbditos de nuestro rey, el gran Felipe IV.

—Yo escuché decir que estaba encantado con la utilización de las posadas para expandir la catequesis de los naturales a través de las representaciones y los cantos.

—A mí, en lo particular, me gustó que el señor obispo se hubiera decantado por la versión original de la *Caída de Jerusalem*. Pero no tanto que insistiera en que se representara, en lengua náhuatl, la *Caída de nuestros primeros padres*. Nos quedamos sin enterarnos de nada.

—Pues yo ni pensaba asistir. En lengua nativa no hay quien entienda nada. Me dijo Petrona, que ella sí que entiende, que estaba incompleta esa versión. Al parecer, la hicieron más corta para que Su Excelencia, que tampoco entendía nada, no se aburriera. Y eso que le asignaron un intérprete para que le fuera explicando de qué iba la representación. Pero hubo quien asegurara que el señor virrey bostezaba…

Paula de Benavides escuchaba a las mujeres mientras hablaban. No podía decirles que estaba muy agradecida con las autoridades eclesiásticas por las celebraciones, puesto que le habían pedido imprimir trescientas cartillas adicionales, además de doscientos cincuenta silabarios y otras tantas doctrinas.

—¿Qué sabemos de los trescientos pesos que exige el Consulado de Comercio?

—A través de un hermano mío se ha podido rebajar a ciento cincuenta para los impresores efectivos este año. Aportaremos no más de diez o doce cada uno. Se acordó que el resto se transferirá a otros años y se pagará contra impresiones que solicite el Ayuntamiento.

—¿A qué precio, si se puede saber?

—Les hemos dicho que las costas están muy altas para el papel sellado y que, por lo tanto, apelamos a su comprensión.

—El precio negociado ha sido por lo menos con un sobreprecio del cincuenta por cien, respecto a lo que nos cuesta a nosotras imprimir, en promedio. La ganancia puede ser un poco mayor o menor, pero no variará mucho. Lo que sí nos advirtieron es que quieren papel de buena calidad, no lo que se usa en calendarios ni misales, aunque tampoco para libros. Lo mismo con la tinta, que no deberá ser rebajada.

—Entonces, quiere decir…

—Que terminaremos pagando no más de doscientos pesos entre todas. Pero como hemos puesto el precio al que venderíamos y no al que nos cuesta, el trato ha sido bueno.

—Y así no tendremos que desembolsar nada.

—Excepto los diez o doce pesos. Pudieran ser quince, pero no sabemos lo que harán los impresores. Ellos siguen peleando para que paguemos su parte, pero nosotras ya sabemos que no ocurrirá. Nosotras solo pagaremos la mitad.

Ana de Herrera permanecía callada mientras las demás hablaban. Habría esperado que alguien más sacara a colación el asunto de la liberación de libros en la aduana, pero nadie lo hizo. Carraspeó para llamar la atención.

—Doña Paula, tenemos entendido que usted ya ha recibido el género que estaba atorado, por el asunto aquel de los sellos de la Real Aduana. ¿Es verdad?

Paula sintió cómo varios pares de ojos la miraban, en silencio.

—Es verdad. Les propongo hablar con el licenciado Hinojosa para que autorice a Pérez. Pero no les prometo nada.

Aunque no lo crean, no tuve yo mucho que ver en ello. Ha sido un favor que no me esperaba, a pesar de ser uno muy grato.

—¿Cree que pueda ayudarnos? —Gerónima parecía poco sorprendida. Cruzó las manos mientras sostenía un abanico color cielo cerrado.

—Déjenme pensar la manera y les aviso.

Se hizo el silencio. Cada una hilaba sus propios pensamientos.

—Señoras mías, que hemos de revisar el asunto de los calendarios para el año próximo, lo mismo que los almanaques para el año 42. Estamos a muy buen tiempo de planificar con precisión lo que se hará. Tengo entendido que el año anterior no se imprimieron todos los que se pudieron poner a la venta, por lo que habremos de ajustar los montantes para que no nos quedemos con género inservible, pero tampoco sin género para vender. ¿Sabe alguna o ha escuchado acerca del asunto del papel? El mismo licenciado Hinojosa, del que les acabo de hablar me comentó que el virrey impuso restricción, pero no me dejó dicho nada más. Desconozco si se trata de una cuestión temporal o si se extenderá, y por cuánto tiempo. No solo afectará al asunto de los calendarios, sino también al de los libros y a cuanto misal y panegírico se nos pida.

Gerónima de Gutiérrez dejó su plato sobre la mesa y suspiró, de manera que las demás guardaron silencio. Miró a la viuda de Calderón, que se quedó quieta, como si una estaca se le hubiera pegado a la espalda.

—Me parece, doña Paula, que ese asunto podrá averiguarlo mejor usted que nosotras. Yo apenas si había escuchado algo del tema.

Paula enrojeció hasta las orejas.

—Bien. Lo intentaré. No dejen de anotar cada una las resmas que necesitarán de aquí a fin de año, puesto que si es verdad que se ha impuesto restricción al papel, como me ha asegurado el oficial, tendremos problemas.

—¿Quién hará la compra este mes para las demás? —Ana de Herrera miraba, distraída como siempre, sus puños blancos.

—Yo, doña Ana. Este mes me corresponde a mí. —Paula de Benavides se puso de pie. No le gustaba que le recordaran su amistad con la amante del virrey. Ese privilegio era de ella y no pensaba compartirlo con las demás, a menos que se tratara de un asunto de supervivencia. Gerónima la miraba con fijeza.

—Dígame, doña Gerónima. ¿Puedo ayudarla en algo? —Paula no pretendía sonar brusca, pero fracasó.

—Perdone usted, doña Paula. Es solo que deseaba preguntarle si ha tenido más encargos de libros de parte de los oficiales del Santo Oficio, si comprende a qué me refiero —dijo con calma mientras abría y cerraba su abanico color verde turquesa.

—Perdóneme usted a mí, pero no estoy segura de comprender, doña Gerónima.

—Pensaba yo… si los libros que le solicitaba el oficial de la Santa Inquisición pertenecen a los que se incluyen en el *Index*, me parece a mí que ya debieran de haberle solicitado alguno o algunos más. Disculpe mi franqueza. Hace unos años, era mi Pablos quien los traía… pero ahora no sabemos quién los está trayendo. Si no se los han pedido a usted, quiere decir que debe haber, por fuerza, alguien a quien sí se los hayan solicitado. Me parece nuestro deber saber de quién se trata. No me malinterprete, por favor.

La viuda de Calderón asintió. No había vuelto a pensar en el fraile De Estrada desde que se llevaran los libros de su casa hacía unas semanas. Simplemente dedujo que ahí había terminado el encargo. Una punzada en el estómago la hizo apretar ambas manos contra el vientre, porque desde que se le apareciera el fraile no había tenido un momento de paz. Para rematar, el día anterior había recibido un billete sin firma, invitándola a la plaza de Santo Domingo después de la hora de comer. Estaba segura de que venía de parte del inquisidor mayor o, cuando menos, de parte de fray Valdespina. Decidió guardar silencio.

—No sé nada, doña Gerónima. Si llego a saber algo, con mucho gusto lo compartiré con ustedes. Que para eso estamos todas juntas en esto.

—¿Y cómo nos avisará si ha podido resolver lo de la Aduana, doña Paula?

La viuda de Calderón se quedó pensativa. La idea de los abanicos le parecía excelente. Se puso de pie y de un cajón sacó el abanico rojo que cayera del balcón hacía unas semanas.

—Se lo devuelvo, doña Gerónima. Y gracias. Tal vez pudiéramos usar esto mismo para que les avise yo de la visita al despacho del licenciado.

La viuda de Pablos abrió la mano al tiempo que movió la cabeza, de un lado al otro.

—Me parece que no debiéramos abusar de estos objetos. Y en misa se verán extraños de colores. Me parece a mí que deberíamos utilizar otra señal…

Ana de Herrera se irguió.

—¿Y si utilizamos los misales? Doña Paula, ¿de qué color es el suyo?

—Mi… ¿misal?

—Sí. Quiero decir, ¿tiene usted más de uno?

—Sí. El de diario y uno viejo, que perteneció a mi madre.

—¿Me permite usted verlos? —Ana de Herrera sonreía.

Paula de Benavides salió a llamar a Jacinta para darle instrucciones. Regresó al poco rato con dos pequeñas encuadernaciones, que ofreció a la De Herrera.

—Aquí tiene. No entiendo yo para qué…

—Si usted aparece un día de estos en la misa de ocho con el oscuro, que asumo heredó, entenderemos que ha conseguido del licenciado lo que esperamos. Si aparece cada día con el mismo que le conocemos, entonces…

Paula resopló. Abanicos, misales. Aquella cofradía no dejaba de sorprenderla, porque todas eran mujeres, como ella. Le parecía increíble la capacidad que juntas tenían para conseguir que las cosas se hicieran. Casadas estaban excluidas hasta de su propia creatividad. Pero viudas eran ellas solas y sus talentos. Las tripas le revolotearon con aquella idea.

*

Paula estaba convidada para aquella tarde, si se podía llamar invitación al requerimiento del inquisidor mayor de la Nueva España, para presentarse en una oficina de la planta superior del edificio de la esquina chata. El luto que guardaba estaba a punto de terminar y no debía salir, pero no habría podido negarse, aunque quisiera. La viuda no podía definir lo que sentía, una mezcla de curiosidad por haber visto al fraile hacía poco, con un miedo que la atenazaba desde dentro, como si le clavaran espinas en el vientre. A veces sentía que la vida la arrastraba hacia donde no tenía pensado ir, pero por más que intentaba, no podía desviarse de ese camino que se le abría por delante.

El cielo estaba magnífico y cálido, sin ser sofocante. Paula decidió que iría andando una vez que terminara de almorzar, con el fin de que la caminata se convirtiera en un paseo. Hacía varias semanas que había avistado a Francisco de Estrada esperándola en el atrio de San Francisco, justo cuando salía de la ceremonia de la boda de su hija María con Juan de Ribera y de la ordenación de su hijo Antonio como sacerdote. Recordaba haberse sentido feliz, hasta que reconoció al inquisidor mirándola a los ojos. La viuda había parpadeado y el fraile había desaparecido, por lo que incluso llegó a creer que su imaginación la había traicionado. Los días siguientes los había pasado inquieta, sin poder concentrarse ni para leer el texto que estaba corrigiendo. Cuando le notificaron la autorización de parte de la Iglesia para imprimir su *Arte mexicano*, casi se había olvidado del asunto. Hasta aquella mañana en que Dominga le había entregado un billete sin sello ni señas.

En el papelillo, apenas una tira amarillenta enrollada, estaba escrito que se presentara dentro de tres días, a las tres de la tarde, en Santo Domingo, domicilio conocido. Después de leerlo varias veces, recordaba poco, excepto que la espera de los tres días con sus noches se le había hecho muy larga.

Después de mirarse en el espejo, se colocó el velo de encaje negro sobre la cabeza. Tenía miedo de que se le escaparan las fuerzas por la cabeza si no se la cubría antes de salir. Sentía una piedra clavada en el pecho, por lo que se llevó las manos al corazón, en un intento por detener el galope que la perseguía desde dentro. Se puso de pie y cerró los ojos. Murmuró una oración y salió hacia el pasillo, en dirección a las escaleras. En el portón de su casa se volvió y miró el patio, los arcos y las macetas con flores, y aspiró el olor de la tinta que le llegaba del fondo del edificio, lo mismo que los sonidos de las placas de madera contra el papel que se estaba prensando en aquel momento. Si no volvía a su casa, quería quedarse con aquellas sensaciones hasta el día de su muerte. No quería decirlo ni a su sombra, pero tenía miedo. Los muros de San Agustín parecían seguirla a cada paso que daba.

—Jacinta, camine a mi lado por esta vez —le dijo a la vieja nana, que no contestó.

*

Paula cruzó la calle de agua y se enfiló por la del Empedradillo, al lado de su criada. No pudo evitar torcer la boca cuando reconoció la casa y el taller de su ahora familia: los De Ribera. Deseaba de todo corazón que su hija fuera feliz con el hijo del impresor, pero una voz incómoda y nada silenciosa le decía que eso no iba a suceder. Suspiró, porque al menos había tenido la claridad mental de no traspasar nada de su tienda ni de su taller a María, hasta que ella muriera o lo decidiera. Había conseguido dejar su negocio fuera de la dote del matrimonio, al menos por un tiempo que no sabía si sería largo o corto. Hipólito de Ribera había gritado, pero las amenazas del hombre que detestaba no la sobresaltaban más. Paula lo había amenazado y el hombre había agachado la cabeza. Mientras la creyera capaz de cometer alguna atrocidad, lo mantendría alejado de su taller.

A sus pensamientos fúnebres pareció acompañarlos la realidad. La calle que cruzaba, que era una de agua, estaba desbordada por una inusual lluvia helada que había caído unos días antes. En la calle de Plateros se topó de frente con un sacerdote que portaba el santo viático a un moribundo hacia, irónicamente, el callejón del Muerto. Había sido imposible evitar al grupo que conformaban dos acólitos con farolillos, el sacristán con boquete y cruz alzada, seguido de varios hombres que luchaban para evitar que el fresco que soplaba apagara los cirios. Remataba la procesión el monaguillo con la campanilla, lo que provocó escalofríos a Paula. El nombre del callejón al que se dirigían la hizo persignarse. Al paso del cura la gente se hincaba y hacía la señal de la cruz; este lanzaba bendiciones solemnes a mano completa. Habría sido una descortesía tremenda ignorarlos y pasar de largo, por lo que no tuvieron más remedio que esperar a que la fúnebre comitiva avanzara para que la gente se moviera y pudieran continuar hacia el puente de la acequia real. Sintió una opresión en el pecho al pensar que llegaría tarde a la cita.

Aún impregnada por el olor penetrante de los cirios, la viuda apuró el paso hasta llegar al costado de la iglesia catedral cuando las campanas daban las dos y media de la tarde. Llegaría con el tiempo justo a su cita con el inquisidor mayor. Las manos le temblaban, por lo que apretó los puños para que no se notara. Sabía que no podía presentarse con las piernas temblorosas, pero tampoco podía hacer nada para evitar que sus pasos fueran cada vez más lentos y frágiles. ¿Qué querían de ella? Pensar no le estaba ayudando a tranquilizarse. Había entregado los libros y no había vuelto a escuchar del padre Valdespina. Pasó un carruaje veloz que alcanzó a salpicarla de lodo. Lo maldijo por lo bajo y siguió hasta llegar a la plazoleta de Santo Domingo. Un poco más adelante estaba la temida calle de la Perpetua, donde se decía que estaban los calabozos. Paula miró hacia la izquierda para evitar fúnebres presagios. Intentaba convencerse de que, si hubieran querido detenerla o interrogarla, no la habrían dejado ir sola hasta allí, andando. Habrían mandado por ella en un carro-jaula y bien protegida por un piquete de soldados uniformados de verde. La plaza estaba casi desierta a esa hora, que era la de la siesta. Pocos testigos podrían afirmar que la vieron llegar, por voluntad propia, a la puerta del Santo Oficio. Sacudió la cabeza y se rio de sí misma. Sabía que estaba siendo ridícula, pero no podía evitarlo. Llegó hasta el templo y caminó hasta dar con el primer portón que quedaba a su derecha. Inhaló y levantó la vista: San Francisco de Asís y Santo Domingo en piedra sostenían una basílica de San Juan de Letrán de cantera rojiza sobre su cabeza, de manera que le pareció amenazante. El portón de hoja doble, lleno de remaches de plomo, estaba cerrado. Se acercó a la puerta pequeña y golpeó la aldaba. El padre tornero tardó en abrir varios minutos, mientras Paula sentía que se le atragantaba un trozo de pan duro en el gañote.

Un fraile de edad indefinible la midió de arriba abajo y, sin abrir la boca, le indicó que entrara. A Jacinta le señaló una banca para que se sentara y echó a andar por un pasillo lateral, sin esperar a que la viuda lo siguiera. Paula miraba el patio, donde los grandes arcos parecían vigilarla. Le llamó la atención que los arcos de las esquinas fueran dobles, pero sin un pilar en el centro que los sujetara al suelo. También había arcos en la segunda planta del edificio, que le pareció majestuoso. Sintió la mirada del fraile tornero, que la esperaba al pie de la escalera, como queriendo indicarle que se apresurara. La viuda bajó la vista y anduvo de prisa hasta él. El fraile ya la esperaba en el descanso. Avanzaron por otros corredores más estrechos pero bien iluminados hasta que el fraile, que no había abierto la boca, se detuvo delante de una puerta de hoja doble. Se inclinó y desapareció.

*

La puerta chirrió cuando la abrió desde adentro un dominico con la cabeza rasurada. Paula no sabía si debía quedarse fuera o dentro, pero el religioso, con una ligera inclinación de cabeza y un dedo en los labios para imponerle silencio, le indicó que entrara. Detrás de un escritorio de madera con incrustaciones de concha nácar estaba sentado el inquisidor Francisco de Estrada. Sobre el escritorio había instrumentos para escribir delante de unos folios llenos de caligrafía grande y estilizada, junto con una cruz de madera oscura, sencilla y sin adornos. Detrás del fraile, un tapiz con las insignias de la espada y el olivo sobre un fondo verde aceituna, por si la viuda tenía dudas acerca del lugar donde se hallaba. El inquisidor mayor estaba recargado contra el alto respaldo de cuero color burdeos de la silla de madera maciza y patas torneadas, los codos apoyados en los maderos, los dedos abiertos y las diez yemas juntas, abriéndose y cerrándose como si respiraran. A no ser porque Paula veía que las manos se movían despacio, hubiera creído que el fraile era una estatua de piedra, pues ni parpadeaba. La mujer se quedó de pie frente a la mesa cuando escuchó que alguien cerraba la puerta de hoja doble a su espalda.

*

—Perdone que no le ofrezca nada, doña Paula. Pero no está permitido. Gracias por atender mi invitación. —El fraile sonreía y parecía sincero. Pero la viuda sentía un agujero en el estómago.

—Sí, Su Paternidad. El honor es mío. ¿Cómo puede una simple viuda ser de utilidad?

El religioso se inclinó hacia delante, apoyó los codos en la mesa y juntó las manos, como si fuera a orar. Miraba a Paula como si quisiera penetrarla por la piel y leer dentro de ella. La viuda sintió frío.

—Primero permítame agradecerle, porque no se hizo lo suficiente, por los cajones que nos entregó. Cumplió usted, tal y como esperaba yo que hiciera. Es mi deseo agradecerle por ello.

Paula se apoyó en una de las sillas que tenía delante. ¿La había mandado llamar para darle las gracias? Con una visita del padre Valdespina habría sido suficiente. No, aquello tenía que ser otra cosa. Paula sintió que su cuerpo se tensaba. Inmediatamente buscó la puerta, por si tuviera que salir corriendo.

—Me parece que no me he explicado bien, doña Paula. Puede sentarse, por favor. —No era una pregunta, y la viuda lo entendió así. Cruzó hacia el frente de la silla y se sentó, apoyando los brazos en los maderos transversales que tenía a los costados.

—Mejor así, ¿verdad? Hemos podido comprobar que usted fue capaz de resarcir la deuda que dejó pendiente su difunto esposo, don Bernardo Calderón, que en paz descanse. Me congratulo por ello, doña Paula.

—Sí... Bueno, ha costado lo suyo, pero conseguí lo que pertenecía a Su Paternidad. De antemano le pido una disculpa a su merced si algo se recibió en mal estado. No ha sido posible controlar el manejo que se le da al género que se custodia en la calle de la Alhóndiga. ¡Qué más quisiera una!

Espero haya encontrado Su Paternidad todo a su satisfacción. Ha sido un honor servirle.

El fraile se acariciaba la barbilla. Si no fuera porque Paula lo creía incapaz de sonreír, hubiera jurado que la mueca que le mostraba era cálida.

—Sí… Verá usted. El honor continuará siendo suyo, doña Paula. No sé si me explico.

La viuda se enderezó en la silla. ¿Continuar? Estaba en paz sabiendo que había terminado el encargo y que no volvería a tener tratos de naturaleza extraña con el Santo Oficio. Quería salir corriendo de allí, pero sentía los pies clavados al suelo de madera pulida y no podía levantar la vista.

—Veo que está usted complacida, doña Paula. Comprendo que se ha quedado sin palabras de agradecimiento. Bien. Aquí tengo una carta sellada que deberá usted enviar a la dirección que yo le indicaré. Si, como todo parece indicar, los oficiales de la Aduana están haciendo su trabajo como corresponde, no tardará más de un par de meses o tres en recibir unos cajones nuevos con libros que, como puede bien imaginar, deberán ser tratados como la vez anterior. La dificultad reside, y ahora es cuando debe usted saberlo, en que no todos los tomos que se le solicitan salen de la Casa de Contratación de Sevilla. No sé si me entiende.

—Yo… sí, Su Paternidad. Como usted diga.

Paula intentaba pensar de prisa, pero su mente se había quedado en blanco, como cubierta por una sábana nueva. Había escuchado, porque era un rumor no confirmado, al menos, no por ella, que había ciertos tipos de libros que salían de España de manera clandestina, por los puertos antiguos de Cádiz o de Sanlúcar de Barrameda, donde quiera que eso quedara. Solo que no era buena idea liarse con ciertos libreros, porque estaba prohibido. Atinó a asentir, porque en un rincón de su mente sabía que no tenía alternativa. El fraile tenía un papel doblado en varias partes, sellado con cera de color azul oscuro. Cogió otro papel blanco y comenzó a doblarlo sobre el anterior, de manera que lo cubrió por completo. Lo tendió a Paula, que no se atrevía a cogerlo.

—Bien. Lo sellará usted como sella sus cartas personales. Haga favor de coger la pluma y remojarla en la tinta. Escriba las señas que voy a dictarle.

Mientras escribía lo que le recitaba el religioso, la mente de Paula comenzó a liberarse de la bruma que la envolvía.

—¿Cuántos cajones de libros? ¿Cree usted que se convertirá en una solicitud recurrente? Quiero decir, no me malinterprete, por favor… He de preparar los albalaes para enviarlos con los míos. Si le parece, Su Paternidad, los intercalaré para que pasen inadvertidos con todo lo demás.

El fraile asintió.

—Cinco. Dentro de dos meses le haré llegar otra carta igual, para que usted le ponga los mismos datos, con otros cinco cajones.

—Diez cajones en cuatro… cinco meses. Bien. No debería haber retraso esta vez. El licenciado de la aduana que me sella todos los albalaes sin problema…

El religioso levantó una mano, imperioso.

—¡Alto ahí, doña Paula! No debe darme nombres de nadie, como tampoco debe dar el mío ni el de ninguna de las personas que conoce por mi intermediación. No existimos para usted ni para nadie, así como tampoco los licenciados ni los oficiales existen para nosotros. Es usted quien pide libros a España para comprar y vender en esta parte del reino. Nadie más que usted.

Paula sintió que le faltaban las fuerzas. Eso quería decir que si algo salía mal, ella era la única responsable y no podría señalar a nadie. El religioso parecía leerle la mente.

—Y si llegara a necesitar ayuda, tampoco cuenta conmigo ni con nadie de la Santa Inquisición. Espero haber sido lo suficientemente claro.

—Sí, Su Paternidad.

—No olvide que nadie puede abrir los cajones de libros, doña Paula. No debe haber ni un sello, ni un trozo siquiera de cera roto ni humedecido. Le va la vida en ello. ¿Estoy siendo claro?

—Sí, Su Paternidad. Pero comprenderá que el viaje en barco tiene sus riesgos. Los barcos se hunden, y más si los piratas ingleses se empeñan en ello, como está siendo el caso cada vez más frecuente. A veces hay marejadas y la carga se moja. A veces las amarras se sueltan y la carga se golpea…

—Usted se encarga de que todo llegue como debe, doña Paula. Casos aislados los trataremos aparte.

Paula asintió. Se limpió las manos húmedas en la falda. El hombre la miraba sin decir nada más. No sabía si debía ponerse de pie o mantenerse sentada. El fraile carraspeó sin quitarle la vista de encima. Tomó la pluma y firmó un folio que tenía delante desde que ella había entrado al despacho. Con parsimonia acercó un trozo de cera verde a la flama de la vela y la calentó. Cuando comenzó a escurrir le dio vueltas sobre el papel, al lado de la firma. Se quitó un anillo de los que traía en la mano derecha y lo presionó contra la cera tibia. Miró el papel por un momento que a la viuda le pareció eterno, lo tomó y lo extendió hacia ella.

—Como muestra de agradecimiento, doña Paula, me he permitido nombrar al taller de la viuda de Calderón como impresor del Secreto del Santo Oficio. Espero que no le moleste.

Paula abrió los ojos pero no pudo extender su brazo para coger el papel que el fraile le tendía.

—Perdone, padre, pero ¿ha dicho impresor del Secreto del Santo Oficio? ¿Yo?

—Sí. Haga el favor de leer.

La viuda se inclinó sobre el gran escritorio y tomó el papel que el fraile le tendía. Lo tuvo que leer tres veces hasta comprender lo que significaba. Ahí, en letra cursiva y decorada, preparada por un escribano, decía que el taller de la viuda de Bernardo Calderón, sito en la calle de San Agustín número 6, estaba autorizado para imprimir el Secreto del Santo Oficio.

—Esto...

—Al menos, pero no exclusivo, unos cien pesos al año.

—¿Cien pesos?

—Entiendo que pueda parecer poco, doña Paula. Ya sabe, la Iglesia no lucra con ciertas cosas...

—Perdone, no quise decir... quiero decir que estoy muy honrada. Y agradecida, no está de más decirle.

—Cien pesos al año será lo menos. Según las circunstancias, pudiera ser el doble o incluso más. Fray Gaspar de Valdespina se encargará de enviarle lo que deberá imprimir para nosotros, con las reservas y condiciones que se puede usted imaginar. Entendemos que adquirió usted una segunda imprenta. Para la impresión de nuestros documentos deberá usted firmar un convenio de absoluto secreto. Nadie, excepto su cajista y un oficial, que nosotros le enviaremos, podrá saber lo que imprime usted para el tribunal. Espero que comprenda lo sagrada que es la misión que le estoy encomendando, doña Paula, y también lo que significa para alguien como usted. Sé que no nos defraudará y que usted se imagina lo que implicaría lo contrario.

—Perdone, Su Paternidad. Me imagino que no podré dar algunos de estos trabajos a... a otro taller de impresión, ¿verdad? Es costumbre repartir, a veces, ciertos encargos entre los talleres, para no quedar mal con los tiempos de entrega.

—¿Qué quiere decir, exactamente?

—Que aún no tengo la segunda prensa y hay ocasiones en que hay prensas ociosas en otras imprentas, por poner un ejemplo. En los gremios se acostumbra...

—Los encargos suyos serán cosa suya, doña Paula. De los del Santo Oficio más le vale que se encargue usted personalmente. Cornelio Adrián está familiarizado, así que comprende lo que quiero decir.

El religioso volvió a recargarse contra el respaldo de su silla alta, con los codos en los brazos de madera. Miraba a la viuda con los labios sellados y la vista extraviada, como si no la conociera. Le estaba dando un trato de privilegio, pero no lo parecía, a juzgar por su conducta.

Paula asintió con los labios apretados, cogió el papel firmado y lo estrechó con fuerza contra su pecho. Era un honor ser impresora del Secreto de la Inquisición, pero también una amenaza que a partir de ese momento pendería sobre su cabeza. Inclinó la cabeza en señal de respeto mientras se ponía de pie, pues comprendió que la entrevista había terminado. Hizo una reverencia al fraile, que con mucha calma y sin mirarla le extendió la diestra para que le besara el anillo.

*

Inés sentía un nudo en las tripas y sabía que era de anticipación por salir a escena. Hacía casi un año que no pisaba un escenario y deseaba que todo saliera perfecto. Dedicó muchas semanas a practicar las líneas de Belidiana, una de las protagonistas, si acaso pudiera hablarse de un personaje principal en la obra. La compañía de actores y bailarines que la viuda de Calderón le había recomendado se había mostrado inicialmente reacia a representar la obra desconocida que la amante del virrey pretendía exhibir. Recordaba, mientras se cepillaba el cabello suelto, apenas recogido por un aderezo en la cabeza a modo de cinta decorada con gemas falsas, el trabajo que le había costado convencerlos. Hasta que los reunió para leerles un extracto, porque los entreactos por sí solos resultaban bastante pesados para quien no conociera la pieza.

—... entran seis mendigos, que se pretenden caballeros, y tres gracias llenas de moho. Todos son tullidos y deformes, pero se comportan con la elegancia de las gentes de la corte. Juntos, forman un matrimonio... peculiar, en el que los varones comparten a las hembras, con el fin de cuidarlas. Los monstruos, damas y caballeros refinadísimos, no son ajenos a la pobreza, ¡qué digo pobreza!, a la miseria, pero a su manera imitan los modos de la nobleza en la corte...

Inés sonrió mientras su criada malencarada le aplicaba polvos de arroz con una esponja. ¡Vaya si le había costado trabajo convencerlos! A fin de cuentas, se trataba de una obra ligera, cómica y con final romántico que no dejaba a nadie indiferente. Ella sabía que la autora pretendía transgredir y criticar, mediante una sutil sátira, a los cortesanos y a la nobleza a la que todo el mundo pretendía imitar. Se encogió de hombros. No era nada que no hicieran el resto de dramaturgos de la época, por lo que no tenía nada que temer. Al menos mientras el virrey la protegiera. Se puso de pie para que una joven criada le ajustara las cintas del corpiño recosido de listones y borlas doradas.

*

El hospital Real de San José de los Naturales se había acondicionado para ese día especial, la onomástica del virrey Diego López Pacheco, duque de Escalona, mientras que el viejo teatro sería elevado al rango de Coliseo cuando terminaran las obras. Los franciscanos del adyacente convento de San Juan de la Penitencia estaban agradecidos y eufóricos de que alguien se hubiera ocupado de ellos y de su subsistencia. Sobrevivían a base de donativos, anónimos en su mayoría, pero los fondos nunca alcanzaban para dotar de mínima decencia a los naturales del pueblo de San Juan Moyotlan. Con lo que se reuniera por la representación podrían extender el huerto y levantar los muros, así como los techos derruidos por falta de mantenimiento. Habían cubierto también los canales de drenaje que estaban a cielo abierto para que el olor no estropeara la celebración. Se repararon las acequias y también las letrinas. Inés pensaba con ilusión en las sábanas que había atravesadas entre los arcos del patio, que se habían cubierto con las maderas de la escenografía que simulaba un bosque. El virrey había decidido donar un retablo nuevo a la capilla y los frailes no podían estar más que en deuda con la joven cortesana. Inés se frotó las manos. Pensaba en ofrecer al menos unas diez o doce representaciones para que nadie de la ciudad se quedara sin apreciar sus dotes como actriz. Se puso de pie y comenzó a andar de un lado al otro de la habitación que habían acondicionado para cambiarse de ropa y pelucas, detrás del tablado.

—¿Alguien sabe si ha llegado ya Su Excelencia?

Las criadas a su alrededor negaron con la cabeza. Nadie sabía. Inés había pedido que se engalanara un palco del primer piso con un tapiz de terciopelo verde, bordado con las armas del escudo ducal. Lo habían sujetado la tarde anterior y colgaba sobre una esquina del escenario, ondeando como pendón gigante en día de fiesta. Un rato antes se había asomado detrás de los cortinajes, pero no había nadie allí. Sintió una punzada en el estómago. ¿Y si el virrey decidía no presentarse? ¿Y si la virreina llegaba sola? Se estrujó los dedos y les sopló. Tenía las manos frías.

La escenografía también había resultado novedosa por extravagante: en lugar de utilizarse dos o tres espacios donde se actuaría de manera simultánea, como era lo habitual, la obra se desarrollaba en escenarios sucesivos, dándole a la representación una agilidad inesperada. Inés recordó que cuando Ignacio Marqués terminó la lectura de los cinco actos y los entreactos, comenzó a aplaudir, agradeciéndole que acercara hasta las tierras de la Nueva España tan magnífica obra. Incluso le había ofrecido una copa de vino para brindar por el éxito que construyeron desde ese día en sus cabezas. Inés sentía que el pecho le explotaba de emoción solo de recordar lo que habían sido los últimos meses. Porque después de la veda impuesta por el confesor al señor virrey en cuanto a los pecados de la carne, las cosas habían fluido de manera más que favorable para ella. Sospechando quizá que se sentiría resentida y agraviada, el virrey la había agasajado con joyas, perfumes, sedas y todo lo que ella le pidiera con tal de complacerla. Así que cuando le solicitó el teatro y las facilidades para acondicionar el hospital como corral de comedias, el camino estaba bien allanado. Ni qué decir de los franciscanos, que estaban dispuestos a besar el suelo por donde su benefactora caminara.

Inés miró la bandeja con una copa de cristal azul y una botella opaca. No le vendría mal otro trago de hipocrás. Llevaba tres desde que había llegado, aquella mañana temprano, junto con su baúl lleno de trajes, cintas, pelucas y plumas. Cerró los ojos y se detuvo a observar su respiración. Ahí estaba ahora, a punto de salir a escena para representar uno de los papeles más importantes de su vida. Si todo salía como se lo había imaginado, la noticia de su éxito llegaría a la corte de Madrid. El miedo que sentía comenzó a evaporarse, lo mismo que la imagen que tenía del corral lleno de gente, del virrey y la virreina en el palco, de las damas de la corte y también los gremios, representados por sus cabezas principales. Inés pensó en Paula de Benavides, quien debería estar ya sentada en el palco que ella le había asignado personalmente con todo su cariño.

*

—¿Puedo pasar? Veo que está usted casi lista, doña Inés. Vengo a desearle buena suerte. —Como conjurada por sus pensamientos, Paula de Benavides estaba de pie, a su lado, con una sonrisa que igualaba la de la actriz. Le tendió las manos, que Inés se apuró a tomar entre las suyas.

—¡Doña Paula! Os estaré infinitamente agradecida. Nada de todo esto habría sido posible sin vos, sin vuestra ayuda, sin vuestro apoyo…

—¡Chissst! Ni lo mencione, doña Inés. El honor ha sido mío. No sabe lo orgullosa que me siento de usted en estos momentos. Espero no distraerla. Solo deseaba dejarle mi enhorabuena antes de que comience la obra.

—¿Sabéis si Su Excelencia ha llegado? Con los nervios que tengo no me he podido ir a asomar.

—No, aún no. Pero recuerde usted que él debe ser el último en sentarse. No se preocupe. Ya verá que se sentirá muy orgulloso de usted y de lo que ha hecho por él. No podría imaginar mejor festejo para Su Excelencia.

Inés sentía un nudo en la garganta. No habló para que no la traicionaran los nervios que sentía, tensos, a lo largo y ancho del cuerpo. Sabía que los soltaría cuando saliera al patio de comedias y comenzara a declamar sus líneas. Había nacido para actuar y, por fin, después de tantos meses, lo haría. Inhaló despacio para llenarse de aire e intentar respirar a un ritmo más calmado.

—Me retiro. La dejo. ¡Ah! Por cierto, le tengo una sorpresa, doña Inés. Me he permitido imprimir los programas… espero que le gusten. Los han repartido en los accesos.

Paula metió la mano en el bolsillo de su falda y sacó un papel pequeño, del tamaño de un misal. A Inés se le inundaron los ojos de lágrimas cuando lo abrió. Ahí estaba su nombre: doña Inés de Fernández, encabezando la columna izquierda y el de Belidiana a la cabeza de la columna derecha. Sentía que no podía hablar.

—Gracias. Os lo agradezco de veras. Yo…

—La dejo. La veo desde el palco. Quede con Dios, doña Inés. Todo saldrá bien, ya verá usted.

*

Los festejos en honor al virrey habían comenzado temprano por la mañana, con una misa en el Sagrario Metropolitano, cuyo repique de campanas convidó a la gente a salir a las calles y a llenar las plazas para festejar a Su Excelencia, que paseó acompañado de los obispos y de los oficiales de mayor rango del Cabildo y de la Audiencia. Se autorizó una corrida de toros en honor al festejado, lo mismo que peleas de gallos donde las apuestas y el pulque corrieron con libertad. Después del almuerzo, los principales de la ciudad acudieron a la representación de teatro, con el morbo añadido de que uno de los papeles principales lo ejecutaría la querida del homenajeado. Seguirían los juegos de lotería, barajas y lectura de arcos triunfales ya dentro del Palacio Virreinal, convite que terminaría con fuegos artificiales cuando la tarde hubiera caído. Para los días siguientes se tenía prevista una cacería, un paseo por los canales hasta el pueblo de Xochimilco y una romería en el pueblo de Coyoacán. La ciudad no podía estar más agradecida con el rey por haberle enviado a Diego de López Pacheco.

*

La obra resultó un éxito, a juzgar por los diez minutos de aplausos que recibió del público. Nunca en la historia de la ciudad se había presentado una obra que reuniera tanto morbo; por un lado, para conocer a la querida oficial del virrey y, por el otro, porque la pieza de teatro resultaba divertida al tiempo que subversiva, de manera sutil, en contra de los usos de la gente de la nobleza y de la corte.

Paula estaba feliz de ver triunfar a Inés, porque no solo se lo merecía, sino que ella se sentía parte del éxito de la joven mujer. Aún de luto, no estaba convidada al sarao que se llevaría a cabo en el palacio, por lo que se encaminó a su casa, seguida de la vieja Jacinta. Estaba cansada y anduvo despacio.

Cuando cruzaba la calle de agua, que no tenía ni una sola antorcha encendida, escuchó unos pasos a su espalda. Se giró, con un tambor golpeándole dentro del pecho. No vio a nadie, pero igual se pegó a la pared. Esperó un momento y echó a andar con prisa hacia la calle de San José el Real. No se topó con nadie hasta que se metió en el portal de su casa. Ya con la madera atrancada por detrás, apoyó la frente en la pared y suspiró. Antes pensaba que la estaban observando, pero ahora estaba segura de que la seguían. Pero ¿quién?

ONCE

Ana de Herrera dejó la servilleta bordada sobre su rodilla después de imprimirle un beso. Miró su falda negra y sonrió, complacida de no encontrar migajas de las rosquillas de azúcar y canela que había estado mordisqueando. Isabel de Quiroz la miraba, con una sonrisa plácida y ajena a lo que allí discutían.

—Le digo que la vieron salir de la casa de la esquina chata hace unos días. Se veía apurada y, a pesar de hacer lo imposible por cubrir su cara con el velo, supieron quién era por la criada. Ya ve que esas mujeres no acostumbran cubrirse la cara, solo la cabeza, con el rebozo con que se cubren el cuello. Paula de Benavides visitó a alguien en los despachos del Santo Oficio.

Isabel asintió. No estaba poniendo mucha atención, porque finalmente, y después de muchos años de zozobra e ilusión, por fin había descubierto que los sentimientos que le provocaba la presencia de Catalina del Valle eran correspondidos. Se conocían desde niñas y habían acudido a aprender las letras y a hacer cuentas y a bordar al mismo convento, con las monjas de Santa Catalina de Siena. Se habían casado por las mismas épocas y también ambas habían enviudado. Aquella mañana, ahí mismo, en el salón donde ahora recibía a la ilustradora, se habían tomado de las manos y habían confesado sentir un cariño especial la una por la otra. Isabel no podía estar más feliz. Le daba lo mismo Paula de Benavides que la Inquisición. Ana de Herrera carraspeó.

—Es como le digo. Comprendo que doña Gerónima no nos creerá, pero yo estoy convencida de que la viuda de Calderón se trae algo entre manos con algún oficial de la Inquisición. El mismo fray Francisco de Estrada, el del velorio. Ese pudiera ser.

Isabel reaccionó cuando el silencio se hizo largo. Esperaba que la viuda que tenía delante siguiera hablando para que ella pudiera continuar recreando las escenas de aquella mañana, uniéndolas a los pedazos de otros salones, de otros paseos, de otras miradas. Recordaba, con una punzada en el vientre, la vez que la vio relamerse los dedos llenos de azúcar.

—Discúlpeme, doña Ana. Es que ando en mis días… Ya sabe. Me siento agotada por el esfuerzo.

—Queda usted disculpada, doña Isabel. Perdóneme a mí por esta visita inesperada. No sabía yo… no podía saber, claro, que usted estuviera indispuesta. Si me permite, me retiro.

Ana se puso de pie y miró a Isabel, que tenía la sonrisa más tonta que le había conocido pintada en la cara. ¿Qué mosca le había picado? Supuso que la dueña de la casa había encontrado un pretendiente de su agrado, porque esa risa boba no podía deberse sino a que estaba ilusionada con algún enamorado. Suspiró y se puso los guantes. La dueña de la casa ni se puso de pie cuando Ana abrió la puerta y salió hacia el patio en dirección al portón de la calle. Rumiaba su mala suerte, pero nada más llegar a la calle, la cara se le iluminó: sería divertido descubrir el nombre de quien había llenado de ilusión y romance a la difícil Isabel de Quiroz.

*

El licenciado Hinojosa la miró de reojo, como intentando no verla; pero al mismo tiempo haciéndole ver que estaba pensando en su propuesta. De inicio se había negado, pero cuando vio la bolsa con monedas de plata, que no abrió, guardó silencio. Paula de Calderón entendía bien cómo funcionaba el mundo. Tal vez no hicieran falta las palabras para nombrar lo que allí se estaba proponiendo, aceptando e implicando.

—Un favor, dice usted.

—Sí, licenciado. Es que verá usted: algunos libros no los compro yo directamente, pero si mis clientes me los piden, yo puedo dirigirlos a alguna de las tiendas y allí los consiguen. Solo a mí se me ha liberado el género y se está convirtiendo en una complicación para el resto.

—Mmmhmmm. Yo hubiera creído que si solo usted tiene libros, pues mayor ganancia para su tienda, doña. Pero si usted lo dice… —El licenciado miraba la bolsa de cuero que estaba sobre la mesa. Paula la había puesto allí, sin decir nada más.

—Sí. Es como yo le digo. Me haría usted un favor.

—Y queremos hacerle el favor, doña. Desde luego que queremos. Vaya usted con Dios y yo daré instrucciones a Pérez para que cuando se presenten otras impresoras, les pueda facilitar que continúen ustedes con lo que sea que hagan.

*

Paula pensaba que si solo atendían a las viudas de impresores aquello resultaría sospechoso, pero no dijo nada más. Cuando llegó a la calle sonrió porque al día siguiente asistiría a misa con el misal de su madre, el que tenía el cuero viejo y oscurecido, que un día lejano había sido de color azul. Jacinta rezongaba porque el calor hacía que se vaporizara el agua de las acequias, envolviéndolas en un vaho apestoso a cada paso que daban hacia la calle de San Agustín.

El cochero gordo se rascaba la calva con una mano y apretaba la gorra con la otra, soplándose en la cara. Se veía rojo, y Paula pensaba que no podía deberse solo al calor que hacía.

—Buenos días, Fausto. ¿Qué me trae el día de hoy?

—Las órdenes que me dieron, patrona: entregarle estos doce cajones.

La viuda de Calderón bufó.

—¿Solo doce? De vuelta a las andadas. ¡Son dieciséis cajones! Tengo la confirmación de que arribaron dieciséis a la Villa Rica y también de que se trasladaron a la ciudad, desde Xalapa, Otumba y Villa de Guadalupe. ¿No podrían entregarme todo junto de una sola vez?

El cochero giraba la gorra entre las manos. Sabía que la mujer se pondría loca cuando le llevara el encargo incompleto. Lo había hecho a propósito, porque las propinas de la viuda eran más que generosas.

—Mire, doñita, yo de los lugares que dice, pues no sé nada de nada. Aquí entre nos, si quiere, yo mismo las busco hoy nomás que regrese a la calle de la Alhóndiga y me meto hasta que las localice todas y le traigo mañana temprano las que falten. Espero no meterme en líos con el licenciado Pérez, pero lo haré porque yo a usted la aprecio de veras.

La viuda resopló. Hasta que no viera si las cinco del inquisidor estaban entre las doce que la miraban desde la carreta, no tendría paz. Había creído que al repetir la experiencia con los del Santo Oficio tendría más temple, pero ahora con las cajas llenas de libros prohibidos al alcance de la mano comprendió que nunca se serenaría lo suficiente para lidiar con la incertidumbre y el riesgo que sus tareas secretas conllevaban. Resopló de nuevo con fuerza y cruzó el portón, que seguía abierto.

—Está bien. Haga favor de entrarlas. Llamaré al mozo, que debe andar por aquí. Y sí. Sabré compensarle si mañana mismo me trae lo que falta. El licenciado Pérez, le garantizo, solo escuchará palabras de agradecimiento de mi parte hacia usted.

El hombre lanzó la gorra sobre el pedazo de madera que hacía de asiento y se dirigió hacia la parte trasera del carruaje, destrabó los triángulos de madera que la bloqueaban y comenzó a descargar las cajas selladas.

*

Cuando el cochero se fue, Paula miró con atención las cajas que estaban en el suelo del despacho. Tenía que identificar las suyas de las que no lo eran, pero eso ahora sería más fácil, porque ninguna caja se veía manchada ni cubierta de moho, como la vez anterior. Resultaba evidente que los servicios de la aduana se habían normalizado y que no volvería a tener que desesperarse por recibir el género que había encargado a España. Se sentó encima de una de las cajas y la revisó. Tenía los sellos de cera azul oscuro que coincidían con el que había visto en la carta del inquisidor. Localizó las otras cuatro y con el pie las empujó de manera que quedaran todas juntas. Después procedió a abrir las suyas, que iría revisando contra el inventario que tenía en los albalaes sellados. La luz fue languideciendo y cuando tuvo que encender un par de velas para iluminar el salón, notó que solo se escuchaba el chirrido de los grillos en el patio. Levantó la vista y vio las cajas prohibidas. Con mano temblorosa se acercó a la primera e insertó un cortapapeles en la ranura. Repitió la operación a lo largo de la madera que hacía las veces de tapa y la levantó.

Las manos le sudaban, pero eso no impidió que las metiera dentro de la caja. Sacó unos envoltorios de cuero viejo frotado con cera, utilizados para proteger la carga de cualquier inconveniente marítimo. No podía pensar, pero sentía que una fuerza la impelía a abrir aquellos bultos y conocer el contenido.

El primer tomo la sobresaltó al punto que se le resbaló hasta el suelo. Ahí delante tenía la prueba de que el *Index* era real. No que lo pusiera en duda, aunque era algo de lo que se hablaba en voz baja. Pero tenerlo entre sus manos la mareaba.

Lo recogió del suelo y se aseguró de cerrar la puerta por dentro. La viuda se sentó a la mesa y acercó las dos velas, lo justo para poder leer. Abrió la primera página y pasó sus dedos por las letras negras sobre el fondo pálido.

Index librorum prohibitorum et expurgatorum Illmi. ac Rmi. D.D. Bernardi de Sandoval, et Rojas, S.R.E. Presb. Cardin… Archiepisc. Toletani… auctorictate & iussu editus…, Madriti: apud Ludovicum Sánchez…, MDCXII.

Libros prohibidos en flamenco y tudesco, de primera y de segunda clase. Autor, edición y tomo. Libros en judaico… índice Agustino. Libros expurgados de los tomos 1 al 7… Índices varios en estricto orden alfabético, que desfilaron ante los ojos enrojecidos de la viuda de Calderón. Obras, pecados y méritos, lo mismo que sacramentos. El nombre de Desiderio Erasmo de Rotterdam brilló sobre el papel, que parecía encerado. El epistolario del hereje era abultado, lo mismo que su obra. Paula se sorprendió de encontrar libros de ciencia, matemática, astrología y astronomía dentro de aquellas listas. Siempre había considerado algunos de aquellos libros y autores como especiales, pero nunca se había puesto a pensar cuánto.

La viuda se sintió muy cansada después de estar husmeado en aquel tomo. El arrepentimiento la inundaba desde la cabeza hasta los pies. Cerró el libro y lo envolvió con cuidado, respetando los dobleces que se podían percibir en el cuero grueso. Acomodó el *Index* en el hueco y se aseguró de que nada se desplazara dentro de la caja. Con mucho cuidado, embonó la tapa de madera en su lugar y comenzó a presionar los clavos que había levantado, uno a uno, en el agujero correspondiente. Acercó la vela a la cera que había reventado y la unió por detrás, rebajando un poco el sello por delante con un punzón. Esperó a que se secara y lo miró con algo que debía ser orgullo. Se limpió el sudor de la frente con el puño y sonrió. Paula de Benavides se estaba convirtiendo en una profanadora calificada de los secretos del Santo Oficio.

La luna brillaba en lo alto del patio cuando Paula subió a su habitación. El cansancio le pesaba como si cargara una piedra en cada zapato.

*

Inés había pasado del enojo rabioso a la risa, habiendo cruzado antes por la tristeza y la desolación. Sabía que la risa era un mecanismo para liberarse de los nervios, pero no le importaba. Se reía sola mientras se miraba en el espejo. La mujer de cara agria le cepillaba el cabello con delicadeza y ella la dejaba hacer. La criada había intentado sonsacarle el motivo de su alegría, pero la joven no tenía ninguna intención de confesarle que se debía a que sospechaba que el virrey la iba a dejar. Además, no estaba segura. Era tan solo una corazonada. Pero si algo había aprendido era que debía irse con tiento y que tenía que estar lista para que el evento, de ocurrir, no la cogiera desprevenida. En cuanto estuviera lista, guardaría las joyas y las bolsas de oro que le había regalado el virrey, junto con el título de propiedad de una casona antigua pero en excelente estado, rodeada de un bosque, que don Diego le había obsequiado la noche anterior, todo dentro de un cofre escondido en un hueco de la pared, un lugar que solo ella conocía. De todas formas, pensaba que debía buscar otro lugar para guardar sus cosas, porque si la suerte le era esquiva, incluso su habitación podía ser registrada. No sabía aún si debía quedarse en la Nueva España o largarse en el primer barco que zarpara de vuelta a Sevilla antes de que el virrey le diera las gracias. Su estrella como actriz brillaría mucho más ahora que se había convertido, merced a su propia tenacidad, en la mejor —y única— actriz de renombre en la Ciudad de México. Le sonrió a la que la espiaba en el espejo. Confiaría en su intuición y sabría qué hacer, llegado el momento. Por ahora solo tenía que resolver lo más urgente. ¿A quién acudir?

Necesitaba una aliada, alguien que no la cuestionara y que le ayudara sin juzgarla. Elevó los ojos al cielo mientras murmuraba una pequeña oración de agradecimiento. Tenía a la mujer perfecta a la mano.

*

Algunos días parecían deslizarse suaves, como el polvo de los cerros cercanos por las calles, que acariciaban las piedras rojas y negras de los edificios y besaban las acequias. Otros rodaban hacia el suelo, como piedras, golpeando lo que encontraban a su paso. Aquella mañana parecía que Paula enfrentaría uno de estos últimos.

El dolor de cabeza la mantuvo en cama hasta el mediodía. Se había desvelado hasta pasada la medianoche, hurgando sin permiso entre los misterios de la Santa Inquisición. La emoción y el miedo que sintió después de manosear lo que, de saberse, le costaría el pellejo, le habían impedido conciliar el sueño. Paula de Benavides tuvo que beberse unas gotas de tintura de opio para poder relajarse lo suficiente y dormir. Pasó la noche en duermevela y el nuevo día la encontró con más culpa de la que podía soportar. Escuchó las campanadas del convento vecino y se metió de nuevo bajo las mantas. Eran las once de la mañana y la hora de misa había pasado de largo para ella. Con la cara cubierta, dudaba entre ir y confesarse o intentar guardar el secreto ella sola. No imaginaba que un secreto pudiera pesar tanto que le impidiera salir de su cama. Se estaba quedando dormida de nuevo, cuando Jacinta entró, con una bandeja entre las manos.

—Señora Paula, que la busca doña Inés. También vino su hija María hace rato, que porque no la vio en la misa. Le dije que usté se había dormido muy tarde y que estaba descansando.

La viuda se incorporó en la cama, apoyando la espalda contra el cabecero. ¿María? ¿En su casa? ¿Inés? Jacinta la miraba.

—Si quiere, señora, le digo a la señorita Inés que suba, si no está indispuesta.

Paula asintió mientras le hacía un gesto a la criada para que le acercara la bandeja con lo que seguramente sería un chocolate caliente y algún pedazo de pan espolvoreado con azúcar.

—Jacinta, ¿sabes qué preparará Dominga para almorzar?

—Matambre, niña. Pero si quiere le digo que le haga un caldo de gallina, por si no se le antoja.

—Está bien. Dile a Inés que haga el favor de subir.

*

Los rumores habían comenzado hacía unas semanas, pero Paula, ocupada con el taller y la tienda, además de con los asuntos del inquisidor, no había reparado mucho en ellos. Lo único que sabía era que el virrey había impuesto una restricción a la adquisición y venta de papel, lo que supondría un incremento en las tasas. Una tarde había visitado la plaza del Volador y, al no encontrar ninguna limitación para comprar las resmas que requería, se olvidó del asunto.

Inés entró en la habitación con el semblante alterado, pero al ver a la viuda con ropa de cama, sentada en la cama, se detuvo en seco.

—Perdonad, doña Paula. No ha sido mi intención molestaros, si es que os encontráis indispuesta. Volveré cuando estéis recuperada.

Paula tiró de la bata que estaba a los pies de su cama y se incorporó para dirigirse a la mesilla.

—No, por favor. Solo que dormí poco y mal. Haga usted el favor de acompañarme con una taza de chocolate. Supongo que no estará aún acostumbrada a nuestro primer alimento del día, pero, si quiere, puedo pedir que le preparen algo a su gusto.

Inés se acercó y se sentó en la silla que estaba disponible. Dejó en el suelo un bulto que traía abrazado. La mesa redonda donde Paula solía tomar el desayuno estaba dispuesta, y de la jarra de loza azul salían espirales del vapor del chocolate caliente hacia el techo, donde se perdían.

—Y dígame, doña Inés. ¿En qué puedo serle de utilidad?

Paula había intuido que su joven amiga tenía alguna dificultad que la había obligado, de improviso, a acudir a ella. Vio que a Inés se le inundaron los ojos de lágrimas. Dejó la taza sobre la mesa y, acercándose a la actriz, le tomó ambas manos.

—Es Diego. Parece que la señora virreina está encinta y le ha exigido que lo nuestro... que no me vea más. Yo creí que... yo pensaba... y más ahora, que tiene tantos problemas con el obispo de la Puebla... Apenas me había asegurado que me quiere, me regaló una casa de descanso por el rumbo de Mixcoac, y ahora me ha dicho...

Paula suspiraba mientras intentaba pensar. No sabía qué decirle a su amiga. Podría hablarle de lo volubles que eran los hombres, de lo frágiles que eran las queridas y de lo volátil de su posición... pero no podía. Incluso pudiera darse el caso de que el virrey tuviera ya otra amante y estuviera usando de pretexto el embarazo para deshacerse de la actriz. Porque ¿qué hombre atendía a su esposa durante un embarazo? Aquello no tenía sentido.

—¿Os ha dejado, entonces?

Inés se incorporó, con el miedo en los ojos.

—¡No! Solo me ha dicho que la esposa lo presiona. Yo diría que lo chantajea. Le ha dicho que no desea que su hijo, su primogénito y heredero, nazca en estas tierras que detesta. Me atrevería a decir que pretende embaucarlo, pues le ha mandado decir con el médico que si ella sufre un disgusto podría perder a la criatura. Él me ha asegurado que no me dejará desamparada... y tal vez por ello me ha regalado una finca, pero no sé qué pensar. Perdonad que os traiga mis problemas, doña Paula. Pero no sabía a quién más acudir. Estoy desesperada, disculpadme.

Paula hubiera jurado que la joven se rompería delante de ella, pero sucedió lo contrario. Al decir que estaba desesperada pareció calmarse. Miró el bulto que había dejado en el suelo, a sus pies.

—¿Qué quiere hacer usted, doña Inés?

—No... no lo sé bien. Es la segunda vez que me insinúa que le presionan para dejarme. Antes, el confesor con el asunto de darle la absolución para los ritos de la Semana Mayor, ahora que la preñez de la mujer... Quiero estar preparada. Eso es todo lo que se me ocurre. No sé si me quedaré en esta tierra o me volveré a España cuando todo haya terminado, pero necesito pensar cómo debiera yo ponerme a salvo.

Paula inhaló despacio. Aquella mujer que tenía enfrente podía ser joven, pero tenía la cabeza bien amueblada. Le sonrió mientras tomó de nuevo su chocolate y le dio un par de sorbos.

—Eso es fácil, doña Inés. Estoy segura de que usted conoce más de las cuestiones de gobierno que nadie, excepto tal vez Su Excelencia, en la Nueva España.

Inés apretó los labios. Dudaba entre guardar los secretos que conocía y compartirlos con la mujer que tenía delante. Se decidió en un momento.

—Doña Paula, os confiaré algunas cosas, porque no sé bien lo que puedo hacer con ellas. Tal vez vos podríais ayudarme a aclarar algunos puntos que no comprendo del todo.

—Perdone, pero no la entiendo.

—Palafox. El obispo está dando muchos dolores de cabeza a don Diego.

—Palafox.

—Habéis escuchado algo acerca de ciertos disturbios en la Puebla de los Ángeles, me imagino.

—Sí, desde luego —Paula mintió. No tenía ni idea. Ahora se daba cuenta de que se había encerrado en su tienda y su taller y se había olvidado del mundo, con la esperanza de que este se hubiera olvidado de ella.

—El señor obispo ronda ahora por los pueblos de la diócesis de Tlaxcala. Se ha propuesto realizar inventario de propiedades, lo que le llevará algún tiempo. Es una realidad que el encanto de los primeros tiempos y su viento reformista se han esfumado. El señor obispo la ha emprendido contra los de la Compañía de Jesús, contra el virrey, contra toda orden religiosa y, al parecer, contra quien ose acercarse a su persona. Un día se apuñalará él solo, según dicen. Al parecer muestra un temperamento colérico que nadie aprueba y esto, asegura Diego, quiero decir, Su Excelencia, le acarreará problemas. En cuanto a los disturbios en la Puebla de los Ángeles... mucho me temo que son verdad, doña Paula.

Paula estaba escandalizada. ¿Inventario de propiedades? Una corazonada la puso en guardia. ¿Más libros? Recién se había enterado por su hermano, que radicaba en Tepoztlán, de que había grandes bibliotecas escondidas como pepitas de oro dentro de los conventos perdidos en medio de aquellos terrenos agrestes y nada hospitalarios de las regiones de Tlaxcala y Oaxaca. ¿Para qué querría Palafox más libros? Sabía, gracias a las tertulias con las de la cofradía, que el obispo había desembarcado junto con seiscientos cajones llenos de libros. ¿Sería acaso que él también andaba tras los libros prohibidos que ella proveía al Santo Oficio? Paula tenía ahora una certeza: debía enterarse a como diera lugar de la razón por la que el obispo Palafox deseaba tener tal cantidad de libros a su alcance. Vio que Inés la miraba.

—Sabéis algo acerca de la restricción de papel, ¿no es verdad?

Paula abrió mucho los ojos, a punto de ahogarse con el trago de chocolate que tenía en la boca. Tosió y se limpió con la servilleta.

—Yo... sí. Se ha dicho algo, pero hace días visité el Volador y no encontré nada fuera de lugar. Pude comprar lo que necesito de aquí a un par de meses...

—Pues debéis ir y comprar algo más. Es verdad. El virrey ha girado orden de restricción de papel y de pólvora. Ha pedido que se guarezca en San Juan de Ulúa. Conozco algunas cosas y alguien más debiera saberlas.

La mente de la viuda giraba a toda velocidad. ¿Pólvora? ¿Para qué querría el virrey almacenar grandes cantidades de pólvora en el puerto? Aquello parecía más una venganza que una carta bajo la manga. Miró a Inés y se llevó un dedo a los labios.

—Doña Inés, deberá usted prometerme tener mucho cuidado. Lo que usted sabe puede ser peligroso para mucha gente, pero en especial para usted. Asegúrese de protegerse de día y de noche. Si alguien desea darle un disgusto a Su Excelencia, pueden hacerle daño a usted.

Inés asintió. No había pensado en que la información pudiera resultar riesgosa, y menos para ella.

—También quiero pediros otro favor. Uno grande, y estoy consciente de que puede representar algún tipo de riesgo para vos, doña Paula.

—Si está en mis manos, con todo gusto.

—Si me podéis hacer favor de guardar este cofre entre vuestras cosas más sagradas. Me parece a mí que no es seguro que yo las conserve. Nunca se sabe. Mañana os traeré la carta con todo lo que es menester que se sepa acerca de las actividades secretas de... de él. Y vos decidiréis quién es la persona idónea para recibirla. No quiero saber a quién irá dirigida. Por mi bien y por el vuestro.

—Dios nos proteja.

Había hablado en voz baja, guardándose de decirle que si las cosas se torcían, el mismo virrey podría intentar deshacerse de ambas, por lo que sabían, no por lo que eran. Sacudió la cabeza. ¿En qué momento Paula de Benavides se había metido en semejante aprieto? Tenía que pensar con calma y decidir cómo unir las piezas de lo que recién se había enterado. Solo había una persona que podría ayudarle a juntarlas.

*

Gerónima revisaba las muestras de unos elogios fúnebres, unos textos de filosofía y un confesionario que le habían asignado imprimir. Las pruebas se habían realizado en papel de bajísima calidad y con tinta que apenas manchaba, pero era muy cuidadosa con el desperdicio. Mientras escuchaba a Paula de Benavides, buscaba atar cabos con cosas que sabía y, sobre todo, con las que le faltaba por saber.

—¿Qué le parece? —Paula había evitado mencionar a Inés de Fernández, y le agradecía que la viuda de Pablos no la nombrara.

—Me parece que tenemos que hacer preguntas, por aquí y por allá, todas relativas al asunto del papel. Meternos en cuestiones de alta política llamaría la atención hacia nosotras y la cofradía. Y no queremos nada de eso.

Paula asintió. Pero ¿dónde buscar? Seguramente Inés sabría algo más, aunque no fuera capaz de relacionarlo aún. La viuda dejó el lente de aumento que estaba utilizando sobre los papeles, una bonita lupa con mango de plata como las que vendían los joyeros de la calle de los Plateros, y se enderezó.

—Lo que yo sé es más bien poco, doña Paula. Había escuchado, sí, lo del obispo en la Puebla de los Ángeles. Que sí. No se trata de que en el fondo no lleve algo de razón respecto a regularizar ciertas prácticas… laxas, digamos, dentro de las órdenes religiosas. Solo que su falta de diplomacia lo está llevando a extremos innecesarios. Digo yo que sería interesante ver hasta dónde llega con sus reclamos a mercedarios, dominicos, franciscanos y, sobre todo, jesuitas. Entiendo que desde el Santo Oficio se han propuesto observarlo antes de decidir tomar partido; entre otras cosas, porque solo toman el propio, ya se sabe.

Gerónima apoyó la barbilla entre los pulgares, con las palmas juntas frente a la nariz. Parecía que iba a empezar a recitar el rosario.

Un torno comenzó a girar dentro de la cabeza de Paula de Benavides. ¡El Santo Oficio! Paula pensó en el inquisidor Estrada. La viuda mayor parecía buscar en sus ojos, como si pretendiera adivinar sus pensamientos.

—Comprendo que no podrá usted, doña Paula, ir y preguntarle a quien sea que usted conozca por este asunto.

La viuda de Calderón se enderezó y resopló. Juntó las manos sobre su falda negra.

—El inquisidor Estrada me nombró impresora del Secreto del Santo Oficio. Me parece que deberían ustedes saberlo.

La viuda de Pablos dejó la lente de aumento sobre la mesa y suspiró.

—Lo suponía. El asunto de los libros que piden a un tendero suele ir acompañado de la impresión de sus documentos. Cuando mi Juan vivía, un tiempo se encargó de ello. Yo le digo que aproveche, doña Paula. Lo que es bueno para usted es bueno para la cofradía. Yo sé que no nos dejará desamparadas y sin trabajo. Si hay mucho para su taller, será bueno para todas, que sí.

—Le agradezco, doña Gerónima. Se lo digo de corazón. Yo no lo solicité. Quiero que sepa que cuando Bernardo, que en paz descanse, murió, el inquisidor ya había tenido tratos con él y solo deseaba asegurarse de recibir lo que estaba en tránsito. Una cosa llevó a la otra, supongo. Pude localizar lo que pretendía y, al parecer, quedó satisfecho, porque me firmó un documento para la impresión del Secreto. Yo… le confieso que tengo miedo.

—¿Miedo?

—Es todo tan… No sé ni cómo decirlo.

—Secreto. La palabra que busca es *secreto*. Las entregas se llevan a cabo en horarios extraños y por gentes más extrañas aún. Luego lo que piden imprimir, no se crea, hay mucho escrito por los oficiales y los inquisidores sobre los procedimientos para interrogar, aplicación de castigo corporal... ya sabe. Ese tipo de cosas. Otro asunto es lo del *Index*.

—¿Qué del *Index*?

Paula estaba escandalizada y sentía palpitaciones en las orejas. ¿Sería ella quien la espiaba?

Gerónima suspiró mientras se ponía de pie. Sin decir nada se dirigió al mueble que tenía contra la pared y abrió un cajón con una llave que sacó de debajo de sus enaguas. Del cajón sacó otra llave y se dirigió hacia un baúl que parecía más viejo que el mundo: destartalado y roído, o eso parecía a simple vista. Por dentro estaba recubierto de metal y guardaba cosas envueltas en paños oscuros. La viuda eligió uno y, sin abrirlo, lo sacó, volviendo a dejar todo como estaba antes de hurgar en él. Se acercó despacio a Paula y le tendió el bulto.

—Lo guardé muchos años porque creí que volvería a necesitarlo. Pero, al parecer, mi tiempo ha pasado, doña Paula. Ahora le corresponde a usted continuar lo que alguna vez empezamos mi Pablos y yo.

Paula no se atrevía a coger el paquete envuelto en paño oscuro y luido.

—Esto... Sí, gracias. ¿Qué es?

—Un *Index* del año 1603. Se imprimió aquí, dentro de estas paredes. Debe saber, doña Paula, que se acostumbraba seguir los edictos emitidos en España, pero se consideró necesario, a raíz de la distancia y otros tantos eventos, actualizar la lista de textos de manera local. No es la última, se lo puedo asegurar, pero por algo se comienza. Le cedo mi copia, a sabiendas de que hará buen uso de ella.

Paula no sabía si darle las gracias y guardar aquel tomo entre sus manos o irse de allí de inmediato. No le gustaba nada el camino que estaba tomando su vida: una fuerza ajena a ella la arrastraba por donde no deseaba ir.

—No tenga miedo. Alguien debe hacerlo. Yo prefiero que sea usted y no otra persona —dijo Gerónima mientras acercaba más el bulto envuelto hacia la viuda de Calderón.

*

Paula tenía metido dentro del cuerpo el olor del miedo y le urgía lavarse la cara y los brazos para quitárselo de encima. Entró en su casa y fue directamente a la mesa del despacho. Había soñado con la nueva prensa, que ya estaba casi terminada de montar en el fondo de la habitación, lo mismo que con los libros que imprimiría en ella. No solo cartas, reglas, ordenaciones, sermones e informes, además de las cartillas, silabarios y doctrinas. Había estado dudando si imprimir calendarios y almanaques, pero ahora sabía que no podría hacerlo. Se lo dejaría a sus hermanas impresoras. Se sentó en el sillón de cuero viejo y se acomodó. Su destino siempre parecía ir un paso por delante de ella, o al menos de su conciencia. Hiciera lo que hiciera, siempre le parecía ir por detrás de las circunstancias, que la rebasaban, arrastrándola. Con más miedo que calma abrió el libro que le diera la viuda de Pablos y comenzó a hojearlo. Allí estaban, de nueva cuenta, Erasmo de Rotterdam, Rabelais, Giordano Bruno y otro montón de nombres que no conocía, al lado de Copérnico, Diego de Zúñiga y Galileo. A diferencia del *Index* que había abierto apenas el día anterior de manera furtiva, el listado que tenía en sus manos se parecía mucho al catálogo que ella misma había elaborado para la revisión de inventarios, aquel que promovieron los impresores sediciosos que pretendían quitarle su privilegio de impresión de cartillas. Sonrió mientras lo cerraba despacio. El miedo se le había evaporado del cuerpo. Si en eso consistía la impresión del Secreto del Santo Oficio, Paula de Benavides estaba preparada para enfrentarlo.

«Y hablando del Santo Oficio, no he sabido nada de que vengan a recoger esto», se dijo mirando los cajones de madera que estaban en el suelo. Se felicitó internamente por estar adquiriendo la habilidad de abrir las cajas secretas y de cerrarlas de nuevo sin que la descubrieran.

*

En la calle de Tacuba, Ana de Herrera limpiaba uno de sus punzones con una lija. Miraba con detenimiento el dibujo que había estado trazando sobre la placa de cobre. Los sonidos de la prensa que tenía enfrente apenas si la distraían de lo que estaba haciendo. Podía incluso decir que la arrullaban, sin llegar a molestarla. Volvió a mirar el dibujo que estaba preparando y sonrió. Frotó las yemas de los dedos contra los surcos que había hecho en la placa; lo hizo con mucha calma para no cortarse las yemas. No sería la primera vez, pero si eso ocurría, se quedaría sin trabajar hasta que sanaran porque no podía trazar con los dedos envueltos en esparadrapos. Se sentía orgullosa de su trabajo: ilustraría el almanaque del año 1642 que imprimirían todas las viudas de impresores de la ciudad. Se sentía inquieta desde que había regresado aquella mañana y decidió que era culpa de Isabel de Quiroz, que parecía metida en algo que no deseaba compartirle, lo cual la ponía de muy mal humor. Ni siquiera había querido acompañarla al convento de San Diego, contra cuyos muros se instalaba la pira para la quema de herejes. Por la mañana se había efectuado un auto público, y terminó muy pronto porque al par de condenados les habían aplicado la misericordia del garrote vil, tras haberse arrepentido de sus pecados y clamado por el perdón divino y, sobre todo, el de los hombres.

El sol estaba casi en lo alto y Ana no sabía qué hacía allí. Había ido por costumbre, pero nada más llegar, se arrepintió. Una mirada desde lo alto del templete de oficiales de alto rango la sorprendió. Era el inquisidor mayor de la Nueva España y la miraba a los ojos. El hombre inclinó ligeramente la barbilla hacia abajo, en señal de haberla reconocido y volvió la atención a lo que fuera que estuviera mirando que, desde luego, no eran los condenados a punto de ser quemados. La viuda sintió un escalofrío. El inquisidor la conocía… ¿de qué? ¿A ella? Desde luego que Ana de Herrera sabía quién era y en lo que ocupaba su día a día, pero ¿ella? ¿Una simple viuda de impresor, una ilustradora? Sacudió la cabeza, convencida de que se lo había imaginado.

Como el par de condenados ya estaban muertos antes de que las ramas comenzaran a arder, la gente se dispersó. Ana regresó a su casa, seguida de su criada, cruzando por el jardín de la Alameda, donde se detuvo a mirar los encinos, tepozanes y oyameles, además de los ahuehuetes. Después se encaminó por la calle del Factor y de ahí a su casa. Cuando llegó, se detuvo frente al portón y lo miró con ojos nuevos. Quizá fuera tiempo de pensar en mudarse de la casa que había sido de su difunto marido. Los años habían pasado y la necesidad que tenía de mantenerse a salvo de los cambios también se había diluido. Recordó con un estremecimiento la mirada del fraile dominico sobre ella. Para no pensar mucho, bebería un chocolate caliente y se pondría a trabajar.

DOCE

María miraba a su madre que, concentrada en un texto, seguía las letras con el índice. No deseaba distraerla. Se frotó el abdomen en círculos. El niño, lo mismo que el miedo que le crecía en el pecho, no tardaría en salir. Ahora que el día se acercaba, solo podía pensar en el número de mujeres que morían de parto. Había preguntado en el mercado, en la plaza y con las criadas. Todos se persignaban y le decían que sí, que eran muchas las que no llegaban a alimentar a sus hijos. El confesor le había asegurado que, si fuera el caso, iría directo al cielo de los justos, pero eso no la confortaba. Además, estaba el *otro* asunto.

—Madre…

—Mmmmhmmm…

Pasaron más minutos sin que su madre levantara la vista de lo que estaba haciendo. María sentía que los pies le iban a estallar. Se sentó en uno de los taburetes que los oficiales usaban como bancos para acomodar los tipos. La habitación estaba bien ventilada y corría el aire de las ventanas abiertas a las puertas, pero María sentía mucho calor.

—¡Ya está! Hay un error y lo he encontrado. Mira bien este título de José de Prado *Sussecta in immensum sapientiae solium eloqutio nullo ab antiquis succata cognomine. In Athenaei primam sede multus non maiorum placitis et intelligentiae luminibus academicus orator... Athaenaei* debe llevar una *a* al lado de la primera *e*. ¡Le dije a Diego que revisara tres veces este título! Debí dárselo a Cornelio Adrián. Su latín es impecable... La congregación del convento de Santa Isabel estará contenta con lo que le entrego para sus caridades y de algún lado se han de pagar. Tú bien sabes cómo funciona nuestro negocio.

—¿No ha pensado, madre, en apoyar las caridades de la virreina? Si quiere, y para no meterse en un aprieto por lo de la señorita Inés, puedo hacerlo yo. Me tendrá simpatías, por lo de estar encinta, lo mismo que Su Excelencia. Ahora que en cuanto nazca el niño...

Paula miró a su hija con atención. Sabía que estaba allí, que cada día la buscaba con más ansiedad, pero no le estaba poniendo la atención que debía. Seguramente estaría inquieta porque no tardaría en dar a luz al hijo del odioso Juan de Ribera y nieto del que aún consideraba su enemigo.

María se acercó a su madre y giró el folio que ella revisaba. Lo leyó despacio y asintió, localizando el error que su madre le mostraba. Paula la miró y un brillo refulgió en sus ojos. Le besó la frente.

—Ven conmigo. Jacinta y Dominga han estado bordando unas cosas para la llegada del bebé. Tengo listas las sábanas y otro montón de telas nuevas de algodón para que lo envuelvas. Yo misma bordé tres pares de camisas, aunque disculparás que no hayan quedado como hubiera querido. Ya sabes que lo mío no es la aguja...

Paula ayudó a su hija a levantarse del taburete y la condujo hacia el patio. Su figura era ya bastante redonda y, por la manera de caminar, balanceándose de un lado al otro, el bebé no debería tardar ni un mes en llegar. La abrazó, intentando transmitirle una tranquilidad que estaba lejos de sentir.

—Si te sirve de algo, y como dicen los que saben, a mí me fue bastante bien con el nacimiento de tu hermano. No estuve ni un día con los dolores y pasó rápido. Es un dolor grande; pero, por fortuna, uno solo recuerda el dolor, pero sin llegar a sentirlo de nuevo. Y tan es así, que después naciste tú. No te diré que es fácil, porque no lo es. Pero eres fuerte. Tienes dieciséis años y la vida por delante. La partera ha dicho que viene bien, que está de cabeza y que es cosa de días. Yo te digo que camines todos los días, porque así será mucho más fácil para ti. Lo difícil es el cansancio. Si son muchas horas, termina una muy agotada. Por eso caminar te ayudará a estar fuerte.

María miraba a su madre, que se acercó con la mano extendida a levantarle la capucha de la capa de la cara. La hija le sujetó la mano en un movimiento rápido, instintivo.

—¿Pero qué...?

Cuando la capucha cayó hacia atrás, Paula pudo ver un cardenal en la parte superior de la mejilla de su hija, que palideció mientras bajaba la mirada al suelo. Paula sintió que la cara se le encendía.

—¿Por qué no me habías dicho nada?

—Lo siento madre, no quería... molestarla.

—¿Quién más lo sabe?

—El padre, don Hipólito. Pero mira hacia otro lado. Y el confesor. Pero me ha dicho que no haga enfadar a mi marido. Al parecer tiene derecho a golpearme.

Paula inhaló despacio, sintiendo cómo sus pulmones se llenaban de odio.

—¿Te ha... pasado otras veces?

María movió la cabeza de arriba abajo varias veces. Sentía más vergüenza que miedo, pero necesitaba que su madre la ayudara a resolver su situación.

—La siguiente vez que se te acerque le dices que te vuelve a pegar y perderás a la criatura. Al menos, evitará hacerlo mientras nace el niño.

—Madre... ¿y si fuera una niña? Siento que Juan y su padre estarían muy decepcionados si fuera una niña...

La viuda se detuvo, quieta. La madre luchaba dentro de su cuerpo y una nueva mujer que nacía dentro de su pecho, la abuela, se sentía feliz.

—La querremos con todo nuestro corazón. Yo más, porque sería la hija de mi hija. Tú estate tranquila, que yo me encargo. Por ahora mandaré aviso de que te quedarás conmigo mientras nace la criatura, porque te has puesto delicada. Ven, vamos a la escalera, así nos llevamos todo el día en llegar a tu habitación. Le pediré a Jacinta que te prepare la cama con sábanas limpias y un escabel para que subas los pies. Si a partir de ahora quieren verte, tendrán que venir a mi casa. Ahora sí, quiero escuchar lo que se te ocurrió acerca de las caridades de la señora virreina.

Cuando María se sentó, la piel de la cara había recuperado el color habitual. Primero sintió vergüenza y después miedo por la reacción de su madre acerca del hecho de que Juan la golpeaba. Había comenzado poco después del matrimonio. Su marido parecía distraído cuando ella recién se mudó a la calle del Empedradillo, a la casona colindante con el taller de impresión de su nuevo padre político. Después de ignorarla durante varias semanas, había descubierto el temperamento colérico de Juan, lo que la sorprendió, porque lo creía incapaz de enojarse por nada. El enojo de su esposo se debía a las cosas que le decía el padre, don Hipólito de Ribera, que no hacía sino culpar a su segundo hijo por algo que no alcanzaba a comprender, pero que no tardó en descubrir: tenía que ver con ella. Fue una tarde, lo recordaba con nitidez, cuando el impresor le reclamó que ahora tenían una boca más que alimentar en la casa. Ella, con los nervios a flor de piel por el embarazo, había salido corriendo hacia su habitación. No, ella no era ninguna buscona ni tampoco había querido resultar preñada, de eso estaba segura. Cuando Juan la alcanzó, en lugar de defenderla, la abofeteó. Aquello fue solo el comienzo.

Paula miraba a su hija con ternura. Le parecía increíble que su hija fuera a tener un hijo, cuando ella apenas la había acunado en sus brazos, hacía poco tiempo. ¿En qué momento se iba a convertir en abuela? Se sentía joven, sabía que lo era y, sin embargo... tampoco podía ocultar la emoción que la invadía al pensar que dentro de pocas semanas tendría un bebé otra vez en sus brazos, la continuación de su estirpe. Inhaló con orgullo hinchándole el pecho. Levantó la barbilla y miró hacia arriba.

—Madre, Su Excelencia, la señora virreina, apoya la especie de escuela que tienen las monjas de Santa Catalina de Siena para las hijas de familia. Al parecer, pretende que se las instruya como a los varones, no solo en cuanto a las letras, sino también en aritmética e historia. Desde luego, lo que más leen son vidas de santos, pero tal vez podría usted apoyarla con silabarios, además de catecismos.

—¿La virreina apoya la educación de las niñas? No sabía...

—Sería mejor que apoyara la educación de las otras niñas, madre. Las que no pueden pagarlo. De las hijas de los naturales ni hablar, porque no tiene sentido, pero las huérfanas y aquellas cuyas familias no tienen para la dote, pues yo digo que no estaría mal.

—Tal vez... —Paula estaba pensativa. Era una idea brillante. Miró a su hija y le acarició la cabeza. La viuda se sintió feliz por un instante.

—Al parecer, a Su Excelencia le ha sentado la preñez a las mil maravillas. Ahora sale y pasea, lo que antes no hacía. Yo al contrario... tengo más cansancio que nunca.

—Será que se siente fuerte ahora que le dará un heredero al virrey. Solo faltará esperar que sea un varón y podrá hacer lo que ella desee. Me da gusto que por fin se ocupe de lo que se deben ocupar las virreinas. Hacía mucha falta desde hace años.

—Bueno... lo que escuché decir es que la señora virreina está complacida porque el virrey tiene una nueva querida. ¡No sabe la que le espera! Al parecer, ha dejado a doña Inés, ahora para siempre. Lo siento porque doña Inés es simpática y ha sido muy buena conmigo, como una hermana mayor. Ahora dicen que el señor virrey se entretiene con una de las damas de la marquesa y que esta ha dado su consentimiento, porque ella misma la eligió para que el virrey esté ocupado mientras el embarazo sigue su curso. No me imagino yo eligiendo a una mujer para Juan mientras nace su hijo.

Paula rio quedamente, más para disimular el nerviosismo que le causó la noticia que involucraba a Inés, su amiga Inés.

—¿Porque no te gustaría saber que tiene otra mujer?

—No, madre. Me refiero a que yo no la elegiría. Que la elija él... y a mí que me deje en paz. Si es que no quiero saber nada de él después de que nazca el niño.

*

Paula se quedó pensativa cuando volvió al taller, después de dejar a su hija instalada en su antigua habitación. En la cabeza le daban vueltas las palabras acerca de las caridades de la virreina. Le debía lealtad a Inés y se la guardaría, pero debía pensar en su futuro. Por como ella lo veía, Inés se volvería a España en cuanto tuviera oportunidad. Sin el apoyo del virrey, la actriz tendría poco por hacer en la ciudad novohispana. En cambio, una actriz que hubiera triunfado del otro lado del mar siempre sería bien recibida en la corte, aunque solo fuera por el morbo de conocer a la que fuera amante del virrey. Así que la propuesta de su hija le pareció muy acertada. Imprimiría silabarios para los conventos de Santa Catalina de Siena y de Santa Isabel, favorecidos por la virreina, y los donaría. Después de todo, pensó con un suspiro, la virreina y ella compartían un interés por la educación de las niñas.

Aquello tenía que ser una buena señal. Su sonrisa se ensombreció cuando pensó en el inminente parto de su hija. Sabía que María era fuerte, pero el riesgo siempre aparecía en el momento en que menos se le buscaba.

Paula intentó concentrarse en los papeles que tenía sobre la mesa de madera oscura. Acababa de abrir el cajón del lado derecho con la llave que se había atado a la cintura, por debajo de la falda. Eran los impresos del Secreto del Santo Oficio. Al principio no le habían dado más que listas de pasos para la conquista espiritual de las almas descarriadas. El primer impreso era una actualización de una bula llamada *Arias Felicis*, que tenía más de cien años, junto con otra llamada *Exponi Nobis*. Como no podía ser de otra manera, Paula se encontró leyendo lo que imprimía. Se justificó a sí misma convenciéndose de que no debía encontrar errores de tipos en lo que salía de su taller, pero después, y sin darse cuenta, la invadió la curiosidad. ¿Qué era lo que ocultaba la Audiencia de México en aquellos papeles amarillentos y sucios?, claramente muy manoseados, y algunos con tachones y marcas en los márgenes; «… las Indias Occidentales, de las cuales Nueva España es el territorio de mayor extensión, señalado como el sitio de mayor barbarie del mundo entero, envuelto en la más negra de las tinieblas de la ignorancia, asiento y residencia del pueblo más salvaje que nunca existió o existirá en los años por venir…». Había vuelto a imprimir el texto con el fin de guardar una copia para ella. No podía explicarlo, pero ahora Paula de Benavides sentía la necesidad de enterarse de lo que hacía y escribía la Santa Inquisición. No se conformaba con abrir los cajones de libros prohibidos, sino que acostumbraba contrastarlos también contra la copia del *Index* que le cediera Gerónima Gutiérrez, además de leer lo que le pedían prensar en su taller. No quería pensar en su conciencia, esa pequeña y estorbosa vocecita que a veces le susurraba en el oído «perjurio, vergüenza y deslealtad». El confesor siempre le insistía en que la curiosidad tenía forma de mujer, y Paula debía conformarse con eso.

Unos golpes en la puerta la sacaron de sus pensamientos. Era el mozo.

—Doña, que le traen unos cajones de libros. El Fausto, que quiere hablar con usted.

—Gracias. Dígale que ahora salgo.

Paula disimuló una sonrisa. Fausto era casi parte del servicio de su casa. Por unas cuantas monedas la tienda de la viuda de Calderón siempre era la primera en recibir sus encargos apenas llegados del puerto de la Vera Cruz. Temprano por la mañana iba a la casa marcada con el número 6 de San Agustín a descargar, con desparpajo y alegría, las cajas que debía entregar en la tienda de la viuda de Calderón, que siempre le pagaba una moneda de plata con una sonrisa. Lo que Paula no esperaba aquella mañana lluviosa era a un joven lépero, casi un niño, que le entregó una nota, pequeña y enrollada. Nada más ver el billete, supo que debía venir del padre Estrada.

*

Esta vez el acceso al edificio de la esquina chata no estuvo, como el primero, envuelto en miedo. A pesar de haberlo pisado solo una vez, Paula caminaba convencida de que las piedras del suelo, los escalones, lo mismo que los arcos y los pasillos la reconocían. Esperó mientras se abría la puerta del despacho del inquisidor. ¿Querría Su Paternidad más lotes de libros?

—Pase.

La viuda de Calderón entró e identificó los mismos tapices, sillas y mesa de la vez anterior. Se iba a quitar la capa mojada, cuando el fraile levantó una mano para indicarle que no lo hiciera.

—Perdone, Su Paternidad. La lluvia tiene las calles hechas un asco y, si no me retiro la capa, le dejaré todo el suelo mojado…

—Siéntese.

El religioso, como era su costumbre, apoyó los codos en los brazos de la silla alta y juntó las palmas, los índices apoyados en los labios. Tardó varios minutos en abrir la boca, los cuales utilizó para mirar a la viuda. Paula intentaba no moverse y aguantar la mirada, pero se sentía incómoda. No sabía si debía hablar o esperar a que le dirigiera la palabra.

—Estamos satisfechos con los trabajos que realiza para nosotros, doña Paula —comenzó fray Estrada, sin apenas despegar los labios.

La viuda se enderezó. Debía haber un «pero».

—Gracias, Su Paternidad. Espero poder seguir sirviéndoles.

—Eso esperamos también. Le tengo unos documentos del Secreto, pero se le enviarán en cuanto estén traducidos al latín.

Paula apretó los labios. ¿Por qué todo debía traducirse al latín? El castellano era de uso común en la Nueva España… Iba a abrir la boca, pero se lo pensó mejor y guardó silencio.

—Sí, Su Paternidad. Me parece que si ponen ustedes a algunos de los bachilleres en teología a hacer las traducciones, terminarán antes. Solo será cuestión de que alguno de los catedráticos de mayor rango las revise para dar el visto bueno…

El inquisidor miraba a Paula con atención. Esta no pudo decir si su propuesta había sido acertada o, por el contrario, había cometido una gran indiscreción.

—Lo digo, Su Paternidad, porque como seguramente sabrá, tengo un hijo en el Seminario. Se ordenó hace poco, aunque continúa estudiando. Me parece que no solo teología, sino también retórica y…

—La próxima semana saldrá a la venta un lote de libros de una casa. Se le extenderá permiso y credenciales para que pueda asistir como librera, doña Paula. Podrá elegir entre lo que allí se exhiba. Elija lo que más le apetezca y acordaremos un montante que podrá pagar cómodamente. Sepa que esto también forma parte de las funciones que realiza para el Secreto del Santo Oficio. Muchos de los tomos que allí se encuentran no están en venta al público general. ¿Ha escuchado hablar del arquitecto de la iglesia catedral? ¿De un Melchor Pérez de Soto? Asumo que ha escuchado… ciertas historias. El arquitecto era nuestro huésped y en sus casas, tanto la de la calle del Relox como aquella que mantenía cerca del hospital de la Purísima Concepción y Jesús Nazareno, hemos identificado un gran número de tomos.

—¿Era? —Paula no pudo evitar hacer la pregunta, de la que se arrepintió de inmediato. El fraile levantó una ceja.

—Era. Desafortunadamente, un compañero de… habitación, lo mató hace unos días. Un feo asunto. Pero le repito, elija usted, que será quien lleve mano, y encárguese de transportarlos hacia su domicilio.

—Sí, Su Paternidad. Gracias, Su Paternidad.

El fraile se cruzó de brazos, recargado contra el respaldo de la silla. La miró por unos momentos que a la viuda le parecieron tan largos, que incluso pensó que debía despedirse. Cuando movió los labios para preguntar, el religioso continuó.

—Y, doña Paula, dígame ¿ha escuchado hablar de la restricción impuesta por Su Excelencia sobre el papel y la pólvora?

—¿Lo de que ofreció seiscientos quintales de papel sellado a cambio de otro tanto de pólvora? Sí… Inés piensa que España irá a la guerra o algo igualmente importante…

—¿Inés?

Paula se cubrió la boca. Había cometido una indiscreción importante.

—Sí… una amiga mía.

—Está muy enterada su amiga, al parecer. Lo mismo que usted. ¿Y qué opinión le merece el asunto de los seiscientos quintales de pólvora a cambio de papel?

—Pues... yo no sé de estas cosas, Su Paternidad. Al parecer, de la corte llegan rumores de sublevados en Cataluña y Portugal. Yo me digo que no habiendo nada en qué usar tanta pólvora por aquí, de seguro será para enviarla a España, ¿no cree?

—¿Y de casualidad sabe usted dónde se ha puesto a resguardo tanta pólvora?

Paula bufó. Sí lo sabía.

—Comprendo sus reservas, doña Paula. Pero a estas alturas comprenderá que ha dicho bastante. Puede usted hablar sin reservas. En el Santo Oficio sabemos ser agradecidos, como se le ha demostrado con anterioridad.

La viuda abrió mucho los ojos. ¿Le estaba pidiendo que espiara para el Santo Oficio? Cerró los párpados y, al abrirlos, ahí seguía el inquisidor, mirándola directamente a los ojos. Movió la cabeza de un lado al otro. La lluvia golpeaba la ventana que tenía a su izquierda, distrayéndola de lo que debía decidir.

—Yo...

—Y además del agradecimiento del Santo Oficio, tendrá usted el mío, doña Paula.

—En San Juan de Ulúa. Tengo entendido que allí se ha puesto a resguardo.

El religioso asintió. Parecía pensar. Paula, por su parte, estaba inquieta. Si era verdad que el virrey tenía otra amante, Inés no iba a ayudarla mucho para lo que el inquisidor le estaba exigiendo. La viuda sentía que, de nueva cuenta, la corriente del agua la arrastraba sin que ella pudiera oponer ninguna resistencia. Entonces entendió que tenía dos opciones: dejarse llevar con la cabeza de fuera, o ahogarse mientras el agua avanzaba hacia adelante. Porque el agua nunca era la misma mientras fluía. A pesar de los pensamientos grises y contradictorios que se agolpaban en su cabeza, comenzó a asentir, de modo imperceptible, excepto para el fraile que la miraba queriendo penetrarle la piel.

—Para que pueda obtener más información de entre toda la gente que conoce, doña Paula, entre la que puedo presumir que se encuentran el resto de viudas de impresores de la ciudad, permítame ponerla en alguno que otro antecedente. Será más fácil para usted que sea capaz de discernir entre lo que nos conviene saber y lo que no. El virrey pertenece no solo a una de las familias de mayor linaje de España... sino también de Portugal. El virrey es un Braganza, emparentado con el pretendiente al trono de ese país. Como comprenderá, la posición de Su Excelencia es un tanto... confusa, si nos atenemos a la lealtad que debe, por una parte a su rey y señor, y por la otra a su sangre. De momento, es todo lo que puedo decirle, para no ponerla en riesgo, doña Paula. Ahora, si me permite —añadió mientras envolvía unas ya conocidas cartas en otros folios y las sellaba con cera—, haga el favor de escribir lo que le voy a decir en estos folios.

Paula, obediente, cogió la pluma y la remojó en la tinta. ¿Qué habría querido decir el fraile al mencionar al resto de viudas de impresores? No sería raro que la espiara, que la mandara seguir, en especial desde que le había confiado la impresión del Secreto. Paula no sabía qué pensar. Escurrió el sobrante de tinta girando la pluma de ave y se preparó para escribir encima de los papeles blancos que la miraban impávidos. En las primeras dos escribió los nombres y las direcciones que recordaba de las veces anteriores, pero en la tercera, el nombre del destinatario era diferente, lo mismo que la dirección. Esperó a que secaran y las guardó en el bolsillo interior de su falda.

—¿Está usted segura de que no se mojarán?

—La capa está untada con grasa para evitar que yo me moje, Su Paternidad. Escurre el agua, pero es bastante pesada.

—Nos aseguraremos entonces de que nada les ocurra a nuestros cajones. Y recuerde, doña Paula. No deben ser abiertos en ninguna circunstancia. No lo olvide usted.

El fraile extendió la mano para que le besara el anillo, lo que la viuda hizo con un resoplido. La entrevista había terminado.

*

El agua de la acequia salpicaba los charcos, limpiándolos del lodo, hojas secas, animales muertos e inmundicia que se arrastraban de lado a lado de la calle, porque las tablas que habían colocado para que la gente pudiera caminar por el centro también quedaron bajo el agua. El nivel no había subido tanto como en otros años, pero era imposible no mojarse en los charcos al caminar. Apretó el paso, haciendo que la vieja Jacinta resollara detrás de ella, sin darle alcance. Le latían las sienes y ella sabía que no era por caminar rápido, sino por el libro que llevaba apretado contra el pecho.

Las campanadas de la catedral doblaron dando los primeros cuartos de la hora, estremeciendo edificios y gente. La barda que rodeaba la iglesia y el sagrario metropolitano le sonrieron por los huecos que no parecían ir a cubrirse nunca. ¿Algún día terminarían de construir aquella catedral? Era tan grande... *Dong, dong.* El corazón le latía con fuerza, ensordeciéndola, mientras estrechaba ambas manos contra su pecho. Por más que lo intentó, no pudo evitar que los bajos de sus faldas arrastraran mugre y basura del suelo, lo mismo que su pecho cargaba ahora con culpa y algo que debía ser angustia, pero que no podía definir. Acababa de convertirse en espía de la Inquisición y no sabía si para ella, con todo lo que tenía encima, empezando por su hija y su futuro nieto, aquella era una buena noticia. Con Inés desechada... ¿De dónde sacaría ahora información útil para el inquisidor?

La lluvia continuó el resto de la tarde y toda la noche. El día siguiente amaneció frío de tan húmedo. Pero el cielo estaba limpio y libre de nubes, lo cual debía ser un buen augurio, pensó Gerónima cuando se vistió aquella mañana, antes de ir a la tercera orden de San Francisco, a misa de ocho.

—Y dígame, doña Paula, ¿en qué puedo servirle?

Gerónima se sirvió otra taza de chocolate y se recargó contra el respaldo de sillón tapizado con flores. Era viejo, pero la tela de tapicería era nueva, llegada hacía pocos meses en el galeón de Acapulco, y la había enamorado. Ahora sentía que estrenaba salón. La sesión de la cofradía había terminado y, contra su costumbre, Paula de Benavides se había quedado la última. La viuda de Calderón carraspeó.

—Disculpe, pero tenía que preguntarle algunas cosas, y no quise…

—Comprendo. Dígame.

—¿Qué sabe usted de Su Excelencia? Quiero decir, de sus relaciones familiares y de todo el asunto de la revuelta de Portugal. He escuchado algunas cosas y lo que más nos está afectando a nosotros es el asunto del papel. La semana pasada no pudieron asegurarme que fuera a llegar, y podemos tener algún atraso.

La viuda de Juan de Pablos asintió, chasqueando los labios. Si de verdad el asunto fuera por el papel, la viuda de Calderón no hubiera esperado a quedarse a solas con ella. Pero no le importaba. Ayudaba a Paula porque quería y porque estaba convencida de que la cofradía tendría futuro con esa mujer. Ella pronto cumpliría cincuenta años, y aunque aún no se veía a sí misma como una anciana, la verdad era que se estaba convirtiendo en una. Sus mejores años ya habían pasado de largo, pero no su interés por mantener la cofradía que ella había fundado. Sabía que su interlocutora no tenía tanta mano izquierda para lidiar con el resto de impresoras, la mayoría jóvenes como ella, y que había alguna que recelaba de Paula de Benavides, como Isabel de Quiroz. Pero era algo que debería aprender con el tiempo, y Gerónima estaba convencida de que lo haría.

—Del duque de Escalona…, pues lo que la mayoría, supongo. ¿Qué quiere saber, doña Paula?

—Me temo que con los asuntos de la imprenta y del Secreto del Santo Oficio he estado distraída con lo que ocurre. Yo sé más bien poco.

—Pues al parecer es un Braganza, aunque aquí ese nombre nos diga muy poco a nosotras. Portugal queda muy lejos. Hace algún tiempo, a finales del siglo pasado, Portugal era un reino independiente de España y, cuando se quedó sin heredero, antes de que las Cortes se reunieran, el rey Felipe II, abuelo de nuestro rey y Señor, apeló a ciertos derechos sucesorios y se declaró rey legítimo de ese país, que pasó a formar parte de España. Pero se conoce que han iniciado algunas revueltas, lo mismo que en la región de la Cataluña, al norte parece ser. Se dice que la intención de dichas escaramuzas es buscar la independencia de España, aunque el rey no estará por la labor. Así que ha enviado tropas a ambas partes del reino.

—Tropas que requieren pólvora…

—Y papel. Porque las tasas que se imponen, lo mismo que al aceite de oliva, el vino y otro montón de productos que solo se pueden producir en la Península, hacen que dichos géneros escaseen. No para todos, porque le aseguro que tanto en el Palacio Virreinal como en las casas señoriales, el vino corre como de costumbre. En cuanto al papel, nos afecta porque el virrey decidió cambiar la dotación de papel habitual que se surte de la Casa de Contratación hacia acá por pólvora. Aunque a saber dónde se guardarán los barriles, porque, que yo sepa, a la ciudad no llega ni uno solo.

Paula pensaba en lo que escuchaba. No difería mucho de lo que había aprendido del inquisidor mayor. Pero algo faltaba y ella tendría que averiguarlo.

—Por cierto, doña Paula. Ayer recibí carta de mi hermano que vive en la Puebla de los Ángeles. No sabe lo que me ha dicho acerca del obispo Palafox.

—¿Lo del pleito que trae con las órdenes religiosas?

—En parte. Mi hermano asegura que una las razones por las que Su Ilustrísima se ha internado en los poblados más alejados son los conventos de religiosos.

—¿Los conventos?

—Más precisamente, le interesan las bibliotecas de los conventos. Al parecer, ha decomisado la mayoría de los libros que se resguardan en ellas. Algunos contienen verdaderas joyas. Me parece que el asunto atañe a la cofradía, aunque me olvidé de mencionarlo hace rato.

¿Para qué le decía eso, precisamente a ella?

—No sabemos para qué desee Su Ilustrísima tantos libros. Y menos si los sumamos a los quinientos o seiscientos cajones con que arribó.

Yo había escuchado decir que los pondría en venta y ya estaba preparándome para una buena compra. Pero al final nada se supo.

—¡Libros! Pero qué decepción... Recuerdo que hacíamos apuestas con que trajera mujeres exóticas escondidas dentro. El asunto es, doña Paula, que el obispo Palafox planea fundar una biblioteca con todos los tomos que trajo y los que constantemente saca de las bibliotecas de los conventos.

—Y esto me lo dice usted porque...

—Porque me parece que usted debiera escribir a Su Ilustrísima y ofrecerle adquirir libros que puedan interesarle. No estaría de más mantener un buen contacto, por si lo del virrey llegara a fallar.

Así que la ciudad entera sabía que el virrey había dejado a Inés. Si no, ¿a qué se podía estar refiriendo?

—Sí. Gracias. Pero ¿no prefiere ser usted quien contacte con el señor obispo?

—Doña Paula, yo ya soy vieja y el asunto de mi tienda está terminado. Solo he comprado una docena de libros en los últimos meses. Quiero que sepa que estoy considerando vender mi imprenta, aunque eso aún no sé cómo ni cuándo lo haré. Me estoy cansando, ¿sabe?

«¿Vender su taller? ¿De qué va a vivir?», se preguntó Paula.

—Le ofrezco comprarle su prensa, doña Gerónima. Si considera que podrá vivir de la pensión que obtenga por la venta... me sentiré muy honrada si me permite ser yo quien lo haga. Cuando usted lo decida, quiero decir.

Gerónima de Gutiérrez inhaló despacio. Dejó su taza fría sobre la mesilla.

—Doña Paula, necesito mantener la prensa si quiero tener una justificación que me permite reunirme con el resto de viudas mientras tenga vida. De otra manera, me vería yo... sospechosa ante los ojos de los demás. Y eso no debe suceder en ninguna circunstancia, que no. Si no le importa, lo dejaremos para cuando yo me sienta enferma o cuando ya esté yo muy cansada. Otra opción, no crea que no lo he pensado, es vender todo e irme a un convento, donde se me pueda visitar. Así tendré quién me cuide cuando yo lo requiera. Pero aún no decido. Como sabe, no tengo herederos, por lo que no me gustaría que cualquiera por allí se fuera a quedar con mis cosas. Hay algunas que me interesa conservar y otras, como ya lo sabe, que me interesa ceder a alguien que pueda continuar con lo que empecé.

Paula tragó saliva. Se sentía emocionada y nerviosa. Se acercó a la viuda y le tomó una mano, que sintió fría. Paula pensó que así se debería sentir si tuviera una hermana mayor. Gerónima, por su parte, pensaba que si hubiera tenido una hija, le hubiera gustado que fuera como Paula de Benavides.

TRECE

Isabel se miraba en el espejo de mano con mango de plata que había comprado en la plaza del Volador, como parte de su ajuar de novia. Le parecía tan lejano aquel día como si se lo estuviera imaginando y no hubiera ocurrido. Tenía algunas líneas finas alrededor de los ojos y de los labios, que subían hasta la nariz. Sus párpados se veían como los recordaba de antes, de otra vida, y sus ojos no habían perdido luz. Hurgó entre sus cabellos sueltos, pero no encontró ninguna cana. Sonrió y dejó el espejo sobre su regazo. No era especialmente bonita, pero tampoco fea. Claro que de eso a gustarle a la persona que tenía en mente desde hacía algunas semanas había un trecho. Llevó una mano al pecho y suspiró. Su cabeza le decía que estaba mal, que era pecado, que se iría directo al infierno solo por pensar lo que pensaba e imaginar lo que imaginaba, pero no podía evitarlo. Cerró los ojos y volvió a ver a Catalina del Valle lamiendo sus dedos llenos de azúcar. ¿Se estaría volviendo loca?

Al principio no le dio importancia al espasmo que sintió en el estómago bajo cuando vio a Catalina, un poco mayor que ella y sin duda, tampoco hermosa, limpiándose el azúcar con los labios y la lengua sobre los dedos... mirándola a ella. A los ojos. Se había quedado inmóvil, confundida. Después se sintió molesta y terminó por abrazar la curiosidad que la invadía. Sin darse cuenta, comenzó a pasar más tiempo mirando a Catalina en misa y en las reuniones de la cofradía. El precio de la resma de papel, los calendarios y almanaques, lo mismo que los panegíricos, sermones, informes y pareceres pasaron a un segundo plano en su existencia. Su día a día se iba llenando de miradas furtivas, sonrisas disimuladas y, sobre todo, con el vuelo que su imaginación se daba, hacia lugares que nunca imaginó.

Quizá por ello, y como un milagro, porque tenía que ser obra divina, se había olvidado de Paula de Benavides. Resentida con ella desde que recordaba, la envidia disfrazada de desconfianza se había desvanecido. Ya no tenía ningún interés en perjudicarla ni tampoco en desacreditarla. Paula de Benavides estaba muerta dentro de ella y en su lugar había florecido un sentimiento que no era capaz de definir, pero que la inundaba y la hacía feliz. Le había costado, eso sí, aceptar que era la mejor de todas ellas, pero estaba dispuesta a colaborar con el bien común de la hermandad clandestina que mantenían. La dejaría en paz porque ya no le motivaba espiarla ni adivinar lo que hacía con su vida. Frotó sus mejillas entre las manos frías. Le gustaba la sensación de las palmas contra su cara. Soñaba con volver a tocar las puntas de los dedos de su amiga y, al mismo tiempo, se acobardaba al pensar que quizá Catalina no sintiera lo mismo. Su criada tocó dos veces en la puerta de su habitación y entró. En silencio, sacó el orinal de debajo de la cama y le tendió un chal para que se cubriera los hombros. Era hora de alistarse.

—Disculpe, niña. Ayer por la tarde vino la viuda de Herrera preguntando por usted.

—¿Le dijiste que estaba indispuesta?

—Sí, como me dijo usted. Dejó dicho que deseaba que se recuperara y que volvería hoy a preguntar cómo seguía.

Isabel suspiró. Ya no quería recibir a Ana, porque le comentaría los hallazgos recientes de sus pesquisas acerca de

Paula de Benavides. ¿Cómo decirle sin ofenderla que ya no estaba interesada en saberlo?

—Después de comer me acompañas a pasear.

—Sí, señora. Como diga usted, señora. ¿Va a tomar algo antes de ir a misa?

Isabel negó mientras se acercaba a la palangana con agua para lavarse. Cogió la toalla y la remojó en una esquina para limpiarse la cara. El agua fría terminó por despertarla.

—No. Hoy tampoco tengo hambre.

—Debería comer, niña. A las flacas no las quiere nadie.

Isabel agitó la mano para alejar a la criada.

—Vuelve pronto para que me ayudes con el vestido.

Cuando se quedó sola, la viuda frotó su cara con la tela. Era martes y debía verse radiante. Sonrió mientras cerraba los ojos.

*

Paula de Benavides miraba el papel blanco mientras remojaba la pluma en el tintero por tercera vez. No podía comenzar la carta que tenía en mente. Y detestaba escribir para luego arrepentirse y tener que volver a redactar con correcciones. Pero había perdido más tiempo mirando el trozo de papel, que la desafiaba al grado de no poder atacarlo. ¿Qué se le dice a todo un señor obispo? Primero debía felicitarlo por algo, lo que fuera. Los hombres eran vanidosos, ¡lo sabía bien! y lo mejor sería comenzar la misiva alabando la obra de Su Ilustrísima. Pero, y aquí estaba el asunto, ¿qué había por alabar de Juan de Palafox? ¿Su lucha encarnizada contra las órdenes religiosas? Estaba enfrentado a diestra y siniestra con todas. En su afán por proteger al clero secular se olvidaba de la diplomacia, que se suponía era su fuerte. ¿Felicitarlo por ser incondicional del valido del rey? El rey, la corte y España, incluyendo al valido, estaban muy lejos. Además, no podía incriminarse tomando partido abiertamente por el obispo, porque Paula estaba convencida de que la guerra contra el virrey apenas comenzaba. Y ella vivía en la Ciudad de México, y la Puebla de los Ángeles quedaba a varios días de distancia. Miró el papel, que parecía burlarse de ella. Le desearía parabienes y mucha salud y se presentaría como viuda de impresor, impresora de cartillas y se las ofrecería para su diócesis… y de paso le diría que su taller, no ella, imprimía el Secreto del Santo Oficio. Le diría que se ponía a su disposición por si deseara imprimir alguno de los documentos que con toda seguridad Su Ilustrísima escribiría. Después mencionaría que se dedicaba a traer libros de todo tipo desde varias ciudades de España y que ella estaba para lo que se le ofreciera. Bueno, no para todo, pensó con una sonrisa. El hombre era guapo, creía recordar, pero tenía una fama terrible. Para establecer una clara e inequívoca intención comercial, tal vez fuera buena idea enviar la carta junto con un catálogo, insinuando que era conocida su afición a coleccionar libros de todo tipo.

La viuda resopló. No podía mencionar el asunto de la supuesta biblioteca, porque no debía ser indiscreta. Había investigado acerca de la personalidad del obispo y sabía que era muy estricto en algunos aspectos, incluyendo el que una mujer impresora le escribiera. Pero Paula debía intentar acercarse, porque intuía que una buena relación con Palafox sería benéfica para ella, aunque no era capaz de explicar por qué se sentía así.

En todo caso, sus credenciales como impresora y comerciante de libros hablarían por ella, aunque pecara de falta de modestia. La tinta en la punta de la pluma se había vuelto a secar. Cogió una navaja con mango de hueso de buey que había pertenecido al difunto Bernardo y comenzó a raspar la tinta seca. De paso afilaría la punta del cálamo. No había terminado cuando llamaron al portón de la casa.

*

—Disculpadme, doña Paula... pero no tenía, no tengo a quién más acudir. Diego me ha dejado. Ahora sí que es definitivo.

Inés se abrió paso dentro de la tienda y se acomodó en el sillón frente a la mesa donde trabajaba Paula. Al ser conocida de la patrona, la habían dejado entrar sin avisarle a la dueña de la casa. Inés tenía la cara roja, como si hubiera corrido en lugar de haber llegado en carruaje. ¿Habría llegado en carruaje? Si el virrey la había cambiado por otra, tal vez le hubiera retirado los criados y las comodidades.

—Ya veo. Os preguntáis por qué os lo cuento como si nada. ¡Que ya lo veía yo venir! Si es que desde que iniciara el ayuno por la Cuaresma, comenzó a darme largas. Os lo había dicho. Que me daba mala espina. El caso es que está hecho.

Paula la miraba, incrédula. Hubiera jurado que Inés, siendo joven como era, estaría triste, por decir lo menos. Pero lo que tenía enfrente no era una casi niña devastada, ni siquiera, entristecida.

—Me congratulo de verla en buen estado, doña Inés.

—¿Sabéis? No os creáis, casi agradezco que lo hiciera. Porque me ha dado una razón para... cobrarme. Le vi la semana pasada y, a pesar de los rumores que circulaban acerca de la mujer esa, Pilar que se llama, tuvo el descaro de negarlo todo. Anoche me dijo que se había terminado. Que debía cuidar de su mujer y del niño que esperan. Pero que no se crea que se irá limpio... No.

—Doña Inés, comprendo cómo se siente en estos momentos. Pero yo le aconsejaría prudencia. No sería bueno que se enfrentara usted a Su Excelencia...

Paula pensaba que las venganzas eran un condimento difícil de alejar y también que la consumían a una si no las llevaba a cabo. El fuego que ahora veía en los ojos de Inés le decía que debía tratar de aplacarla. Además, ella también podía resultar salpicada. Era de todos conocida la amistad que ella tenía con la actriz, y cualquier cosa que la joven decidiera emprender en contra del virrey terminaría por arrastrarla.

Inés miraba a Paula mientras parecía pensar lo que acaba de decir.

—No creáis que no lo he pensado, no. Seré joven, pero no tonta. Si cree que puede desecharme como un trasto viejo, se equivoca. ¡Vaya si se equivoca!

—¿Qué piensa hacer, si se puede saber?

Inés tomó aire y se enderezó en el sillón.

—Que me vuelvo a España. Mi carrera de actriz no terminará porque el señor virrey no desee verme más. Pero antes… le dejaré un recuerdo mío.

Paula no sabía si preguntar. Tal vez fuera mejor no saber.

—Es verdad que Diego se ha puesto del lado de sus familiares, los Braganza creo que se llaman.

La viuda abrió los ojos. La conversación con el inquisidor mayor se le apareció, como un conjuro.

—Perdóneme, doña Inés, pero no le entiendo.

—Diego es un Braganza y los suyos pretenden proclamar la independencia de España. Algo del yugo que les impusieron por una caduca ley de sucesión de un antepasado del rey Felipe IV. No sé bien. Pero entiendo que han iniciado revueltas en algunos territorios portugueses y le han pedido ayuda al virrey. Por eso la pólvora en San Juan de Ulúa.

—¡Dios Todopoderoso! —Paula juntó las palmas.

—Pero eso no es todo. Se escribe con sus parientes y ha prometido no solo ayuda… sino algo más. Algo que incumbe a todo el reino… —Inés sonreía y esa sonrisa hizo que la sangre se le enfriara a Paula dentro del cuerpo. Se frotó los brazos porque no sabía qué hacer con las manos.

—Así que se vuelve usted a España. La voy a extrañar, sinceramente.

La joven actriz sonrió y se acomodó los rizos alrededor de la cara. Paula vio por fin que se trataba de un postizo muy bien cuidado. Exaltada, la joven se veía tan hermosa que la viuda sintió miedo.

—No será mañana, eso es seguro. He puesto la finca de Mixcoac en venta y también deberé partir hacia la Villa Rica de la Vera Cruz en fechas próximas. Antes del invierno, con toda seguridad, pero después de que amainen los temporales de esta época del año. Que me han dicho que viajar en barco a Sevilla en estas fechas no es recomendable, que porque hay mala mar. Así que será en un par de meses, antes de que llegue la niebla, porque el paso por Orizaba y esas zonas altas se ponen perdidas. Pero antes tengo que hacer algo… y por eso es que requiero vuestra ayuda, doña Paula.

—¿Mi ayuda? Yo no sé cómo podría ayudarla, doña Inés —ahora Paula temblaba involuntariamente. La mirada fría del inquisidor se había instalado entre sus ojos, justo arriba del nacimiento de su nariz. Se mordió los labios.

—Con vuestro consejo. Aquí está la carta y quiero que me ayudéis a encontrar a la persona idónea para enviarla. ¿Quién, a vuestro parecer, tendría mayor interés en contra del virrey?

—No sé… habría que pensar…

—Desde luego, alguien muy arriba en la estima de nuestro rey, don Felipe IV, que Dios guarde muchos años. Alguien que lleve mano en los asuntos de gobierno y que pueda hacer llegar información muy valiosa a Su Graciosa Majestad. O a alguien muy cercano a él, como el valido, que se sabe le habla al oído al rey.

—Yo…

—No pretendo que me lo digáis ahora mismo, doña Paula. Pero estoy muy cierta de que al rey le interesaría saber que su virrey en la Nueva España pretende convertirla en Nueva Portugal. Ayudadme a pensar. Es todo lo que os pido. En nombre de la amistad que os tengo.

Inés sacó unos folios doblados en cuatro y sellados con cera y la imagen de una mariposa. Aquello tenía gracia. Sería imposible identificar a alguien que utilizara semejante sello, y más si Inés se volvía a España. Paula hundió la cara entre las manos. Aquello no debía haberlo escuchado. ¿Nueva Portugal? ¿Acaso pretendía el virrey declarar la independencia de aquella parte del reino en favor de sus parientes y de un rey distinto al que tenían? Sacudió la cabeza. Inés la miraba, desafiante, desde el sillón. Había vuelto a hundirse en él y se veía cómoda.

—Lo sé. Perdonadme, doña Paula. Es información muy grave y os pido disculpas sinceras por haberos metido en este embrollo. Pero comprenderéis que es demasiado para mí sola. Ahora siento que me pesa la mitad desde que os lo he confesado. Yo sé que vos me ayudaréis a pensar en la persona adecuada para hacerle llegar esta información y que obre en consecuencia.

Paula no podía creer lo que estaba pasando. Otra vez sentía que la corriente la arrastraba sin que hubiera metido siquiera los pies. Ahora debía encontrar la manera de mantener la cabeza a flote, porque no podía ni quería ahogarse. Miró repetidamente el papel blanco. La carta que no había podido comenzar a escribir desde hacía un buen rato. ¡Palafox!

Inhalando despacio, miró a Inés, que esperaba alguna reacción. Paula podía sentir que, si no la ayudaba, también ella podría convertirse en enemiga de esa mujer joven y resuelta. Le sonrió y vio cómo, poco a poco, la cara de la actriz se relajó.

—Lo pensaré con calma, doña Inés. Esto... el asunto es muy delicado y agradezco la confianza que ha depositado en mí. Porque creo que todos corremos riesgo si lo que usted acaba de decirme resulta ser verdad. No es que no le crea; solo que me resisto a creerlo, pero alguien tendrá que poner en aviso al rey, y en eso solo puedo estar de acuerdo.

La sonrisa de Inés se abrió, mostrando dos hileras de dientes blancos y completos. Le tendió la mano a la viuda, que la estrechó entre las suyas.

—Le estaréis haciendo un favor al rey a pesar de que no obtendréis jamás reconocimiento, y menos agradecimiento. Haced favor de guardarla con el cofre que os traje antes. Solo yo tengo las llaves, que son dos, además de un cajón oculto que se acciona con un resorte que solo yo sé. Si alguien ajeno trata de abrirla, la romperá y no podrá sacar lo que allí se esconde —Inés sonreía. Parecía confiada.

Paula pensaba en cómo hacer para que el rey nunca se enterara de que ella estaba metida en una intriga de corte y, menos aún, una de ese nivel. Sentía las piernas blandas, como si no pudiera ponerse de pie.

—Además, no os preocupéis. No la he firmado con mi nombre y no debierais poner vos el vuestro. No es la vía más adecuada, comprendo, porque enviar una nota sin firma a quien vos me digáis no parece descabellado. Aportando algunos nombres y fechas que yo me sé, será fácil para alguien de cierto nivel certificar que lo que ahí se dice es la verdad pura.

Aquello cada vez se ponía peor. Paula miró a su alrededor. Un vaso de hipocrás no sería suficiente. Necesitaba abrir una garrafa de vino. Inés se quitó una cadena que traía al cuello, por dentro de la camisa. Se la ofreció a Paula.

—Para que veáis que os confío mi vida. Os dejo las llaves para que cuando sepáis el nombre de la persona a quien se debe confiar el secreto, la enviéis vos. Será lo mejor para ambas: vos desconocéis el contenido y yo desconozco el destinatario. —Inés le hizo un guiño. Parecía estar jugando a los espías. La viuda sintió que un lazo frío le golpeaba la espalda, como un latigazo.

—¿Se quedará a almorzar? Le cuento que tengo viviendo aquí, en mi casa, a mi hija María. Está a punto de parir y he decidido cuidarla yo.

Puntuales, las campanas del convento de San Agustín marcaron los cuartos.

*

Los días parecían escurrírsele entre los dedos, sin que Paula pudiera hacer nada para detener su paso, siempre hacia adelante. Tal vez fuera porque estaba ocupada pensando en las revelaciones que le hiciera Inés. Comprendía la necesidad, nada católica, de la joven actriz por vengarse de quien la había usado y desechado. Pero no sabía si debía intervenir. Le debía mucho, era verdad. Pero por encima de la lealtad estaba el cariño que sentía por esa mujer, que, si bien era joven, demostraba ser fuerte y muy decidida. En la cabeza de Paula de Benavides la idea del obispo Palafox no hacía sino crecer. No se le ocurría nadie más que tuviera contactos importantes en la corte y cercanos al rey, si debía creer lo que de él se decía. Y tampoco existía en la Nueva España alguien cuya estatura moral estuviera por encima de la de Su Excelencia. Excepto, claro estaba, el inquisidor mayor del reino. A la viuda le sucedían ataques de pánico que le impedían concentrarse en lo que debía hacer cotidianamente, lo mismo que conciliar el sueño. Hasta los cajones de madera llenos de libros prohibidos parecían haber perdido encanto ante las ideas de revolución que se amontonaban en la cabeza de la viuda. Inés había pronunciado nombres y fechas de más involucrados, conspiradores y traidores cuya sola mención la convertiría a ella en cómplice, a pesar de que aquella le hubiera insistido en que no le contaba todo lo que sabía. La mujer suspiró con pesadez. Ella solo había querido meterse a imprimir por su cuenta. Nada de lo que había ocurrido a raíz de la muerte de Bernardo lo había pretendido y menos, buscado. Pero ahí estaban el inquisidor y sus libros, Inés y sus obras de teatro, el virrey y sus líos de faldas... y la cofradía de viudas de impresores a la que nunca quiso pertenecer. Había veces que sentía ganas de meterse en la cama, cubrirse hasta la cabeza con las mantas y salir cuando todo hubiera pasado. Entonces ella podría dedicarse a preparar tinta, acomodar tipos, prensar papel y encuadernar libros. Lo que siempre quiso hacer.

Sin embargo, la carta parecía quemarla a ella y a todo lo que la envolvía. Aun cuando se convenció de que tardaría unos días en darle respuesta a Inés, decidió acudir temprano por la mañana a la oficina de postas para hacer el envío. Sentía prisa por deshacerse de aquellos papeles comprometedores.

Como si no tuviera suficientes problemas, su hija María se puso de parto una noche, después de cenar. Temerosa, como toda madre primeriza, había comenzado por asustarse. Su madre, habiendo olvidado lo que aquello significaba, intentó tranquilizarla diciéndole que faltaban muchas horas y que mejor intentara descansar. Nadie durmió en la casa aquella noche.

Temprano por la mañana, después de misa, Paula se abrió paso en el taller. Quería tranquilizarse en medio de lo que consideraba suyo y de nadie más: las prensas, el papel, la tinta, las hojas colgando en las cuerdas, los tipos, los cepillos, los punzones y las placas sobre las que acomodaban las hojas de papel, cortadas en medias, cuartos y octavas. Acarició los tipos en su cajón mientras repetía el nombre que le habían dado a ese tipo de letras: *romana* o *Palatino*. Imaginó lo que sería desarrollar otro tipo de letras, más redondas o más elaboradas, en otro alfabeto completo. Quizá algún día. Salió al patio cuando entró el primero de los oficiales.

—Estaré arriba el día de hoy, por si llegaran a necesitar algo.
—Sí, patrona.
—Avísale a Cornelio Adrián.
—Sí, patrona.

El sol ya se asomaba por entre los arcos. No escuchaba llorar ni gritar a María, pero era hora de mandar por la comadrona.

*

El niño nació cuando las campanas del vecino convento de San Agustín daban las cuatro de la tarde. Buen augurio, vaticinó la comadrona, una mujer rolliza y de edad indefinible, que tenía los brazos grandes y fuertes. Sonrió y los cabellos de la frente se le pegaron a la cara. Tenía la cara roja, lo mismo que el bebé, que berreaba con todas sus fuerzas. María, en cambio, estaba pálida y con unas marcas negras debajo de los ojos, pero sonreía. Paula pensó que su hija tenía todo el derecho de sonreír: el bebé era un varón sano y fuerte que respiraba tranquilo, ajeno a todo lo que lo rodeaba. La nueva abuela pensó que la inconsciencia era una bendición que terminaba demasiado pronto.

—¡Es un varón, madre!

—Sí, hija, sí. ¡Estoy muy orgullosa de ti! ¡Has estado magnífica! —Paula intentaba no mirar la cantidad de sábanas llenas de sangre que Jacinta y Dominga sacaban de la habitación. Según la comadrona, el parto había sido fácil para ser la primera vez, porque el niño tenía la cabeza bien clavada y porque María era muy joven y de buena constitución. La madre miraba a su alrededor con espanto. No recordaba sus partos vistos desde donde los miraba ahora. Agradeció mentalmente al Altísimo que todo hubiera terminado.

—¿Te lo has pegado ya? A juzgar por cómo berrea debe tener hambre.

—No… Solo lo he estado mirando. Le conté los dedos de las manos y de los pies, lo he revisado todo… No me canso de mirarlo…

—Es perfecto. Como tú, hija. Me has hecho muy feliz —Paula le dio un beso en la frente a su hija, que se había recostado contra el cabecero de la cama limpia, rodeada de almohadones. María le devolvió una sonrisa.

—¿Has pensado en cómo le pondrá el cura? Deberemos llamar a un cura para que lo bautice aquí mismo, antes de que te pongas de pie. ¡Antonio! Será el tío y padrino perfecto.

—Madre... yo... creo que debería avisarle a Juan...

Paula resopló. Se había olvidado de los De Ribera. No les había mandado recado ni la noche anterior ni durante la mañana.

—Les diremos que todo ocurrió muy de prisa y que ni tiempo dio. Además, debería haber venido a visitarte más seguido. Así se habría enterado de que estaba a punto de convertirse en padre.

—Madre... yo.... Quiero quedarme aquí.

La viuda miró a su hija y sonrió con ternura.

—Te quedarás, te lo prometo. Les diré que el médico ha dicho que debes descansar, al menos, mientras pasan los cuarenta días. Después... ya veremos qué hacer después. Ahora descansa. ¿Tienes hambre? Le pediré a Jacinta que te traiga un caldo de gallina o uno de cola de res para que repongas fuerzas. Y dale de comer a mi nieto, anda.

—Madre..., ¿y si Juan se molesta? Quiero decir, si me obliga a irme con él...

—No puede. Primero enviaré recado al médico y después a la calle del Empedradillo. Deja que tu madre se encargue de todo.

Paula salió con las manos entrelazadas. Se recargó contra la puerta cerrada y resopló. Había momentos en los que creía que necesitaba detenerse y pensar en lo que hacía, pero no encontraba el tiempo para hacerlo. Las cosas le sucedían una tras otra.

*

Los gritos de Hipólito de Ribera se podían escuchar desde la calle, aun antes de que golpeara la aldaba contra el portón.

Paula se acomodó el chal sobre los hombros y esperó de pie en la parte alta de la escalera. Había pagado unas monedas de plata al médico para que asegurara que María estaba muy agotada por el esfuerzo de dar a luz de manera intempestiva y que necesitaría reposo, además de tranquilidad, en las próximas cinco semanas. Sabía que con el niño no habría problema, porque al pertenecer la crianza a la madre, el pequeño debería quedarse con ellas. Además, entre Dominga, Jacinta y ella misma ayudarían a cuidarlo. Pero no estaba dispuesta a tolerar gritos ni insultos, porque estaba en su casa. Escuchó unos pasos que subían la escalera, apresurados.

—Buenas tardes, don Hipólito. Juan. —Paula los esperaba, inmóvil, al final de la escalera. No había manera de que cruzaran hacia el pasillo ni hacia ninguna de las habitaciones sin que antes ella se moviera de lugar.

—¿Cuándo ha nacido? ¿Por qué no nos mandó aviso antes? ¿Cómo está el bebé? ¿Ha sido niño? ¿Dónde está mi mujer?

—Buenas tardes, señores. Por favor, que no hace falta hablar tan alto. María está descansando. El parto le ha venido de repente y ha tardado poco en dar a luz. Como comprenderá, me ocupé de llamar a la partera y de asegurar que prepararan todo. No me ha dado ni tiempo. Si me hacen favor de acompañarme, por aquí. Es un niño hermoso —Paula se movía despacio, ante la mirada atónita de los dos De Ribera. Ambos la siguieron en silencio hasta la habitación que hacía esquina. Paula abrió la puerta de hoja doble de la habitación de María, que dormía.

—Les pediré que no hagan ruido. Ambos descansan. Les puedo asegurar, señores, que parir es mucho trabajo. Y nacer también, así que ya lo saben.

*

Hipólito de Ribera se acercó despacio al pequeño bulto que dormía dentro de un cesto decorado en blanco, con encajes y listones de seda. Era tan pequeño y estaba tan envuelto que solo se le veía la carita sonrosada.

—¿Cómo sé que es el hijo de mi Juan y no otro niño?

Paula soltó una carcajada. Había intuido que el hombre era bruto, pero no a ese grado.

—Mire, que puedo darle las señas del doctor y de la partera. Ahora, si quieren, ambos vendrán mañana a revisar a mi hija y al niño. Pueden preguntarles. También, si lo desea, puedo pedir a uno de mis criados que los lleven a donde tienen las sábanas manchadas de sangre, para que se cercioren de que aquí hubo un parto. ¡Hombres!

—Y... ¿cuándo nos los podemos llevar? Quiero decir, el lugar de la mujer de mi hijo es en mi casa.

—El médico ha dicho cinco semanas.

—¿Cinco semanas? ¿No deberían ser unos cuántos días solamente?

—Cinco semanas... al menos. Además, no me imagino yo que ustedes se hagan cargo de un recién nacido y de una mujer que acaba de parir. Aquí tengo servicio de sobra que se ocupará de todo. Pueden venir cuando lo consideren oportuno.

Juan de Ribera parecía haber perdido la razón en algún lugar, porque no se inmutó. No hablaba ni se movía. No dejaba de mirar al bebé. A Paula le pareció que tenía cara de tonto. Por su parte, la cara del padre enrojeció como una fruta madura, a punto de echarse a perder.

—No le permito, doña Paula...

—No le permito que levante la voz. Están ustedes en mi casa. No lo olvide por favor, don Hipólito.

—Mi nieto es un De Ribera, no un Calderón, y menos un Benavides. No olvide usted eso, doña Paula.

Paula inhaló despacio. Así que era eso. El impresor se veía más cerca de heredar su taller y su tienda. Tal vez así terminaría siendo en un futuro, pensaba la viuda, pero pensaba ponérselos difícil, lo más difícil que pudiera. Antes tendrían que pasar muchas cosas, se dijo mientras clavaba las uñas en las palmas de su mano. En todo caso, no permitiría que el impresor se diera cuenta de que había acusado la ofensa.

—Se ha terminado la hora de la visita. Si hacen favor de acompañarme, que tengo muchos pendientes por resolver.

*

Cuando los De Ribera salieron por el portón, Paula pudo dar rienda suelta a su rabia. Habría querido abofetear al impresor por el insulto, pero se lo guardaría para más adelante. Necesitaba calmarse, por lo que pidió una tila a Jacinta y se metió en el despacho de la tienda. Sabía que solo rodeada de libros, del olor a tinta seca y del papel virgen sería capaz de tranquilizarse. El primer libro salido de su taller con su nombre la miraba con orgullo, casi tanto como el que ella sentía en esos momentos. El *Arte mexicano* era una realidad y su propio nombre, la Viuda de Calderón, brillaba en la página portada. Era el primero que se había secado y lo había cosido con sus propias manos. Había encolado el lomo y puesto el cuero recién curtido encima. Ella había estampado los hierros calientes para marcarlo con sus iniciales: *P de B*. Ahora lo ofrecería como parte de su catálogo privado. Paula sentía que había parido a otro hijo, pero esta vez con satisfacción y no con dolor. La sensación la mareaba.

*

En el suelo estaban varias cajas de madera con libros que Fausto había llevado aquella mañana. Lo había olvidado. Comenzó por abrir la primera, que resultó tener unos textos para el catedrático de astronomía de la Real y Pontificia, fray Diego

Gutiérrez. La viuda se mordió las uñas y la piel que las rodeaba hasta que sangró. Abrió la segunda caja: piezas de teatro que había pedido para ofrecerlas a Inés. Suspiró. Aquella idea ahora resultaba ridícula. Ni siquiera sabía si la compañía de actores continuaría con las funciones ahora que perderían a su mentora y actriz principal. Abrió la tercera caja y revolvió los libros, que resultaron pertenecer al inquisidor: tres Galileos y dos copias de un Copérnico, además de varios libros en un idioma que no conocía, en caracteres que tampoco había visto jamás.

*

Paula descubrió los cinco tomos que se hallaban envueltos en cuero frotado con grasa. No era raro, porque se usaba durante la travesía en barco para evitar que se mojaran y dañaran, pero sí le resultó extraño que después de abrir el envoltorio de cuero, apareciera un paño de lana alrededor del libro. Lo sacó y miró la portada, sin entender de qué se trataba. La imagen de la primera página no tenía los habituales encabezados para un libro: se trataba de una imagen de una estrella de seis puntas y un cristo crucificado... de cabeza. En un impulso, hojeó el libro y encontró más imágenes, como un santo descrito como *San Procopius*, unas estampas de unos monjes abrahamitas, y una que la paralizó: un ser con manos y pies terminados en garras, sonrisa terrible y cuernos. Paula lanzó el libro al suelo: las palabras del inquisidor le retumbaban en los oídos. No tenía que haber abierto aquella caja. Mirándola de cerca, era de las de contrabando, las que salían de Cádiz o de Sanlúcar de Barrameda y no de Sevilla.

Se dio cuenta de que las piernas le temblaban cuando intentó ponerse de pie. ¿Qué clase de libros del *Index* eran aquellos? Paula se persignó y juntó las palmas, pero ninguna oración de las que había aprendido de niña acudió a su mente. Miró el libro que había abierto, intentando encontrar un poco de orden en su mente. Ya había abierto el cajón, desenrollado el cuero y el paño... ya daba igual. Se acercó despacio y, antes de alargar el brazo, miró a su alrededor. Sentía que algo o alguien la observaba, aunque hacía rato que no se escuchaba ningún ruido en la casa. Las campanas de San Agustín rebotaron con una única campanada sonora, que la estremeció.

El primer tomo tenía muchas imágenes, incluyendo el extraño diablo que aparecía con la cara color verde. El segundo estaba titulado *Chronica Boemorum*, de un tal Cosmas de Praga, y Paula no tenía ni idea de lo que significaba aquello. Parecía un almanaque, por lo que pudo deducir. El tercero consistía en un tratado de medicina de un Constantino del África; el cuarto unas *Etimologías* de San Isidoro de Sevilla, y el quinto trataba acerca de recetas medicinales y encantamientos mágicos. Aquellos libros que sostenía en el regazo debían valer una fortuna; claro, si estuvieran en venta. Por lo que dedujo, todos juntos representaban un volumen más grande, del que habrían sido copiados. La viuda no pudo dejar de admirar el trabajo de los ilustradores y de la imprenta, porque claramente se trataba de una copia impresa de un trabajo anterior, de hacía varios cientos de años y que debió haberse escrito a mano. *Incipit liber sapientiae Salomonis...* Paula pasó los dedos por encima de las tintas verde, roja y oro, cuando escuchó las campanas del convento vecino romper el silencio llamando a laudes.

CATORCE

Ana de Herrera se quemó los labios con el chocolate caliente. Lanzó una imprecación y escupió el chocolate en la taza, que salpicó el plato. Los lanzó a la mesa que tenía delante de la cama. Se acababa de levantar con una pesadez que la oprimía, tal vez porque no había pegado el ojo en toda la noche. Sentía un calor que le salía desde el centro del ombligo hacia afuera. Tenía ganas de golpear algo o a alguien, aunque ella despreciaba las escenas dramáticas. Normalmente, le gustaba esperar a que las cosas, en especial los conflictos, se solucionaran solos; y casi siempre lo hacían.

Pero esta vez era diferente. Después de constatar el desinterés que despertaba todo lo que se refiriera a la cofradía, Isabel le había confesado que no estaba interesada más que en hacer lo mínimo que se requiriera de ella y que aceptaba que Paula de Benavides se hiciera cargo, ya que doña Gerónima parecía haberla elegido como su sucesora.

Al principio, Ana se había sentido complacida, porque secretamente, siempre había deseado quitar a Isabel, la siempre aguerrida y complicada Isabel, de en medio. Pero Ana había confiado en que ella sería quien dirigiera el rumbo de la cofradía de viudas de impresoras después de que Gerónima Gutiérrez se fuera. Ana tenía contactos en el Cabildo, la Audiencia, el Tribunal y varias instancias del gobierno y del clero, por lo que estaba segura de que era natural que ella se convirtiera en la cabeza de ese grupo de mujeres independientes. Había vivido disimulando ser coqueta y superficial, y lo había hecho con maestría, porque nadie sospechaba que detrás de la frivolidad escondida detrás de cuellos y puños ella escuchaba y callaba, aprendía y maquinaba. Ahora Isabel le había confirmado que quedaría relegada a un segundo plano, como hasta la fecha.

No, Ana no estaba de acuerdo. Es más, estaba en contra. Primero pensó encarar a doña Gerónima, pero lo descartó porque, ¿qué iba a reclamarle? ¿Que no la eligiera a ella? ¿Que no era la vana mujer que todos creían? ¿Que había representado un papel, como si fuera una gran actriz? La viuda sacudió la cabeza. Aquello no serviría de nada. Además, estaba Paula de Benavides. Esa mujer tenía todo lo que ella siempre había querido: el privilegio para la impresión de cartillas, una segunda prensa, un hijo ordenado sacerdote y recién introducido en la Orden de Santo Domingo, la impresión del Secreto del Santo Oficio, una fuerte amistad con la querida del virrey, lo que le daba acceso a más información y poder del que ella sola podría alcanzar jamás. La amargura se le deslizó por las mejillas en saladas gotas que limpió con rabia. Ella no era competencia para Paula de Benavides, a pesar de considerarla sospechosa de cosas que no podía probar, como su relación con el Santo Oficio. Ana quería imaginar que la viuda de Calderón era la querida del inquisidor mayor de la Nueva España, porque era lo único que justificaba que fuera la elegida en todo, por encima de las demás. Hacía tiempo que la guerra entre hembras y varones por la impresión había terminado y habían ganado ellas. Ahora la guerra, si podía llamarla así, era entre Paula de Benavides y ella, aunque la de la calle de San Agustín ni siquiera lo sospechara. La mejor opción que tenía era quitar a la viuda de Calderón de en medio. Ana de Herrera se sorbió los mocos. Era mejor así. Nunca sabría de dónde le caería el golpe. La destruiría ella sola.

Ana se enderezó los puños blancos de bolillo que había elegido para ese día. Si ella no podía ser la jefa de la cofradía de las viudas impresoras, sería mejor que no existiera una. Sonrió y enderezó la cabeza. Se amarró el cuello blanco que había dejado sobre la cómoda y buscó su túnica con capucha. Recordó que el fraile la había mirado a los ojos, con insistencia. Aquello tenía que significar algo, por fuerza. ¿No era ella acaso más joven que Paula de Benavides? Tal vez el hombre que se escondía debajo del hábito la viera incluso más hermosa. Además, Ana sabía que su cuerpo aún estaba fresco, porque no había parido hijos y conservaba las carnes prietas y suaves. Quizá no fuera mala idea que unas manos grandes y fuertes la recorrieran de nuevo, antes de que se marchitara como una flor cortada. Era un religioso, sí, pero debajo de los ropajes siempre habitaba un hombre, y no encontraría ninguna razón para rechazarla, e incluso para no ofrecerle lo que con toda seguridad les daba a otras. Era una apuesta fuerte, pero tenía poco que perder y mucho por ganar. No habría más cofradía, pero estaría ella. Se persignó mientras miraba las flores de su jarrón. Iría andando hasta la esquina chata y buscaría hablar con fray Francisco de Estrada, aunque tuviera que esperar todo el día.

*

Eran más de las tres de la mañana cuando Paula entró en su habitación. Sabía que no iba a poder dormir después de lo que había descubierto. Le costó mucho trabajo envolver aquellos libros después de haber mirado el listado del *Index*, a pesar de revisar las listas un par de veces. Aquello que tenía entre manos era otra cosa y su mente tardó poco en imaginar lo que sería. Cuando intentó cerrar de nuevo el cajón de madera, se dio cuenta de que había saltado un sello de color azul oscuro, que no era de cera que pudiera recalentar con una vela.

Era de un metal que debía ser blando cuando le estamparon una cruz con unos tréboles de cuatro hojas en cada punta y un círculo central, alrededor del cruce entre ambos ejes. No parecía tener nada en particular, excepto porque Paula lo había roto por la mitad y no tenía manera de pegar ese metal de nuevo. Acercó la vela para intentar calentarlo, pero una línea cruzaba el sello, en forma de moneda con cicatriz. Estaba tan cansada que decidió dejarlo. No había pasado nada con las cajas anteriores y no tendría por qué ocurrir nada con esta. Se desvistió y se metió en la cama, donde se soltó el cabello. No tenía ganas ya de buscar el gorro de dormir.

A pesar de los esfuerzos que hizo, la viuda solo pudo dar vueltas en la cama hasta que amaneció. Antes escuchó llorar al pequeño, pero supuso que lo habrían atendido pronto porque no volvió a oír nada, excepto los cantos de los gallos y los primeros ruidos provenientes de la calle. Su mente tenía planes para ella y no pudo resistirse a dejarlos correr. Las ilustraciones de los libros, en especial la imagen de un personaje en cuclillas, cara verde, garras y cuernos, la tenía estampada en su mente como una de las ilustraciones de un libro e, hiciera lo que hiciera no se iba. En algún momento se incorporó en el colchón y, a tientas, sacó un rosario que mantenía en un cofre de palo de rosa en la mesa de noche. Intentó rezarlo, pero cuando lograba calmarse para llevar la cuenta de manera ordenada, comenzaba a cabecear. Se asustó varias veces y volvió a comenzar a orar otras tantas. Nada funcionó. En su cabeza bailaban un triángulo de cabeza, un ojo, unas serpientes coloridas, una ardilla y una especie de alfabeto que no conocía. Imposible dormir con aquello dentro del cuerpo que, además, se iba enfriando conforme se acercaba la hora de levantarse. Cuando creía que podría dormirse, la asaltó la duda acerca del sello roto: una especie de moneda que había trozado por la mitad. Imposible que pasara inadvertido.

¿Qué hacer? ¿A quién acudir? En un principio creyó que podría contarle, como si hubiese sido un sueño, al confesor. Pero la mandaría exorcizar, estaba segura. ¿Al padre Valdespina? Quizá, si al amanecer corría a Santo Domingo y avisaba que la tarde anterior le habían dejado una caja así, que parecía haber sido abierta y ella diera notificación antes de que pasaran a recogerla, podría salir indemne. ¿Hacerse la tonta y decir que no sabía nada, que ni se había fijado porque con el parto estuvo distraída y no notó nada fuera de lugar? Era arriesgado, sí, pero podría ser. Tal vez quien recibiera las cajas tampoco lo notaría. Paula buscaba argumentos a favor y en contra de hablar de lo que la oprimía, pero hacerlo equivalía a confesar el pecado de la curiosidad que, en su caso, sería delito y muy grave. El inquisidor De Estrada se lo había dicho y con mucha claridad. De momento se encomendaría al Altísimo para que la socorriera y le mostrara lo que debía hacer. Se levantó sin haber cerrado los ojos, se lavó la cara, se vistió sola y se roció con agua de flores de naranjo. Era muy temprano aún para acercarse a la capilla de la Tercera Orden de San Francisco, pero no tenía nada mejor por hacer a esa hora.

Se encaminó hacia la habitación de su hija, a quien encontró despierta y alimentando al niño. Le pareció increíble que de un día a otro el bebé hubiera cambiado tanto. No estaba hinchado ni rojo, y hacía unos ruidos que Paula había enterrado en algún cajón de la memoria. Suspiró y se quedó un rato mirando al pequeño mover las manos mientras comía. Había olvidado lo que era ser feliz con algo tan pequeño como un recién nacido. Miró a su hija con toda la ternura que cabía en su pecho, y María le sonrió. Podría no ser feliz en el matrimonio, pero había encontrado una razón más grande que ella misma para serlo. Paula, por unos momentos, se olvidó de los libros, del inquisidor, de Inés, del virrey y del obispo Palafox.

—Se llamará Francisco, madre —dijo la joven en un susurro, sin quitarle los ojos de encima al bebé.

—¿Francisco?

—Por el santo, porque es nuestra capilla, porque... me gusta.

—¿Juan está de acuerdo?

—No lo sabe... y no me importa. Quiere que vuelva con él y tal vez lo haga, madre. Pero mis condiciones han cambiado. Ya no soy la chica tonta a la que sedujo por solo Dios sabe qué razón. No me hace un favor con darme su apellido. El favor se lo haré yo, la madre de su heredero. Si lo quiere a él, lo tendrá conmigo.

Paula abrió los ojos lo más que se lo permitieron sus párpados cansados y doloridos. Sintió una punzada de orgullo, pero no dijo nada. Su niña de dieciséis años se había convertido en una mujer. Con un dejo de nostalgia que subió desde su pecho, recordó que a ella le había ocurrido lo mismo, hacía dieciocho años, cuando el nacimiento de Antonio. Parir un hijo era una experiencia aterradora, pero al mismo tiempo, liberadora. María estaría bien, y Paula permanecería a su lado mientras Dios le diera vida.

—Gracias. —María había levantado la vista y miraba a su madre.

Paula se inclinó y le depositó un beso en la frente. Después, acercó su boca a la cabeza del bebé, que apenas hacía ruido. Sabía que no eran necesarias las palabras, porque esa caricia envuelta en sus labios lo decía todo.

—Que Dios te bendiga, hija, como lo hago yo. Y a Francisco también.

María sonrió y la viuda salió de la habitación con ganas de bajar al taller. Para su fortuna, en la mesa de trabajos se apilaban suficientes confesionarios, doctrinas, hagiografías, devocionarios, sermones y ensayos por imprimir. A la vista de todo aquello, Paula pensó que no necesitaba ir a misa para pedir una señal. En medio de aquella pila de papeles, cajas con tipos formados como soldados para la guerra y envuelta por el olor a tinta estaría a salvo.

Se acercó a la mesa y eligió un texto al azar: un almanaque para el año en curso que de poco serviría para el siguiente. Lo hojeó por encima y llegó a una página de la próxima semana, en la que se preveía un eclipse. Paula sintió un escalofrío de emoción recorrerle el cuerpo, erizándole los vellos uno a uno. ¡Un eclipse! Con tantos asuntos que la abrumaban, lo había olvidado por completo, a pesar de ser un acontecimiento que había esperado durante mucho tiempo. Que la Luna tapara al Sol significaba vientos de cambio, tragedias, muertes… Se haría de noche por unos breves momentos. Paula pensaba que era fascinante no el hecho en sí, sino la capacidad de predecirlo con tal exactitud. Cerró los ojos y volvió la cara hacia la ventana, que comenzaba a iluminarse merced al sol que subía por ella. Pensó que la mitad de la ciudad se echaría a la calle, mientras que la otra mitad se ocultaría detrás de puertas y ventanas cerradas. Los curas saldrían en procesión con crucifijos y rosarios, murmurando amenazas, admoniciones en medio de bendiciones y rezos protectores. Había crecido con las historias que le contara su abuelo acerca de un eclipse y no podía esperar a ver uno con sus propios ojos. Suspiró mientras cerraba el libro y se encaminó al taller. Las campanadas del convento vecino le confirmaron que se había perdido la hora de misa y que los trabajadores no tardarían en aparecer. Se encaminó a la tienda y abrió la puerta.

Paula sonrió por segunda vez en la mañana y, ahogando un suspiro, se dirigió hacia un estante lleno de libros. La mayoría de los tomos los había llevado ella misma, después de la inspección. Entre muchos otros, sus favoritos, los de astrología de Enrico Martín, el llamado *Repertorio de los tiempos* predecía no solo eclipses, sino inundaciones, ciclos de cosechas y prevención de epidemias. Hubiera podido estar incluido en la lista de prohibidos, pero aún no lo estaba. Lo de *prevención* sonaba a superchería, aunque Paula, que lo había leído con calma hacía unas semanas, sabía que era un libro científico.

De todas maneras, los libros de ciencia siempre estaban en alguno de los *Index*. De su pecho salió una exhalación lenta y profunda, a pesar suyo. Cuando la Santa Inquisición requisó la casa del arquitecto Melchor Pérez de Soto, se habían encontrado otros dos índices de Quiroga, uno del año 1583 y otro de 1584, que ella apartó para llevarse a casa sin que Estrada o Valdespina ni nadie dijera nada.

Sobre la mesa la esperaba un texto que pensaba imprimir, después de la buena acogida que estaba teniendo su impresión del *Arte mexicano*. Se titulaba *Panegírico a la Paciencia* de Luis de Sandoval y Zapata, y Paula creía firmemente que esa obra la confirmaría como la impresora más relevante de la Nueva España. Muchos impresos, un libro nuevo, sus catecismos, su primer nieto... Paula pensaba que tenía muchos motivos para estar feliz. Y lo sería, de no ser por la cantidad de problemas que arrastraba y en los cuales no había elegido meterse, al menos, no de forma voluntaria.

Levantó el libro del panegírico para ponerlo a un lado y quedó al descubierto la que pretendía ser la carta al obispo Palafox. Paula torció la boca. Aún no había decidido lo que haría para presentarse ante el religioso y obtener información acerca de la biblioteca que supuestamente pensaba levantar en la ciudad angélica. Hundió la cabeza entre los brazos, porque, por más vueltas que le había dado, Palafox era la única persona en la Nueva España que podría detener una conspiración del tamaño que Inés le había insinuado. Cogió la pluma y abrió la tapa del tintero. Cuanto antes se pusiera a escribir, más pronto tendría una versión decente que enviar.

La carta no era lo que había pensado inicialmente pero, al final, se presentó como librera e impresora, y ofreció a Su Ilustrísima tanto su taller de impresión como su capacidad como compradora de libros específicos, incluyendo los raros o difíciles de conseguir. En el último minuto, decidió anexar una copia del catálogo de Diego López de Haro, otro de Hernando Mejía y otro de Boyer. Este último ofrecía conseguir libros de Venecia, Lyon, París y Roma. El paquete era grande, pero Paula sintió que el pecho se le abría de emoción anticipada. Palafox sería su cliente, estaba segura.

La viuda se enderezó después de añadir las señas del religioso en la carta y en el paquete que la acompañaría. Miró su letra y comprendió que no podría firmar ella la carta anónima. Tendría que usar la letra de alguien más, porque la suya era muy identificable. Lo primero que se preguntaría el religioso, al recibirla, sería la razón por la que una librera e impresora le enviaba informes confidenciales acerca de una conspiración… ¿Y si lo hiciera en un folio blanco en la prensa? Sacudió la cabeza. Los tipos eran únicos a cada casa de impresión y no tardarían las letras en negro en guiar las pesquisas hacia su casa. No, tenía que haber otra manera. La llama de la vela que había en una esquina de la mesa bailó, sobresaltándola. Ensayó a escribir con la mano izquierda, pero el resultado era ilegible. Rasgó un folio deformando su caligrafía hasta hacerla parecer de alguien más. Con fastidio y mucha calma, escribió las señas del obispo de la Puebla en la carta de Inés, sin remitente. Nada más terminar, anduvo hasta la oficina de postas a enviar las cartas. No era muy prudente, pero no podía encargarle el asunto a otra persona. Se arriesgaría. De regreso en su despacho, se sentó a la mesa y dobló los codos, apoyando la cabeza en los brazos doblados. ¿Por qué sería que se sentía cansada como si hubiera corrido hasta la calle del Puente del Cuervo? ¿Por qué había pensado en un cuervo? Sacudió la cabeza porque los cuervos eran de mal agüero y no había que invocarlos. No tardó en advertir unos pasos en el patio. Comenzaba a oscurecer y Paula no había escuchado ni golpes en el portón ni ningún ruido que delatara que había llegado un visitante, como tampoco el sonido de las campanas que siempre le decían la hora. El sonido de los pasos no se perdió por las escaleras, sino que se acercaba hacia el despacho. Paula cubrió los papeles que tenía sobre la mesa, en un movimiento involuntario. Colocó un libro sobre la carta al obispo, rogando que la tinta se hubiera secado del todo, cuando la puerta se abrió desde afuera con suavidad.

—Señora Paula, que el cura quiere verla. Dice que es urgente.

El padre Valdespina aguardaba de pie detrás de Jacinta, que se estrujaba las manos una contra otra.

—Buenas... tardes, padre Valdespina. Un honor recibirle en esta, su casa. Adelante, pase usted —Paula se puso de pie y con un brazo, le indicó al fraile que podía sentarse en el sillón de cuero viejo.

—Doña Paula —el religioso se detuvo frente a la viuda, y, con las manos dentro de las mangas de su hábito, se inclinó delante de ella. Paula vio que tenía los labios apretados.

—Dígame, padre, ¿en qué puedo serle de utilidad? Recién le envié la última remesa de libros y dentro de una semana, más o menos, tengo cita con fray Estrada...

El fraile la miró y bajó los ojos. Murmuró algo que Paula no escuchó.

—Perdone, padre. No le escuché bien. ¿Algún problema con los libros?

Valdespina respiró despacio y clavó su mirada en la de la viuda de Calderón.

—Los libros están bien, doña Paula, si exceptuamos el detalle de que alguien los abrió.

TERCERA PARTE

La bofetada que le cruzó la cara la hizo tambalearse y Paula cayó al suelo. Apoyó las manos contra la fría piedra e intentó levantarse, mientras sentía un hilillo de sangre bajarle por la comisura del labio hacia la barbilla. ¡Francisco de Estrada la había golpeado!

—Levántese.

Paula se puso de pie, aunque se tambaleaba. No a causa del golpe, lo sabía, sino del miedo que se apoderaba de su cuerpo, fibra a fibra. No, no era miedo. Era terror y sintió la lengua pegada al paladar. No podía mirar al fraile a los ojos. Se limpió la sangre con el dorso de la mano y esperó, con las manos cruzadas sobre el vientre. Sabía que no tardaría en golpearla de nuevo.

Paula sentía los tres pares de ojos sobre ella, queriendo perforarla, lo mismo que los retratos de los anteriores inquisidores, alineados contra la pared, enmarcados en pan de oro, los tapices de damasco rojo que parecían querer bajar de las paredes y envolverla, las columnas y las cornisas cerrándose sobre su cuerpo cada vez más blando. La representación del santo Ildefonso al recibir la casulla de la Santísima Virgen que estaba en el altar también parecía mirarla, acusándola de algo que no alcanzaba a comprender. Los tres hombres sobre el tablado, detrás de la mesa, se miraban en silencio bajo un dosel con las armas reales de España, bajo el crucifijo que, quieto entre dos ángeles, también parecía señalarla; uno con la rama de olivo y el otro con la espada. Se sintió mareada y la habitación comenzó a dar vueltas a su alrededor.

El padre Valdespina se acercó a ella, pero fuera de su alcance. Tenía las manos dentro de las amplias mangas. Paula vio el rosario que le colgaba frente al pecho mientras daba un par de pasos hacia ella.

—Mira, hija mía. Te tenemos en alta estima y consideración. Además, me parece que incluso te tengo un poco de lástima. Es muy probable que hayan engañado tu candor, que hayan traicionado tu buena fe. Pero has errado y te pierdes miserablemente. Entiendo que tiene más culpa quien te ha engañado, pero ello no te exime, hija mía, de tu culpa propia. Te sugiero no cargues con pecados ajenos… Confiesa la verdad, pues ves que todo lo sabemos. Para conservar tu fama y sobre todo, tu alma, y así te pueda yo poner en libertad cuanto antes, perdonarte y que te puedas ir en paz. Dinos quién te ha engañado cuando vivías inocente.

Paula estaba confundida. Las palabrejas que le recitaba el fraile, más el sueño y el hambre que sentía, la tenían con la mente dispersa. ¿Por qué razón Valdespina le hablaba como si no la conociera de antes? La cabeza le daba vueltas.

—Yo… yo solo imprimo cartillas y aquí, Su Paternidad, puede testificar que también el Secreto del Santo Oficio.

—Cartillas.

—Sí, Su Paternidad. El virrey Díaz de Armendáriz concedió el privilegio mediante cédula real al taller de Bernardo Calderón hará poco más de cinco años…

—Entonces estaríamos hablando de buscar en los archivos de… ¿1636? Correcto. Los archivos de la Inquisición, ha de saber, doña Paula, están muy bien ordenados. Tenemos un sistema novedoso de organizar los documentos por tema, fecha… En fin. En cuanto al asunto de las viudas… tengo entendido que los legisladores, atentos a que sin marido las mujeres quedan vulnerables, dotaron a la mujer que ha quedado sola de ciertas ventajas o privilegios en lo laboral, procesal y hereditario… Sé bien, porque es mi trabajo saberlo, que ninguna de sus viudas heredó ni taller ni tienda, por lo que he averiguado. Respecto a cofradías… Permítame recordarle, doña Paula de Benavides viuda de Calderón, que no existen, ni pueden existir, las cofradías de mujeres. Cualquier congregación, hermandad o gremio ha de ser de varón y requiere permiso de las autoridades civiles y eclesiásticas, amén de adscribirse a un santo patrono, cubrir los costos de las fiestas patronales… Usted bien debe saber que funcionan para asuntos de préstamos y apoyo entre los cofrades, como patrocinio de retablos, pago de misas, apoyos a huérfanos y desfavorecidos… cosas así.

—Sí, así es. Yo, sin heredar, me he permitido continuar con esos trabajos, porque la licencia la renovó y confirmó el virrey el año pasado… Perdone, Su Paternidad. Pero necesito beber agua. No he comido nada desde… bueno, desde la noche cuando me trajeron aquí y me siento débil. Quiero estar atenta a lo que dicen sus señorías, pero no tengo fuerzas.

—¡Que tu mente se sobreponga a tu cuerpo, hija! Dios mismo sacrificó a su hijo en una cruz y permitió que le negaran el consuelo del agua… Estoy cierto de que tú también podrás soportarlo.

La viuda sintió que se quedaba dormida. O tal vez sí lo hizo. Abrió los ojos cuando sintió agua fría escurrirle por la cara. Le habían tirado una cubetada para reanimarla. «¡Animales!», pensó con un dolor en el costado. Hacía horas que la interrogaban y no sabía ya ni lo que contestaba. El asunto de la carne de Cristo tomado de la Virgen u ofrecido por la Virgen a su hijo, además de la lanza contra la costilla del Cristo en la cruz. Todo le daba vueltas.

—No temas, hija, y confiésalo todo. Tú pensabas que eran personas de bien en quienes has confiado, pero te han engañado y tú, sin malicia alguna, te has fiado de ellas. Cualquiera más hábil que tú también hubiera caído en la trampa. No temas, te digo.

La viuda se frotó los ojos. Quería que al abrirlos estuviera de vuelta en su cama, dentro de su habitación, en su casa. Pero cuando pudo enfocar volvió a encontrarse dentro de la habitación oscura de piedra fría, apenas iluminada por unas pocas velas, y tres frailes la seguían mirando sin ápice de compasión en sus ojos. El que hablaba dio dos pasos hacia ella, y sonrió, o eso le pareció. Creyó reconocerlo, pero era el mismo de la vez anterior. No sabía su nombre ni lo que hacía allí.

—Hija, he de hacer un viaje muy largo, y en tanto no confieses, deberé dejarte aquí, como nuestro huésped, mientras vuelvo. Pueden ser tres o cuatro semanas. Tal vez más, tanto como tres o cuatro meses. Pero después, te prometo que será peor. Te veo un poco desmejorada. Haré que te traigan de comer y de beber y, si quieres, mando recado a tu casa para que venga a visitarte algún familiar. Solo como muestra de buena voluntad. ¿Te gustaría?, ¿verdad que sí? Te prometo reducir la pena si confiesas.

—¿La... pena? Pero ¿de qué se me acusa, por Dios Santísimo!

—¡No invoques a Dios, si no estás dispuesta a confesar antes!

—¡Pero yo no sé nada! No sé si Jesús tomó carne de la Virgen, ni si estaba vivo cuando le clavaron la lanza... ¿Cómo voy a saber yo, pobre de mí?

El fraile volvió sobre sus pasos y se sentó en el sillón que había estado ocupando desde hacía horas.

—Queda claro entonces que no estás diciendo la verdad. Que pretendes engañarnos.

—¿Ve usted este papel? —el juez o lo que fuera agitaba un papel en su diestra. Paula pensó que podría ser cualquier cosa, incluso una orden de aprehensión o de tortura. Lo mismo que una carta. Sintió miedo. ¿Y si habían interceptado su carta a Palafox…? No tenía su nombre ni sus señas. Tampoco era reconocible su mano en la dirección, aunque tal vez hubiera cometido la imprudencia de enviar ambas cartas el mismo día y el encargado de la posta la reconociera…

—¿No se lo decía yo?

Paula no alcanzaba a leer el papel que el juez sacudía delante de ella. No alcanzaba a leer ni una línea, por lo que podía tratarse de un catecismo. Pero había notado que Francisco de Estrada volvía a tratarla de usted. El otro religioso suspiró. Cruzó una mirada con el inquisidor, que asintió.

—Esto es una confesión firmada por alguien a quien conoces, hija. Ha jurado ante el crucifijo que perteneces a una cofradía de viudas de impresores. ¿Lo vas a negar?

—Su Paternidad, me gustaría… quiero confesarme.

Francisco de Estrada la miró y torció la boca en una mueca. El otro fraile movió la cabeza de un lado al otro. Valdespina asintió, con las manos dentro de las mangas. Solo se podía ver el rosario de madera gruesa pendiendo sobre la panza del religioso.

—Te dejo a solas para que reflexiones, hija.

*

El golpe de la puerta la sobresaltó y Paula tardó unos minutos en levantar la cara. No supo cuánto tiempo había pasado, pero sintió las piernas pesadas. Miró a su alrededor y se fue a sentar en la silla. Su mente corría en todas direcciones. ¿Una confesión que la acusaba de pertenecer a la cofradía? Ella pensaba que la habían mandado llamar por el asunto del cajón de libros que había abierto, donde había husmeado sin permiso, y por el sello de metal que había roto sin darse cuenta. Nada tenía sentido. Pertenecer a la cofradía era un pecado, un delito grave, tal vez mortal, pero no tanto como conocer el contenido de aquella caja, porque ahora estaba segura, no pertenecía ni al *Index* ni nada parecido. Aquellos libros no estaban registrados en ningún catálogo, y Paula quería creer que se lo había imaginado, de no ser por la imagen del monstruo con cuernos que se le aparecía a cada rato en lo que deseaba, con desesperación, que fueran solo malos sueños.

Hundió la cabeza en las manos. Tenía sed, tenía sueño y la vela se extinguía. Pronto quedaría en total oscuridad con sus pensamientos y eso la llenaba de temor. Frotó sus manos una contra otra y se siguió con los brazos, que sentía entumecidos. ¿Es que ni agua le iban a dar? Tenía los labios tiesos, además de por la falta de agua, por la ligera costra de sangre que se había secado sobre ellos. La única explicación que encontraba para todo, si es que no se trataba de una pesadilla, era que el inquisidor deseaba cobrarle la indiscreción de haber descubierto su secreto acusándola de algo… que era verdad. ¿Quién podría haberla denunciado? Pensó en el resto de las viudas, una por una. Pero no encontró ninguna razón por la que alguna deseara perjudicarla, porque se acusaría a sí misma. Aquello no tenía sentido. Poco a poco se fue quedando dormida mientras en su cabeza bailaba el sonido de la prensa contra las placas de madera, los tipos al transferir la tinta a la hoja blanca, indulgencias, letanías, gramáticas, arrobas de vinagre para fabricar tinta y resmas de papel cortadas en octavillas, mezcladas con la cara de su nieto Francisco y de su hija María. Cuando despertó sentía la cabeza caliente y un escalofrío le recorría el cuerpo.

No supo ni cómo ni por qué se despertó, pero seguramente afuera sería de día, o eso quería creer. Los tres jueces estaban delante de ella, que permanecía sentada en la silla.

*

—Buen día tenga usted, doña Paula. Asumimos que habrá podido pensar en el tiempo en que le dejamos para ello.

La viuda de Calderón se enderezó y alisó sus cabellos, después su falda. Estaba hecha un lío. Se rio internamente, porque pensar en su apariencia era ridículo en aquel lugar y momento.

—Yo... Sí, Su Paternidad.

Valdespina sacó un papel enrollado de su manga y se lo tendió.

—Si le parece bien, firmará usted esta confesión.

Paula lo cogió e intentó leerlo. Pero había poca luz.

—¿Me puedo acercar para leer?

—Ilumina más la verdad y la bondad de Dios Nuestro Señor que esta vela, doña Paula. Pero si cree que así podrá leer, hágalo.

El texto rezaba:

Señor, ha llegado el día de hablar las verdades y compungidos de alma y de cuerpo, con lágrimas salidas del corazón, acepto yo que la fragilidad y la miseria humanas me han conducido a tan horrendo crimen, instimulada mi alma de necesidad y aviolentada, y estrecha de acreedores, de escaseces extraordinarias y ya de lo principal que ha sido mi triste y desgraciada suerte y para que Dios Nuestro Señor no haría cosa oculta y es mi voluntad que pague yo tan atroz delito, me dispongo a confesar ante mis jueces, relator y pesquisidor...

Paula no quería mirar a ninguno de aquellos hombres que, ahora comprendía, eran sus jueces. Terminó de leer el papel y se quedó repasando algunas de las letras que tenía escritas.

—¿Y bien?

La mujer de negro suspiró. Nada de lo que hiciera o dejara de hacer importaría, pues estaba claro que ya la habían condenado.

—Me parece que tiene varias faltas de ortografía, Su Paternidad. Yo diría que algunas importantes. —Paula levantó la vista y tendió la hoja hacia el frente.

Francisco de Estrada se puso de pie y los otros dos hombres se acercaron él. El que venía preguntando hizo la señal de la cruz y, después de resoplar, abrió la boca.

—Doña Paula de Benavides, viuda de Bernardo Calderón, pasará usted a ocupar una de nuestras habitaciones de… huéspedes especiales. ¿Desea añadir algo?

—Que traigan a mi confesor, que me dispongo a confesarme.

—Sígame, mujer.

QUINCE

El olor a moho se le había colado por los poros de la piel, traspasando la tela negra del vestido. Por suerte para ella, el día que salió de casa traía tres capas de ropa. Podía oler el miedo, las plegarias y súplicas al Señor de los inquilinos anteriores, los rezos y la desesperanza que la envolvían en un abrazo macabro. Lo mismo que alcanzaba a percibir el sudor y el orín de quienes hubieran ocupado antes esa celda. Aquellos muros olían a muerte, tal vez a la propia.

Se acurrucó sobre un montón de paja que estaba en el suelo, intentando no pensar en los animales y alimañas que habitarían ahí, con ella. Inútil pensar en dormir, porque había olvidado qué era el sueño. Se sentía cansada, como si la hubiera arrollado una carreta. Apenas la habían golpeado pero no torturado... aún. Se estremeció al pensar en lo que le depararía el futuro inmediato. ¿Qué sería de su hija? ¿Y de su nieto? Antonio la extrañaría... pero ya era un hombre, que para su desgracia, cargaría una mancha sobre su espalda mientras viviera. ¿Y su taller? ¿Y su tienda de libros? Si la dejaban hacer testamento o lo que fuera que le permitieran, le cedería todo a Antonio por ser el legítimo heredero de su padre, por ser varón y el primogénito. Extrañaría su casa, sus prensas, el olor a tinta húmeda y la música que hacían los tampones llenos sobre los tipos, antes de colocar la hoja blanca sobre ellos, antes de cerrar la tapa y meter el cajón a la prensa, y el golpeteo de la palanca al girar. ¿Y las cartas a Palafox? ¿Y qué sería de Inés? Un dolor en el pecho la doblaba por la mitad. Le dolía respirar, a pesar de no querer hacerlo dentro de aquel ambiente inmundo. Pensó que era una suerte que sus pulmones no tuvieran que pedirle permiso para respirar, porque ella se los habría negado.

Recordó como en medio de la niebla la visita del padre Valdespina a su despacho. Le había dicho que alguien había abierto un cajón o cajones. Paula sabía que se refería a todos los cajones y a todos los libros, y que eso era muy grave. Ella se había hecho la sorprendida, alegando que solo separaba sus cajones de madera del resto y después de contrastarlos con los albalaes los abría. Para defenderse incluso mencionó que había realizado varias entregas y que no había habido ningún problema y que, en todo caso, ella no revisaba más que lo que estaba marcado para su tienda. Si alguien había violado alguna caja o sello, debía haber sido en el edificio de la Aduana. Ella no podía ser responsable, porque no sabía de qué le hablaba.

No podía olvidar que esa noche, el fraile la miraba con intensidad, intentando descubrir alguna señal, por pequeña que fuera, que le indicara que mentía. Y ella habría jurado que le había creído, porque el hombre no dijo nada. Se había despedido y marchado tan en silencio como había llegado.

*

Paula apenas había podido dormir, aferrada a un rosario de pétalos de rosa dentro de la cama. En cuanto amaneció, salió a misa a San Francisco y de regreso se desvió hacia el Palacio Virreinal y entró en las dependencias del Correo Mayor de Hostas y Postas. Solo rogaba a Dios que la oficina de la casa del obispo tuviera a bien pagar las costas por ambos envíos. Por la carta no habría problema, le había dicho el oficial, porque era una misiva habitual del Correo de Tierra, pero el paquete de Paula era voluminoso por los catálogos que había incluido y eso, le aseguraba el joven, costaría más caro. Paula se había ofrecido a cubrir la tasa porque consideraba que si lograba venderle un solo libro a Su Ilustrísima recuperaría el monto del envío. Al final, el hombre no se lo permitió y lo dejó estar. Mientras caminaba por la calle de la acequia hacia el portal de Mercaderes se cruzó con un par de buhoneros que insistían en venderle algunas baratijas. Se los quitó de encima comprando un par de varas de listón azul cielo con los que se imaginó decorando alguna camisa de su nieto.

*

Paula sonrió al recordar al pequeño de cara sonrosada. ¿Sabrían en su casa que estaba presa del Santo Oficio? ¿La dejarían ver a su familia? La viuda se hizo un ovillo contra la paja y cerró los ojos. Cuando se movió escuchó un sonido metálico seguido de una sensación helada. Se incorporó y vio que bajo la paja había unos grilletes sujetos a unas cadenas que se anclaban al suelo de piedra fría. Al menos, pensó haciéndose a un lado, no estaba encadenada: estaba en mala situación, pero podría ser peor. Que Dios la protegiera.

*

—¿Así que desea confesarse, Paula de Benavides?

La voz del padre Estrada resonó en las piedras frías de los muros. Eran porosas y negras; seguramente, restos de algún palacio de naturales de los que ya no quedaba ni uno.

—Yo… sí. Pero no veo a mi confesor por ningún lado.

Francisco de Estrada la miró con detenimiento. Si estaba impresionado con el arrojo que Paula pretendía mostrar, se cuidó muy bien de demostrarlo.

—Yo puedo darle la absolución. Me ordené sacerdote.

—Su Paternidad… sí, gracias. Yo… es que la verdad no entiendo, no comprendo lo que está sucediendo. Dijo usted que alguien me acusó de pertenecer a una cofradía de viudas de impresores.

—Y usted dijo que yo lo sabía. ¿Me lo puede explicar, si es tan amable?

Paula miró al hombre a los ojos, intentando leer en ellos. Estaba segura de que él sabía que se reunía con el resto de viudas de impresores. Es más, le había pedido que las espiara para él… ¿Qué quería de ella? Escuchó un resoplido, como de fastidio.

—Ana de Herrera. Ha sido ella quien la ha denunciado, doña Paula. A usted y a las demás. Dio los nombres y dijo que formaban una cofradía secreta. Que controlaban hasta el precio del papel y de la tinta.

Paula estaba atónita. ¿Ana denunciándose a sí misma? No tenía ningún sentido. Debía ser mentira. Un falso indicio para que se inculpara sola o para que cometiera algún error. Apretó los labios para no decir nada que pudiera perjudicarla. Tenía que pensar.

—Por supuesto, no le creí ni un ápice. Buena historia, eso sí. Casi le aplaudo cuando terminó de contarme que se reunían después de misa a chismorrear y beber chocolate. ¡Pretendiendo ser una cofradía! He de confiarle que me divirtió.

—¿Entonces…?

El fraile dio dos pasos hacia la puerta y se volvió a mirarla. Paula pensaba o, mejor dicho, intentaba pensar con rapidez. ¿Por eso la había golpeado?

—Me dio la excusa perfecta para tenerla donde la tengo ahora, doña Paula.

—¿Excusa?

—Usted sabe mucho más de lo que pretende hacer creer. Ha abierto usted los cajones de libros y tal vez también haya leído.

—¿Yo? ¿Por qué cree Su Paternidad que yo…?

—La curiosidad nace cuando abrimos los ojos al mundo, doña Paula. No podemos luchar contra ella ni tampoco resistirnos. Dejarse ir hacia lo que nos atrae es natural y no hacerlo iría contra nuestra esencia misma. ¿Miró usted el dibujo del pequeño demonio con garras, colmillos y cuernos? Es el diablo, aunque supongo que lo habrá imaginado. Es usted lista, doña Paula. Y los libros que acompañan ese tomo, junto con el de ilustraciones, todos juntos, se llaman la *Biblia del Diablo*. No me diga que no los vio. Leerlos… nadie ha podido hacerlo, porque algunos pasajes están escritos en una lengua que no se ha podido descifrar, hasta ahora. Seré yo quien lo haga y por eso le he pedido que los compre para mí.

Paula miraba al fraile con los ojos desorbitados. ¿El diablo tenía una biblia? No atinaba a hablar, porque cualquier cosa que dijera la incriminaría. Solo le pesaba en algún lugar del pecho, donde debía estar el alma, haber visto la imagen que, ahora sabía, guardaría en la memoria mientras tuviera vida. Suspiró despacio. Si las cosas seguían por el rumbo donde andaban, su vida sería corta. Casi lo deseó.

—Como seguramente se puede imaginar, doña Paula, mis labores en el Santo Oficio no se limitan a firmar procesos y sentencias, tampoco a dar fe de ellas cuando se ejecutan. Para encaminar las almas al Altísimo se debe conocer al enemigo y eso hago yo. Lo estoy haciendo ahora mismo, en estos momentos.

Francisco de Estrada miraba a la viuda a los ojos, intentando adivinar lo que ella pensaba. Aquella mirada le provocaba miedo, pero intentó no hacer ningún gesto que la delatara. Tampoco sabía qué debía decir o si era conveniente siquiera decir algo. ¿Enemiga? ¿Ella? Miraba al fraile y al poco le imaginó colmillos, cuernos, cola… Cerró los ojos y se persignó.

—¿Se persigna usted, doña Paula?

—Padre, lo que me cuenta me parece… fantástico y no entiendo yo la razón para que me diga que hay una biblia de... de eso. Quiero pensar que quiere confundirme, o que desea que yo me incrimine por un delito que no he cometido.

—¡Ca! Le digo que alguien rompió el sello de metal, una aleación muy blanda que se calienta y se coloca entre dos tablas de madera con el fin de que si se abre el cajón de cualquier lado, el sello, que frío aparenta ser una especie de moneda, se quiebre. No han podido ser los de la Aduana, porque yo me habría enterado. Después de verlo, me puse a revisar el resto de cajones y juraría que es evidente que en más de uno alguien los abre y vuelve a calentar la cera, de manera por demás artesanal, para que pase inadvertido. Esa persona posee tiempo de sobra... y mucha privacidad. Solo ha podido ser usted.

—Su Paternidad... lo único de que yo no dispongo es tiempo. Usted sabe que manejo un taller con dos prensas y una tienda. Me hago cargo de pedir los libros, llenar los albalaes y recabar los sellos. Hace pocos meses organicé una boda y una misa de ordenación sacerdotal, acabo de recibir a mi primer nieto y encima de todo eso, me encargo de mi casa, lo que incluye mozos, alimentos, ropa, la compra... ¿De verdad usted creerá que tengo tiempo para jugar a romper cajas y violar sellos? —era fácil aparentar estar ofendida, porque Paula de Benavides lo estaba. Eso no podía fingirlo.

—Entiendo —el fraile asintió. Paula no podía leer en sus ojos y temía preguntar—. La dejo para que medite un poco en todo lo que le acabo de decir. Le prometo, porque jurar está prohibido, que pronto, mucho más pronto de lo que se imagina, sabrá usted de mí.

La puerta se cerró por fuera y la viuda se quedó en la penumbra, rodeada tan solo de sus temores y de la pequeña pero creciente certeza de que no saldría con vida de esa habitación, que más parecía una cueva. Después de todo, tampoco había podido confesarse.

*

No sabía cuánto tiempo llevaba allí. Imaginó, porque no tenía manera de comprobarlo, que estaba en uno de los calabozos que daban a la calle de la Perpetua. Al salir de la sala del juicio había cruzado el Patio de los Naranjos y cuando estuvo en medio comprendió la razón del nombre. Los pétalos de las flores blancas perfumaban el terror que la envolvía. A pesar de lo que imaginó al salir de la habitación donde había pasado algunos días —que no podía decir cuántos—, no se escuchaba ningún grito desgarrador ni alarido ni nada que hiciera sospechar que ahí cerca de donde estaba se torturaba a los presos. La espalda se le encorvó. Presa. Estaba presa en los calabozos de la Santa Inquisición y no estaba segura de conocer la razón. Ni tampoco si era verdad que alguien la había denunciado. Porque, ¿qué ganaba Ana de Herrera culpándose a sí misma?

*

Pasaron varios días, que la prisionera contó como diez desde que la encerraron en la celda, además de los que estuvo sentada en la sala, tal vez dos o tres. Casi dos semanas fuera de casa, sin que nadie supiera que había salido. Recordó que había abierto la puerta porque era la hora que estaba trabajando en el despacho de la tienda y tal vez el padre Valdespina supiera que ella misma le abriría. A la criada no le había parecido sospechosa la visita. Que los días pasaban podía saberlo porque hacía diez veces que alguien entraba y le lanzaba un plato con un caldo espeso y frío, viscoso e indefinible. El agua no parecía limpia, pero no podía saberlo porque la luz que entraba por las rejas de la pared y que se perdía en el techo apenas la dejaba saber la hora. Tal vez el agua estuviera limpia, quería creer, pero el cuenco no se había lavado en años. Sintió asco de imaginar otros labios bebiendo de aquel bernegal de madera astillada. A lo lejos alcanzaba a escuchar algunas campanadas, pero no todos los cuartos, por lo que le era muy difícil ubicarse. El primer día intentó comerse lo que fuera que le sirvieron, pero no pudo tragarlo. Era repugnante y tuvo dolor de estómago. Al tercer día le dieron un pan duro para comer, por lo que mientras contaba los días, sobrevivía a base de agua y pan remojado en ella. No podría decir, cuando saliera de allí, porque se aferraba a la idea de que así sería, que sus caseros tuvieran buena cocinera, pensó con una sonrisa triste. ¡Si al menos le trajeran un libro! Se sentó y pensó que tal vez podría ofrecer trabajo a cambio de una permuta de sentencia: se ofrecería a imprimir dentro de los calabozos de Santiago Tlatelolco, del otro lado del río Tezontlali. Era una comunidad de naturales, pero se adaptaría, por el tiempo que durara la condena. También podía ofrecer los libros de su tienda, todos. Juntos constituían una buena fortuna... lo mismo que sus dos prensas. Tal vez si ofreciera devolver el privilegio de las cartillas... Algo debía haber que el Santo Oficio quisiera de ella. Paula de Benavides sabía que hasta la Inquisición tenía precio.

Después de pasar los primeros días sumida en la desesperanza, decidió dejar descansar su mente. Estaba tan agotada que no podía más que darle vueltas a las mismas preguntas que la atormentaban, y no dejaba de revivir el interrogatorio o juicio, las miradas de De Estrada, Valdespina y el otro fraile, ni tampoco la bofetada que le habían dado en la mejilla. De aquello había pasado una vida, porque lo recordaba como quien mira un retrato en la pared. O tal vez su mente le estaba dando una tregua. Era imposible que ahí, encerrada y sola, pudiera obtener respuesta a todas las preguntas que tenía. Se puso de pie y comenzó a caminar de un lado al otro. Debía mantenerse fuerte para lo que viniera. Porque Paula de Benavides sabía que algo llegaría e, incluso, deseaba que alguien se acercara hasta ella. La soledad de la celda no era nada comparada con la ignorancia en la que vivía sumergida, si a lo que tenía podía llamarle *vida*. De momento, era todo.

Mientras daba vueltas por la celda notó que el vestido le iba quedando grande conforme pasaban los días. Era natural, puesto que se alimentaba de agua putrefacta y pan duro y enmohecido, lo mínimo indispensable para que no muriera de hambre. Se sorprendió pensando que no se enfermó del estómago, cuando hubiera sido obvio que se estuviera muriendo de cagaleras. De pronto, se detuvo en seco, mirando una de las grietas de la pared. Corría agua entre ellas, haciendo que la piedra brillara. Se acercó y mojó los dedos. Lo que fuera que escurría no era frío, como ella esperaba. Se acercó a la rendija y vio sus manos: era sangre. Paula de Benavides se desvaneció.

*

—Perdone, buen hombre. Padre. ¿Sabe usted qué hay encima de esta... celda?

El criado que le llevaba la comida y se llevaba la bacinica la miró de arriba abajo. Era la primera vez que ella le dirigía la palabra y no debía estar acostumbrado, porque se dio media vuelta y salió, cerrando la pesada puerta de madera vieja y oscura con cerrojos y cadenas.

—¡Quiero al confesor!

Paula gritó a la puerta, que la ignoró. El criado o lo que fuera no debió escucharla, porque ni se volvió hacia ella ni contestó. ¿Hacía cuántos días que había pedido confesarse? Era muy extraño que ignoraran su petición. Como era extraño que nadie hubiera ido a decirle nada, ni para llevarla a la sala de tormentos, que debía estar en la habitación encima de la de ella. Porque la otra opción que se le había ocurrido no quería pensarla: era la sala donde preparaban los cadáveres antes de llevarlos a enterrar. La viuda se estremeció y se fue a sentar con la espalda contra la pared, de frente a la puerta. Si alguien venía a verla, solo esperaba que fuera antes de encontrarla muerta. No podía creer que estuviera deseando la visita de Francisco de Estrada.

Aquella noche una tormenta azotó la ciudad y algunas gotas llegaron a salpicar el suelo y la paja desde las rejas que tenía en lo alto de la habitación. Paula llegó a ver, o a imaginar, que veía zapatos andando de vez en cuando. Tal vez diera a un patio. Cuando la tormenta pasó pudo cerrar los ojos y caer dormida en un sueño del que no podía despertar. Hasta que sintió que había alguien de pie al lado de ella.

El terror le nublaba la vista y solo podía ver una sombra detrás de un hábito, sin cara. La luz que entraba del patio era intensa y a pesar de saberla cálida, parecía indiferente a su suerte. Se llevó las manos al pecho. Estaba muerta y alguien había llegado por su alma.

—¿Doña Paula? ¿Paula de Benavides? ¿Viuda de Bernardo Calderón?

La sombra se había agachado y la tocaba a la altura de las costillas. Paula abrió los ojos, pero no podía ver a quien le hablaba. La voz se arremolinó en su mente, porque le pareció que podía reconocerla.

—¿Fray Valdespina?

—Doña Paula, ¿puede ponerse de pie?

La viuda asintió, pero las piernas le pesaban tanto que solo alcanzó a hincarse. Las paredes de piedra fría y escurrida de lo que fuera se veían secas y Paula evitó mirar hacia donde había escurrido sangre hacía no sabía cuántos días.

—¿Padre?

—Sí, hija. —El fraile se había quedado de pie al lado de ella. La puerta detrás de él permanecía abierta, pero la luz que entraba le impedía distinguir si había alguien más. El olor de las flores de naranjo entró y la envolvió. Paula pensó que la vida no era lo que se había imaginado, pero que valió la pena vivirla. Suspiró. Sabía que el fraile la miraba, porque sentía sus ojos encima.

—¿Viene a darme la extremaunción?

La voz le había temblado, pero no pudo evitarlo. Todo el cuerpo se le agitaba de manera involuntaria, como si tuviera un acceso de fiebres.

—No.

—¿Me puedo confesar? Usted no es mi confesor habitual, pero quisiera que me permitiera...

—Si gustas, hija mía. Pero no hace falta.

Paula tragó saliva.

—¿No hace falta? ¿Quiere decir...?

—Quiero decir que eres libre, hija. Te puedes ir a confesar, a misa, o a tu casa, a descansar. Te puedes ir.

Paula sintió que sus ojos se abrían hasta dolerle. Hacía mucho que no levantaba los párpados, pues incluso sus cejas, tiesas de suciedad y sudor, le dolían como si les hubiera despegado una costra.

—¿El padre Estrada...?

Valdespina resopló.

—El doctor Francisco de Estrada y Escobedo ha partido con rumbo desconocido. No se sabe nada de su paradero desde hace varios días. Al parecer, salió apresurado, porque su despacho quedó en total desorden, como si alguien lo hubiera revuelto en busca de algo. No sabemos más, doña Paula.

La viuda asintió, tratando de procesar lo que acababa de escuchar. ¿Y el libro ese, la biblia del diablo de la que le habló Estrada? Movió la cabeza de un lado al otro. Una punzada la cruzó de arriba abajo. Sentía que se iba a quebrar por la mitad. El religioso la miraba, y entonces supo que si el fraile sabía algo más, tampoco se lo iba a decir.

—Entonces, el proceso, el juicio... usted...

—No se ha encontrado ninguna carpeta que albergue denuncia ni proceso y menos juicio en su contra, doña Paula.

En realidad, no se sabía que usted estaba aquí y por eso no fue liberada antes.

—Así, ¿nada más?

—En nombre del Santo Oficio, le ofrezco mis disculpas por si usted... por si nuestra hospitalidad no resultó como esperaba, doña Paula. Y deseo sinceramente que continuemos con la excelente relación comercial entre nosotros y el taller de la viuda de Calderón.

Paula guardó silencio, intentando pensar. No entendía nada.

—¿Quién... quién ha dado orden... instrucción de que yo salga? Si se puede saber, claro está.

—¡Desde luego! Ha sido don Pedro de Medina Rico, el visitador del Tribunal del Santo Oficio, quien ha realizado inspección después de la... partida del doctor de Estrada. Descubrió que en una de las celdas teníamos a una testigo de alguna pesquisa que el anterior inquisidor llevaba al cabo, pero no encontró ningún documento que mencionara su nombre, por lo que ha decidido que quede usted en libertad.

¿Testigo? ¿Ahora era considerada testigo? Estrada le había confiado que Ana de Herrera la había denunciado, por lo que estaba incriminada, no citada a declarar. ¿Habría sido todo una mentira del fraile inquisidor? ¿Lo de la biblia también? Recordaba, en medio de una bruma espesa, una carta, una confesión que el mismo fraile que tenía delante le había ofrecido para que firmara, inculpándose.

—Doña Paula, ¿quiere usted salir o prefiere quedarse un poco más con nosotros? No le puedo ofrecer una habitación más cómoda, porque aunque no lo crea, esta lo es. Tenemos algunas otras que no son dignas de... alguien como usted. Menos apropiadas para una dama, si me comprende.

Las lágrimas acudieron, sin invitación, a sus ojos. No supo por qué, pero en cuanto comenzó a llorar fue incapaz de parar. Tal vez el cansancio, el miedo, la soledad y todos los pensamientos fúnebres que había tenido durante tantos días le estaban cobrando su cuota, todos juntos y ahí mismo, delante del fraile. ¿Y si todo fuera un sueño? ¿Si su mente ya estuviera tan perturbada que la estuviera engañando? Sollozó y miró a su alrededor. Sería mejor ponerse de pie e intentar caminar, sin darle tiempo al fraile de arrepentirse. Pero, ¿y si fuera un engaño? El padre Valdespina había estado en la sala, al lado de Estrada, mientras la interrogaban. Le había dado a leer una infame confesión, había visto cómo la había abofeteado… Valdespina también sabía de los libros prohibidos y le había dicho que el sello había sido violado… La habitación se volvía negra por momentos.

—Del padre Estrada no tendrá usted que preocuparse más, doña Paula. Al parecer, realizaba algunas actividades… no del todo lícitas con Su Excelencia, el virrey. El rey ha escrito solicitando que Escalona se vuelva a España de inmediato, porque se le acusa de sedición. El virrey, su mujer y su comitiva más cercana partieron hace más de una semana hacia el puerto de la Vera Cruz. Pronto zarparán hacia Sevilla, si no es que lo han hecho ya.

¿Palafox? Paula pensaba que era imposible. En caso de que hubiera recibido su carta, que en realidad era la de Inés, no habría tenido tiempo de escribir a la corte y recibir respuesta en tan poco tiempo. Paula comenzó a reír de manera incontenible. Así como antes había llorado, ahora era incapaz de dejar de reír. Pensó que debía parecer una histérica, pero no podía controlarse.

—¿Puedo preguntar qué le hace tanta gracia, doña Paula? —El fraile la miraba con algo que parecía condescendencia, pero ella no podía saberlo.

—Discúlpeme, padre. Deben ser los nervios. Ha sido todo muy difícil. Me hace gracia que otra vez estaremos sin virrey y otra vez tendremos problemas para recibir los libros que se compren a Sevilla… y los sellos…

—¡Ah! ¡Pero claro! Es que usted no puede saberlo, desde luego… El obispo Palafox ha sido nombrado virrey interino de la Nueva España, doña Paula. Mientras el rey decide a quién enviar.

Palafox. Parecía que el destino insistía en cruzarla con el obispo, al que solo conocía de nombre y de haberlo visto el año anterior, en el recibimiento de la ciudad. Paula de Benavides suspiró y se encogió de hombros. Tanto le daba si al hombre le gustaba escribir y a ella imprimir. Y si pensaba montar una biblioteca, ella le ayudaría. Y le pediría que le mantuviera el privilegio de impresión de cartillas. Pero eso lo vería después. Ahora lo que necesitaba, y con urgencia, era un baño en agua tibia.

—Gracias, padre.

—¿A mí? No hay de qué. Dentro de unos días iré a hablar contigo a tu taller, espero que te hayas recuperado, hija. El Secreto del Santo Oficio no descansa, como tampoco descansa la lucha contra la herejía ni tampoco deja de salir el sol. Los ríos tampoco dejan de llevar agua. El Santo Oficio continuará comprando libros a la tienda de la viuda de Calderón, puesto que está familiarizada con el proceso.

El fraile le hizo un guiño y a ella le pareció que hasta le sonrió. Avanzó hasta la puerta y vio el patio de naranjos lleno de flores blancas. Paula estaba segura de que nunca se había sentido tan feliz de respirar aire limpio, ni de ver el cielo cuajado de nubes. Un fraile, que debía ser el padre Tornero, la esperaba en medio del patio para conducirla a la salida, de pie junto a la fuente que chisporroteaba agua por todas partes. Antes de encaminarse hacia él, miró al padre Valdespina, que la despidió con la señal de la cruz.

DIECISÉIS

A Paula le gustaba el otoño porque llovía, porque las hojas se caían, doradas o rojizas, para terminar llenas de lodo. Le gustaba el olor a madera quemada, a castañas —caras y difíciles de conseguir— asadas en comal, y el olor con que perfumaban toda la casa, el patio y hasta su ropa. Miró una y se dispuso a retirarle la cáscara dorada y resquebrajada. La mayoría de las castañas llegaban podridas a la capital de la Nueva España y no había casi castaños en todo el territorio que lanzaran sus frutos al suelo, excepto en el norte del país. El otoño le sabía a nostalgia, a recuerdos infantiles y a la memoria de sus padres. Y desde que saliera de los calabozos de la Inquisición, le sabía a calma, una que no había experimentado jamás. Miró cómo María acunaba al pequeño Francisco entre los brazos. Su hija había encontrado, de momento, una razón para vivir y para ser feliz. La placidez serena que se reflejaba en su rostro no podía ser sino una señal de felicidad, y Paula se congratulaba por ello. Suspiró porque sabía que esa sensación era pasajera, como todo lo que la rodeaba, como todo lo que había sentido y vivido.

—¿En qué piensa, madre?

—En lo bien que estamos ahora, aquí. Disfruto del olor de las castañas asadas, y pronto será invierno nuevamente.

—Tiene muchos proyectos, ¿verdad?

La viuda asintió. Dejó el trapo con las castañas sobre su regazo para que le calentaran las piernas. Por primera vez en mucho tiempo notó el color negro de su falda, de sus mangas, de su corpiño. Antes le había causado horror, pero ahora lo disfrutaba, porque tener una tela sobre su cuerpo era la constatación de que seguía viva. Se prometió no volver a quejarse del color de sus ropajes nunca más. María la miraba, intentando adivinar sus pensamientos.

—Piensa usted mucho en *ello*, madre. ¿Fue tan terrible?

Paula suspiró. «Sí, pero pudo ser peor».

—Lo que es malo conviene, María.

Su hija levantó la vista que tenía sobre el niño, que dormía haciendo unos ruidos que apenas se escuchaban. Había crecido mucho desde que naciera, pero para ella seguía siendo un bebé. Paula pidió mentalmente que llegara a adulto, porque ya se había encariñado con él. Su hija la miraba, interrogándola. La luz dorada se filtraba por los visillos de la ventana, anunciando que no tardaría en anochecer.

—Yo pensaba, cuando pasó *aquello*, que no volvería a verlos, ni a ti ni a Antonio, y menos al pequeño Francisco. Nadie supo que salí de casa ni a dónde me dirigí. Tampoco supieron del interrogatorio y créeme, hija, no se lo deseo a nadie. Pero después, durante aquellos días encerrada en una celda, tuve tiempo de pensar. Si me estaba ocurriendo todo eso a mí, debía ser por algo, aunque no lo entendía. De hecho, desde que murió tu padre no han dejado de ocurrirme cosas. Cosas que yo no pretendía, que no busqué y, sin embargo, tuve que enfrentar. He perdido mucho en el camino, como a Inés, de la que no me pude despedir. Espero que cumpla su promesa y me escriba cuando llegue a Sevilla o a Madrid, o adonde sea que haya ido. Perdí a una amiga, o tal vez a más de una. Pero gané el derecho de seguir con mi vida.

María la miraba con ternura.

—Sí, supongo que piensas que me estoy haciendo vieja y tal vez sea verdad. Descubrí que me salieron muchos cabellos blancos mientras estuve encerrada, pero no me importa. Lo que importa es todo lo que haré de ahora en adelante. No sé si me explico.

—Madre... No tiene usted ni cuarenta... He querido preguntarle, pero nunca he encontrado el momento... ¿No extraña usted a padre?

—No.

—¿No?

Paula soltó un suspiro y dejó las castañas sobre la mesa. Se puso de pie y apoyó las manos contra el respaldo de la silla. Había temido esa pregunta por mucho tiempo.

—Los muertos nunca nos abandonan, María. Si yo hubiera muerto y nunca hubieras vuelto a saber de mí, quiero que sepas que seguiría a tu lado. Es difícil de explicar, y más aún de comprender, pero es así.

—¿Quiere decir que padre sigue con usted? Madre, ¿cómo fue que murió mi padre?

Paula no contestó. Apretó los labios y fue a remover las castañas que crepitaban sobre el comal colocado sobre el fuego de la chimenea.

*

La primera vez que María escuchó algo que le dio pie para sospechar fue una frase suelta, pero no entendió que se refería a la muerte de su padre, una insinuación de que no había muerto de manera natural. En ese entonces, María era muy joven e hija de una acomodada familia de comerciantes, descendientes de peninsulares. Bonita, rica y de piel blanca. ¿Qué más podía hacer? Aprovecharse de su condición, desde luego. Su madre se había volcado en el taller de impresión y la tienda de libros, dejando fuera de su vida lo que no estuviera en los bajos del número 6 de la calle de San Agustín. Así que María se preocupó por comprar listones y alfileres para sus sombreros, así como para adornar sus vestidos. Ocupaba su día en coser y leer, lo cual era común en aquella casa, aunque no lo fuera en las demás.

La duda se encendió en ella cuando escuchó, en un velorio al que acompañó a su madre, la palabra *casualidad*. «Demasiada casualidad», habían sido las palabras exactas y también se lo pareció a ella cuando contó a las viudas de impresores que contestaban el rosario, al lado de ella y de su madre. Era verdad. En la ciudad había viudas, muchas más que viudos, porque ya se sabía, las mujeres viven más años que los hombres. María había dejado el misterio doloroso por la mitad, observando con imprudencia a las mujeres vestidas de negro, con velos igual de negros cubriéndoles las caras. A la mayoría las conocía, porque todas visitaban a su madre desde que Paula enviudara. Las había visto en su casa tomando chocolate, comiendo pan, escondiendo sonrisas, miradas y palabras si de casualidad ella entraba donde se reunían. Nunca había puesto atención a lo que comentaban, porque supuso que serían cosas de señoras y ella era una joven. No podían tener nada en común. Pero sí había atrapado palabras sueltas, que hablaban del aumento de los impuestos al papel sellado, del número de catecismos para tal o cual congregación, e incluso acerca de alguno de los libros que se habían publicado en la ciudad. No, María no había puesto atención porque estaba concentrada en un único objetivo, que tenía nombre y apellido, que le ocupaba los días, aunque fueran nublados y las noches, aunque no tuvieran estrellas. En aquella época, María creía en el amor, como un «algo» que se podía tocar y sobre todo, poseer. ¡Qué sabía ella que la felicidad era un instante y el amor una colección de instantes felices! Creía, porque estaba convencida, que aquella sensación de tener el pecho más inflado, con el que respiraba mejor y con más facilidad, duraría lo mismo que su sonrisa, que no se borraba de su rostro porque no podía molestarse con nada ni con nadie. Ahora pensaba, maravillada, que era una bendición que la juventud fuera curable y que las cosas que parecían eternas se desplazaran y se volvieran pasajeras. Juan de Ribera, por ejemplo. Tenía muchas preguntas, pero las haría una a una. Su padre, la cofradía, el Secreto del Santo Oficio...

—Madre, quiero trabajar en el taller y aprender todo lo que usted sabe. ¿Me ayudará?

Paula se volvió y le sonrió. No había querido tocar el asunto porque el niño era muy pequeño, pero sintió una explosión a la altura del estómago. ¿Quién mejor que su hija para hacerse cargo del taller y la tienda? ¿Y de la cofradía? Otra mujer, como ella. O casi.

*

El año moría, lo mismo que la tarde. Dentro de un rato sonarían las campanas que llamarían al Angelus o Christus, o la misa solemne para despedir el año del Señor. La rítmica certeza de cada golpe de badajo contra el bronce y el hierro marcaba su vida, desde hacía muchos años. Los leños ardían en el hogar de piedra renegrida, por lo que el humo comenzaba a salir hacia la habitación, en lugar de hacerlo hacia arriba, por el tiro.

La mujer, enjuta y envuelta en un chal blanco con flecos, se cubrió los pies con la manta de lana. No porque hiciera frío, sino porque la humedad le calaba los huesos, cansados y rígidos. El chocolate se había enfriado hacía rato en la mancerina, pero ella seguía mirando las hojas del libro que tenía abierto sobre las piernas, aunque no había pasado una sola página en un buen rato. El cielo que se colaba por el cristal de la ventana estallaba en rojos y dorados, iluminando un poco la estancia, en la que se hallaban encendidas varias velas. De no ser porque movía la cabeza de vez en vez, la figura de negro habría pasado por una estatua de piedra.

El golpe de la puerta la sobresaltó. Dormitaba sin darse cuenta.

—Doña Gerónima, ¿puedo pasar?

Paula de Benavides entraba en la habitación, un par de pasos detrás de la criada que acababa de anunciarla.

—Le dije que estaría dormida, doña. Que mejor volviera en otro momento. —La criada se movía hacia atrás para cerrar la puerta.

—Que entre. —Gerónima Gutiérrez tiró del chal y se enderezó en el sillón. Sentía los huesos entumecidos, pero los reacomodó y sonrió a la visita. —Doña Paula, la esperaba.

—Doña Gerónima, perdone si la molesto…

—¡Nada! No me molesta, que no. Petra, que traigan más leña porque me estoy helando. Y más chocolate caliente, que ese que tengo ahí está frío y no sirve para nada. ¿Un mantecado? Tráigame unas pastas, algo. Y cierre la puerta.

La mujer parecía haber recobrado la energía. Sabía, porque algo dentro de su cuerpo se lo decía a gritos, que cargaba con alguna enfermedad que la consumiría desde las tripas para afuera dentro de poco tiempo pero, para su sorpresa, estaba a gusto con esa certeza.

—¿Cómo le ha ido?

Paula se sentó e inhaló. Había pospuesto esa conversación hacía tiempo, porque no se sentía preparada. Pero ahora sí.

—Se lo puede usted imaginar, aunque le ahorraré los detalles. Me interrogaron acerca de cosas que prefiero ni recordar, doña Gerónima. Algo de si creía que la Virgen le había pasado carne al Salvador, que si yo creía que estaba aún vivo cuando los romanos le traspasaron el costado con la lanza… en fin. Después me acusaron de pertenecer a una cofradía de viudas de impresores, que porque mediaba denuncia en mi contra. Y contra todas las demás.

—Mmmhmmm… ya veo… debió ser falso, porque nos hubieran interrogado a las demás, ¿no cree, doña Paula?

—Pues eso es justo lo que quería decirle, doña Gerónima. Ya cuando me enviaron a una de las... de los calabozos, el fraile Estrada me dijo que doña Ana de Herrera nos había delatado a todas por pertenecer a la cofradía. Me dio los nombres de cada una... no tenía yo modo de saber si era o no verdad. Al salir he confirmado que doña Ana continúa en su taller, haciendo grabados e ilustraciones. Como si nada hubiera ocurrido. Me gustaría preguntarle, claro, pero no sé...

La viuda mayor asentía.

—Resulta difícil saberlo, doña Paula. En todo caso, tengo entendido que a usted la exoneraron de cualquier delito, pecado y sospecha, ¿no es verdad?

—Sí. El alguacil mayor, el receptor De los Ríos y el secretario Bazán, los oficiales Arriaga, Espínola, Saavedra y alguno más firmaron un acta que me libera, lo mismo que a mi negocio, de cualquier denuncia previa. Me han confirmado también que continuaré con la impresión del Secreto del Santo Oficio, lo mismo que con la de letanías, indulgencias, sermones, doctrinas y demás, también con la corrección de textos... ya sabe. Lo de siempre. Lo que no sé bien es lo que deberíamos hacer con la cofradía, doña Gerónima. No sé yo si seguir resulte prudente. Tal vez, por un tiempo...

La viuda mayor miró sus manos. Tiempo era lo que no tenía.

—Ya... y del obispo Palafox, ¿ha escuchado algo?

—Sí. Supe lo que todo el mundo. El virrey Escalona hubo de partir de prisa y el obispo fue nombrado virrey, al menos mientras el rey, nuestro Felipe IV, nombra al sustituto. También me llegó una carta donde me solicita ciertos libros y lo mismo me ha pedido que imprima algunos de sus escritos. Al parecer, Su Ilustrísima escribe mucho.

—El nuevo virrey ha prohibido las tertulias, tanto musicales como literarias entre mujeres. También ha pedido que se guarde la jaula para que las damas asistan a misa dentro de la catedral y ha decretado que las mujeres podemos leer, siempre y cuando no nos dediquemos a debatir entre nosotras. No parece estar muy por la labor de permitir la enseñanza de las primeras letras y la aritmética a las niñas, doña Paula. Creo que se avecinan tiempos complicados para nosotras. ¿Qué opinión le merece lo que le acabo de decir?

Paula apoyó las manos sobre las piernas. Tenía otra imagen del obispo Palafox. Su pregunta respecto a la cofradía quedaba contestada.

—Me parece, doña Gerónima, que haremos lo que se hace siempre en estos casos: nada. Esperaremos en la sombra a que lleguen tiempos mejores. La cofradía podría seguir existiendo, pero sin nuestros chocolates de los martes. Le puedo asegurar que los del Santo Oficio están al tanto y que incluso parecen estar de acuerdo, si se pudiera decir eso.

—¿Los del Santo Oficio?

—Me parece a mí que lo saben todo. Tienen ojos y oídos en todas partes. Si llegara a ser verdad que doña Ana nos denunció, denunciándose a ella misma, nos tendrán vigiladas, quiero suponer. Me atrevería a decir que el padre Valdespina está al tanto de lo que hacemos y, mientras la cofradía no interfiera con los asuntos del Santo Oficio, nos dejará estar.

—Discreción entonces y a esperar. De todas formas, doña Paula, es lo que las mujeres sabemos hacer mejor que nadie: observar, escuchar y callar. Ya encontraremos mejor ocasión para actuar.

Paula de Benavides asintió.

*

Paula se sentó frente al escritorio y poco a poco sintió que el cuerpo se le escurría. ¡Habían pasado tantas cosas en el último año! Miró a su alrededor y se fijó en lo que la rodeaba con ojos nuevos. Sabía que era imposible, pero se sentía renacida y rodeada de una lluvia de bendiciones. Miró la mesa y la acarició con la mirada; aquel era su espacio y los libros que había en las estanterías y en los cajones, su vida. Como si se tratara de su costurero privado, cada una de las letras impresas en negro en las hojas que antes fueron blancas habían cosido su vida, con una costura invisible, pero firme. Sentía los ojos llenos de su pasado, desde la lejana infancia en el taller de su padre. El olor de la tinta la había acariciado desde que tenía memoria y uso de razón, envolviéndola en un aroma conocido y agradable, tibio. Lo mismo que el olor a cuero de los forros de los libros encuadernados y el de la cola para pegarlos después de cosidos.

—Esos papeles eran de tu padre. Nunca he sabido a cuento de qué pagó tres mil pesos oro, ni a quién. —Paula miraba un papel que su hija tenía entre las manos. Ella lo había encontrado hacía unos meses, pero no había sabido qué hacer con él—. Tal vez el precio del privilegio de la impresión de cartillas… No lo sé.

—¿Extraña usted a Inés, madre? Vino un día y solo pidió sacar un pequeño cofre que le pertenecía, junto con unas llaves que estaban atadas a un listón de seda. Me besó ambas mejillas antes de irse. Me deseó buena suerte y lo mismo para usted. No sabíamos nada. Podría usted estar muerta y ella parecía tener miedo.

Paula se había quedado pensativa. Sí, la extrañaba. Pensó que Inés, al enterarse de la salida del virrey, y debió suponer que su carta habría tenido algo que ver, por lo que decidió partir y alejarse de cualquier peligro que pudiera incriminarla. Y más si Paula estaba desaparecida.

María la miraba, confundida. Tomó aire y dejó el papel dentro de la caja de madera laqueada. Cerró la tapa despacio y buscó la mirada de Paula, que permanecía en silencio. Se armó de valor y lo soltó, como quien suelta un lastre que ha cargado mucho tiempo.

—Madre, quiero ser viuda.

Los párpados de su madre cubrían la mayor parte de las cuencas por las que, sin embargo, vio brillar una luz, demasiado fugaz para estar segura. Alargó una mano de huesos pequeños y delgados, que seguían siendo blancos, libres de pecas. El dorso mostraba pequeñas manchas que se iban fundiendo en una sola, tiñendo la mano de color arena suave. Cuando su hija le tomó la mano, la cerró con todas sus fuerzas.

María apenas notó el ligero apretón que su madre, cerrando los dedos alrededor de su mano, le estaba dando. Había imaginado escenarios con las posibles reacciones de su madre. Había elaborado argumentos a favor y en contra de todo lo que su madre le diría. Pero Paula no le decía nada. Para eso sí no estaba preparada.

—Madre... que he pensado que yo, al igual que usted...

Paula sonrió, levantando la otra mano del libro que había estado leyendo o, mejor dicho, intentando leer, porque la cabeza insistía en irse hacia otros parajes, llenos de letras negras en hojas blancas. Miró el libro: seguía en la misma página que hacía media hora.

—Sí, hija, sí. Que te he escuchado. Pero el estado de viudez no es, cómo dijéramos, algo que se le pueda pedir al Señor, con rezos y esas cosas.

—Madre, yo...

—Shhh. No hace falta. Hace tiempo que vengo viendo lo que hace Juan contigo. Incluso, bien recordarás que te dije que no te acercaras a él. No creíste lo que te conté, lo que me vino a decir un día...

María guardó silencio, mientras miraba hacia el suelo. Aquella porción de madera, mucho más oscura que el resto de las vigas de toda la habitación, siempre le había llamado la atención. Estaba así desde que recordaba, por lo que un día dejó de interesarle. Asumió que algo la había quemado mucho antes de que ella naciera. Su madre guardaba silencio.

Tenía todo el derecho a recriminarle; le había advertido. Pero ella, María, se había salido con la suya, o eso había creído. Por un corto tiempo, pero había estado convencida. Hasta que los meses y la evidencia terminaron por darle la razón a su madre. La infalible doña Paula, doña perfecta, doña todo lo que ella deseaba ser y en lo que convertirse, la miraba ahora. No se trataba de celos. No era eso. Se sentía orgullosa de ser la hija de quien era y sentía la necesidad de estar a la misma altura que su madre. Pero el lastre de Juan era ya insoportable. Debía haber alguna manera. Y si la había, su madre era la única que podía ayudarla. Había oído cosas, no era tonta.

—Es que, madre, he visto lo que usted consiguió, sola, con el taller, con la tienda, con todo. Ha construido usted un imperio madre, de la nada. Sola.

Paula envolvió con su mano libre la de su hija, de manera que quedaron trenzadas ambas, como lo habían estado desde que María naciera. Paula suspiró al sentir la tibieza y la suavidad de las manos de su hija. Podía percibir su corazón agitado, sus dudas y también sus anhelos. La juventud era tan efímera que ella había sido incapaz de asirla, como ahora sujetaba las manos de María. Vio que tenía un golpe en el cuello, que iba del verde amarillento en el centro, al morado en las orillas. Suspiró mientras lo acariciaba con su mano. Su hija cerró los ojos al contacto con la caricia tibia y llena de dulzura de su madre.

—¿Sola, dices? No has entendido nada querida mía. Una nunca consigue nada sola. Siempre hay alguien, detrás de una puerta, de una ventana, que eche una mano. En mi caso, te puedo decir que cuento con el apoyo de varias mujeres. Es complicado.

—Pero usted, madre, ¡ya era viuda cuando comenzó a hacerse un nombre en esta ciudad! ¡Padre nunca tuvo los contactos, ni consiguió los trabajos que usted! Ni tampoco consiguió renovar los privilegios de impresión de cartillas, los catecismos, ni hacer que este taller imprimiera el secreto del Santo Oficio, ni...

—María, escúchame bien. Es verdad que los hombres, a pesar de lo que dicen, porque de verdad lo creen, no son más fuertes que las hembras, al menos, no con esa clase de fortaleza. En esta ciudad hay muchas más viudas que viudos, que también los hay. Claro, ellos se vuelven a casar y entonces ya dejan de ser viudos...

—Madre, ya no soporto a Juan. Me parece que no hace falta que le diga que me golpea y tengo miedo de que lo haga con el niño también, en cuanto comience a andar. Le grita al pequeño cuando llora. El otro día me encerró y prohibió a las criadas que me llevaran comida. Insiste en que me ha de doblegar el carácter, pero le juro, madre, que no le he hecho nada. Es peor cuando, para no verlo, vengo acá con usted y me quedo en el taller, para ver en qué puedo serle de ayuda. Esos días son terribles. Insiste en que una hembra no debería estar metida en un taller, rodeada de hombres. Yo le digo que si usted pudo, pues yo también, pero... no lo soporto ya cerca de mí. El confesor, el padre Francisco Xavier, me ha dicho que es la ley, que tiene derecho, que yo debo ofrecer mis dolores y sacrificios al Señor... pero yo no puedo más. ¡Ayúdeme, madre, por favor!

Paula asintió, echándose hacia atrás en el sillón. Estar inclinada hacia adelante, cogiendo de las manos a su hija, le estaba taladrando la espalda.

—Y dime, ¿tú crees que podrías manejar sola un taller de impresión? Dirigir trabajadores, encomiendas de papel, conseguir los privilegios y los contactos... Don Hipólito es un viejo y no tardará, quiera Dios, en presentarse delante del Señor.

—Usted me ha enseñado, madre. Los trabajos del taller... la he visto hacerlos desde que era una niña. Cortar los pliegos de papel, preparar la tinta, remojar los tampones y presionarlos sobre los tipos, acomodar los tipos en las cajas, colocar el cajón debajo de la plancha y colgar los pliegos a que se sequen para poder imprimirlos del otro lado. Madre, ¡creo que podría aprender a tirar de la palanca con todas mis fuerzas! Además, que para esto están los oficiales, pero si hace falta, madre, también soy capaz de hacerlo. No sería la primera vez...

Paula miraba a su hija, agradablemente sorprendida por el cambio que había operado en ella. Sintió una punzada en el corazón. Tener la razón le dolía, y ese dolor no era lo que había esperado. Hasta hacía muy poco, cuando su hija era una niña, o eso había querido creer ella, había intentado hacerla entrar en razón. Primero había tratado de convencerla, para después, amenazarla, pero ya había sido tarde. Sabía que había fallado como madre porque no creyó en las amenazas del impresor, ni tampoco en las señales que le diera Inés. Había sido necesario que el tiempo, o la vida, implacables ambos, le mostraran a María que su madre no era su enemiga, sino que lo era Juan, o peor, Hipólito de Ribera, el enemigo de Paula, que había jurado vengarse y lo había conseguido, al menos por un tiempo. Por eso no dejaba de ser doloroso que su hija sufriera tanto para al fin aceptar que necesitaba su ayuda.

—Hija, solo podemos pedir a Dios, Nuestro Señor, que te libre de tus penas de la mejor manera posible. Sabes que es pecado pensar en desearle mal al prójimo... no está bien.

María levantó la barbilla. Las cosas que había escuchado volvían una y otra vez a su mente, pero sabía que no debía forzar una confidencia de su madre, si esta no se mostraba inclinada a confiar. Quería saber, tenía que saber. Pero ya no había a quién preguntarle sus dudas, porque la única persona con vida que recordaría algo de aquellos días era precisamente su madre.

—Madre, le pido que usted, que está tan cerca de Dios, le pida por mí. Lo hará, ¿verdad?

Paula asintió, cubriendo sus hombros con el chal de lana gris que se le resbalaba por la espalda. Aquella conversación la había recargado de energía. Entendía el interés de María... ¡vaya si lo comprendía!

—¿No ha llegado carta de Antonio? La espero ya hace varias semanas...

—Sí, madre. Me había olvidado. Ha llegado esta mañana. ¿Desea usted que se la lea?

La joven buscó en el bolsillo interior de sus enaguas y sacó un papel, doblado en varias partes, con el sello aún sin tocar. Lo acarició con el dedo, imaginándose lo que diría la carta, lo que pensaría su hermano cuando la escribió, el anillo con que había estampado el sello sobre la cera azul, cuando aún estaba caliente.

—¿Y bien? ¿Qué dice? —Paula se enderezó y alisó la manta debajo del libro, que cerró de un golpe. El carboncillo que le calentaba los pies por debajo del escabel debía haberse apagado hacía rato. Tenía los pies entumecidos.

—No la he abierto, madre. ¿Desea que se la lea? —insistió.

María se acercó despacio a su madre. Vio con ternura que, por debajo del triángulo de tela que hacía las veces de toca, se le escapaban unos pocos cabellos blancos que comenzaban a poblarle la cabeza. Aquellos días dentro de los calabozos de la Santa Inquisición la habían cambiado para siempre.

Paula miró a su hija, interrogándola con la mirada. ¿Qué miraba? ¿Por qué no le leía la carta? María sabía bien que era incapaz de leer con aquella luz. Paula entrelazó los dedos de las manos y los dejó sobre su regazo, esperando. Vio que María, rendida, suspiraba mientras abría el papel, desdoblándolo.

—No entiendes, hija. No has entendido nunca. Siempre hay una manera; porque verás, han sido las riendas de mi vida. *Mis* riendas —dijo, poniéndose de pie.

Paula de Benavides se acercó a su vieja caja con incrustaciones de concha, la que contenía sus frascos de remedios.

Había sido un regalo de bodas, hacía ya muchos años. Estaba muy bien conservado, a excepción del Niño Jesús que una vez había decorado el interior de la tapa. La seda se había deslavado y apenas se distinguían los colores. Mientras escuchaba hablar a su hija, la madre había tomado una pomada de yerbas que le preparaba una monja para golpes y moretones, que se hacía a cada rato contra las esquinas de sillas y mesas dentro del taller. Le pondría un poco a María sobre el cuello, aunque tardaría al menos un par de días en que la hinchazón cediera. En un impulso, cogió un frasco que guardaba en su interior una sustancia verdosa, un poco espesa ya, que incluso se había secado, adhiriéndose a la pared interior del vidrio. Hacía muchos años que no lo había vuelto a abrir, pensó, cuando aquella vez que se le derramara la mitad del frasco en el suelo, dejando una mancha como perpetuo recordatorio. Aguantó la respiración y sonrió para sus adentros. Recordó a la monja que le dio aquel preparado para terminar con las ratas. Apretó el frasco dentro de su palma. No había rencor ni miedo ni resentimiento, ni mucho menos, culpabilidad dentro de su pecho, aunque debería. Ahora nada de todo aquello tenía importancia. Con ambas manos ocupadas, volvió al lado de su hija y se sentó a su lado. María hipaba y sus palabras se entrecortaban. Había dejado de escucharla mientras seguía el hilo de sus recuerdos.

—… una pena que no tenga yo el consuelo suyo, madre. ¡Lo que daría yo por ser una viuda honorable como lo ha sido usted! Le confieso que más de una vez le he pedido al Altísimo, ¡le he rogado!, que me conceda la gracia de convertirme en una… Gustosa cedería mis ropajes por unos negros, para lo que me reste de vida… ¡A veces quisiera ser yo quien muriera! Pero mi hijo… Sé, entiendo que hago mal, que no se puede pedir tamaña cosa a Dios, Nuestro Señor, y que me perdone, pero es así como me siento… ¡Si tan solo se apiadara de mí y de mi sufrimiento…!

Paula enderezó su espalda y tomó aire, despacio. Nunca creyó que llegaría ese día. O tal vez en el fondo de su corazón siempre lo supo. Desde la primera vez que María apareciera, preñada y con un golpe cruzándole la cara lo imaginó. Le siguieron unas marcas en el cuello, que Paula supo que eran de los dedos del esposo de su hija. También adivinaba, porque nunca las vio, las otras marcas de golpes que su niña tendría por todo el cuerpo. Y lo sabía porque ella misma las padeció. María la miraba, extrañada por su silencio.

—Hija mía…, sabes que haría todo por ti, lo sabes, ¿verdad? Te he querido como madre ninguna ha amado a sus hijos. Es mi deseo que sepas que no has de vivir así, si no es tu deseo. Puedes ser libre, como lo he sido yo. ¿Entiendes lo que te quiero decir?

María levantó la vista y fijó los ojos en los de su madre. Estaban vidriosos y apenas asomaba una rendija debajo de los párpados que comenzaban a descender sobre sus ojos. Pero pudo ver que además de hermosos, brillaban, como la luz del sol que se reflejaba en el cristal de la ventana. ¿De qué estaba hablando? Ella no pensaba morirse. Tenía un hijo pequeño a quien cuidar y no permitiría que Juan se quedara con lo que le pertenecería a ella: los talleres, la tienda, las máquinas, los contratos con la iglesia, el Cabildo y el Santo Oficio, la posición que su madre había ganado en aquella ciudad… Sintió náuseas. Movió lentamente la cabeza de un lado al otro.

—No… no estoy segura de comprenderla, madre.

Paula de Benavides abrió el puño, dejando a la vista un frasco que apretaba tan fuerte que la palma se veía blanca.

—¿Qué es esto?

—Tu salvoconducto a una vida nueva, hija. No será fácil, pero serás libre y nadie cuestionará tu proceder, que será digno y honorable, como ha sido el mío. Verás, una viuda puede trabajar en lo que le plazca, puede mantenerse sola, salir a la calle, hacer y recibir visitas sin la supervisión de hombre alguno, siempre dentro de los límites de la decencia, desde luego. Pero encontrarás que a pesar de las restricciones se puede vivir muy bien. No tendrás que someterte jamás a un hombre, si ese fuera tu deseo. Te ofrezco tu libertad, si es que se le puede llamar así. Porque no conozco otra palabra. Te ofrezco que te mandes sola.

María abrió los ojos, mirando ora al frasco, ora a su madre, intentando adivinar el significado oculto tras las palabras que acababa de escuchar. ¿Acaso...? Sacudió la cabeza. No, no podía ser. Su madre pareció adivinar sus pensamientos, al ver los ojos de María moverse descontrolados.

—No sufrirá. Bueno, solo un poco. Una ligera indigestión seguida de un dolor de cabeza y un malestar general, que durará unas pocas horas, lo mismo que las cagaleras. No temas. He visto que funciona y el médico y el notario certificarán muerte por dolencia cardiaca. Antes de emplearlo, puedes comenzar a comentar lo mal que le sientan a Juan los disgustos, que cada vez son más frecuentes. No es raro que un gran disgusto termine con la vida de alguien. No será la primera vez, ni la última... porque, ¿sabes? Hace muchos años, una persona que aprecié de veras me dijo que nada cambiaba, y he descubierto que tiene razón. Hoy lo comprendo. Nada cambia. Y para que todo se mantenga donde y como debe, hay que propiciar ciertos pequeños cambios, justamente, para que nada cambie. Sí me comprendes, ¿verdad?

María asentía. Comprendía, demasiado bien y a su pesar, aquello que su madre le estaba confesando. La cara de su padre cruzó como una ráfaga por su mente. Ahora conocía el secreto de su madre, pero, ¿ella se atrevería?

Paula sonreía mientras y con cuidado, tomó el collar de perlas de la caja de palo de rosa abierta, y lo abrochó por detrás del cuello de su hija.

—En cuanto a tu conciencia hija, podrás. Ya verás que podrás soportarlo. Si has podido con golpes e insultos, guardar un secreto no es tan difícil, que te lo digo yo, que tengo varios que no te puedes ni imaginar. Podrás descargar tu alma cuando la vida te abandone. Y ahora escúchame bien, que tengo otro secreto que contarte. Ya va siendo hora de que sepas acerca de la cofradía secreta de las viudas de impresores, porque después tú te encargarás de continuarla e impedir que su legado, nuestro legado, se pierda. Solo una cosa te pido a cambio: te harás llamar María de Benavides, viuda de Juan de Ribera y no María Calderón. ¿Podrás complacer a esta vieja? En caso de que te decidas, te contaré una historia.

La joven asintió, sentándose frente a su madre mientras apretaba el frasco contra su pecho. Vio que su madre alzaba la vista y la fijaba en un punto más allá del huerto, más allá del convento, allá donde estaba segura, donde alcanzaba a distinguir sus propios fantasmas, incluyendo, tal vez, el de su padre.

—Hace muchos años, un grupo de mujeres se reunieron para leer, bordar y beber chocolate. Todas eran viudas de impresores de una ciudad grande y próspera...

NOTA HISTÓRICA

Como diría el gran Jorge Ibargüengoitia, algunos de los acontecimientos que aquí se narran son reales, y en este caso la mayoría de los personajes también.

La cofradía de viudas de impresores nunca existió, pero sí las viudas que se dedicaron a trabajar con lo que dejaban en herencia sus maridos al morir. Fueron ellas las que dieron comienzo a la industria de la impresión en la Nueva España. Porque la viudez era la única vía que permitía a las mujeres disponer de su *hacienda* (su dinero), su tiempo, su casa, su cuerpo y hasta su vida como mejor les pareciera, habiendo tíos, hermanos e hijos de por medio que velaran por su decencia. El resto de estados civiles las relegaba siempre unos escalafones por debajo, y siempre por detrás de los hombres que rodeaban sus vidas: padre, hermanos y esposo, incluyendo el divino para las que se desposaban con él, voluntaria o involuntariamente. En el caso de no tener más familiares, las mujeres debían supeditarse a los mandatos del confesor, único varón autorizado para hablar con mujeres, aconsejarlas y obligarlas a emprender acciones, incluso en contra de su voluntad.

*

Paula de Benavides sí existió y fundó una dinastía de impresores y viudas de impresores que abarcó de 1640 a 1768, fecha en la que sus descendientes se deshicieron de sus enseres, cajas con tipos y rica herencia en libros, formada por varios miles de tomos, de los cuales la mayoría fueron a dar lustre a diversas bibliotecas privadas y a alguna conventual. La de los capuchinos de San Francisco, que no pudo resistir los embates de las Leyes de Reforma, fue la mayor beneficiada en su momento.

Hablamos de una mujer visionaria, porque se lanzó a imprimir primero tres y después hasta treinta libros por año, y nunca cejó en su empeño por la letra impresa. La primera *Gaceta* (periódico primitivo) de la Nueva España la imprimió también la viuda de Calderón al final de su vida. Este proyecto fracasó varias veces en diversas manos, básicamente porque se financiaba de manera privada. La noción de un periódico diario no cuajó de manera definitiva en manos de sus descendientes hasta bien entrado el siglo XVIII.

Paula *heredó*, si se puede denominar así hoy en día al equivalente traspaso legal vigente en 1640, el taller y la tienda que fundara su marido, Bernardo Calderón. Tuvieron seis hijos, cuatro varones y dos mujeres. Una vez que se quedó viuda, continuó con las labores de impresión de manera sobresaliente durante más de cincuenta años bajo el sello de *Viuda de Calderón*. Su primogénito, Antonio, participó de las labores del taller hasta su muerte, acaecida en 1668, recién cumplidos los treinta y ocho años. En su lugar, en la imprenta y en la Orden de Santo Domingo, lo mismo que en la Unión del Oratorio de San Felipe Neri, continuó la labor otro de los hijos de Paula, llamado Diego, teniendo como socios a sus hermanos Bernardo y Gabriel Calderón de Benavides. En la misma fecha de la ordenación de Antonio y de la toma de hábitos de la hermana menor, Micaela, María se casó con el hijo de un impresor rival, Hipólito de Ribera, llamado Juan. Por esas fechas, se había autorizado plenamente desde Madrid el establecimiento de imprentas en Puebla y Oaxaca, además de en Antequera, Guatemala y otra en Lima, Perú. Pero el taller de la viuda de Calderón en la entonces Nueva España era el más desarrollado, el que mayor cantidad y calidad de impresos arrojó de todos los virreinatos de ultramar durante el siglo XVII y primera mitad del XVIII. Paula de Benavides murió en 1684 y para entonces era una de las principales impresoras de Palafox, de sor Juana Inés de la Cruz y del arzobispo Manuel de Santa Cruz, por mencionar algunos.

*

De la unión de María Calderón de Benavides con Juan de Ribera salió fortalecida la imprenta de la viuda de Calderón, puesto que era la que mantenía los contactos estratégicos en todas las instancias religiosas, civiles y económicas que se requerían para triunfar en el virreinato. Fue un acierto que los hermanos y los hijos de Paula estuvieran cuidadosamente ubicados en las distintas órdenes dominantes de la época: dominicos, jesuitas y franciscanos. La imprenta de la viuda de Calderón mantuvo el privilegio (monopolio) de impresión de cartillas, doctrinas y silabarios durante más de cien años. A la muerte de su marido, María Calderón viuda de De Ribera imprimió bajo el nombre de María de Benavides y presumimos que lo hizo en honor a su madre. Nunca utilizó los nombres de María Calderón de Benavides, ni María Calderón de Ribera ni tampoco el de María Calderón viuda de De Ribera a lo largo de su vida como impresora. Entre la gran cantidad de títulos que ella imprimió destaca la publicación de la *Gaceta* y del *Teatro mexicano* de Vetancourt, en 1698.

María procreó cinco hijos: Francisco, Miguel, Juan, José y Gabriel de Ribera Calderón, que continuaron con la tradición familiar de la imprenta. Poseían en sociedad los talleres de la calle de San Agustín (hoy Venustiano Carranza) y del Empedradillo (antigua calle de los Cereros y después bautizada como Monte de Piedad), que fuera aportación del esposo, Juan de Ribera, y que previamente habían pertenecido al padre, el impresor Hipólito y al abuelo, Diego de Ribera, en los cuales imprimieron gran cantidad de obras notables. En 1701 los hermanos Miguel y Francisco se separaron y cada uno se quedó a cargo de uno de los talleres, en sociedad con los otros tres hermanos. Miguel, que se estableció en la casa del abuelo paterno en el taller del Empedradillo, casó con Gertrudis de Escobar y Vera, además de fungir como rector de la cofradía de San José. A su muerte, su viuda continuó con los trabajos del taller, llegado a imprimir setenta libros en un solo año. Por su parte, Francisco de Ribera Calderón se asentó en la imprenta de la calle de San Agustín (la parte de la herencia materna) y se mantuvo como el impresor del Secreto del Santo Oficio hasta su muerte. De igual manera, la viuda de Francisco Ribera Calderón continuaría con la labor de su difunto marido. Cuando ambas viudas murieron, la herencia de talleres y tiendas recayó en María de Ribera, hija de Miguel de Ribera Calderón y de Gertrudis de Escobar, quien a su vez continuó con la tradición familiar (esta *María* es bisnieta de Paula de Benavides) hasta su muerte, acaecida en 1754. Al tratarse de una familia grande y longeva, se comprende la confusión que hasta hoy se encuentra en los pies de imprenta de los documentos, puesto que los nombres muchas veces se repiten y los años se confunden debido a las reimpresiones. Lo que no cambió antes de esta fecha fueron las direcciones de los talleres, lo que permite rastrearlos con precisión. Los herederos de esta María, nieta de la que se menciona en la novela, trasladaron el taller a la calle de San Bernardo, esquina con la plazuela del Volador. Los privilegios obtenidos a lo largo de la vida de Paula, de su hija María y de los descendientes de esta, se cedieron al bachiller José Antonio de Hogal, quien los perdió finalmente en favor de don José de Jáuregui, obrador de la Imprenta Real y del *Nuevo rezado*, que para 1796, sus herederos llamaban Imprenta de la Biblioteca Mexicana del Nuevo Rezado, la futura imprenta Nueva Madrileña. Además de imprimir, centrarían sus esfuerzos en el desarrollo de nuevas tipografías, algunas de las cuales sustituirían a la palatino o romana, que había sobrevivido desde las primeras imprentas en Maguncia en el siglo xv y que fue la que se utilizó en toda la obra que imprimiera Paula de Benavides y también todos sus descendientes.

*

En cuanto a las viudas impresoras, baste decir que todas existieron, aunque muchas no coexistieron, al menos no en el mismo tiempo y espacio. Muchas fueron hijas y madres de impresores. Baste mencionar a algunas:

María de Sansoric, viuda de Melchor de Ocharte; madre de Pedro de Ocharte, también impresor.

Inés Vázquez Infante, viuda de Juan de Borja, impresor.

Catalina Del Valle, viuda de Pedro Balli, impresor.

Gerónima Gutiérrez, viuda de Pablos, impresor.

María de Espinosa, hija del impresor Antonio de Espinosa y viuda del impresor Diego López Ávalos.

Ana de Herrera, viuda de Diego Garrido, impresor.

Isabel de Quiroz, viuda de Juan Ruiz (casado en primeras nupcias con Felipa de Santiago), impresor.

*

No existe evidencia histórica ni tampoco referencial que explique el hecho de que la mayoría de las impresoras novohispanas fueran viudas, aunque ciertamente, lo fueron. En el siglo xvii la gente moría joven, no solo los varones, aunque desde entonces la balanza de mayor esperanza de vida se inclinaba hacia las mujeres. Me permití la licencia para justificar el estado de viudez, sinónimo de libertad e independencia en un siglo tan lejano, pues resulta incuestionable el poder de género que se imponía y que continúa siendo norma en muchos lugares aún, casi cuatrocientos años después.

*

Sería injusto no mencionar a otros impresores que no estuvieron casados, como Francisco Rodríguez Lupercio, Francisco Salvago, la familia Guillena Carrascoso y a Juan Blanco de Alcázar, precursor de la imprenta en Puebla de los Ángeles, quienes también impulsaron lo que con el paso de los siglos se convertiría en la industria de la letra impresa en México y que persiste hasta nuestros días.

AGRADECIMIENTOS

A Rafa. Sin su amor, su hombro, su aliento y entusiasmo, nada sería posible. Gracias por tu apoyo, tu comprensión y por ayudarme a encontrar el aislamiento en esta época de convivencia histórica forzosa. *Gracias* es la única palabra que conozco, aunque se queda corta.

A María. Porque aprendes a convivir, a estudiar y a crecer a través de la tecnología a marchas forzadas, además de comprender y respetar a una madre escritora. El tiempo que me cediste floreció en estas páginas. Gracias infinitas, mi niña.

*

A Paula de Benavides, que me encontró y me prestó algo de la historia de su vida y de su obra para contarla y que no se pierda.

*

A Planeta México.

A David Martínez, faro encendido en perpetua tiniebla. Gracias por tus dudas, tus comentarios, sugerencias, preguntas y, sobre todo, tu paciencia.

A Carmina Rufrancos, porque el agradecimiento nunca será suficiente.

A Diego Ceballos y Adrián Martínez, porque hacen lo suyo con cariño, el mejor ingrediente para que todo fluya.

A toda el área de Marketing, porque cada uno pone su grano para levantar el castillo.

A mi hermanito Pepe, cuya labor en la industria editorial no se ve pero se siente, para fortuna de tantos.

*

Al personal de la biblioteca Gómez Morín del ITAM, encabezada por Alejandra Gómez Morin, que tan amablemente me cedió su escritorio y su sillón, no solamente su oficina. A todo su equipo, con mención especial a Hermelinda Granados, que después de tantos años me sigue brindando su cariño, su calidez y su paciencia para aguantarme durante largas horas con los valiosos textos que ahí se resguardan. Te sigo debiendo el café para cuando se reinstalen la libre circulación y reunión.

*

A las mujeres que siguen formando parte de la cofradía que nos hermana con las letras: las que trabajan en editoriales, revistas, diarios y demás medios de comunicación y, en especial, a las de los clubes de lectura (las que conozco y las que me falta por conocer), porque en un tiempo sin presentaciones ni ferias ni eventos lograron contagiar la lectura a muchas personas.

Paula de Benavides y el resto de viudas sembraron la semilla hace cientos de años, pero entre todas la mantenemos encendida, evitando que se pierda, arrimando hombro al hombro. La industria editorial en México no sería lo que es hoy sin todas ellas.